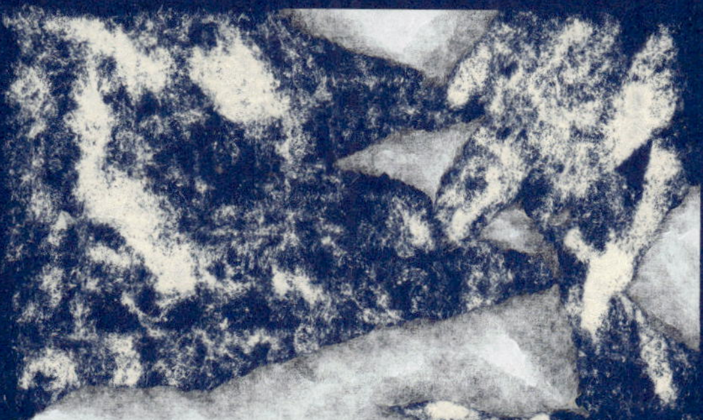

Jürgen Bruhn
Störtebeker

Jürgen Bruhn

STÖRTEBEKER

Ein historischer Roman

Rotbuch Verlag

Die Deutsche Bibliothek – CIP-Einheitsaufnahme

Ein Titeldatensatz für diese Publikation ist bei der
Deutschen Bibliothek erhältlich

Umschlaggestaltung: + malsy, Bremen, unter Verwendung
des Bildes »Bewegte See« von Simon de Vlieger (AKG Berlin)
Herstellung: Das Herstellungsbüro, Hamburg
Satz: Greiner & Reichel, Köln
Gesetzt aus der Sabon
Druck und Bindung: Clausen & Bosse, Leck
Printed in Germany
ISBN 3-434-53068-1

DIE VITALIENBRÜDER

KAPERBRIEFE

Ende der achtziger Jahre des 14. Jahrhunderts begann der Nordische Erbfolgekrieg. Auf der einen Seite stand die machthungrige Margarete, Königin von Dänemark und Norwegen, die ihrem Reich das Königreich Schweden hinzufügen wollte. Auf der anderen Seite stand Herzog Albrecht III. von Mecklenburg, der rechtmäßige König von Schweden.

Am 14. Februar 1389 wurde Albrecht bei Falköping von einem dänischen Heer geschlagen und gefangen genommen. Margarete ließ sich zur Königin von Schweden krönen. Nur die Festung Stockholm mit zahlreicher mecklenburgischer Bevölkerung hielt zu Albrecht.

Albrechts Nachfolger, Herzog Johann I., suchte Verbündete gegen Margarete und gewann eine Gruppe Freibeuter. Sie nannten sich Vitalienbrüder, da sie auf »eigene Rechnung für ihr eigenes Leben aufkamen«, also keine Söldner waren. Ihre Anführer waren entweder ehemalige Raubritter oder auch selbst Verfolgte, Gesetzlose und vor allem entlaufene Leibeigene.

Zehntausende Leibeigene flüchteten damals vom Lande in die freien Reichs- und Hansestädte des Heiligen Römischen Reiches Deutscher Nation (»Stadtluft macht frei«) und verursachten dort eine für damalige Verhältnisse ungeheure Arbeitslosigkeit. Diese Entrechteten sahen in der Piraterie häufig den letzten Ausweg, um zu überleben.

1391 ließ Herzog Johann I. von Mecklenburg verkünden, dass »diejenigen, die auf freie Beute und auf eigene Kosten ihr Glück versuchen wollten, um die Reiche Dänemark und Norwegen zu schädigen, sich in den Städten Wismar und Rostock einfinden sollten, um Kaperbriefe zu empfangen, wobei es ihnen erlaubt sei, frei zu teilen, zu tauschen oder die geraubten Waren zu verkaufen ...« Auch die Vitalienbrüder erhielten diese Kaperbriefe.

DIE ANKUNFT

Es war der 24. März 1393. Die mecklenburgische Hansestadt Wismar war an diesem Morgen überfüllt mit entlaufenen Leibeigenen. Unten im Hafenviertel, an Lagerfeuern, schliefen sie unter freiem Himmel und in alte Säcke gehüllt. Die Leibeigenen waren zuvor von Tür zu Tür gelaufen und hatten nach Arbeit gefragt. Einige taten das schon sehr lange. Aber es hatte nichts genützt. Es gab keine Arbeit für sie. Nur hier und da mal Arbeit und Geld für ein paar Stunden. Auch bei den Handwerkerzünften hatte man sie wieder rausgeworfen. Die Meister wollten sie nicht aufnehmen, wollten sie nichts lernen lassen, sagten, sie müssten die Zunftgesellen vor ihrem Ansturm schützen. So nagten sie am Hungertuch und ernährten sich von Abfall und von Diebstahl.

Nur wenige von ihnen hatten auf den Hansekoggen der Patrizier als Söldner oder Seeleute angeheuert. Die Patrizier hatten Angst vor ihnen. Sie trauten ihnen nicht, glaubten, sie würden ihnen die Waren stehlen. Deshalb hatten die Patrizier Schwertkämpfer des Deutschen Ritterordens als Schiffshauptleute angestellt, um sie zu überwachen. Und diese Hauptleute quälten sie, schikanierten sie, peitschten und hungerten sie aus. Trotzdem mussten sie die Güter der Patrizier beschützen, erhielten dafür jedoch kaum Lohn.

Der Weg zurück aufs Land, zu ihren ehemaligen adligen Herren, war ihnen versperrt. Die Rückkehr hätte Folter, Fronarbeit, gar Tod bedeutet. So fristeten viele der Entlaufenen ihr Dasein als Tagelöhner. Einige waren Freibeuter geworden.

Von der Wismar vorgelagerten Insel Poel blinkten in bestimmten Abständen Feuersignale herüber. »Die Signalabfolge ist klar«, sagte einer der Nachtwächter, der durch die Reihen der auf dem Erdboden liegenden Leibeigenen spazierte, »die Fischer auf Poel wollen uns sagen, dass die Vitalienbrüder kommen.« Die Nachricht verbreitete sich wie ein Lauffeuer. Die Leibeigenen sprangen von ihren Lagerfeuern auf, warfen ihre schmutzigen, zerfetzten Säcke ab und schauten gebannt auf die See. Doch noch war es zu dunkel, sie konnten nur die Leuchtsignale von Poel sehen. Aber das genügte ihnen. »Sie kommen, sie kommen«, hallte es über den Lagerplatz. »Jetzt gibt's ein Fest«, riefen einige. »Jetzt gibt's Arbeit«, schrien andere. Dann sah man, wie sie sich auf die Schultern klopften und umarmten.

Etwas später. Es war nun hell, und der Nebel war verschwunden. Die See war ruhig. Es war ungefähr fünf Uhr morgens. Man konnte weit aufs Meer hinaussehen. Am Horizont flatterten schwarze Piratenflaggen mit aufgemalten weißen Totenköpfen. Dann tauchten nach und nach die Holks, Koggen, Schniggen und Lastschuten der Vitalienbrüder auf. Die Armen liefen zum Kai hinunter. Sie jubelten. Glocken läuteten. Die Stadt wachte auf.

Ganz Wismar war auf den Beinen. Von überall strömten die Bewohner mit ihren Kindern aus den ein- und zweistöckigen Mietshäusern heraus und rannten auf den mit Kopfstein gepflasterten Straßen zum Hafen runter. Einige liefen auch zum vor dem Rathaus gelegenen Pferdemarkt, um die Dinge vorzubereiten, die auf sie zukamen. Durch Wismars Straßen schallte es: »Heraus, heraus, die Vitalienbrüder sind da. Freut euch des Lebens.« Unten an den Kaimauern legte die Flotte der Freibeuter an. Auf den Decks hörte man: »Endlich zu Hause in Wismar« und »Wismar, wir lieben dich«. Auf den Decks winkten sie und warfen den Wartenden Geschenke zu. Dann sprangen die ersten Vitalienbrüder von ihren Schiffen. Sie wurden von den Wismarern begrüßt wie alte Bekannte.

Viele Wismarer liefen wie die Leibeigenen in Lumpen herum. Sie hatten selbst nicht genug zu essen, und ihre Kinder waren unterernährt. Die Backsteinhäuser, in denen sie lebten, waren Eigentum der Patrizier, die oben im besseren Viertel der Stadt wohnten. Die Patrizier schickten ihre Kinder auf die Lateinschule des Wismarer Klosters. Dort wurden sie von Mönchen unterrichtet. Die Kinder der Wismarer durften die Klosterschule nicht besuchen.

Die Hansepatrizier hatten Knebelverträge mit den Seeleuten, Böttchern, Schiffsbauern, Zimmerleuten, Maurern, Schlossern und Fischern abgeschlossen, die sie vorher mit den Zunftmeistern ausgehandelt hatten. Der Herzog von Mecklenburg hatte sie abgesegnet und unterzeichnet. Daher durften die meisten Wismarer nur für die Hanse arbeiten. Und die hatte die Löhne so festgelegt, dass man davon weder leben noch sterben konnte.

Auch deshalb hatten die Wismarer die Ankunft der Vitalienbrüder herbeigesehnt. Sie wussten, wenn die Markt hielten, konnten sie einen guten Handel, einen guten Tausch machen. Man konnte die Vitalienbrüder sogar übers Ohr hauen, die waren einfach zu gutmütig. Und sie brachten immer Geschenke für die Kinder mit. Für alle, außer den Patriziern, begann mit der Ankunft der Piraten das Leben. Die dumpfe Langeweile, die Armut und das Dahinvegetieren würden für eine kurze Weile verdrängt sein. Sie wussten, es würde endlich etwas geschehen, und alle konnten daran teilnehmen. Es würde ein Fest sein.

Nur die Patrizier blieben in ihren Häusern. Sie fürchteten sich vor den Freibeutern. Sie trauten dem gegenwärtigen Frieden nicht. Noch vor einem Jahr hatten die Vitalienbrüder ihre Koggen ausgeraubt und ihnen schweren finanziellen Schaden zugefügt. Das sollte nun vorbei sein? Noch vor kurzem hatten die Wismarer Patrizier versucht, alle Hansestädte der Ostsee zu einem Feldzug gegen die Vitalienbrüder zu vereinen. Aber nun stellten die Kaperbriefe dieses Seeräubergesindel auch noch unter den Schutz des Herzogs von Mecklenburg. Und dagegen konnten sie nichts unternehmen, denn das Landesherrenrecht stand über den Gesetzen der Hanse.

Auf dem Pferdemarkt vor dem Rathaus begann man, lange Tische, Bänke, Buden und Stände in Reihen aufzustellen. Mit Pferd und Wagen fuhren Wismarer an die Kaimauer heran und luden zusammen mit den Vitalienbrüdern deren Beute aus den Schiffsbäuchen und den Lastschuten und auf die Wagen. Sie kannten sich bereits von vorherigen Märkten. Oben auf den Decks kippten sich Vitalier und Wismarer schon mal die ersten Biere hinter die Binde.

Trotzdem ging das Aus- und Aufladen zügig vonstatten. Auch die Vitalienbrüder wollten so schnell wie möglich zum Pferdemarkt. Auch für sie begann dort das Fest. Sie würden endlich wieder an Land sein, manche auch bei ihren Familien. Man würde lachen und feilschen und verschenken und Musik hören und tanzen. Wismar war ihr liebster Hafen. Man war fast wie unter Freunden.

Dann begann das, was die Wismarer Pferdeschau nannten, der Zug mit Pferd und Wagen von der Kaimauer rauf zum Pferdemarkt. Die Wagen waren voll gepackt mit Vitalierbeute. Und die Pferde trugen Kopfschmuck und Blumen in ihrem Zaumzeug, und die Wagen waren mit Girlanden geschmückt.

Unter dem Jubel der Umstehenden ging die wilde Jagd zum Marktplatz los. Vitalier und Wismarer saßen zusammen auf den Kutschböcken, trieben die Pferde an, prosteten sich zu, winkten den Zuschauern.

Auf dem Pferdemarkt war alles zum Empfang vorbereitet. Als die ersten Wagen ankamen, wurden Fiedeln und Akkordeons gestimmt. Dann ertönte Musik, und Frauen und Kinder fingen an zu singen. Viele Vitalienbrüder hatten so etwas noch nicht erlebt. »Das machen die hier für uns«, sagte einer.

Nach einer Weile begannen sie, die Beute abzuladen und sie auf den Tischen, Bänken und Ständen zu verteilen. Alle packten mit an, auch die Kinder. Keiner hatte Befehle erteilt. Das Abladen und Aufstellen verlief wie von Geisterhand geführt, als wäre alles geplant. Es wurde viel gelacht, und die Vitalienbrüder scherzten mit den Kindern, knufften sie, warfen sie in die Höhe und fingen sie wieder auf.

DER MARKT

Nachdem die Beute der Vitalienbrüder auf dem Pferdemarkt ausgeladen war, begann das Fest. Zwischen den Buden und Ständen gingen Musikanten umher und spielten Lieder, die sich die Leute wünschten. Die Vitalienbrüder schoben ihnen lübische Groschen zu. Sie standen hinter den Tischen, in den Buden und an den Bänken und Ständen und boten ihre Beute feil.

Wie Marktschreier gestikulierten, schrien und schwadronierten sie. Als hätten sie nie etwas anderes getan. »Brüder, kommt näher, kommt ran, hier werdet ihr genauso beschissen wie nebenan«, tönte es an einem Tisch. Und ein Stück weiter hieß es: »Hier gibt es feines Tuch und Wolle aus London, zum halben Preis. Greift zu und glotzt nicht nur. Ihr braucht im Winter was Warmes übern Arsch.«

Und die Wismarer drängelten sich vor dieser Bude, schauten auf die Preise, prüften die Ware, maßen sie mit hölzernen Messlatten ab, steckten ihre Finger in die Wollknäuel. »Zum Viertel Preis, Brüder, mehr können wir nicht zahlen, ihr wisst es doch«, riefen sie und grinsten sich insgeheim an. Und die Freibeuter in der Bude fluchten: »Na gut, zum Viertel Preis, nehmt es und haut ab, ihr Geizhälse. An uns denkt ja sowieso keiner.«

Hinter einer langen Bank standen Vitalier und schrien: »Gold- und Silberschmuck aus Spanien. Leute, schaut es euch an, selbst Königin Margarete hat nichts Besseres über ihre Titten zu hängen.« Und sie hielten einige der kostbaren Geschmeide hoch, zogen sich Ringe über die Finger, hängten sich Ketten um und scharwenzelten damit über den Markt. Wismarer Frauen standen mit weit geöffneten Augen vor den Preziosen. Sie wagten nicht nach den Preisen zu fragen, zogen verschüchtert weiter. Da lief ein Vitalier um die Bank herum und hängte einer jungen Frau eine goldene Halskette um. »Ich habe doch kein Geld«, rief sie erschrocken und wollte die Kette zurückgeben. »Für dich ist sie umsonst, du Schöne«, sagte der Vitalier, gab ihr einen Kuss und verschwand wieder in der Menge.

An einem anderen Stand verkauften die Freibeuter Pfeffer, Thymian, Basilikum, Paprika, Majoran, Dill und Rosmarin. Von einigen dieser Gewürze hatten die Wismarer noch nie gehört. Nun standen sie davor, schnupperten an den Proben, sogen den Duft durch ihre Nasen ein, sagten ooh und aah und kauften ein paar dieser fremdländischen Gewürze.

Etwas weiter hörte man Piraten mit heiserer, alkoholisierter Stimme schreien: »Herbei, herbei, kommt herbei, hier gibt's geräucherte Makrelen, Aale, Stockfisch und Pökelfleisch von unseren dänischen und norwegischen Freunden, das weißeste Mehl von den Lübecker Hansen und das edle Starkbier von den Hamburger Pfeffersäcken.« Und halb Wismar drängelte sich vor diesen Ständen, zählte sein Geld, feilschte, drückte die Preise. Und die Piraten schimpften. »Halunken«, riefen sie, und dann nach einer Weile: »Alles geht zum halben Preis. Nun kommt schon. Wir können nicht alles alleine fressen und saufen.« Und dann ging doch alles unter dem halben Preis weg.

Die Wismarer gafften und staunten auf dem Pferdemarkt. So groß war die Auswahl an geraubten Waren noch nie gewesen. Diesmal hatten die Vitalienbrüder den Vogel abgeschossen. Und die Wismarer wussten, sie konnten sie noch weiter runterhandeln, denn was sollten diese armen Schweine sonst damit anfangen, dachten sie. Und so wurden sie noch mutiger, und die Vitalienbrüder gaben noch mehr nach. Überall gab es Gelächter auf dem Markt, Bier wurde aus Fässern ausgeschenkt, und Wismarer und Vitalienbrüder prosteten einander zu. Und irgendwann sah es nicht mehr danach aus, als würden die Wismarer für ihr Bier bezahlen.

Gegen Nachmittag machten Wismarer und Freibeuter eine Pause. Viele setzten sich hin, aßen ihr mitgebrachtes Brot, schauten sich die Schnäppchen an und tranken Hamburger Bier. Die Kinder lutschten Süßigkeiten, die ihnen die Piraten mitgebracht hatten, und sie hielten das von ihnen geschnitzte Spielzeug in den Händen. Einige hielten das Spielzeug eng an ihre Körper gepresst wie etwas Kostbares. Ruhe lag über dem Pferdemarkt. Ab und zu hörte man Kinderlachen.

Nach der Pause ging es weiter mit Feilschen und Handeln. Hinter langen Tischen, voll bepackt mit Klamotten, Hausrat und Kleidern, standen Vitalienbrüder, gekleidet in bunte Anzüge und goldbetresste Mäntel. Sie hatten ihre Gesichter wie Clowns angemalt. Einige hatten sich Frauenkleider angezogen, sprangen damit um die Tische herum und forderten die Wismarer zum Tanzen auf. Die waren schüchtern, doch die Freibeuter wirbelten sie herum, und es gab Gelächter und Gekicher.

Ein Vitalier, der sich einen viel zu langen, blauen Tuchmantel umgehängt hatte, sagte: »Leute, hier gibt es nicht nur Geschirr und Hausrat, hier gibt es Kleider und Hosen aus herrschaftlichen Patrizierhäusern. Wir haben sie extra für euch besorgt. Ihr wollt doch auch mal wie diese Herren aussehen, oder?« Die Wismarer probten an, maßen ab. Und die Vitalienbrüder riefen: »Kommt und holt euch die Patrizierware! Alles geht zum Viertel Preis weg. Bezahlt in lübischen Talern und Groschen.«

Einige Reihen weiter hörte man das Gemecker von Ziegen, das Blöken von Schafen und das Gegacker und Gezischel von Hühnern und Gänsen. Man hatte sie alle in ein Gehege gepfercht. Ziegen und Schafe waren mit Leinen angebunden. Eine Horde von Vitaliern bewachte und verscherbelte die Viecher, und sie schrien abwechselnd: »Ziegen, Schafe, Federvieh für einen Katzendreck. Greift sie euch. Fresst euch mal wieder satt, ihr Lieben.«

Und die Wismarer strömten zum Gehege, begutachteten die Tiere und riefen: »Wir haben nur noch Groschen und Pfennige in unseren Taschen, seid ihr damit zufrieden?« Da mussten die Vitalienbrüder lachen. Und einer, der angetrunken war, sagte: »Nehmt euch, was ihr braucht, und lasst euch hier nicht wieder sehen.« Ein alter Wismarer, der sich zwei Hühner genommen hatte, ging auf ihn zu und sagte: »Großzügig seid ihr wieder, Bruder.« – »Ja, ja, mein Alter«, antwortete der Vitalier, »wenn wir so weitermachen, gehen wir bald selbst vor die Hunde.« Der Alte lächelte und sagte: »Das verhüte Gott.« Dann verschwand er mit seinen Hühnern.

Am Ende des Marktplatzes hatten die Piraten zwei Feldküchen aufgestellt. Hier gab es warme Mahlzeiten umsonst, hier standen die entlaufenen Leibeigenen Schlange mit ihren

Schüsseln, Näpfen, Tellern und Bechern. Und die Vitalienbrüder füllten ihnen mit hölzernen Kellen dampfende Suppe und Fleischstücke auf und tunkten ihre Becher in die Biertonnen. »Das werden wir euch nie vergessen«, sagte ein Leibeigener, steckte sich einen Happen Fleisch in den Mund, kaute langsam und genüsslich und fuhr fort, »vielleicht seid ihr so, wie Gott sich die Menschen gedacht hat, barmherzig und gut.« Der Vitalier, der ihm den Teller voll gefüllt hatte, antwortete: »Wir können so sein, aber wir können auch ganz anders sein. Vergiss nicht, wir sind Gesetzlose. Viele von uns waren früher Leibeigene wie ihr.«

Kurz vor dem Dunkelwerden spazierte ein rotblonder Riese über den Pferdemarkt. Die Wismarer nahmen ihre Kopfbedeckungen ab und grüßten. Der Mann nahm ebenfalls seine Mütze ab, er grüßte zurück, er nickte ihnen zu. Er war unbewaffnet. Langsam ging er durch ihre Reihen, sprach ein paar Worte mit Wismarern und Vitalienbrüdern, ging dann zu den Feldküchen und blieb bei den Leibeigenen stehen.

Als die gekaperten Waren verkauft, verramscht, umgetauscht, verschenkt waren und der Rest an die Leibeigenen vergeben war, wurde es dunkel, und die Wismarer stellten Karbidlampen auf. Stände, Tische und Buden wurden beiseite geräumt und Lagerfeuer entfacht. Lagerfeuer und Lampenlicht tauchten den Pferdemarkt in ein feierliches Halbdunkel. Einige Vitalier waren zu ihren Schiffen zurückgegangen und hatten Flöten, Fiedeln, Waldhörner und Harmonikas geholt. Und dann begann das, worauf sich die Vitalienbrüder am meisten gefreut hatten: das Tanzvergnügen.

Sie würden nach langer Zeit endlich mal wieder eine Frau in den Armen halten. Sie wussten schon gar nicht mehr, wie das war. Und viele liefen auf dem Marktplatz wie Gockel herum, hatten sich rausgeputzt, hielten Ausschau nach den Schönen Wismars, hielten sich für unwiderstehlich.

Auch die Frauen und die Töchter der Stadt hatten sich am Abend für das Tanzvergnügen schön gemacht. Sie hatten ihre Sonntagskleider angezogen und sich Blumen ins Haar gesteckt. Sie trugen lange Röcke bis zu den Füßen. Und die Männer hatten sich schon lange mit den Freibeutern verbrüdert.

Überall auf dem Pferdemarkt liefen Tänzer und Tänzerinnen im Kreise herum, immer ein Mann und eine Frau, legten ihre Hände auf die Schultern des Vorderen oder hielten sich an den Hüften, sprangen hoch und ließen sich wieder fallen, schwenkten und drehten sich zur Musik, die die Musikanten im Innern der Tanzkreise spielten. In den Pausen wurden neue Lieder gefordert, die Tanzenden drehten sich um, schauten sich in die Augen, fummelten aneinander herum, und so mancher Vitalienbruder glaubte, im Himmel zu sein. Der ganze Markt war ein einziges Kuddelmuddel aus tanzenden, sich umfassenden Menschen, ein Wirrwarr aller möglichen Musiken. Hier und da verschwand auch ein Pärchen im Dunkeln hinter dem Pferdemarkt.

Um Mitternacht machten die Musiker dann eine Pause. Auch sie wollten einmal die Hüften einer Frau umfassen. Tische und Stühle wurden wieder herangerückt, Biertonnen herbeigerollt. Und sie tranken das erbeutete Hamburger Starkbier und den selbst gebrannten Wismarer Schnaps aus den gleichen Flaschen und Bechern. An den Tischen wurde gelacht und gesungen, sie prosteten sich zu, und Vitalienbrüder knutschten mit den jüngeren und älteren Töchtern der Stadt. Plötzlich stand ein junger Freibeuter auf einem Tisch, er war angetrunken, fröhlich, er hob sein Glas und schrie: »So wollen wir immer leben, wir werden ab jetzt Frauen mit an Bord nehmen. Ja, das werden wir.«

Da lachten sie alle, auch die Wismarer, schlugen sich auf die Schenkel und riefen: »Jawoll, mein Junge, sag das den Hauptleuten.« Da fiel der Junge vom Tisch. Sie fingen ihn auf und warfen ihn immer wieder in die Luft, bis sie nicht mehr konnten. Und der Junge war ganz ruhig am Ende, legte sich unter den Tisch und schlief ein.

Später tanzten und hopsten sie wieder in Kreisen herum, hielten sich an den Hüften, umarmten sich, flüsterten einander merkwürdige Sachen in die Ohren, schmusten. Und die Musikanten spielten, was sie von ihnen verlangten. Der rotblonde Riese, der die ganze Zeit über bei den Leibeigenen gestanden hatte, mit ihnen getrunken und gegessen hatte, verließ nun den Marktplatz und ging zum Hafen, zu seinem Holk zurück. Als er sich zwischen den Tanzenden hindurchschlängelte, winkte er ihnen zu.

HAFENKNEIPE IN WISMAR

In einer mit Kerzenlicht beleuchteten, mit Seesternen und Fischernetzen ausgeschmückten Seemannskneipe unten im Hafen versammelten sich Ende März 1393 die nichtadligen Hauptleute der Vitalienbrüder. Auch Wismarer Fischer, Böttcher, Schiffsbauer und Leibeigene saßen in der Kneipe. Alle tranken Hamburger Bier aus tiefen Krügen. Einige kauten Bilsenkraut.

Der Wirt, ein dickleibiger, untersetzter, rotwangiger Mann, stand hinter der Theke und schöpfte Bier mit einer kupfernen Kelle aus hölzernen Fässern in Steinkrüge hinein. Auf den Tischen standen Körbe und Teller, randvoll gefüllt mit Schwarzbrot, Speck, Wurst, Käse und geräuchertem Fisch.

An einem der Tische saßen die Anführer der Vitalienbrüder, Klaus Störtebeker, Gödeke Michels, Magister Wigbold und Hannes Wichmann. Klaus Störtebeker war ungefähr 30 Jahre alt, er war groß, er hatte rotblondes Haar und graue Augen.

Er war der jüngste unter den nichtadligen Hauptleuten. Er hielt den Kopf gesenkt, schaute in sich hinein, als wollte er etwas aus sich heraushören. Hannes Wichmann, der gemütlich sein Bilsenkraut kaute, unterbrach den in sich versunkenen Störtebeker. »Woran denkst du, Klaus?«, fragte er, und Freundschaft klang in seiner Stimme mit. Störtebeker hob lächelnd seinen Kopf. Doch bevor er antworten konnte, sagte der ganz in schwarzes Tuch gekleidete Magister Wigbold: »Klaus Störtebeker träumt mal wieder von einer besseren Welt. Ihr wisst doch, unser Freund will die Menschheit ändern. Wir wollen ihn in seinen Träumen nicht stören.«

Störtebeker gestikulierte plötzlich zum Wirt an der Theke und rief: »Hinnerk, schenk 'ne Runde für alle ein.« Und er machte einen Halbkreis mit seiner Rechten. Dann wandte er sich dem ihm gegenübersitzenden Magister Wigbold zu: »Magister, warum hast du mir den Mecklenburger Kaperbrief für Bergen zugesteckt? Du weißt doch, ich kann nicht lesen. Du bist der Einzige unter uns, der schreiben und lesen kann. Also lies ihn uns vor.«

Er reichte Wigbold den Kaperbrief, der versiegelt war und das Wappen des Herzogs von Mecklenburg trug. Wigbold nahm ihn wortlos aus Störtebekers Hand, griff sich eine brennende Tischkerze und öffnete den Brief mit einem Brotmesser. Die Kerze beleuchtete sein hageres, strenges Gesicht. Er ließ sich viel Zeit, den Kaperbrief im Kerzenlicht zu lesen. Zu viel Zeit, dachte Wichmann und stichelte über den Tisch rüber: »Na los, Wigbold, mach schon, lies ihn endlich vor, du bist hier der große Schriftgelehrte. Hast doch an der Universität von Prag den Magister in den sieben freien Künsten erworben.« Und leise vor sich hin grummelnd: »Für mich bist du der Leibhaftige in Person.«

Wigbold, der das Letzte nicht gehört hatte, warf Wichmann einen wütenden Blick zu, er schrie ihn an: »Kannst du nicht warten, Wichmann, du alter Fettsack? Spuck lieber dein Bilsenkraut aus deinem Sabbermaul.« Wigbold kam aus einer alten, wohlhabenden Kölner Patrizierfamilie. Seine Leute hatten ihn zum Studium nach Prag geschickt. Aber er hatte sein Studium abgebrochen und war später bei den Piraten gelandet, für die er der Magister war und die er doch nicht leiden konnte. Sein Alter war schwer zu schätzen.

Kurz darauf, der Wirt hatte inzwischen das Bier gebracht, legte Wigbold den Kaperbrief auf den Tisch und sagte: »Hört zu. Herzog Johann von Mecklenburg fordert uns auf, mit unseren adligen Kampfgefährten gegen die norwegische Stadt Bergen einen Beutezug zu führen und die Stadt auszurauben, wie es uns gefällt. Die Beute können wir nach Belieben verkaufen. Wir sollen nur die Deutsche Brücke in Bergen verschonen.«

Wigbold faltete seine Hände wie ein Mönch und schaute herausfordernd auf Störtebeker. Als der nichts sagte, fuhr Wigbold fort: »Aber daran werden wir uns nicht halten, meine Herren. Die Brücke werden wir uns auch vornehmen. Die Hansen haben da oben unter ihrem Aldermann Wulf von Wulflam ein reiches Warendepot und viel lübisches Geld angehäuft. Diese Beute dürfen wir uns nicht entgehen lassen, oder?« Wieder blickte Wigbold, und jetzt beinahe drohend, auf Störtebeker.

Gödeke Michels fuhr dazwischen: »Bin ganz deiner Meinung, Wigbold, wir haben immer die Güter aller Hansen aufgebracht. Jetzt müssen wir schon Rücksicht auf die Wismarer und Rostocker Patrizier nehmen. Das reicht. Die Deutsche Brücke werden wir auch kapern.« Gödeke Michels kratzte sich in seinem Narbengesicht. Wie Störtebeker trug auch er ein eisernes Kettenhemd, das er jetzt zurechtrückte. Dann leerte er seinen Bierkrug mit einem Zug und sagte: »Rauben, plündern, brandschatzen und die Beute an den Mann bringen, das ist nun mal unser Handwerk, oder nicht?« Und er schaute triumphierend in die Runde und dann in seinen leeren Bierkrug, er fluchte: »Wirt, verdammt noch mal, ich hab nichts mehr zu saufen, bring mir sofort ein neues Bier, sonst geht's dir an den Kragen.«

Gödeke Michels war Fischer gewesen, freier Fischer, wie er immer betonte, bevor er zu den Piraten stieß. Er war jetzt um die 35 Jahre alt. Vor der Zeit der herzoglichen Kaperbriefe galt er an der Küste wie Störtebeker als vogelfrei. Er war auch schon in der Westsee gesegelt. Aber die Ostsee, so behauptete er immer, wäre seine Heimat, seine einzige Liebe. Hier fühlte er sich am wohlsten. Hier kannte er jede Ecke, jede Insel und jeden Schlupfwinkel.

Als der Wirt an den Tisch der Hauptleute kam und Gödeke das Bier vor die Nase knallte, zeigte er keine Furcht, er lächelte Gödeke sogar an und sagte: »Hier, sauf, du Schreihals!« Gödeke sprang auf, packte den Wirt an seiner Weste und schrie: »Du niederträchtiger Hund, du wagst es, so mit mir zu reden?« Er wollte sich auf ihn stürzen. Aber Störtebeker ging dazwischen, legte seine Hand auf Gödekes rechten Arm und sagte: »Gödeke, er hat es nicht so gemeint, setz dich wieder hin. Wir haben Wichtiges zu besprechen.«

Gödeke gehorchte, setzte sich wieder auf seinen Stuhl. Der Wirt ging langsam zur Theke zurück. »Hurensohn«, rief Gödeke ihm nach, »verfluchter Hurensohn.« Für einen Moment war es still. Dann unterbrach Hannes Wichmann das Schweigen. Er nahm sein Bilsenkraut aus dem Mund, räusperte sich, trank einen Schluck aus seinem Bierkrug und sagte: »Gödeke, du bist der Erfahrenste unter uns Hauptleuten. Sag uns, wie wir das da oben in Bergen anstellen sollen. Wir haben nur 700 Mann. Da oben gibt's 4000 Norweger und die Schwertkämpfer der Deutschen Brücke.«

Gödeke Michels strich über sein Kinn. Er fühlte sich durch Wichmanns Worte geschmeichelt und bestätigt. Alle hatten gehört, dass Hannes Wichmann ihn als den Erfahrensten bezeichnet hatte, und das bedeutete für ihn als den Besten. »Hast Recht, Hannes«, sagte er, »wir sind nicht genug, wir müssen hier in Wismar noch Leute anheuern. Ich habe auf dem Marktplatz viele junge Leibeigene gesehen. Einige davon werden gut zu uns passen.« Dann wandte Gödeke sich an Störtebeker: »Wirst du sie anheuern, Klaus, du kennst sie am besten?«

Klaus Störtebeker nickte, und als Wigbold dazwischenfahren wollte, sagte er schnell: »Das mache ich. Ich habe schon mit einigen gesprochen. Sie sind bereit, mit uns zu segeln.« Dann wurde Störtebekers Stimme bestimmter, und er fuhr fort: »Aber da oben in Bergen, lasst mir die einfachen Leute in Frieden. Haltet euch an die Patrizier. Und lasst das Morden.«

Darauf lachte Wigbold laut. »Verdammt, Störtebeker, du hast doch selbst schon einen Menschen getötet«, rief er dazwischen, »hab dich nicht so. Wann begreifst du endlich, dass erst alles Alte zerstört werden muss, bevor es besser wird. Danach kannst du ja deine neue Gesellschaft aufbauen. Und wenn es dir bei uns nicht gefällt, musst du gehen.«

Da sprang Hannes Wichmann auf. Er war erregt. Seine rechte Hand fummelte an seinem Krummdolch herum. Er starrte Wigbold an. Dann schrie er: »Wigbold, du elender Menschenfeind, wenn hier einer geht, dann du. Wir werden Klaus niemals ziehen lassen, niemals. Hörst du? Niemals! Er gehört zu uns. Ohne ihn haben wir keine Seele. Ohne ihn sind wir nichts.«

Dann setzte sich Wichmann wieder. Er zitterte am ganzen Leib. Er knöpfte seinen zerlöcherten, mit Flecken besudelten braunen Mantel auf. Er musste Luft holen. Dann war er ganz ruhig. Und er erinnerte sich daran, wie er als entflohener Leibeigener nach Hamburg gekommen war. Er dachte an die Kapitäne der Bremer und Hamburger Pfeffersäcke, für die er lange als Seemann auf den Hansekoggen gearbeitet hatte. Jahrelang hatten sie ihn verachtet und gequält, ihn auspeitschen und fast verhungern lassen. Und als er sich dagegen aufgelehnt hatte, hatten sie ihn gefoltert, hatten seine Finger in Daumenschrauben gelegt, ihn unten im Schiffsbauch bei den Tauen eingesperrt. Für sie war er kein Mensch gewesen. Wigbold, so dachte er jetzt, der ist so wie die Hansekapitäne, aber vielleicht noch schlimmer.

»Wir müssen jetzt endlich zu einem Ergebnis kommen«, sagte Gödeke Michels plötzlich und schlug mit seiner rechten Faust auf den Tisch. »Also, wir werden die Deutsche Brücke auch ausrauben. Seid ihr alle dafür?« Alle nickten, auch Klaus Störtebeker. »Dann ist der Raubzug nach Bergen beschlossen«, fuhr Gödeke fort, »ich werde den Adligen unsere Abstimmung mitteilen. Wie ich die kenne, sind die sowieso dafür.«

Der Wirt brachte eine neue Runde Bier, die Wichmann vorher mit Handzeichen bestellt hatte. Auf dem Rückweg zur Theke kam er an Störtebekers Stuhl vorbei, beugte sich zu ihm runter und flüsterte: »Wenn man euch so reden hört, Klaus, glaub mir, eines Tages wird man euch allen den Kopf abschlagen.« Störtebeker antwortete nicht. Er musste daran denken, wie er damals, als er ein 18-jähriger Leibeigener gewesen war, seinen Herrn, den Baron von Salzach, getötet hatte. Er hatte ihm den Kopf abgeschlagen mit dessen eigenem Schwert, nachdem von Salzach seine Schwester vergewaltigt hatte. Sie hatten ihn gezwungen, bei der Vergewaltigung zuzusehen. Er hatte die Schreie seiner Schwester nie vergessen.

Dabei hatte seine Schwester nur Korn gestohlen, damit sie im Winter Brot backen und überleben konnten. Es war nicht das erste Mal, dass der Baron eine Leibeigene vergewaltigt hatte. Er fand immer wieder einen Grund dafür. Störtebeker hatte es gar nicht gewollt. Er hatte nicht bewusst gehandelt. Irgendeine Kraft schien damals sein Hirn und seine Hand geführt zu haben. Es war alles wie von selbst gekommen und sehr schnell. Plötzlich rollte der Kopf des Barons auf der Erde, und Störtebeker stand da mit dem blutigen Schwert in der Hand.

Dann war er geflohen. Er hatte die Richtung zur Ostsee gewusst. Sie verfolgten ihn mit Hunden und Reitern. Aber er war mehrere Tage und Nächte lang durch Sümpfe und niedrige Flussbette gelaufen, hatte keine Spur hinterlassen. An der Küste, in der Nähe von Wismar, hatte er sich ein Ruderboot gestohlen und war weit auf die Ostsee hinaus gerudert. Er musste lange gerudert sein. Er war im Boot eingeschlafen. Und als er aufwachte, lag er auf dem Deck eines Piratenschiffes.

Das alles war schon lange her. Seine Schwester und seine Mutter hatte er nie wieder gesehen. Er glaubte nicht, dass sie noch lebten. Als Störtebeker aus seiner Rückschau aufwachte, sah er in das grinsende Gesicht Wigbolds. »Na, Störtebeker«, sagte der Magister, »träumst du schon wieder.« Störtebeker schaute ihn eine Weile lang an, es lag Milde in seinem Blick. Dann sagte er: »Warum hasst du mich eigentlich, Wigbold?« Aber Wigbold schwieg.

KAISERSAAL IM ROSTOCKER RATHAUS

Zur gleichen Zeit wie die hergelaufenen Hauptleute trafen sich die adligen Hauptleute der Vitalienbrüder mit Vertretern der Wismarer und Rostocker Hansepatrizier im Kaisersaal des Rostocker Rathauses. Es war ein langer, mit Kirschholz getäfelter Saal. An den Wänden hingen Gemälde mit Hafenmotiven und den ersten Hansekoggen. Auf Seitentischen lagen in Vitrinen verschlossen die von den Kaisern des Heiligen Römischen Reiches Deutscher Nation erteilten Freibriefe für die Hansestadt Rostock oder richtiger gesagt: für die Patrizier dieser Stadt.

Büsten wohlhabender, einflussreicher Rostocker Patrizier mit ihren davor aufgehängten Erb- und Familientafeln und eine alles überragende Skulptur von Herzog Albrecht von Mecklenburg schmückten den Raum. Riesige Kerzenleuchter hingen an den Wänden und über zwei lang gezogenen Eichentischen, welche die Mitte des Raumes ausfüllten.

Die brennenden Kerzen beleuchteten den Kaisersaal gespenstisch. An den beiden Tischen wurde gespeist. Es gab Wildschwein und Fasan. Bedienstete schenkten Rotwein in langhalsige bunte Römergläser. Man aß mit Messer und Gabel von Delfter Porzellantellern. Die adligen Hauptleute und die Patrizier prosteten sich zu und stießen auf die Befreiung Herzog Albrechts III., des rechtmäßigen Königs von Schweden, an und auf den baldigen Sieg über Königin Margarete von Dänemark und Norwegen.

Die adligen Hauptleute waren zum Raubrittertum übergelaufen, weil sie als spätgeborene Söhne nichts geerbt hatten. Sie saßen hier in voller Montur, hatten Harnisch und Helm neben ihren Stühlen abgestellt. Ihre eisernen Kettenhemden und ihre Schwerter trugen sie auch während des Essens. Dabei hatten sie ihre Schwerter unter den Tisch gedrückt, um mit beiden Händen essen zu können.

Unter ihnen befanden sich die Ritter von Preen, von Manteuffel, von Pecatel, von Stuke. Sie kamen aus dem mecklenburgischen und brandenburgischen Adel und waren zu Beginn des Nordischen Erbfolgekrieges zu den Vitalienbrüdern gestoßen. Das Rauben auf See versprach weitaus größere Beute als das Rauben zu Lande. Auf dem Lande war nichts mehr zu holen. Die mecklenburgische und brandenburgische Bevölkerung war verarmt und ausgehungert. Außerdem wurden sie auf dem Lande wegen Beutelschneiderei verfolgt. Wegen ihrer Waffen- und Kriegsausbildung waren sie den meisten Vitalienbrüdern bei den Raubzügen und Seeschlachten überlegen. Deshalb waren sie Hauptleute geworden.

Ritter von Preen erhob sich nach einer Weile schmatzend und mit seinem Römerglas in der rechten Hand. Er war etwas über 30 Jahre alt, hoch gewachsen, blond. Er sah markig aus. Im blasierten Tonfall sagte er: »Was, Manteuffel, wir werden da oben in Bergen alles niedermachen mit Stumpf und Stiel, wie damals in Roenne, was? Auf Ihr spezielles Wohl, Manteuffel, alter Haudegen.« Dann prostete er Manteuffel zu, schlug seine Hacken zusammen und setzte sich wieder.

Ritter von Manteuffel stand auf, verbeugte sich leicht, prostete Preen zu und erwiderte: »Ganz gewiss, ganz gewiss, werden es versuchen, mein lieber Preen, werden es versuchen, werden da oben unsere Duftmarke lassen.« Dann setzte er sich wieder, zwirbelte an seinem Oberlippenbart herum und trank sein Glas in einem Zuge aus. Auch er war hoch gewachsen, er war drei bis vier Jahre älter als Preen. Er hatte einen brutalen Zug um seine Mundwinkel. Er machte seinem Namen alle Ehre.

Kurz darauf erhob sich Manteuffel erneut, schaute in die Runde, hob sein Glas und rief: »Es lebe unser König Albrecht. Zur Hölle mit Margarete.« Alle standen auf, auch die Patrizier, und riefen: »Es lebe unser König Albrecht. Zur Hölle mit Margarete.« Stehend tranken sie ihre Gläser aus.

Dann gaben sich alle wieder dem Essen hin, bis ein Rostocker Patrizier, in dunkelblaues Tuch gekleidet mit einer dunklen Samtjacke darüber, aufstand. Er hatte ein hageres Gesicht, die Ratsherrenkette hing um seinen Hals. Er wagte nicht, die Anwesenden anzusehen. Aber dann gab er sich doch einen Ruck, räusperte sich und sagte mit einer etwas winselnden Stimme: »Ihr hochwohlgeborenen Herren Ritter, bitte versprecht uns, die Deutsche Brücke in Bergen zu schonen. Sie ist unser wichtigstes Auslandskontor. Wir haben dort viel Geld und Gut investiert. Ihr Edlen, wir flehen Euch an, macht uns nicht unser Geschäft kaputt. Es soll Euer Schaden nicht sein.« Dann setzte er sich wieder. Er blickte verschämt zu Boden.

Da stand Ritter von Pecatel auf. Er war der älteste unter den adligen Hauptleuten. Er trug einen schon grauen Vollbart und kurz geschorenes Haar. Er stützte sich mit seiner rechten Hand gravitätisch auf sein Schwert. Trotz seines kriegerischen Auftretens waren seine Gesichtszüge fast gutmütig zu nennen. Er schaute belustigt auf die Hansepatrizier herab. Dann lachte er und sprach: »Ja, ja, eure Geschäfte. Nun machen Sie sich mal nicht in die Hosen, meine Herren. Wir werden nur die Norweger schädigen und versuchen, euer Eigentum nicht anzurühren, wenn's möglich ist.« Und er fügte leise, nur für sich sprechend, hinzu: »Verdammte Geschäftemacher, verfluchtes Händlerpack.«

Aber dann lächelte Pecatel wieder und prostete den Patriziern zu. Die waren beruhigt. Und ein Zweiter von ihnen wagte sich ängstlich vor, stand auf, verneigte sich und fistelte: »Hochverehrter Herr Ritter von Pecatel, Euer Gnaden, bitte achtet auf die dahergelaufenen Hauptleute Störtebeker, Michels und die anderen, deren Namen ich vergessen habe, und ihren disziplinlosen Haufen. Haltet sie in Schach. Sonst werden sie alles zerstören, auch unsere Warenhäuser. Wir kennen diese mörderische Bande.« Darauf setzte er sich wieder, ohne einen Toast ausgebracht zu haben. Man konnte sehen, dass ihm nicht wohl zumute war.

Nun erhob sich Ritter von Stuke. Er war ein untersetzter, breitschultriger, narbengesichtiger Haudegen, jünger als von Pecatel. Verächtlich, beinahe bösartig blickte er auf die Patrizier hinab und raunzte sie an: »Werden sehen, was wir da oben in Bergen tun können. Vieles hängt vom Aldermann

Wulf von Wulflam ab. Wenn der sich mit den Schwertkämpfern der Deutschen Brücke gegen uns stellt oder sich mit den Norwegern verbündet, dann können wir für nichts garantieren. Und nun Schluss mit dem Gerede. Ich sage einfach: Sieg und fette Beute, meine Herren.«

Dann hob Stuke sein Glas, prostete seinen adligen Gefährten einzeln zu und trank es in einem Zuge aus. Manteuffel grinste ihn an und rief: »Recht so, mein lieber Stuke, recht so. Ganz nach meinem Geschmack.« Stuke ließ sich sein Glas wieder voll schenken, prostete allen zu und schrie in den Kaisersaal hinein: »Auf nach Bergen, lasst uns Margarete schädigen.« Alle Ritter standen darauf auf und riefen: »Auf nach Bergen, lasst uns Margarete schädigen.« Dann leerten sie ihre Gläser in einem Zug. Die Patrizier waren sitzen geblieben. Sie hatten nachdenkliche, angsterfüllte Gesichter.

EINOHR

Auf ihrer Kaperfahrt nach Bergen Anfang April 1393 durchkreuzten die Vitalienbrüder mit fünf Holks, vier Koggen, mehreren Schniggen und Lastschuten und mit über 900 Mann Besatzung unbehelligt das Kattegat und segelten oberhalb des dänischen Skagen durch den Skagerrak hindurch. Auf der Ostsee war es bitterkalt gewesen und stürmisch. Aber als sie später aus dem Skagerrak in die Westsee segelten, wurde es noch kälter und stürmischer. Die Westsee hatte einen viel höheren Wellengang. Sie waren froh, dass sie ihre Winterklamotten mitgenommen hatten, und sie hatten sich ihre Wollmützen über die Ohren gezogen. Als sie eines frühen Morgens an der norwegischen Stadt Kristians vorbeigesegelt waren, glaubten viele von ihnen sogar, die unterschiedlichen Wasserfarben der beiden Meere festgestellt zu haben. Viel dunkler, dunkelblau bis schwarz wäre die Westsee, meinten einige, dagegen wär die Ostsee hell- bis dunkelgrün. Und die Westsee sei gewalttätiger, dagegen wäre die Ostsee sanft wie eine Frau.

Später, an einem frühen Morgen, der Nebel hatte sich schon fast verzogen, meldeten die Ausgucke in den Krähennestern einen Konvoi aus fünf dänischen Handelsschiffen und drei Orlogs. Auf Störtebekers Holk schrie der Ausguck: »Fünf Koggen, drei Orlogs ahoi, hart Steuerbord, Entfernung 400 Meter. Sie hissen Margaretes Kriegsflagge!« Und kurz darauf schrie er: »Sie fliehen, sie fliehen!« Auf den Decks der Piratenschiffe tönte es: »Setzt Bramsegel, hart Steuerbord, hisst die Piratenflagge!« Dann hörte man Gelächter und Jubelrufe: »Endlich geht's los! Auf sie mit Gebrüll!« Und die Vitalienbrüder hielten ihre Waffen und Enterhaken in die Höhe.

Störtebekers und Wigbolds Holks waren die schnellsten. Mit voll geblähten Bram- und Toppsegeln durchpflügten sie das Wasser und holten zwei von Margaretes Orlogs ein. Der dritte entkam. Sie rasten so geschwind auf die beiden Kriegsschiffe zu, dass deren Mannschaften nicht dazu kamen, ihre Geschütze in Bereitschaft zu bringen. Fast rammten sie die Schiffe. Dann sprangen und hangelten sich die Vitalienbrüder mit Enterhaken auf die dänischen Kriegsschiffe rüber. Ihre Armbrustschützen standen auf den Befehlstürmen und schossen von dort mit Feuerpfeilen die feindlichen Masten, Segel und Planken in Brand. Die anderen Vitalierschiffe verfolgten die dänischen Handelskoggen, holten sie ein, umzingelten sie. Die dänischen Seeleute ergaben sich kampflos.

Auf den Decks der Orlogs schlugen, stachen und hieben Vitalienbrüder und Margaretes Söldner aufeinander ein. Mann gegen Mann. Mit Degen, Schwertern, Enterhaken, Messern und Äxten kämpften sie um jeden Fußbreit. Das Gemetzel war so eng, dass man häufig Freund und Feind nicht unterscheiden konnte. Die Schreie der Verwundeten hallten über das Meer. Tote lagen auf dem Boden. »Verfluchte Söldnerbrut«, schrien die Vitalier, und immer mehr von ihnen sprangen auf die Decks der beiden Orlogs in das Getümmel.

Es verging über eine halbe Stunde des Schlagens, Stechens und Wütens, bevor die beiden dänischen Kapitäne im Kampf fielen. Da ergaben sich die Söldner. Sie legten einfach ihre Waffen nieder. Kurze Zeit darauf brannte einer der dänischen Orlogs völlig aus. Von den Feuerpfeilen der Armbrustschützen zu Tode getroffen, versank er in den Fluten. Die Gefangenen wurden mit Ruderbooten auf den zweiten Dänenorlog verfrachtet. Sie mussten sich alle auf das Deck setzen. Vitalier bewachten sie mit gezückten Schwertern. Störtebekers und Wigbolds Holks nahmen den feindlichen Orlog in die Zange.

In Schwarz gekleidet stand Magister Wigbold an der Reling seines Holks, schaute lange zu den Gefangenen auf dem gegnerischen Orlog hinüber. Dann befahl er der Wachmannschaft mit entschlossener Stimme: »Los, Vitalienbrüder, werft die verwundeten Söldner über Bord. Werft sie zu den Fischen. Das ist der Brauch.« Die Vitalienbrüder, die drüben auf dem Kriegsschiff die Gefangenen bewachten, zögerten eine Weile. Sie blickten zu Störtebekers Holk rüber. Für einen Moment wussten sie nicht, was sie tun sollten. Da schrie Wigbold: »Nun macht schon, ihr Hunde, das ist ein Befehl. Wir müssen weiter. Werft den Ballast ab!«

Und sie gehorchten. Immer zwei von ihnen nahmen Verwundete in die Mitte, befahlen ihnen aufzustehen, bedrohten sie mit der Schwertspitze, drängten sie zur Reling und stießen sie über Bord. Auf Störtebekers Holk fingen sie an zu schreien: »Hört auf, hört auf.« Und einige klopften an Störtebekers Kajüte, rissen die Tür auf und riefen: »Hauptmann, schau, was Wigbold tut. Er lässt sie ersaufen, wie Katzen.« Störtebeker trat aus seiner Kajüte heraus. Er ging an die Reling. Dann formte er mit beiden Händen ein Sprachrohr und schrie zu Wigbolds Holk rüber: »Halt, Magister, halt ein, wir sind keine Mörder.«

Wigbold schrie zurück: »Nur die Stärksten überleben, Störtebeker, das weißt du doch. Margarete hätte das Gleiche mit unseren Verwundeten getan.« Drüben auf dem Dänenorlog warfen die Vitalier weiter verwundete Gefangene über Bord. Und das Wasser um den Orlog herum war aufgewühlt von den auf- und abwippenden Leibern. Einige trieben hilflos ins offene Meer ab, sie konnten nicht schwimmen. Sie schrien und flehten: »Um Christi willen, rettet unsere Seelen.« Und sie verschwanden in den Fluten und kamen wieder hoch. Sie reckten ihre Hände zum Himmel empor und riefen: »Habt Mitleid, lasst uns nicht ertrinken.«

Störtebeker stand an der Reling und brüllte auf seine Mannschaft ein: »Los, Männer, holt sie raus, alle, rettet sie!« Und seine Männer ließen lange hölzerne Stangen an den Bordwänden runter und fischten viele aus dem eisigen Wasser raus. Andere Vitalier ließen Ruderboote an Leinen auf die See hinabgleiten, ruderten zu den schon weitab Treibenden und zogen sie aus den Fluten in die Boote hinein. Als sie mit den Überlebenden zu Störtebekers Holk zurückruderten, war Wigbold in seiner Kajüte verschwunden.

Die über Bord Geworfenen wurden auf Störtebekers Holk gehievt und dort mit den verwundeten Vitalienbrüdern von den Feldschern mit Wundsalbe und Kräutern versorgt und verbunden. Das Deck war mit Geretteten übervoll. Die verwundeten Söldner saßen da in ihren triefenden Kleidern, froren, klapperten mit den Zähnen, wimmerten, und Todesfurcht schaute aus ihren Augen. Vitalier liefen unter Deck und brachten ihnen warme Klamotten und halfen den schwerer Verwundeten beim Umziehen. Und die Smutjes kochten für alle eine heiße Suppe. Aber auch nachdem sie die gegessen hatten, glaubten die verwundeten Söldner noch nicht so recht an ihre Rettung. Die Geschichten, die sie über die Vitalienbrüder gehört hatten, waren zu grausig. Da stand plötzlich Klaus Störtebeker vor ihnen, riesig, mit eisernem Kettenhemd und Schwert bekleidet, und schaute auf sie herab. Und sie kriegten es wieder mit der Angst zu tun.

Wie zur Entschuldigung hob Störtebeker seine Hände, und Wärme kam von ihm zu ihnen rüber, das spürten sie. Dann sagte er: »Ihr braucht keine Angst zu haben, hier wird niemandem ein Haar gekrümmt. Als Margaretes Söldner versteht ihr das Kämpfen. Die meisten von euch waren Leibeigene wie wir auch. Wir sollten uns also verstehen können. Sagt das auch euren nicht verwundeten Gefährten. Wer bei uns anheuern will, ist willkommen. Er wird in die Gemeinschaft der Vitalienbrüder aufgenommen. Wer nicht bei uns bleiben will, den werden wir an Land setzen. Er darf gehen, wohin er will.« Dann ging Störtebeker in seine Kajüte zurück.

Die gefangenen Söldner waren sprachlos. Sie hatten mit dem Tod gerechnet, so oder so. Nun sollten sie plötzlich frei sein, frei entscheiden können. Das erste Mal in ihrem Leben. Sie flüsterten miteinander, steckten die Köpfe zusammen, schauten noch immer ängstlich auf die Vitalienbrüder. Aber die ließen sie in Ruhe diskutieren und lachten. Ein paar ließen sich zum Orlog hinüberrudern, um ihren Gefährten Störtebekers Botschaft mitzuteilen. Und so wurde auch dort an Deck diskutiert und nach einer Entscheidung gesucht.

Nach kurzer Zeit schickten die Söldner einen Boten in Störtebekers Kajüte. Er hatte vergessen anzuklopfen. Nun stand er vor Störtebeker. Er war nervös, fingerte an seiner Mütze herum. Er fürchtete sich. »Hauptmann«, erklärte er leise, »die meisten von uns, ich auch, haben sich entschieden, bei euch zu bleiben. Nur wenige wollen an Land zurück.« Störtebeker nickte, legte eine Hand auf die Schulter des Söldners und sagte: »Dann bist du nun Vitalienbruder. Geh raus und sage deinen Kameraden, die zurück wollen, sie können sich zwei ihrer Koggen nehmen und zusammen mit den dänischen Seeleuten an Land segeln. Die anderen Schiffe und die gesamte Ladung sind unsere Beute.«

Als die Söldner, die nicht bleiben wollten, mit den dänischen Seeleuten an Land segelten, erhielten alle Toten auf Störtebekers und Wigbolds Holks das Seemannsgrab. Sie wurden in Segeltuch gewickelt, mit Leinen festgezurrt und über eine hölzerne Rutsche ins Meer gestoßen. Schweigend schauten die Vitalienbrüder der Zeremonie zu. Sie hatten sich alle auf den Decks versammelt. Sie hatten ihre Kopfbedeckungen abgenommen. Viele bekreuzigten sich, und ein Vitalier auf Störtebekers Holk sprach: »Gott, nimm sie zu Dir, sei ihren armen Seelen gnädig.«

Am folgenden Morgen machte Klaus Störtebeker bei klarem Sonnenwetter einen Rundgang auf seinem Deck. Er blieb bei einigen Söldnern stehen, sprach ihnen Mut zu, schaute sich ihre Verwundungen an und stand dann vor einem jungen, hoch gewachsenen Burschen, dem das rechte Ohr fehlte. Er war kaum 20 Jahre, hatte ein ehrliches, offenes Gesicht, eine hohe Stirn. Er trug grobe, dunkel- und hellblau gestreifte leinene Seemannskleidung. Sein rechter Arm hing in einer Schlinge. Seine Leute nannten ihn Einohr.

»Was hat es mit deinem abgeschlagenen Ohr auf sich, Junge?«, fragte Störtebeker. Und er schaute dem Jungen gerade ins Gesicht. Der Angesprochene antwortete ohne Scheu: »Das ist Wulf von Wulflams Tat, Hauptmann. Im Skagerrak und vor der norwegischen Küste fängt er mit seinen Friedeschiffen, wie er seine Orlogs nennt, Piratenschiffe ab und bestraft die Überlebenden dann auf seine Art.«

»Dann warst du schon einmal Freibeuter?«, unterbrach ihn Störtebeker überrascht. Einohr lachte. »Ja, ja, Hauptmann«, antwortete er, »bevor Wulflam mich fing und an die Dänen verkaufte. Aber davor«, so fuhr er fort, »bin ich aus einem alten brandenburgischen Adelsgeschlecht ausgemustert worden, mit 18 schon, verstehst du, wegen des Erbfolgerechts. Ich war leider nicht der erste Sohn.«

Da konnte sich Störtebeker ein Grinsen nicht verkneifen. »Na, sieh mal«, sagte er, »da haben wir beide ja Gemeinsamkeiten. Ich komme nämlich aus einem alten mecklenburgischen Leibeigenengeschlecht und wurde mit 18 schon wegen Aufsässigkeit verjagt und bin dann zu den Vitalienbrüdern gestoßen.« Beide mussten lachen. Dann schwiegen sie für eine Weile, hingen ihren Gedanken nach.

»Was geschah dann«, drängte Störtebeker plötzlich, »erzähl, was macht Wulflam mit den gefangenen Piraten?« Über Einohrs Gesicht legte sich etwas Dunkles. Dann sprudelte es aus ihm heraus: »Die Jungen presst er in Margaretes Söldnerdienst und verpasst ihnen vorher ein Mahnmal, ein Kainsmal, wie er es nennt. Entweder lässt er ihnen ein Auge ausstechen oder ein Ohr abhacken. Seine Schwertkämpfer lässt er darüber würfeln. Die Älteren pfercht er in leere, stinkende Heringsfässer und lässt die Deckel zunageln, nur ihre Köpfe gucken oben noch raus. Dann segelt er mit ihnen zurück nach Bergen. Die ganze Fahrt über stecken sie in den Fässern, ohne Nahrung.«

»Was dann, Menschenskind, was dann?«, entfuhr es Störtebeker. Er war erregt. Etwas Unbeugsames blitzte aus seinen Augen. Er packte Einohr an den Schultern, schüttelte ihn: »Los, Junge«, schrie er, »erzähl mir den Rest.« Einohr war einen Moment lang wie gelähmt. Dann fasste er sich wieder. »In Bergen«, fuhr er leise fort, »lässt Wulflam die Fässer mit ihrem Inhalt zum Marktplatz rollen. Und dann ...«, Einohr stockte, »und dann werden den Gefangenen von seinen Schwertkämpfern auf dem Marktplatz die Köpfe abgeschlagen. Die Bürger der Stadt schauen dabei zu. Wulflam nennt das seine Abschreckung.«

Störtebeker ließ von Einohr ab. Ungläubig schaute er durch ihn hindurch. Dann sagte er: »Jetzt haben wir wirklich einen Grund, nach Bergen zu segeln. Erzähl deinen neuen Kameraden, was dort geschah.« Einohr nickte, er wollte Störtebeker etwas fragen. Aber der fragte ihn: »Was hast du eigentlich auf Margaretes Orlog gemacht?« – »Ich war Steuermannsgehilfe«, antwortete Einohr.

Störtebeker dachte einen Moment lang nach. Das war er damals auch gewesen, als er als Achtzehnjähriger zu den Piraten gestoßen war. »Du kannst auf meinem Holk zweiter Steuermann sein«, sagte er dann und setzte seinen Rundgang fort. Einohr blieb stehen, schaute aufs Meer, auf seine Kameraden an Deck und sah später, wie hinten auf dem Befehlsturm Störtebeker in seiner Kajüte verschwand. Ich werde bei ihm bleiben, dachte er, er gibt mir Hoffnung auf ein besseres Leben.

DIE SCHLACHT UM BERGEN

Am 22. April 1393, zwischen drei und vier Uhr morgens, es war noch dunkel, näherte sich die Flotte der Vitalienbrüder unentdeckt der Hafenbucht von Bergen. Viele Schiffe, Kutter und Ruderboote dümpelten im Hafen. Wachmannschaften waren nicht zu sehen. Nur in wenigen Häusern brannte Licht. Die Stadt schien noch zu schlafen.

Die Stadt Bergen lag zwischen Hügeln verstreut. Ein tiefer Fjord führte mitten durch sie hindurch ins direkt dahinter liegende Gebirge. Wegen des Pelz-, Holz- und Fischhandels und des Walfangs war Bergen eine der wichtigsten Handelsstädte der Hanse geworden. Man nannte sie die Perle des Nordens.

Nicht nur Norweger, auch viele Deutsche lebten hier, die bei der Deutschen Brücke, dem einflussreichsten von vier Auslandskontoren der Hanse, Arbeit gefunden hatten.

Wulf von Wulflam war der Aldermann der Deutschen Brücke und der Befehlshaber der Schwertkämpfer, die das Eigentum der Brücke beschützen sollten. Wulflam hatte die Schwertkämpfer bei den Deutschen Ordensrittern in der Marienburg im Schwertkampf ausbilden lassen. Er war früher selbst ein berühmter Ordensritter gewesen und war eng befreundet mit ihrem gegenwärtigen Hochmeister Konrad von Jungingen. Wulflam kam aus dem pommerschen Adelsgeschlecht der von Wulflams und der von Anklams. Er war bei den Hansen ein reicher Mann geworden, sie brauchten ihn immer wieder für besondere Aufgaben und belohnten ihn dafür fürstlich.

In Bergen gab es ein Patrizierviertel. Es lag im oberen Teil der Stadt, zum Gebirge hin. Die Villen der Hansepatrizier waren aus Felsenstein gebaut mit schönen Gärten davor. Unten im Hafenviertel wohnten die Fischer, Holzfäller, Pelzjäger und Walfänger. Ihre Häuser, zumeist zwei- bis dreistöckige Holzhäuser, waren karmesinrot angemalt. Im Hafen standen große Warenhäuser der Hanse, sie waren auch aus Holz und karmesinrot angemalt. Pelze, Räucherfisch, Dörrfleisch und Bauholz wurden dort gelagert.

Die Vitalienbrüder waren kaum an Land gesprungen, konnten sich am Kai kaum in ihren gewohnten Formationen aufstellen, da stellten sich ihnen die Norweger unter ihrem Bürgerwehrhauptmann, dem Pelzjäger Jon Darre, entgegen. Es schien, als hätten sie in der Dunkelheit der Hafengassen auf die Piraten gewartet, um sie von den Kaimauern gleich wieder ins Meer zu werfen.

Jon Darres Leute – Fischer, Pelzjäger, Holzfäller und Walfänger – waren mit Äxten, Langmessern, Harpunen und Pfeil und

Bogen bewaffnet. Sie waren große, starke Burschen. Aber sie waren das Kämpfen gegen Menschen nicht gewohnt. Sie waren es gewohnt, gegen Wale, Bären, Wölfe zu kämpfen, waren es gewohnt, Tannen, Eichen und Zedern zu fällen, waren es gewohnt, schwerste Fischernetze über die Relings ihrer Kutter zu ziehen. Verzweifelt warfen sie sich den anrennenden Horden der Schwerter, Degen, Enterhaken und Streitäxte schwingenden, im Menschenkampf geübten Vitalienbrüder entgegen. Jon Darre feuerte sie immer wieder an: »Kämpft für eure Frauen und Kinder, kämpft, Männer. Lasst sie nicht siegen.«

Jon Darre war einer der wenigen Norweger, der mit einem Schwert bewaffnet war. Er kämpfte in vorderster Reihe. Und er musste mit ansehen, dass seine Pelzjäger im Nahkampf mit Pfeil und Bogen nichts ausrichten konnten. Sie wurden einfach abgestochen, ohne viel Gegenwehr leisten zu können. Auch die Harpunen waren für den Nahkampf viel zu lang, damit konnten die Walfänger Angriffe abblocken, aber nicht im Gewirr der Leiber zustechen. Wie ein Berserker hieb Darre um sich, und seine Landsleute, die mit ihm in vorderster Linie kämpften, hackten und stießen mit Äxten und Messern auf die anrennende Meute ein. Und sie verloren doch an Boden, waren den Waffen der Vitalienbrüder doch unterlegen.

Und da schossen Darre sekundenlang Bilder durch den Kopf. Bilder von seiner Frau und seinen beiden Söhnen und von ihrem bisherigen Leben und von ihrem Zuhause. Er liebte seine Frau und seine Kinder über alles. Er konnte sich ein Leben ohne sie nicht vorstellen. Er hatte die drei häufig mit zur Jagd genommen. Sie hatten dann in freier Natur gelebt. Und er hatte seinen Söhnen das Schießen mit Pfeil und Bogen beigebracht und das Fallenstellen, und sie hatten in den wilden Flüssen gebadet. Und in den Wintermonaten waren sie oft in seiner Holzhütte am Oere-Fjord gewesen. Und dann fühlte er plötzlich, dass er sie nie wieder sehen würde. Das würde sein letzter Tag sein, das empfand er jetzt eindeutig. Dann hatte ihn das Kampfgetümmel wieder, und er durchbohrte einen Vitalienbruder mit seinem Schwert.

Die Norweger wichen weiter zurück. Verwundete lagen auf dem Schlachtfeld. Die Kämpfenden trampelten über sie rüber. Mann gegen Mann kämpften sie, und Freund und Feind waren oft ineinander verknäuelt, schoben und drängten, und wenn etwas Freiraum entstand, stachen sie aufeinander ein. In den hinteren Reihen fingen die Vitalienbrüder an, mit brennenden Pfeilen auf die Holzhäuser zu schießen. Nach einer Weile stand das Hafenviertel in Flammen.

Jon Darres Norweger zogen sich ins Patrizierviertel zurück, dahin, wo auch die mit eisernen Kettenhemden gepanzerten Schwertkämpfer der Deutschen Brücke unter ihrem Befehlshaber Wulf von Wulflam standen. Nun kämpften sie zusammen mit den Schwertkämpfern. Und sie fassten noch einmal Mut. Und Darre feuerte sie wieder an.

Klaus Störtebeker und Gödeke Michels erkannten Darres Manöver. Sie hielten, selbst in vorderster Reihe kämpfend, den Ansturm der Vitalienbrüder auf. »Ihr wisst, was die Schwertkämpfer und Wulflam unseren Brüdern angetan haben«, brüllte Gödeke auf die Vitalier ein, »jetzt zeigt ihnen, dass wir den Spieß umdrehen können.« Und die Vitalienbrüder reckten ihre Waffen empor. »Wir werden sie erledigen«, entgegneten sie. Und sie waren von ihrem Sieg überzeugt.

Störtebeker hob seine rechte Hand. »Die Schwertkämpfer«, warnte er, »sind das Kämpfen Mann gegen Mann gewohnt, sie sind stark, sie sind gefährlich, ihr Schwert ist ihr tägliches Handwerkszeug.« Viele Vitalienbrüder standen um Störtebeker und Michels herum. Sie schwiegen. Sie hielten ihre Waffen gesenkt. »Aber wir werden sie besiegen«, fuhr Störtebeker fort, »wir werden Kampfformationen mit dreireihigen Pfeilspitzen bilden und damit Lücken in ihre Reihen schlagen.

Darauf sind sie nicht vorbereitet. Das wird sie umwerfen.« Und die Vitalienbrüder folgten Störtebekers Rat. Sie bildeten die dreireihigen Pfeilspitzenformationen. Sie rannten im Laufschritt, hielten ihre Waffen empor, liefen auf die wartenden Schwertkämpfer zu. Dabei brüllten sie: »Rache für unsere geschundenen Brüder. Lasst Wulflam nicht entkommen.«

Die Vitalienbrüder durchbrachen die Linien der Schwertkämpfer durch die Wucht ihres Ansturms. Ihre dreireihigen Pfeilspitzen schlugen tiefe Breschen in deren Linien. Und die nachrückenden Wellen der Vitalier drängten die Fronten der Schwertkämpfer und Norweger zurück. Störtebeker musste mit ansehen, wie seine Kameraden auf am Boden liegende verletzte, entwaffnete Schwertkämpfer einstießen und einschlugen, sie einfach durchbohrten, sie enthaupteten und dabei schrien: »Auge um Auge«, »Ohr um Ohr« und »Kopf um Kopf«. Er wollte eingreifen, aber es wäre zwecklos gewesen. Denn Gödeke Michels und die adligen Hauptleute gingen den Vitalienbrüdern beim Metzeln und Enthaupten voran.

Als Norweger und Schwertkämpfer das Patrizierviertel aufgaben und sich hinter den Hügeln am Stadtrand verschanzten und eine Kampfpause eintrat, blickte Störtebeker auf die Stadt zurück. Er sah, dass ganz Bergen in Flammen stand. Hannes Wichmann stürzte auf ihn zu, er war außer Atem, sein Gesicht war blutverschmiert, und er musste sich übergeben. Als er seinen Mund abwischte, zitterte er am ganzen Leib, und er hatte Tränen in den Augen. Dann fing er sich und sagte mit bebender Stimme: »Klaus, du musst was tun, unten im Hafen plündern, morden und vergewaltigen sie. Unsere Leute sind von Sinnen. Bring sie zur Vernunft. Um Christi willen, tu etwas.«

Jetzt kam auch Einohr auf sie zugelaufen und schrie: »Hauptmann, die Vitalienbrüder rauben die einfachen Leute aus, schlagen auf Verwundete, Frauen und alte Leute ein. Sie machen vor nichts Halt. Wir müssen sie stoppen.«

Da war Störtebeker nicht mehr zu halten. Er schrie auf eine Gruppe von Vitaliern ein, die mit ihm in vorderster Reihe gegen Wulflams Schwertkämpfer gefochten hatten: »Wir müssen uns dem Morden und Vergewaltigen entgegenstellen. Folgt mir.« Und sie folgten ihm zum Hafenviertel, auch Einohr und Wichmann. Sie liefen wie die Verrückten zu den brennenden Holzhäusern, und Wichmann konnte kaum folgen.

Unterwegs sahen sie, wie ihre Kameraden in die brennenden Häuser liefen und alles herausholten, dessen sie habhaft werden konnten, und dass sie auf Norweger einstachen, die ihr Hab und Gut retten wollten. Dann sahen sie, wie sich Vitalier über Frauen hermachten, sie auf offener Straße zwischen den brennenden Häusern entkleideten und vergewaltigen wollten. Und sie gingen dazwischen, schlugen auf die eigenen Leute ein. Und man hörte Einohr schreien: »Hört auf mit Morden und Vergewaltigen, ihr Dreckskerle, es sind doch Menschen.« Und Wichmann rief immer wieder: »Haltet ein, sie haben euch nichts getan.«

Bis zum frühen Mittag mussten sie auf ihre eigenen Kameraden einschlagen, auf sie einreden, sie zur Vernunft bringen, norwegische Verwundete, Frauen und Kinder schützen. Solche Arbeit hatten sie noch nie getan. Sie waren mit ihren Nerven am Ende. Als die Arbeit erledigt war, hörte man Vitalienbrüder rufen: »Rettet Frauen und Kinder, holt sie aus den brennenden Häusern« und »Tötet keine Gefangenen«.

Als ein Vitalier dazwischenrief: »Was soll's, das hätte Wulflam mit unseren Leuten auch getan«, da konnte Störtebeker nicht mehr an sich halten. Er stürzte sich auf den Mann und schrie: »Halt's Maul, du Tier.« Und er zog sein Schwert. Aber Hannes Wichmann stellte sich zwischen die beiden, legte seine Rechte auf Störtebekers Schwert und sagte: »Beruhige dich, Klaus, wir haben alles im Griff. Vergiss nicht, was Wulflam unseren Brüdern angetan hat.« Störtebeker ließ von dem Vitalier ab. Er starrte eine Weile vor sich hin. Die umstehenden Vitalienbrüder schauten an sich herunter. Keiner sagte ein Wort. Nach einer Weile gingen die meisten schweigend zum Schlachtfeld hinter dem Patrizierviertel zurück.

Hinter den Hügeln am Stadtrand ging die Schlacht weiter. Die Schwertkämpfer und die Norweger kämpften noch immer, es ging schließlich um ihr Leben. Und auch die Vitalienbrüder hatten mehr Verluste erlitten, als sie gewohnt waren. Auf einem der Hügel stand eine mächtige Gestalt, ein Riese in Ritterrüstung, mit Schwert, Helm und eisernem Panzerhemd bewaffnet. Der da oben wie ein Denkmal stand, das war der Befehlshaber der Schwertkämpfer. Es war Wulf von Wulflam. Von da oben gab er die Befehle an seine Schwertkämpfer.

Auch Hannes Wichmann war mit Störtebeker in die Schlacht zurückgeeilt. Er kämpfte neben Störtebeker. Er sah die Gestalt oben auf der Anhöhe. Er packte Störtebeker am Schwertarm, zeigte auf den Hügel und rief: »Klaus, da oben, der Aldermann, das Böse, Klaus, er wartet auf dich.« »Der Aldermann«, raunte es in den Reihen der Vitalienbrüder am Fuße des Hügels. »Der Aldermann«, riefen sie, starrten auf die Anhöhe und deuteten mit ihren Zeigefingern auf Wulflam. Das in Eisen gegossene Ungeheuer, dachte Wichmann.

Störtebeker und Wichmann schlugen eine Schneise durch die am Fuße des Hügels Kämpfenden, kletterten den Hügel empor, Wichmann keuchend hinter Störtebeker. Als Störtebeker als Erster oben ankam, stand Wulflam vor ihm, als hätte er auf ihn gewartet. Die beiden Männer kreuzten vorsichtig ihre Schwerter wie zur Begrüßung. Unten am Fuße des Hügels hörten sie auf zu kämpfen. Alle starrten nach oben, erwarteten den Zweikampf. Es herrschte Stille.

Für einen Moment schaute Störtebeker hinter die Rittergestalt und sah, wie sich unten auf der anderen Seite des Hügels der tiefe Fjord entlangschlängelte und weit hinten im

Gebirge verschwand. Dann sagte er: »Du bist Wulf von Wulflam, der adlige Menschenschinder. Ich komme zu dir, um die geköpften, einäugigen und einohrigen Kameraden zu rächen.« Wulflam lachte laut und entgegnete: »Du bist Störtebeker, der hergelaufene Leibeigene. Dich wollte ich schon lange ins Jenseits befördern, um mich für meinen Oheim Baron von Salzach zu rächen.«

Dann schlugen sie aufeinander ein. Und Wulflam verletzte Störtebeker am linken Arm. »Du trägst keinen Helm, und dein Panzerhemd hat keine Ärmel, Leibeigener, ein schwerer Fehler«, rief Wulflam, »ich werde dir jetzt zuerst das rechte Ohr abschlagen, dann werde ich dich wie einen räudigen Hund abstechen.« Wulflam nahm sein Schwert in beide Hände und schlug mit seiner ganzen Kraft auf Störtebekers rechte Kopfseite. Aber Störtebeker duckte sich, der Schlag traf seine gepanzerte rechte Schulter. Er strauchelte, fing sich, preschte auf Wulflam los, nahm sein Schwert in beide Hände und hieb auf Wulflams Schwert ein. Der Schlag war so hart, dass Wulflam das Schwert aus der Hand glitt und zu Boden fiel.

Der Aldermann stand da wie erstarrt. Er konnte nicht glauben, was passiert war. »Du Hund«, schrie er, »du hast nur Glück gehabt.« Störtebeker ging auf Wulflam zu, bückte sich, nahm das gefallene Schwert mit seiner Linken auf und warf es Wulflam zu. Alle Zuschauer konnten es sehen. Die Vitalienbrüder konnten es nicht fassen. So etwas durfte man doch nicht machen. Dafür gab es nach ihrer Meinung keinen Grund. Auch Hannes Wichmann, der oben am Rande des Hügels stand, war entsetzt. Er schrie: »Du musst ihn töten, Klaus, zögere nicht, wir haben nur ein kurzes Leben.«

Störtebeker hörte Wichmanns Aufschrei. Er nickte. Dann ging der Zweikampf weiter. Wieder schauten unten am Fuße des Hügels alle zu, ohne selbst zu kämpfen. Oben schlugen Störtebeker und Wulflam aufeinander ein, kämpften Fuß bei

Fuß, kreuzten die Schwerter, gingen wieder auseinander, nur, um wieder aufeinander einzuschlagen. »Warum hast du mir mein Schwert wiedergegeben, Pirat? Das war dein zweiter Fehler. Du hättest mich erledigen müssen, warst eben auf keiner Waffenschule«, sagte Wulflam höhnisch, als sie wieder Fuß bei Fuß kämpften. Man lernt das Schwertkämpfen auch so mit der Zeit, ohne eine Schule zu besuchen, dachte Störtebeker.

Wulflam empfand es als eine schwere Beleidigung, dass dieser hergelaufene Störtebeker ihm das Schwert aus der Hand geschlagen hatte. Dieser Unausgebildete hat mich gedemütigt, dachte er, das wird er mir büßen. Ich werde ihn ganz langsam töten, werde ihn quälen, werde ihn nach und nach abstechen, bis er um Gnade winselt, bis er um den Todesstoß bettelt, und dann werde ich ihn an seinen Wunden verrecken lassen. Und er empfand große Genugtuung bei diesen Gedanken.

Unten am Fuße des Hügels ging bei den Vitalienbrüdern die Angst um. Der Aldermann da oben, seitdem Störtebeker ihm das Schwert zurückgegeben hatte, sah für sie mehr und mehr wie der Sieger aus. Da erschien Gödeke Michels unten, er schrie zum Hügel rauf: »Stich das Schwein ab, Klaus, mach es endlich, tu es für uns alle.«

Aber Störtebeker hörte nichts mehr, zu sehr hatte er sich auf den Zweikampf konzentriert. Er dachte nur noch an den Kampf, er sah nur noch den gepanzerten Aldermann. Das ist der Feind, der große Feind, er muss weg, dachte er, er muss einfach weg, dann ist das Schlachten zu Ende.

Und Störtebeker schlug auf Wulflam ein, trieb ihn an den hinteren Rand des Hügels, da, wo unten der tiefe Fjord entlangfloss. Er spürte die Schläge des Aldermann kaum, rannte jetzt frontal auf ihn zu, stieß ihm sein Schwert in den eisenhemdgeschützten Bauch. Er fühlte ganz klar, dass sein Schwert durch Wulflams Eisenpanzer hindurchdrang. Zuletzt spürte er etwas Weiches. Und Wulflams Panzerhemd färbte sich rot. Wulflam strauchelte. Wieder stieß Störtebeker mit aller Kraft zu. Der Stoß traf Wulflam hart, er kippte nach hinten, rollte den Abhang des Hügels hinunter, verlor Helm und Schwert und verschwand unten in den Fluten des Fjords.

»Ihm nach, Klaus, ihm nach«, schrie Hannes Wichmann von hinten, »versetz ihm den Todesstoß. Wir müssen seine Leiche zeigen.« Aber Störtebeker stand am Rande des Hügels, bewegungslos, er starrte runter in die Fluten des Fjords. Wulflam war verschwunden, der große Feind war weg. »Der Kampf ist doch zu Ende«, sagte er wie in Trance zu Wichmann. Der rüttelte an Störtebekers Kettenhemd. »Um Himmels willen, Klaus«, schrie er, »du hast ihn entkommen lassen. Wigbold wird dir das nicht verzeihen.«

Wichmann ging zum Rand des Hügels, schaute runter in die reißenden Fluten des Fjords. Da war nichts zu sehen. Da war nichts zu machen. Der Aldermann war verschwunden. Dann kletterten Störtebeker und Wichmann auf der anderen Seite den Hügel hinunter. Am Fuße des Hügels hatten Wulflams Leute ihre Schwerter zu Boden geworfen und sich ergeben. Sie hatten Wulflam fallen gesehen. Für sie war er tot. Der Kampf war zu Ende. Auch die Vitalienbrüder hatten Wulflam fallen gesehen. Auch für sie war er tot. Sie grüßten Störtebeker mit erhobenen Waffen. Sie jubelten. Sie lachten. Sie waren glücklich. Sie hatten gewonnen. Und einer schrie: »Er hat den Unhold besiegt.« Den Gefangenen wurde kein Haar gekrümmt.

Den Fjord entlang, zum Gebirge hin, ging die Schlacht weiter. Dort kämpfte der Rest der norwegischen Bürgerwehr mit ihrem Hauptmann Jon Darre noch immer um ihr Leben. Plötzlich ertönten Rufe: »Wulflam ist gefallen.« »Die Schwertkämpfer haben sich ergeben.« Jon Darre schrie dazwischen: »Lasst euch nicht unterkriegen, Männer, kämpft für eure Frauen und Kinder.« Aber sie konnten alle sehen, dass vorn im Tal und zwischen den Hügeln nicht nur der Hafen und die Lagerhäuser brannten, ganz Bergen stand in Flammen, auch das Patrizierviertel und das große Hansekontorhaus der Deutschen Brücke. Es war zwecklos weiterzukämpfen. Aber sie taten es trotzdem.

Jon Darres blondes Haar war blutverschmiert, klaffende Wunden durchzogen sein Gesicht. Er trug Wollkleider und eine Wildlederjacke darüber. Die Wildlederjacke hing zerfetzt an ihm herunter. Sie hatte zu viele Hiebe empfangen. Er trug keine Kopfbedeckung. Er taumelte mehr, als dass er aufrecht stand. Aber er hielt sein Schwert mit beiden Händen fest umklammert, als der Ritter Manteuffel, mit eisernem Kettenhemd und Helm geschützt, vor ihm stand und sein Schwert auf ihn richtete. »Na los, Hauptmann«, grölte Manteuffel, »komm schon, jetzt geht es dir und deiner lächerlichen Bürgerwehr an den Kragen. Jetzt ist es aus mit euch. Wir wollen endlich unseren Sieg feiern.«

Darre schaute eine Weile auf den gepanzerten Ritter. Er konnte mit dem Mann nichts anfangen. Zwar wusste er, dass es Ritter gab. Er hatte auch schon einige gesehen. Schließlich lebte Wulf von Wulflam bei ihnen in Bergen. Aber der hatte nie mit ihm oder seinen Leuten gesprochen. Es hieß bei seinen Leuten: Sie seien Herrenmenschen, eben ganz besondere Menschen, die nicht arbeiten müssten. Das musste tatsächlich das ganz Besondere an ihnen sein, dachte er, denn selbst die Patrizier, die auch kaum mit ihnen sprachen, arbeiteten hier und da in ihren Kontoren mit Zahlen. Man konnte das sehen, wenn sie Verträge mit einem abschlossen, die man ja sowieso nicht lesen konnte.

Aber dann war Darre doch verlegen. Der, welcher vor ihm stand, konnte lesen und schreiben, galt im Schwertkampf als fast unbesiegbar. Darre fühlte sich minderwertig. Und er fragte fast unterwürfig: »Warum seid ihr überhaupt nach Bergen gekommen, Herr? Warum tötet ihr unsere Leute? Wir haben euch nichts getan.« Aber Manteuffel antwortete nicht. Er schlug auf Darre ein, verpasste ihm einen so harten Schlag, dass ihm beinahe sein Schwert entglitt und er zu Boden sank. Als Darre wieder hochzukommen versuchte, traf ihn ein zweiter Schlag Manteuffels am Kopf, wieder sank er zu Boden. Doch Darre rappelte sich wieder hoch. Er hatte sein Schwert nicht verloren, umklammerte es mit beiden Händen wie etwas Kostbares. Er blutete stark am Kopf und an den Händen. Aber er war bei klarem Bewusstsein, so klar, dass er jetzt begriff, dass sein Gegenüber kein gepanzertes Monstrum, kein unbesiegbarer Herrenmensch war, sondern ein Raubtier in Menschengestalt, dem man mit List und Willen widerstehen konnte.

Diese Erkenntnis breitete sich in Darres Hirn aus, sie stärkte ihn, und er fühlte sich nicht mehr minderwertig. Im Gegenteil: Er empfand ganz klar, dass er seinem Gegenüber ebenbürtig wäre, dass er ihn besiegen könnte. Er musste nur ganz bewusst und mit starkem Willen kämpfen, dachte er. Und so nahm Darre sein Schwert wieder in beide Hände, hielt es aber nach unten, ging ein Stück zurück, tat so, als müsse er sich ausruhen, tat so, als wolle er die Kampfstätte verlassen.

»Du bist erledigt, du stinkender Fallensteller«, rief Manteuffel, »jetzt werde ich dir den Garaus machen.« Und Manteuffel folgte Darre, hielt sein Schwert auf ihn gerichtet, begann zu fintieren. Da ging Darre plötzlich einen Schritt nach vorn, hob sein Schwert mit beiden Händen nach oben, schwenkte es über seinem Kopf, einmal und zweimal, dann holte er aus und traf von Manteuffel an der linken Seite zwischen Eisenhelm und Kettenhemd. Er traf seine Halsschlagader, darauf hatte er gezielt, er trennte ihm fast den Kopf vom Rumpf. Manteuffel kippte vornüber zu Boden. Blut schoss aus seinem Hals, Zuckungen jagten durch seinen Körper. Dann lag er bewegungslos da.

Jon Darre blickte ungläubig auf den gefallenen Ritter. Noch immer schoss Blut aus Manteuffels Hals. Dann begriff Darre seine Tat. Er beugte sich über den gepanzerten Ritter, drehte ihn um, schaute in dessen weit geöffnete, stille Augen und sagte: »Da siehst du's, Herrenmensch, wenn wir wollen, sind wir euch ebenbürtig.«

Von hinten stürzte Stuke auf Darre zu. Darres Bürgerwehrleute schrien: »Hauptmann, pass auf.« Doch Darre hörte es nicht. Zu sehr war er mit seinem Sieg beschäftigt. Stuke stieß sein Schwert in Darres Rücken. Darre fiel kopfüber auf Manteuffel rauf. Er wollte aufstehen, aber es ging nicht. Und er fühlte, dass Blut aus seinem Mund rann. Stukes Schwert stak noch immer in seinem Rücken. Jetzt zog der Ritter es raus und rammte es noch einmal in seinen Rücken. »Du Hund«, brüllte Stuke, »du hast unseren Manteuffel ermordet.« Wieder zog er sein Schwert aus Darres Rücken. Dann stieß er Darre mit seinem linken Fuß von Manteuffel runter, nahm sein Schwert in beide Hände, holte aus und trennte Darres Kopf vom Rumpf.

Der Rest der norwegischen Bürgerwehr ergab sich. Die Norweger standen um Darres Leiche herum, ihre Köpfe hielten sie gesenkt. Einige weinten. Die Vitalienbrüder ließen sie in Ruhe. Kurze Zeit darauf erschienen die nichtadligen Hauptleute. Sie sahen Darres geköpfte Leiche, sie schauten in die abwesenden Gesichter der Norweger, sie sahen Manteuffels Leiche. Gödeke Michels ging auf den gefallenen Manteuffel zu, schüttelte den Kopf. »Wer hat das getan?«, fragte er. »Dieses Schwein hier«, antwortete Pecatel und zeigte auf den enthaupteten Jon Darre. »Unglaublich«, murmelte Gödeke. Dann ging er zu Darres Leiche, verneigte sich kaum merklich und sagte leise für sich: »Meine Hochachtung, Norweger, du hast den schlimmsten Raubritter erledigt, den die Welt je kannte.«

Dann ging Hannes Wichmann auf die Gefangenen zu, schaute sie eine Weile lang an, sah die Angst in ihren Augen und sagte: »Die Schlacht ist vorüber. Auch die Schwertkämpfer haben sich ergeben. Geht nach Hause. Es wird euch nichts geschehen.« Die Norweger schauten ihn entgeistert an, noch immer glaubten sie, ihr Ende wäre nahe. Sie wagten nicht, etwas zu sagen. »Doch, doch«, fuhr Wichmann fort, »es wird euch nichts geschehen, geht zurück zu euren Frauen und Kindern.« Und dabei dachte er, ich hoffe, sie leben noch.

Später, Bergen war fast abgebrannt, sah man, wie die Vitalienbrüder auf dem Marktplatz Lebensmittel, Hausrat, Kleider und Viehzeug aus ihrer Beute an die überlebenden Norweger zurückgaben. Störtebeker, Wichmann und Einohr regelten die Rückgabe. Sie standen mitten drin in einem Haufen von Norwegern, Vitalienbrüdern, Klamotten, Hausrat, Federvieh, Mehlsäcken, Ziegen, Schafen. Ein Norweger fragte Einohr: »Was ist los mit euch? Erst zerstört ihr unsere Stadt und raubt uns aus, dann gebt ihr uns unser Hab und Gut zurück.« Einohr mochte den Norweger nicht ansehen. Er entgegnete: »Unser Hauptmann Störtebeker will es so.« Der Norweger begriff nicht. Er schüttelte seinen Kopf. Das hier machte für ihn keinen Sinn. Er nahm sich einige Sachen und ging schweigend davon.

Kurz darauf kam Magister Wigbold auf die Gruppe zu. Er war ganz in Schwarz gekleidet. Er war erregt. Er schrie: »Verdammt seist du, Störtebeker, erst lässt du Wulflam entkommen, du alter Zauderer, und nun gibst du unsere Beute zurück, du Guttuer. Dazu hast du kein Recht, wir rauben auf eigene Rechnung und nicht nach deinem Gutdünken.« Störtebeker sah von seiner Arbeit auf. Er spürte, dass er Wigbold eine Antwort schuldig war, und er entgegnete: »Was wir heute getan haben, Wigbold, darf nie wieder passieren. Wir müssen uns ändern. Wir müssen Menschlichkeit walten lassen.«

Wigbold lachte. »Menschlichkeit«, rief er und schaute dabei mitleidig auf Störtebeker, »wenn ich das Wort schon höre, wird mir schlecht. Was wir heute gemacht haben, das haben die Herren dieser Welt, die Hansen und ihre Wulflams, schon immer mit unseren Leuten gemacht.« Störtebeker schwieg einen Moment lang. Dann sagte er: »Gerade deshalb müssen wir es ändern, Wigbold, wir müssen zeigen, dass es eine andere Welt gibt.« Und er fügte hinzu: »Sieh doch, was wir angerichtet haben. Wir haben eine ganze Stadt niedergebrannt und viele Menschen getötet, die uns nichts getan haben. Was hast du davon?«

»Meine Freude, Mann«, antwortete Wigbold spontan, »meine Freude. Aber das wirst du nie verstehen, du Analphabet.« Und dabei musste Wigbold an seine Zeit an der Universität von Prag denken, an seine geheimen Studien über die Ideen des englischen Theologen John Wiclif, der die ganze Gesellschaft auf den Kopf stellen wollte, der Adels- und Kirchengüter einziehen wollte, der Gewalt und Feuer predigte und danach das Paradies auf Erden versprach. Diese Ideen hatten 1381 den großen englischen Bauernaufstand mit ausgelöst.

Damals hatte er die Universität von Prag verlassen, um Wiclifs Lehre mit ausbreiten zu helfen, und war schließlich auf vielen Umwegen bei den Vitalienbrüdern gelandet. Aber die achteten ihn nicht, meinte er immer wieder feststellen zu müssen, sie fürchteten ihn vielmehr. Sie brauchten ihn, weil er lesen und schreiben konnte. Aber sie verstanden ihn nicht. Er war ihnen unheimlich. Er gehörte nicht zu ihnen, das ließen sie ihn oft spüren. Und er verachtete sie, dagegen konnte er nichts tun. Die Vitalienbrüder standen mit ihm nicht auf einer Ebene, so dachte er immer häufiger, das waren nicht die Menschen, von denen Wiclif gesprochen hatte, mit denen hier konnte man keine neue Gesellschaft aufbauen. Die waren viel zu schwach. Die einzigen, die dazu in der Lage sein könnten, waren die adligen Hauptleute, so dachte er jetzt, aber die sollten eigentlich vom Erdboden verschwinden. Und dieser Störtebeker war für ihn einfach ein Träumer.

Wigbold strich über sein kurz geschnittenes Haar, ordnete seine schwarze Tuchjacke und schaute lächelnd auf das zerstörte Bergen. Er freute sich besonders über die bis zu den Grundmauern niedergebrannten Patrizierhäuser. Er war bei der Schlacht nur Beobachter gewesen. Noch einmal wandte er sich Störtebeker zu: »Du bist noch schwächer, als ich dachte, großer Hauptmann. Du hast keine Ahnung von Herrschaft. Ohne Gewalt erreichen wir gar nichts. Erst muss alles Alte vernichtet werden, bevor etwas Neues entsteht. Aber dazu bist du nicht fähig. Deshalb wirst du Schiffbruch erleiden. Denk an meine Worte.«

Bevor Störtebeker Wigbold antworten konnte, torkelten die Ritter von Pecatel und von Preen betrunken auf sie zu. Pecatel fuchtelte wild mit seinem Schwert in der Luft, Preen hielt einen großen Krug Bier in seiner Rechten und plantschte damit herum. »Na, ihr beiden Streithälse«, lallte von Pecatel, »seid ihr schon wieder aneinander geraten? Versteht ihr denn gar nicht zu feiern? Heute lief doch alles nach Plan. Die Deutsche Brücke hat uns viele lübische Taler überlassen. Das war unser größter Sieg, die fetteste Beute, die wir je gemacht haben. Also sauft endlich.«

»Bin ganz Ihrer Meinung, mein alter Pecatel«, grunzte Preen, »ganz Ihrer Meinung. Das war unser größter Sieg. Wir hätten sie alle niedergemacht, wenn dieser hergelaufene Störtebeker nicht dazwischengekommen wäre. Aber was nicht ist, kann ja noch werden.«

Preen und Pecatel schwankten mit gezogenen Schwertern auf eine Gruppe Norweger zu, die zusammengekauert zwischen ihrem zurückerhaltenen Hab und Gut auf dem Boden saßen. Ängstlich schauten die Norweger zu den betrunkenen, in voller Rüstung vor ihnen stehenden adligen Hauptleuten auf. »Aufstehen, ihr Hunde, los, aufstehen«, herrschte Preen die auf dem Boden Hockenden an, »ein deutscher Ritter steht vor euch.« Die Norweger standen auf, die Frauen unter ihnen fingen zu weinen an, die Kinder hielten sich an ihren Rockschößen fest und starrten die beiden Ritter verständnislos an. Pecatel hob mit seiner Schwertspitze einer Norwegerin den Rock hoch. Dann hielt er sein Schwert auf ihren Unterleib, zog es nach oben und umkreiste ihre Brüste.

Da stellte sich Wichmann vor die Frau. Und Einohr schlug Pecatel das Schwert aus der Hand. »Das wirst du mir büßen, du Grünschnabel«, fauchte Pecatel, »hast du keine Achtung vor mir?« Pecatel beugte sich nach seinem Schwert, hob es schwankend auf, versuchte es auf Einohr zu richten und schlug daneben. »Hast du kein Gewissen?« schrie Einohr. Und er hielt sein Schwert zum Schutz aufrecht vor sich. »Das habe ich schon lange abgelegt«, lallte Pecatel, wollte wieder auf Einohr einschlagen, fiel aber besoffen zu Boden. Dann rappelte er sich hoch und ging fluchend davon. Preen folgte ihm, wüste Drohungen gegen Einohr und Wichmann ausstoßend. Die Norweger setzten sich wieder auf den Boden. Sie schauten auf Wichmann und Einohr. Und einer sagte: »Wir danken euch.« Wichmann und Einohr schämten sich.

IN STÖRTEBEKERS KAJÜTE

Auf der Rückfahrt von Bergen zur mecklenburgischen Küste saßen Störtebeker und Einohr eines Nachts in der Kajüte des Hauptmanns. Zwei große Kerzen brannten auf dem Tisch. Vor den beiden stand ein Steinkrug mit Bier. Vor Störtebeker lagen auch ein großes Stück Pergament und ein Kohlestift. Störtebeker schaute auf das Pergament, buchstabierte Wörter, deutete mit seinem rechten Zeigefinger auf eine Reihe Wörter, begann langsam, sehr langsam zu lesen. »Sehr gut, Hauptmann, wirklich sehr gut«, unterbrach ihn Einohr, »du lernst schneller, als ich dachte.« Sie mussten beide lachen.

Dann nahm Einohr das Pergament und den Kohlestift an sich, schrieb neue Wörter auf, zeigte sie Störtebeker, buchstabierte sie vor, indem er gleichzeitig mit seinem rechten Zeigefinger auf die neuen Wörter deutete. Und Störtebeker musste sie nachbuchstabieren. Jedes neue Wort wurde von Einohr besonders deutlich geschrieben. Immer wieder strich Störtebeker mit seinem rechten Zeigefinger über neue Wörter und kurze Sätze und las langsam und stotternd vor. Selten korrigierte ihn Einohr. Nach einer Weile sagte er: »Jetzt schreib selber Buchstaben und Wörter.« Störtebeker nahm den Kohlestift in seine rechte Hand und kritzelte die vorgeschriebenen Buchstaben und Wörter nach. Darauf begann er, seine eigenen Wörter zu buchstabieren, seine eigene Schrift zu entziffern.

»Nun schreib deinen Namen und Geburtsort«, ermunterte ihn Einohr. »Ich weiß meinen Geburtsort nicht«, antwortete Störtebeker. Und er schrieb seinen Namen und Vornamen vorsichtig und mit großer Sorgfalt auf das Pergament, las sie langsam vor, nickte ein paar Mal mit seinem Kopf, nahm einen Schluck aus seinem Bierkrug und sagte: »So sieht das also aus, wenn man sich selbst schreibt. Jetzt kann ich Dokumente unterzeichnen. Bin ich nun eine Person?« Einohr grinste Störtebeker an. »Das bist du immer gewesen, Hauptmann«, antwortete er, »aber bald wirst du Ideen lesen können, damit bekommst du Macht über andere Menschen.«

»Dann sollten alle lesen und schreiben können«, meinte Störtebeker, »so könnte die Macht gleicher verteilt werden.« Einohr dachte einen Moment lang nach, dann sagte er: »Einige werden immer besser und mehr lesen und schreiben können als andere.« Störtebeker schaute in seinen Bierkrug hinein und dann auf Einohr und entgegnete: »Da hast du wohl Recht, das glaube ich auch.«

Die beiden stießen an, nahmen einen langen Schluck aus ihren Bierkrügen. Sie waren eine Weile lang schweigsam. Jeder hing seinen eigenen Gedanken nach. Dann unterbrach Einohr das Schweigen: »Wie soll es weitergehen mit den Vitalienbrüdern, Hauptmann?« Störtebeker blickte auf das Pergament, verbesserte mit dem Kohlestift einige seiner selbst geschriebenen Buchstaben und sagte: »Wir werden erst mal nach Wismar und Rostock zurücksegeln, um unsere Beute an den Mann zu bringen. Danach werden wir weitersehen.«

Aber Einohr war mit Störtebekers Antwort nicht zufrieden. Und Störtebeker wusste, dass Einohr etwas ganz anderes gefragt hatte. Einohr rutschte auf seinem Stuhl herum. Dann wagte er es noch einmal. »Werden wir auch in Zukunft für andere auf Kaperfahrt gehen, Hauptmann? Werden wir immer auf See bleiben? Werden wir immer kämpfen müssen?«, fragte er behutsam. »Ich weiß, was du denkst«, antwortete Störtebeker, »lass uns sehen, was Herzog Johann für uns parat hat.« Und er fuhr fort: »Es wird dauern. Aber vielleicht werden wir bald nicht mehr für den Herzog von Mecklenburg auf Kaperfahrt gehen. Vielleicht können wir eines Tages für uns selbst kämpfen. Vielleicht finden wir irgendwann, später einmal, einen Platz, ein Zuhause, wo wir hingehören, wo wir in Frieden leben können. Ich weiß, viele von uns sind so weit.«

Störtebeker blickte fragend auf Einohr. Er sah, dass Einohr mit seiner Antwort immer noch nicht zufrieden war. »Lass uns mit unseren Übungen weitermachen«, sagte er. Und Unruhe lag in seiner Stimme. Aber Einohr ließ nicht locker. »In Bergen haben Vitalienbrüder gemordet und vergewaltigt, wie sollen sie da in Frieden leben können?«, fragte er. Seine Stimme klang vorwurfsvoll. Er wusste, darauf musste Störtebeker eine unzweideutige Antwort geben. Aber er schämte sich auch, er hatte Störtebeker in die Enge getrieben, er ließ ihm keinen Ausweg mehr. Das hatte er so nicht gewollt. Aber nun konnte er nicht mehr zurück.

Doch Störtebeker antwortete: »Ja, das darf nie wieder geschehen. Dafür werden wir sorgen, du auch, Einohr. Aber wir müssen auf See kämpfen, und wir müssen auf See rauben, versteh doch, sonst gehen wir unter. Sie zwingen uns dazu. Auf dem Land schlagen sie uns die Köpfe ab. Wir sind doch für sie keine Menschen. Keiner will uns haben, nicht einmal Wismar und Rostock. Überleben können wir nur auf See. Wir haben keine andere Wahl.«

Einohr war betroffen. Er fühlte, das war Störtebekers wirkliche Überzeugung, das war seine eindeutige Antwort. Da gab es keinen Zweifel. Nach einer Weile sagte er: »Dann werden wir immer auf See bleiben, Hauptmann, und wir beide werden immer zusammenbleiben.« Störtebeker dachte lange nach. Es schien wirklich keinen anderen Weg zu geben. Aber er wollte dem Jungen nicht die Hoffnung auf ein anderes Leben nehmen. Auch er selbst wollte die Hoffnung nicht ganz aufgeben. Er sagte: »Eines Tages, in der fernen Zukunft, wenn sich vieles geändert hat, wenn die Menschen sich geändert haben, werden wir vielleicht auch auf dem Lande eine Heimstatt finden. Irgendwo. Wir werden das nicht aus unseren Gedanken und unseren Herzen verlieren.«

Wieder schwiegen sie eine längere Zeit, hingen ihren eigenen Gedanken nach. Dann unterbrach Störtebeker das Schweigen: »Weißt du, ich habe meinen Vater nie gekannt. Meine Mutter hat nie über ihn gesprochen. Aber sie war sehr gut zu mir und meiner Schwester. Ich glaube, sie hat uns sehr geliebt. Sie wusste uns immer vor unserem Baron zu schützen, bis auf das letzte Mal. Und sie musste für die Salzachs schwere Fronarbeit auf dem Felde verrichten. Sie hatte es erreicht, dass wir im

Winter mit dem Hofgesinde in einer Räucherkate wohnen durften. Ich werde sie nie vergessen.«

Dabei musste Störtebeker wieder an seine Mordtat denken. Sie stand ihm jetzt wieder klar vor Augen. Sie bedrückte ihn. Er fühlte sich als Mörder, und er fühlte sich doch nicht als Mörder. Er hatte ja seine Schwester rächen wollen. Er hatte die Tat schnell, rasend schnell, beinahe unbewusst getan. Aber sie belastete ihn immer wieder, sie ließ ihn nicht los.

»Erzähl mir etwas über deinen Vater, Einohr«, eröffnete Störtebeker wieder das Gespräch, »hat er dich geliebt, hast du ihn geliebt? War er gut zu dir?« Und er schaute Einohr direkt ins Gesicht. Aber der winkte ab. »Ach, weißt du«, entgegnete Einohr, und er hörte sich nicht traurig an, »es war ziemlich grausam bei uns. Meine Leute konnten keine Liebe geben. Meine Mutter hatte es versucht. Aber sie wurde von meinem Vater zurechtgewiesen. Für meinen Vater galt Liebe als unmännlich, verstehst du, für ihn hatte alles einen plausiblen Grund, alles hatte seinen Preis. Gefühle bedeuteten für ihn Schwäche, eines deutschen Ritters unwürdig.«

Einohr war einen Moment lang still, dann fuhr er fort: »Später, nachdem mein ältester Bruder das ganze Erbe übernommen hatte, hat mein Vater mich und meinen jüngeren Bruder wie Katzen ausgesetzt. Wir wurden regelrecht vom Landgut gejagt, mit dem Befehl, uns nur wieder als Ritter des Deutschen Ritterordens blicken zu lassen. Mein Bruder ist zu den Deutschrittern in die Marienburg gegangen. Ich habe ihn nie wieder gesehen.« Störtebeker schwieg eine Weile. Dann sagte er: »Ich glaube, wir sind beide nicht besonders gut weggekommen von zu Hause.« Danach machten sie sich wieder über ihre Schreib- und Leseübungen her.

FÜR 60000 LÜBISCHE

Am 25. November 1393, es begann schon schummrig zu werden, versammelten sich alle Hauptleute der Vitalienbrüder im mit Kerzenlicht erleuchteten Ratsweinkeller des Rostocker Rathauses. Alle saßen an einem langen Eichentisch, der übersät war mit Essenstellern, Fisch- und Geflügelplatten und langhalsigen grünen Flaschen.

Die nichtadligen Hauptleute waren auf zotteligen Bauernpferden von Wismar herübergeritten, wo sie mit ihren Leuten in Zelten aus Persenning kampierten. Sie hatten Wismar immer vorgezogen. Es war kleiner, überschaubarer, ländlicher als Rostock. Die Menschen waren freundlicher dort. Sie fühlten sich in Wismar heimischer, nur Wigbold nicht. Rostock, obwohl es aus den gleichen ein- und zweistöckigen, aus Backstein gebauten Mietshäusern bestand, war ihnen zu groß, zu städtisch. In Rostock waren die Patrizier noch wohlhabender, ihre Lagerhäuser noch voller. In Rostock wohnten die Raubritter im Rathaus, die anderen kampierten vor der Stadt in Persenningzelten. In Rostock, so dachten die Adligen, würden sie näher an der Macht sein, würden sie bessere Geschäfte aushandeln können.

Die adligen Herren hatten die hergelaufenen Hauptleute nach Rostock eingeladen, weil sie ihnen eine wichtige Botschaft mitzuteilen hätten, so hatten sie jedenfalls verkünden lassen. Und so saß man nun gemeinsam an einem Tisch, trank zusammen Rotwein aus silbernen Bechern, aß Fisch und Geflügel von Delfter Porzellan. Man prostete sich zu, brüllendes Gelächter erschallte, Ruhmesreden wurden gehalten. Man legte einander die Arme um die Schultern. Letzteres hatte es zwischen den beiden Anführergruppen noch nicht gegeben. Die adligen Hauptleute saßen in voller Montur am Tisch, nur Helm und Harnisch hatten sie neben sich gestellt.

Sie hatten in Bergen große Beute gemacht, hatten die Deutsche Brücke ausgeraubt und auf der Rückfahrt noch einen dänischen Geleitzug nahe der Insel Falster abgefangen. So viel Geld und Güter hatten sie vorher noch nie gekapert. »Jetzt sind wir die Herren der Ostsee«, prahlte Gödeke Michels. Und die adligen Herren jubelten ihm zu und trommelten mit ihren Fäusten auf den Tisch. Selbst Wigbold stand auf und leerte darauf seinen Becher. Störtebeker und Wichmann stießen ebenfalls darauf an, aber sie hatten kein gutes Gefühl dabei, sie mussten an das Unrecht von Bergen denken.

Die Vitalienbrüder hatten in Rostock und Wismar wieder Markt gehalten. Sie hatten ihren Raub an den Mann gebracht und dabei vieles an die Armen und Leibeigenen verschenkt. Sie hatten gefeiert und sich ein paar Wochen ausgeruht. Und sie hatten ihre Verwundeten gepflegt. Nun wurde es wieder Zeit, in See zu stechen. Der Winter stand vor der Tür.

Jedes Jahr hatten sie das gleiche Problem mit dem Überwintern. Keiner wollte sie von Dezember bis März an der Küste leben lassen, nicht einmal die Wismarer und die Rostocker. Ihre beiden patrizischen Bürgermeister hatten ein Gesetz dagegen erlassen. Und Herzog Johann hatte es abgesegnet. Außerdem war die Armut in beiden Städten zu groß. Die Bevölkerung hatte selbst nicht genug zu essen. Und Bauen war den Vitaliern verboten worden. Im Hinterland wären sie wortwörtlich vor die Hunde gegangen. Da hätten die Grafen und Barone sie mit ihren Knappen, Söldnern und Hunden wie Hasen gejagt.

Also mussten sie im Winter raus auf die eisige See. Sie hatten die letzten Winter immer in selbst gebauten Holzhütten auf den Inseln Rügen, Bornholm und Öland verbracht. Zumindest hatten sie es warm gehabt, denn dort gab es genügend Brennholz. Auch diesmal wollten sie wieder auf eine dieser Inseln fahren. Sie nannten sie ihre Winterinseln. Aber nun gab es da diese wichtige Botschaft. Vielleicht würde es dieses Jahr doch anders werden. Vielleicht könnten sie diesmal, und das wünschten sich viele Vitalier, Weihnachten in Wismar und Rostock feiern, vielleicht könnte man bei Familien den Heiligen Abend verbringen.

Inmitten des Zechgelages stand plötzlich Ritter von Pecatel auf und schlug mit seinem Schwert auf den Tisch. Stille trat ein. Pecatel räusperte sich und wies mit seinem linken Arm auf einen jungen Mann neben sich. Der war groß, blond, etwa 22 Jahre alt. Er trug ein durchlöchertes eisernes Panzerhemd, und sein Schwert baumelte an seiner rechten Hüfte locker herunter. »Dies hier«, rief Pecatel, »ist der junge Ritter von Lüchow. Er hat bisher ausschließlich zu Lande geraubt. Gebt ihm etwas Zeit, er wird unseren geliebten Manteuffel ersetzen.« Der junge Mann erhob sich artig, er wirkte unsicher, verneigte sich nach allen Seiten und grinste.

»Aber Lüchow ist nicht der Grund, warum wir euch zu uns gerufen haben«, sagte Pecatel an die nichtadligen Hauptleute gerichtet, »der Grund ist vielmehr Herzog Johanns Wunsch, Stockholm zu befreien. Königin Margarete lässt seit Wochen Stockholm von einem Söldnerheer belagern. Stockholm ist am Verhungern. Die Dänen halten die Schären vor der Stadt besetzt. Keiner kann raus noch rein. Wie ihr wisst, leben hinter den Toren Stockholms auch Tausende von Mecklenburgern. Die Belagerten verteidigen sich tapfer. Aber lange können sie nicht mehr aushalten. Sie huldigen unserem Herzog Albrecht, dem rechtmäßigen König von Schweden. Wir sollen die Dänen verjagen und Stockholm Lebensmittel bringen. Es soll unser Schaden nicht sein.«

Als Pecatel sich wieder setzte, erhob sich Magister Wigbold. Er war wie immer in schwarzes Tuch gekleidet, trug schwarze Stiefel. Er hielt seine Hände vor sich gefaltet wie ein Mönch. An seinem schwarzen Gürtel hing an der linken Seite ein kleiner silberner Dolch. Er trug einen gepflegten Ziegenbart. Alles an ihm, aber besonders seine Kleidung, sah akkurat aus. Empörung war in Wigbolds Gesicht zu lesen. »Was soll das«, rief er wütend, »da gibt's für uns keine Beute. Da sollen wir nur etwas hinbringen. Wir sind keine Samariter. Und das im Winter, da werden wir auf See erfrieren. Das lohnt nicht.« Wigbold setzte sich wieder. Gödeke Michels nickte ihm zu. Er trug einen Vollbart. Er war mit einem langen eisernen Kettenhemd bekleidet, darunter schauten ein dunkelblaues Hemd und dunkelblaue Beinkleider hervor. An seinem Gürtel hing an der linken Seite ein Schwert, dessen schwarzer Knauf mit einem weißen Totenkopf bemalt war. »Was springt für uns dabei heraus?«, fragte Gödeke, blieb sitzen und schob sich eine Gänsekeule in den Mund. »Allerhand«, antwortete Pecatel, »Herzog Johann und seine Wismarer und Rostocker Patrizier wollen 40 000 lübische Mark zahlen und unsere Schiffe mit Proviant versorgen. Wir kriegen 20 000 bei Abfahrt und 20 000, wenn wir zurückkommen.«

Gödeke schüttelte seinen Kopf. »Das reicht nicht, Pecatel, das reicht nicht«, erwiderte er, »da müssen Johann und seine Patrizier noch ordentlich was drauflegen. Unser Risiko ist zu groß. Die Dänen haben vor Stockholm 4000 Söldner. Wir sind nur 1000 Mann.« Und Gödeke blickte fragend auf seine Gefährten. Hannes Wichmann nahm sein Bilsenkraut aus dem Mund und sagte: »Verhältnis 4 : 1. Das hatten wir schon einmal. Aber du hast Recht, Gödeke, die Herren müssen noch was draufpacken, sonst machen wir die Winterreise nicht.« Dabei rückte Wichmann seinen verschlissenen, mit Flecken übersäten braunen Mantel zurecht. Der breite schwarze Ledergürtel, der den Mantel zusammenhalten sollte, war vom Ritt nach Rostock völlig verrutscht und so auch sein arabischer Krummdolch, der nun hinter seinem Rücken herunterhing.

Stuke sprang auf und rief dazwischen: »So sehe ich das auch, Wichmann. Ich sage mal, 60 000 Lübische, und dann geht die Reise los. Punktum. Und jetzt saufen wir einen darauf.« Und er hielt seinen Weinbecher hoch und trank ihn in einem Zug aus. Die anderen machten es ihm nach.

Störtebeker hatte bisher geschwiegen. Jetzt sagte er: »Von dem Geld können wir neue Waffen schmieden, die Holks reparieren und neue bauen lassen und mehr Leute anheuern.« Nach einer kurzen Pause fuhr er fort: »Und für unsere Invaliden könnten wir was zurücklegen.« Wichmann und Gödeke Michels nickten zustimmend. Störtebeker hatte seinen Kettenpanzer und sein Schwert abgelegt. Er saß da in einer braunen wollenen Jacke und trug braunlederne Beinkleider und langschäftige Stiefel. Wie Wichmann kaute er Bilsenkraut, das er jetzt in einen Becher spuckte. Dann wandte er sich Pecatel zu: »Ich sage auch 60 000 Lübische, und wir segeln.«

»Meine Hand drauf, Störtebeker, das ist ein Wort«, jubelte Pecatel, »ich wusste doch, dass man mit Euch handeln kann. Für 60 000 segeln wir nach Stockholm, Männer, ihr habt es alle gehört. Jetzt hebt die Rechte, wenn ihr zustimmt.« Alle hoben die Rechte, auch Magister Wigbold.

Dann werden wir Weihnachten in Stockholm feiern, dachte Hannes Wichmann. Und er malte sich aus, wie sie gemütlich zusammen in einer Stockholmer Kneipe beim Punsch sitzen würden und am Heiligabend vielleicht bei Familien mit Kindern an einem Kaminfeuer. Vor allem auf die Kinder freute er sich. Wir werden auf keinen Fall Weihnachten so allein sein wie bisher, dachte er noch zuletzt. Und er begann sich darauf zu freuen.

Zuletzt schickten sie zwei Boten mit ihrer Forderung zu Herzog Johann und den Patriziern. Sie wollten 40 000 im Voraus und den Rest nach der Rückkehr.

DIE WINTERREISE NACH STOCKHOLM

Anfang Dezember 1393 segelte die Flotte der Vitalienbrüder von Rostock nach Stockholm. Herzog Johann und die Patrizier hatten ihre Forderung angenommen. Sie hatten über 1000 Mann an Bord, verteilt auf acht Holks, fünf Koggen und ein Dutzend Schniggen und Lastschuten. Eine so große Flotte hatten sie noch nie zusammengestellt. Und die Lastschuten und Schniggen waren beladen mit verpackten und zusammengeschnürten Lebensmitteln, mit Fässern, Tonnen und Säcken für die Belagerten.

Auf der Ostsee trieben bereits große Eisschollen umher. Heulender Sturm peitschte die Schiffe vorwärts. Die Bordwände und die Takelagen waren vereist. Zwei Vitalienbrüder waren in den Takelagen ausgerutscht, abgestürzt und auf die eisenharten Decks gestürzt. Sie waren sofort tot. Die Vitalier hatten mehrere Kleidungsstücke übereinander angezogen, trugen schafswollene Handschuhe und Wollmützen, die sie weit über die Ohren gezogen hatten. Am Tage lieferten sie sich auf den Decks Scheingefechte mit Schwert und Degen oder hielten Boxkämpfe ab. Sie froren trotzdem wie die Schneider.

Häufig kam hoher Seegang auf, Wellen schwappten über die Schiffswand. Dann mussten sie sich fest halten, wo immer sie konnten, um nicht über Bord gespült zu werden. Und diejenigen unter ihnen, die noch nicht im Winter zur See gefahren waren, wurden seekrank und kotzten die Decks voll.

Nachts lagen sie unter Deck eng aneinandergeschmiegt wie die Heringe und in Wolldecken eingehüllt. Eiserne Feuertöpfe, mit glühender Holzkohle gefüllt, hingen an Ketten von den Decken herab. Sie froren trotzdem. Die Vitalienbrüder waren es nicht gewohnt, im Winter auf Kaperfahrt zu gehen.

Sie verfluchten ihre Hauptleute. Diese Idioten, dachten viele, wie kann man zu dieser Jahreszeit zur See fahren? Was denken die sich bloß dabei? Wir werden noch alle erfrieren. Und einer auf Störtebekers Holk sagte: »Im Winter sollte man an Land bleiben, in einer warmen Hütte mit Feuerstelle und einer Frau.« – »Verdammt noch mal«, sagte ein Zweiter, »Recht hast du, und wir sollten anständiges Essen bekommen statt immer nur Bohnen, Schiffszwieback und Pökelfleisch. Wir werden noch alle Skorbut kriegen.« – »Selbst beim Scheißen erwischt es uns«, sagte ein anderer Vitalienbruder, »zu jeder Jahreszeit kann man sein Geschäft in Ruhe über der Reling verrichten, mit dem Wind versteht sich. Aber im Winter friert dir glatt der Arsch fest.«

Doch in ihrem Hinterkopf wussten die meisten Vitalienbrüder, dass in Stockholm ein schönes Stück Geld auf sie warten würde, wenn alles nach Plan verlief. Sie wussten, dass die Hauptleute einen großen Teil der herzoglichen Belohnung dort verteilen würden. Und einer drückte es so aus: »Wenn wir in Stockholm siegen, können wir vieles nachholen, was wir jetzt versäumen. Vergesst nicht, wir kriegen für unsere Winterreise 60 000 Lübische. Und wir werden siegen.«

Eines Nachts, sie hatten die Insel Gotland schon lange hinter sich gelassen, segelten an der schwedischen Küste entlang, und Eiszapfen hingen von den Relings runter, machte Störtebeker einen seiner Rundgänge an Deck. Er hatte keinen Schlaf finden können. Er musste an die Schlacht denken, die vor ihnen lag, an die vielen Verluste, die sie erleiden würden. Die Vitalier hatten die Positionslampen ausgemacht, um nicht entdeckt zu werden. Sie orientierten sich nach den Gestirnen. Die Nachtwachen sahen, dass Störtebeker seinen Mantelkragen hochgeschlagen und seine Hände tief in den Taschen vergraben hatte.

Er starrte vor sich hin, grüßte keinen seiner Leute, wie er es sonst getan hatte, hielt bei keinem an, um mit ihm ein paar

Worte auszutauschen oder ihm Mut zuzusprechen, auch das hatte er sonst häufig getan. Er ging einfach für sich auf dem Deck auf und ab. Aber auch das kannten seine Leute schon. »Der denkt sich wieder irgendetwas aus«, sagte ein Vitalienbruder, »dazu muss er auf und ab gehen. Wir wollen ihn nicht stören.«

Aber Einohr, der Nachtdienst hatte, kannte Störtebeker so noch nicht. Er ging zu ihm hin und schaute in sein abwesendes Gesicht. »Warum so grüblerisch, Hauptmann?«, fragte er. Störtebeker schreckte auf. »Das Eis, Einohr, das Eis, wir müssen es für uns nutzen«, antwortete er, »auf dem Lande ist uns die große Zahl der dänischen Söldner überlegen. Wir müssen sie zu uns auf die See locken, sie müssen zu uns an die Holks kommen, verstehst du?«

Einohr verstand nicht. »Wie willst du das tun, Hauptmann, hast du einen Plan?«, fragte er. In seiner Stimme klang Zweifel. »Die werden doch vor den Toren Stockholms auf uns warten«, fuhr er fort, »sie werden höchstens versuchen, uns zwischen den Schären abzufangen. Weiter kommen die uns nicht entgegen.« Störtebeker nickte. »Stimmt, stimmt, mein Lieber«, antwortete er, »normalerweise stimmt das.« Und dann sah Einohr ein Blitzen in Störtebekers Augen. Es war, als würde Freude in ihm aufkommen, und es schien tief aus seinem Innern aufzusteigen. Da wusste Einohr, dass Störtebeker einen Plan hatte. Er wollte nicht weiter in ihn dringen, wollte das Geheimnis nicht aus ihm herauspressen. Aber Störtebeker lächelte ihn an und sagte: »Wenn wir vor den Schären Stockholms vor Anker gehen, und die See friert zu, und unsere Schiffe können sich nicht mehr bewegen, dann werden sie zu uns kommen müssen, du wirst sehen, und wir werden auf sie vorbereitet sein.«

Störtebeker setzte seinen Rundgang an Deck fort, drehte sich nach einer Weile um und rief: »Ich muss jetzt schlafen,

Junge. Ich glaube, wir haben morgen einiges vor uns.« Dann winkte er. Einohr rief ihm nach: »Auf unseren Sieg, Hauptmann.« Und Störtebeker ging in seine Kajüte zurück.

Am Morgen darauf ging die Flotte der Vitalienbrüder vor den Schären Stockholms vor Anker. Es war der 14. Dezember 1393. Sie hatten mit den Holks und Koggen einen Kreis um die Lastschuten und Schniggen gezogen. Ein eisiger Sturm tobte über die Relings, klirrender Frost kam auf und bildete Kristalle an den Bordwänden und den Geländern. Und die Vitalienbrüder machten ihre Leibesübungen an Deck.

Dann fror die See zu, und mit ihr froren die Holks, Koggen, Schniggen und Schuten im Eise fest. Die Vitalienbrüder schauten entsetzt von den Relings auf das Eis hinunter. Einige schrien: »Wir sind manövrierunfähig«, andere: »Gott sei uns gnädig.« Auch Einohr und Störtebeker standen an der Reling und schauten sich das Missgeschick an. Ein älterer Vitalienbruder stand hinter ihnen. Er war wütend. Er schrie Störtebeker an: »Was habt ihr mit uns gemacht. Man kann im Winter keinen Seekrieg führen, ihr Arschlöcher. Das ist unser Ende!« Aber Störtebeker legte seine rechte Hand auf seine Schulter und sagte: »Alter, beruhige dich, wir werden heute einen großen Sieg erringen. Ich verspreche es dir.« Der Alte schlich kopfschüttelnd davon. Einohr wusste nicht, was er sagen sollte.

Etwas später wurden an den Relings Leitern heruntergelassen. Und die Hauptleute und Unterführer der Vitalier kletterten als Erste auf ihnen runter und trafen sich unten auf dem Eis. Sie trampelten auf dem Eis herum. Aber sie mussten feststellen, es war hart wie Granit. »Nichts zu machen, hier kommen wir nicht wieder raus«, sagte Pecatel, »was nun?« Und er zuckte hilflos mit den Schultern. Die anderen Hauptleute schwiegen. Bald darauf schwärmten die Vitalienbrüder auf dem Eis aus, liefen um ihre Schiffe herum, suchten nach weichen Stellen im Eis. Aber da war nichts zu machen. Nach und nach kletterten sie wieder auf ihre Schiffe. In ihren Gesichtern war Enttäuschung und Angst zu lesen. Ihr Schicksal, so dachten viele, sei besiegelt.

DER VITALIENBRÜDER LIST IST DER DÄNEN TOD

Die Hauptleute blieben unten auf dem Eis stehen. Sie hielten eine Lagebesprechung ab. Ritter von Preen sagte: »Wir können noch immer übers Eis abmarschieren, bevor uns die Dänen angreifen, wir nehmen Proviant, Waffen und die 40 000 Lübischen mit und gehen woanders an Land.« Aber Gödeke Michels fuhr sofort dazwischen: »Nee, nee, Herr Ritter, auf gar keinen Fall, nicht mit mir. Wir werden unsere Schiffe niemals aufgeben. Wenn wir das tun, gibt es für uns kein Leben mehr.«

Gödeke schaute entrüstet auf Preen. »Der hat uns nie begriffen«, grummelte er in sich hinein, und lauter an die anderen Hauptleute gewandt: »Eine List muss her, verdammt noch mal, eine Kriegslist muss her. Wir sind doch bisher aus jeder Misslage herausgekommen.« Preen senkte seinen Blick auf das Eis und schwieg. Er konnte sich keine List ausdenken. Auch die anderen adligen Hauptleute schwiegen. »Der Fluchtplan Preens hat was für sich«, meldete sich Stuke nach einer Weile. Aber Gödeke Michels hatte seine Augen auf Störtebeker geheftet. Und er sah, dass Störtebeker mit seinen Gedanken woanders war. Dann schaute Störtebeker zu den Schären rüber. Er lächelte. Da wusste Gödeke Bescheid. »Du hast einen Plan, Klaus«, jubelte Gödeke, »ich wusste es. Los, sag ihn uns.«

»Seht ihr da drüben zur Linken die Felseninsel mit dem dichten Fichtenwald?«, fragte Störtebeker. Sie schauten alle rüber zur Insel. »Na und«, sagte Pecatel, »sollen wir uns da im Wald verstecken?« Aber Störtebeker fuhr fort: »Wir werden unsere Holks und Koggen rundherum mit Baumstämmen belegen, so wie einen Wall, einen Baumwall, versteht ihr? Wir werden unsere Leute zur Insel schicken, um Fichten zu fällen. Sie werden die nackten Baumstämme mit ihren Enterhaken über das Eis bis zu unseren Schiffen schleifen. Wir lehnen sie dann senkrecht an die Bordwände und begießen sie solange mit eisigem Wasser, bis sie zusammenfrieren und einen glatten Schutzwall bilden. Dann wollen wir die Dänen erwarten. Sie werden kommen, verlasst euch darauf.«

Da waren sie einen Moment lang sprachlos. Dann reichte Wigbold Störtebeker die Hand. »Verdammt noch mal, Klaus, diese Idee gefällt mir. Lasst uns ans Werk gehen.« – »Ja, lasst uns ans Werk gehen«, rief Wichmann, »ich werde selbst mit anpacken.« Wichmann war begeistert. »Du hast uns wieder aus der Patsche geholfen, Klaus«, sagte er noch. Dann gingen die Hauptleute auf die Schiffe zurück und erklärten den Vitalienbrüdern Störtebekers Kriegslist.

Auf den Holks und Koggen hörte man Jubelrufe. Die Vitalier warteten gar nicht erst die Anordnungen ihrer Hauptleute ab. Wie die Verrückten kletterten und purzelten sie die Schiffsleitern aufs Eis runter, rannten in Windeseile zu der Insel hinüber, fällten die Fichten, hackten die Zweige ab, schleiften die Stämme mit ihren Enterhaken im Laufschritt übers Eis zu den Schiffen, richteten sie senkrecht an beiden Bordseiten auf und begossen sie von den Relings aus mit Wasser, bis sie zusammenfroren und undurchdringliche, glatte, glitschige Schutzwälle um die Schiffe bildeten.

»Da kommt kein Däne hoch«, riefen viele übermütig. Und sie lachten und liefen immer wieder zur Insel rüber, fällten neue Fichten, schleppten die Stämme heran, begossen sie mit Wasser. Und sie waren fröhlich dabei. Sie wollten gar keine

Pause machen. Diese Arbeit machte Sinn, sie würde ihr Leben retten. Diese Arbeit machte sogar Spaß. Und alles lief wie von selbst.

»Schau sie dir an«, sagte Störtebeker zu Wichmann, der mit ihm vor seiner Kajütentür stand, »sie schaffen sich ihre eigene Ordnung, sie brauchen keine Befehle, ich glaube sogar, sie sind glücklich dabei.« – »Ja, Hauptmann«, antwortete Wichmann, »so habe ich sie auch noch nie gesehen.«

Am späten Nachmittag, schwerer Nebel senkte sich hernieder, kamen die Dänen in geordneten Reihen auf dem Eis heran. Man hörte die Befehle ihrer Hauptleute, das Klirren ihrer Schwerter und Degen. Eine gepanzerte Leiberwelle rollte auf die Schiffe der Vitalienbrüder zu. Das Eis hallte wider von den vieltausendfachen knarrenden Schritten der dänischen Söldner. Die Vitalienbrüder verharrten oben auf den Decks ihrer Holks und Koggen. Sie waren ruhig, sie warteten, sie hatten keine Angst, sie schauten von den Relings herunter auf die anstürmenden behelmten Panzerhemden.

Die Dänen sahen, dass die Schiffe der Vitalienbrüder im Eis festgefroren und manövrierunfähig waren. Sie ließen ein großes Gelächter ab. »Euer Pech«, riefen viele. Und andere schrien: »Jetzt ist es aus mit euch Piraten.« Und sie stürmten vorwärts, zogen ihre Schwerter und Degen, schwangen ihre Lanzen und Enterhaken. Sie waren siegesgewiss, sie rannten grölend auf die zusammengefrorenen Baumwälle zu. Von den Decks schossen die Vitalienbrüder mit ihren Armbrüsten in die anrennenden Haufen hinein. Und an den vereisten, glatten, glitschigen Baumstämmen versuchten die Dänen hochzuklettern, immer wieder. Und ihre Hauptleute befahlen: »Rauf auf die Schiffe, marsch, marsch!«

Und die Dänen fielen an den Baumwällen herunter, immer wieder, brachen sich die Knochen, versuchten, ihre Enterhaken in die vereisten Baumstämme zu schlagen, versuchten so, Halt zu finden. Aber es half nichts, sie rutschten an den glatten Stämmen ab, zogen die hinter ihnen Heraufkletternden mit sich runter. Auf dem Eis, vor den Schiffen, lagen sie rücklings wie vom Baum gefallene Käfer und wurden von den an den Relings stehenden Armbrustschützen abgeschossen. »Wie ein Schlachtfest!«, schrie einer von ihnen. Die Dänen, die es bis oben an die Schiffsgeländer geschafft hatten, wurden von den Vitalienbrüdern mit Lanzen durchbohrt, mit Schwertern enthauptet, mit Enterhaken aufgespießt und nach unten aufs Eis geworfen.

Und die dänischen Hauptleute brüllten noch immer: »Auf die Schiffe rauf, marsch, marsch.« Und die Söldner folgten dem Befehl wie Lemminge. Die Vitalienbrüder schrien von den Relings runter: »Kommt doch rauf und rutscht von oben runter.« Und das Schlachtfest begann von vorn.

Dann, es waren keine zwei Stunden vergangen, die Dunkelheit war hereingebrochen, verließen die Dänen nach und nach das Schlachtfeld. Selbst ihre Hauptleute hatten begriffen, dass die Schiffe der Vitalienbrüder so nicht zu entern waren. Sie ließen zum Rückmarsch blasen. Und von Störtebekers Holk herunter tönte es bis zu den Schären hinüber: »Habt Mitleid, lasst sie ihre Toten und Verwundeten wegtragen.«

Die Dänen hatten große Verluste erlitten. Nun sammelten sie ihre Verwundeten und Toten auf und trugen sie zum Festland rüber. Auf den Decks brach Jubel aus. Die Vitalienbrüder rissen zum Zeichen des Sieges ihre Waffen in die Höhe. Nach einer Weile ließen sie an den Schiffswänden Leitern hinunter. Und alles traf sich unten auf dem Eis. Sie umarmten sich, sie tanzten, und einige fingen an zu singen. Positionslampen erleuchteten das Treiben auf dem Eismeer gespenstisch. Schnapsflaschen machten die Runde. Unten auf dem Eis feierten die Vitalienbrüder ein Fest.

Oben in der Kajüte von Hauptmann Preens Holk trafen sich die Anführer. Schnaps stand vor ihnen auf dem Tisch. Der junge Lüchow stand auf. Begeisterung war in seinem Gesicht zu lesen. »Ich trinke auf unseren großen Sieg, meine Herren. Wir haben die Dänen erledigt, auf nach Stockholm«, rief er und kippte seinen Schnaps runter. Als er sich wieder setzte, sagte Gödeke Michels: »Immer langsam, mein Junge, das war noch nicht alles, die sind noch lange nicht erledigt. Ich kenne meine Dänen.« Störtebeker nippte an seinem Schnaps. Dann sagte er: »Genau, Gödeke, die kommen wieder, und zwar in dieser Nacht noch. Wir müssen uns etwas Neues einfallen lassen.«

Magister Wigbold hatte bisher geschwiegen, hatte seinen Schnaps nicht angerührt. Nun sagte er überlegen: »Wie mir zu Ohren kam, verfügen die Dänen über Belagerungsmaschinen. Mit ihnen können sie, vor allem in der Nacht, dicht an unsere Schiffe herankommen und sie doch noch entern.«

»Stimmt«, meinte Preen nachdenklich, »an Stockholms Mauern sollen sie große Kampfgerüste aufgefahren haben, wie damals in Kalmar, Ihr wisst doch noch, Pecatel. Sie nennen sie Katze.«

»Ja, damals in Kalmar«, antwortete Pecatel, »hatten sie auch diese Katzen. Aber sie konnten nicht viel damit anfangen, weil die Stadt von einem Kanal umsäumt war. Da kamen sie mit ihren Katzen nicht rüber.« Eine Zeit lang war Stille. Alle dachten über eine neue List nach. Gödeke Michels nahm einen Schluck aus seinem Glas, dann schaute er Hilfe suchend auf Hannes Wichmann, der neben ihm saß, und sagte: »Hannes, mein Alter, sag du mal was.«

Hannes Wichmann blickte ernst auf Gödeke, nickte zustimmend, spuckte sein Bilsenkraut aus und antwortete: »Na gut, ich habe mir alles angehört, was ihr, äh, was Sie, meine Herren, gesagt haben. Wenn also die Dänen nachts kommen, können sie in der Dunkelheit nicht viel sehen. Wir müssen sie wieder in eine Falle locken, wieder auf dem Eis. Sie dürfen mit ihren Belagerungsmaschinen nicht an unsere Schiffe herankommen.«

Wichmann machte eine Pause, steckte sich eine neue Portion Bilsenkraut in den Mund und drehte sich Pecatel zu: »Was Sie da gesagt haben über den Kanal in Kalmar, Herr Ritter, das ist gut, das ist sehr gut. So einen Kanal brauchen wir hier auch. Also, wir müssen um unsere Schiffe herum das Eis aufschlagen, große Löcher hineinhauen, eine Rinne ausheben, verstehen Sie? Bis die Dänen kommen, wird die Rinne nur leicht wieder zufrieren. Sie werden es in der Dunkelheit nicht merken, dass das Eis nicht trägt. Wenn sie dann mit ihren Katzen gegen unsere Schiffe anrennen, klappt die Falle zu oder sagen wir besser auf. Und das ist der Dänen Tod.«

Als Wichmann endete, schlug ihm Störtebeker auf die Schulter, grinste ihn an und sagte: »Mensch, Hannes, das ist es, das ist es. So machen wir es und nicht anders.« Die Hauptleute standen auf, gaben Wichmann die Hand, alle tranken ihren Schnaps auf sein Wohl, auch Magister Wigbold. Dann verließen sie Preens Kajüte, um ihren Mannschaften den neuen Plan mitzuteilen.

Wie bei der ersten Kriegslist gingen die Vitalienbrüder enthusiastisch an die Arbeit. Der Alkohol, den sie nach dem ersten Sieg unten auf dem Eis getrunken hatten, beflügelte sie zu besonders guten Einfällen und zur Schnelligkeit. Mit Enterhaken, Piken und Lanzen gingen sie ans Werk. Wieder lief die Arbeit wie am Schnürchen, wieder organisierten sie alles selbst.

Vierzig Meter von den Schiffen entfernt und um die Schiffe herum, so wie sie es selbst ausgeklügelt hatten, schlugen sie zunächst große Löcher ins Eis und arbeiteten dann in Gruppen aufeinander zu, so dass aus den Löchern eine fast fünf Meter breite Rinne wurde, ganz um die Schiffe herum. Flackernde Positionslampen beleuchteten ihre nächtliche Arbeit auf dem Eis.

Heißer Punsch wurde herumgereicht, und einige Vitalier wurden so übermütig, dass sie fast selbst in das eisige Wasser der Rinne fielen. Den Vitalienbrüdern war warm ums Herz. Sie feuerten einander an, hieben wie Berserker auf das Eis ein. Und man hörte sie rufen: »Leute, die Rinne muss breiter gemacht werden, sonst fallen nicht genug Dänen hinein.« Dann sagte einer: »Diese armen Schweine stürzen ins eisige Wasser und erfrieren, was für ein Tod.« – »Geschieht ihnen ganz recht«, rief ein anderer, »warum hungern sie Stockholm aus.«

Nach einigen Stunden, kurz nach Mitternacht, war die Rinne fertig. Eine dünne, brüchige Eisschicht lag bald darüber. Die Vitalienbrüder hatten ihre Piken, Enterhaken und Lanzen wieder geschultert und sich auf ihre Holks und Koggen zurückgezogen. Sie hatten die Positionslampen ausgemacht. Es war stockdunkel auf dem Eis. Alles war friedlich. Es begann zu schneien. Und es war wie bei der ersten Kriegslist. Wieder warteten sie auf ihren Decks in aller Ruhe auf den Ansturm der dänischen Söldner. Sie hatten keine Angst.

Dann blinkten hinten bei den Schären Lichter auf. »Sie kommen, sie kommen«, raunte es auf den Decks. »Und sie haben ihre Katzen dabei.« Die Lichter kamen näher, und man konnte deutlich die Silhouetten der hohen, hölzernen Belagerungsmaschinen sehen, die auf Rädern herangeschoben wurden. Wieder liefen die Dänen in geordneten Reihen im Laufschritt auf die Schiffe zu. Auch die Belagerungsmaschinen wurden im Laufschritt geschoben. Wieder rumorte das Eis unter den vieltausendfachen Schritten.

Oben auf den Decks hielten die Vitalienbrüder ihre Armbrüste gespannt. Als die Dänen dicht genug dran waren, prasselten Wolken von Pfeilen auf sie nieder. Sie hielten ihre Schilde zum Schutz nach oben. Und ihre Hauptleute brüllten: »Schneller auf die Schiffe, schneller.« Die Dänen stürmten blindlings nach vorn, trieben die vordersten Reihen zu noch größerer Eile an.

Unten auf dem Eis, vierzig Meter von ihren Schiffen entfernt, auf ihrer Seite der Rinne, standen die Vitalienbrüder mit gezogenen Schwertern und Degen, mit Lanzen, Streitäxten und Enterhaken. Sie waren bereit. Und dann stürzte die erste Reihe der Dänen im Laufschritt in die Rinne hinein. Sie schrien im Wasser, ruderten mit den Armen, warfen ihre Waffen weg, plantschten umher, ertranken in den eisigen Fluten.

Die hinteren Reihen sahen nicht, was vorn geschah, sie schoben und drängten nach. Und immer mehr Reihen versanken in geordneter Formation in der undichten Eisdecke der Rinne. Auch die Belagerungsmaschinen stürzten in die Rinne, bildeten hier und da Brücken, auf denen die Dänen ans andere Ufer der Rinne krabbelten. Nur um von den dort auf sie wartenden Vitalienbrüdern mit Schwertern, Degen, Lanzen und Streitäxten durchbohrt, erschlagen oder ins eisige Grab zurückgestoßen zu werden.

Da brach Panik aus unter den Dänen. Viele warfen ihre Waffen zu Boden, flüchteten über das Meer zurück zu den Schären. Ihre Hauptleute schlugen dazwischen, versuchten, sie mit Schwerthieben von der Flucht abzuhalten. Aber es nützte nichts. Einige Söldner waren verrückt geworden. Sie kippten ihre Katzen um, wollten sie nicht mehr weiter schieben. Oben auf den Decks riefen sie: »Der Vitalienbrüder List ist der Dänen Tod.«

Auf dem Eis liefen Dänen noch immer in ihren eisigen Tod, befahlen ihre Hauptleute noch immer den Angriff, erledigten auf dem gegenüberliegenden Rinnenufer die Vitalier noch immer ihr gnadenloses Geschäft. Da erscholl der Ruf: »Massaker, Massaker!« Er wirkte wie ein Fanal. Keiner befolgte mehr die Befehle der dänischen Hauptleute. Die Söldner meuterten. Sie liefen davon, alle, liefen zurück zum Schärenland, irgendwohin ins Dunkle.

Die Vitalienbrüder trauten ihren Augen nicht. Nur langsam wagten sich einige über die in die Rinne gestürzten hölzernen Belagerungsmaschinen auf die andere Seite rüber. Aber da waren keine Dänen mehr. Oben auf den Schiffen und unten auf dem Eis zündeten sie ihre Positionslampen an. Jetzt konnten sie fast bis zu den ersten Schären sehen. Aber die Dänen waren verschwunden, einfach verschwunden. Da wussten die Vitalienbrüder, dass die Schlacht vorbei war, dass sie gesiegt hatten.

Sie versammelten sich auf dem Eis vor ihren Schiffen, knieten nieder und falteten ihre Hände. Und ein alter Vitalier betete laut für sie alle: »Gott im Himmel, wir danken Dir für den Ausgang der Schlacht, für unseren großen Sieg, für unser Leben. Du hast uns wieder bewahrt. Sei uns auch in Zukunft gnädig, sei immer unser Beschützer und Freund. Amen.« – »Amen«, antwortete es aus hunderten von Kehlen.

Dann gaben sie den auf dem Eis herumliegenden toten Dänen das Seemannsgrab in der Rinne. Sie selbst hatten nur wenige Verwundete zu verzeichnen. Ihre Feldscher versorgten die Verwundeten, auch die der Dänen.

DIE VERTEILUNG DER LEBENSMITTEL

Am folgenden Nachmittag wurde die Eisdecke brüchig, Sturm und Kälte hatten sich verzogen. Die Schiffe begannen zwischen Eisschollen zu dümpeln. Nach einer Weile waren sie wieder manövrierfähig. »Es ist ein Wunder«, sagte ein Vitalienbruder. Ein anderer widersprach: »Nein, Gott hat uns erhört.« Ein Dritter sagte: »So viel Glück werden wir nie wieder haben.« Nachdem sie ihren Schiffszwieback und ihr Pökelfleisch gegessen hatten, bauten sie die Baumwälle von den Holks und Koggen ab, prüften die Takelage ihrer Schiffe, nahmen die Lastschuten in Schlepptau und hissten ihre Bram- und Toppsegel.

Als sie später an den ersten Schären vorbeisegelten, standen Menschen an den Ufern und jubelten ihnen zu. Von dänischen Söldnern war nichts zu sehen. Nach über einer Stunde langsamer Fahrt durch die Schären kam die Vitalierflotte im Stockholmer Hafen an und ging vor Anker. Auch hier war von dänischen Söldnern nichts zu sehen. Sie hatten sich über Land davongemacht. Ihre Belagerungsmaschinen hatten sie vor den Toren und Palisaden Stockholms zurückgelassen, ihre Orlogs und Versorgungsschiffe lagen unbemannt im Hafen.

Stockholm war zur Festung ausgebaut worden. Nun wurden die Tore geöffnet und die wochenlang Belagerten strömten heraus. Am Pier und im Hafenviertel drängte sich eine unübersehbare, ausgemergelte und in Lumpen gekleidete Menschenmenge. Die Vitalienbrüder gingen an Land. Sie waren überrascht. Einen derartigen Menschenauflauf hatten sie noch nie erlebt. Und als Stockholmer anfingen, sie zu umarmen, hielten sie sich zurück und lächelten verschämt. Viele Stockholmer weinten. Sie konnten es noch immer nicht ganz begreifen, dass diese Freibeuter sie vom Joch der Dänen befreit hatten. Dann erschollen Hochrufe: »Lang leben die Vitalienbrüder« und »Gott schütze die Vitalienbrüder«. Allmählich verloren die Vitalienbrüder ihre Schüchternheit und ließen sich gern als Retter feiern.

Dann war ganz Stockholm auf den Beinen. Alles drängte zum Hafen. Viele Häuser am Hafen waren auf Pfählen in den Mälarsee hineingebaut. Ein Teil der Stadt zog sich an den weiten Ufern des Mälarsees entlang. Der Kern der Stadt, die eigentliche Festung, lag auf der Mälarsee-Insel Staden. Hier hatten die Stockholmer die Stadtmauern mit Palisaden verstärkt. Hierhin hatte sich die Bevölkerung vor den Dänen zurückgezogen. Hier wimmelte es von Menschenleibern. Hier standen nicht nur Holzhäuser, sondern auch aus Felsenstein gebaute zwei- und dreistöckige Häuser. Allein die Festung Stockholm war größer als Wismar, Rostock oder gar Bergen. Besonders die jüngeren Vitalienbrüder staunten, eine so große Stadt hatten sie noch nie gesehen.

Aber sie sahen auch die vielen Verwundeten, die zerstörten, ausgebrannten Häuser, die in abgerissenen Kleidern herumlaufenden Erwachsenen, die riesigen, traurigen Augen der ausgehungerten Kinder. Und es dauerte nicht lange, da wurden Rufe laut: »Wir haben Hunger, wir frieren.« Alte Leute wimmerten: »In Christi Namen, helft den Kindern, gebt ihnen zu essen.«

Da liefen die Vitalienbrüder zurück zum Pier, kletterten auf ihre Holks, Koggen, Schniggen und Lastschuten und begannen, ohne Befehle der Hauptleute, Säcke, Tonnen, Krüge, Gefäße mit Mehl, Malz, Räucherfisch, Salz, Brot, Pökelfleisch, Wurst, Käse, Heringen und Dorsch, Gurken, Kohl und anderen Lebensmitteln aus den Schiffsbäuchen herauszutragen. Sie stapelten zuerst alles vor ihren Schiffen und Schuten auf dem Pier auf. Dann transportierten sie es mit Karren zum Fischmarkt. Und die Stockholmer halfen ihnen dabei.

Aus dem Fischmarkt wurde ein Umschlagplatz, auf dem sich ganz Stockholm in langen Reihen ein Stelldichein gab. Die Vitalienbrüder stapelten alle Lebensmittel ordentlich in Reih und Glied auf. Und die Stockholmer standen Schlange davor. Es gab Gedrängel, Schlägereien, Fluchen und Schimpfen. Jeder wollte so weit vorn sein wie möglich. Sie glaubten nicht, dass die Nahrungsmittel für alle reichten. Die Vitalier mussten manches Mal dazwischenschlagen und Streit schlichten.

In einer Reihe fing eine alte Frau zu weinen an, weil ein junger Kerl sie schon zweimal zurückgestoßen hatte. »Hey, Meister«, rief ein Vitalienbruder, der in ihrer Reihe Lebensmittel verteilte, »drängel mir das Mütterchen nicht weg, sonst kriegst du's mit mir zu tun.« Als der Kerl nicht hören wollte, packte der Vitalier ihn am Kragen, stieß ihn aus der Reihe und brüllte: »Schließ dich hinten wieder an, du Wanze.«

»So, Mutter«, sagte der Vitalier und hielt die rechte Hand der alten Frau in seinen beiden Händen, »nun gib mir mal deinen Büdel.« Die alte Frau schaute ihn entgeistert an und holte unter ihrem bis zum Boden reichenden Unterrock einen Beutel hervor. Der Vitalienbruder nahm den Beutel, füllte ihn mit einem Holzlöffel mit Mehl voll und gab ihn zurück. »Herr, Ihr seid zu gütig«, sagte die alte Frau. »Wir sind keine Herren, Mutter«, sagte der Vitalier und lächelte. »Wie lautet dein christlicher Name, mein Sohn?«, fragte die Alte, und sie hatte Tränen in den Augen. Wieder lachte der Vitalier, diesmal lauter, und sagte: »Mutter, wir haben keine christlichen Namen. Wir sind entlaufene Leibeigene.«

Die Alte schüttelte den Kopf. Dann schaute sie ihm direkt und ohne Tränen in den Augen ins Antlitz und sagte: »Wenn es mehr von euch geben würde, hätten wir eine bessere Welt.« Der Vitalienbruder antwortete: »Das Mehl sollte für viele Brote reichen. Es bringt dich durch den Winter, Mutter.« Und er legte noch Räucherfisch, gepökeltes Fleisch und Käse auf das Mehl und schüttete Salz in ein Kästchen, das die alte Frau mitgebracht hatte. Als sie fortging, sagte sie: »Gott beschütze dich, mein Junge.« Aber der war schon bei dem Nächsten in der Reihe und rief: »Brüder, drängelt nicht so heftig, es ist genug für alle da.«

In einer anderen Schlange stand ein junges, zerlumptes Ehepaar mit zwei halbverhungerten kleinen Kindern. Als sie an der Reihe waren, ihre Beutel aufhielten und Mehl, Pökelfleisch, Fisch, Brot und Salz erhielten, holte ein Vitalienbruder zwei selbst geschnitzte Blockflöten aus seiner Jackentasche hervor und spielte ein Lied für die Kinder. Dabei machte er Grimassen und wackelte mit seinen Ohren. Die Kinder mussten lachen. Sie klatschten in ihre Hände und riefen: »Mach weiter, Seeräuber, mach weiter.« Und der Seeräuber machte weiter, und als er zu Ende gespielt hatte, schenkte er den Kindern die Blockflöten. Er zeigte ihnen noch, wie sie beim Spielen ihre Finger auf die Löcher legen sollten, um die richtigen Töne zu bekommen, und er strich ihnen übers Haar. Dann wandte er sich an die Eltern: »Es muss schön sein, Kinder zu haben. Behütet sie wie euer Augenlicht.«

Die Verteilung der Lebensmittel dauerte den ganzen Tag. Am Abend stellten die Vitalienbrüder Positionslampen auf den Fischmarkt. Nun war alles in Halbdunkel getaucht. Im Hintergrund dümpelte die Flotte der Vitalier. Die Silhouetten der Holks und Koggen sahen aus wie schwimmende Holzhäuser. Noch immer holten Vitalienbrüder Säcke, Krüge und Tonnen aus den Schiffsbäuchen, noch immer standen Stockholmer und Mecklenburger mit ihren Kindern Schlange vor den aufgestapelten Gütern. Und die Freibeuter füllten ihre Taschen und Beutel, gaben ihnen Winterkleidung und Spielzeug und sprachen ihnen Mut zu.

Viel später, als es schon auf Mitternacht zuging, als die Schiffsbäuche leer waren, als nichts mehr zu verteilen war, aber noch immer Stockholmer auf dem Fischmarkt standen und froren und hungerten, da wussten die Vitalienbrüder, was sie tun mussten. »Jetzt geht's ans Eingemachte«, sagte einer auf dem halberleuchteten Fischmarkt. Und sie gingen noch einmal zu den Schiffen zurück. Und sie brachten und verteilten ihren eigenen Proviant, verschenkten ihre eigenen Klamotten und Decken. »Jetzt werden wir auch hungern müssen«, sagte ein anderer Vitalier. Und ein Dritter sagte: »Heute haben wir nicht getötet, heute haben wir eine gute Tat vollbracht.«

Als sie später zu ihren Schiffen zurückgingen, um zu schlafen, bemächtigte sich ihrer ein Gefühl von Zufriedenheit, man konnte fast sagen, ein Gefühl von Glück. Sie lachten und sangen auf dem Weg und auf den Decks. Schnaps machte die Runde und erwärmte ihre Seelen. »Es ist gut zu leben«, hörte man sie auf den Decks rufen. Die See war seltsam still geworden. Die Schiffe lagen sicher vor Anker. Von Stockholm blinkten Lichter herüber. Die Vitalienbrüder hatten ihren Frieden.

DER SCHWUR IN DER DOMKIRCHE

Am Morgen des 24. Dezember 1393, es schneite große kristallene Flocken, besuchte eine Abordnung Vitalienbrüder Klaus Störtebeker, der im Pfarrhaus der Domkirche St. Nikolai ein Zimmer bewohnte und sich mit dem Dompfarrer Johann Osterburg angefreundet hatte.

Die Vitalier hatten Unterkunft in den Häusern der Stockholmer gefunden, verbrachten diesen Winter nicht allein. Sie lebten bei Familien, sie hatten es gut, sie hatten es warm. Sie freuten sich auf das Weihnachtsfest. Und der Bürgermeister Olaf Bergerus hatte ihnen gewährt, bis Mitte März in Stockholm zu überwintern. Sie mussten diesen Winter also nicht wieder raus auf die See. Es war das erste Mal, dass eine Stadt ihnen erlaubt hatte, so lange in ihren Mauern zu bleiben.

Der Älteste der Abordnung ging auf Störtebeker zu, gab ihm die Hand und sagte: »Hauptmann, wir sind froh, dich guter Dinge zu sehen.« Er schaute zurück auf seine Kameraden, und die nickten und lächelten. Und er fuhr fort: »Hauptmann, wir haben eine Versammlung abgehalten und beschlossen, dass wir den Armen und Waisen dieser Stadt 5000 lübische Mark von unserem Anteil geben wollen, so als eine Art Stiftung, verstehst du? Ja, so haben wir es bestimmt, Hauptmann.«

Störtebeker schaute einen Moment lang sprachlos zu Boden. Ein Vitalier sagte: »Wir haben gedacht, das wär auch in deinem Sinne, Hauptmann.« – »Ja«, antwortete Störtebeker, »ja und noch mal ja«, und er schrie es fast heraus, »es ist in meinem Sinne.« Er ging auf sie zu und umarmte sie, und er sagte: »Gott segne euch.«

Dann klopfte es an der Tür, und der Dompfarrer Johann Osterburg trat herein. Er hatte langes blondes Haar, er war ungefähr 30 Jahre alt. Er trug einen schwarzen Anzug und darunter ein hochgeschlossenes weißes Hemd. Er grüßte freundlich. »Gut, dass ich euch hier antreffe«, sagte Osterburg, »heute zur Heiligen Nacht werde ich um 24 Uhr für euch eine Messe lesen.« Der älteste Vitalienbruder antwortete: »Wir sind geehrt, Herr Pfarrer, wir danken euch.« Und Störtebeker sagte: »Wir werden alle kommen, Vater Osterburg.«

Osterburg lächelte. Dann gab er Störtebeker seine rechte Hand und sagte: »So sei es, Hauptmann, und Gott mit euch.« Als Osterburg Störtebekers Zimmer wieder verließ, sagte einer der Vitalienbrüder: »Er ist der richtige Mann für uns. Er soll das Geld in seine Hände nehmen.« Auch Störtebeker stimmte dem zu.

Um 24 Uhr, zur Heiligen Messe, die Glocken der Domkirche St. Nikolai läuteten über Stockholms Hafen, waren die Vitalienbrüder im Hauptkirchenschiff versammelt. Die Bänke waren übervoll, auch in den Gängen und Nebenschiffen drängten sich die Gläubigen. Johann Osterburg, in einen bis zum Boden reichenden schwarzen Talar gekleidet, stand oben am Altar. Er kehrte den Gläubigen den Rücken zu. Zu einer hölzernen Statue der heiligen Mutter Maria aufsehend, betete er. Nach einer Weile drehte er sich zu den Gläubigen um, bekreuzigte sich, und die Vitalienbrüder knieten in den Bankreihen nieder und falteten ihre Hände.

Dann schaute Osterburg nach oben zur Kuppel, er schloss die Augen, faltete seine Hände und sprach: »O Herr, unser Gott, wir danken Dir, dass Du uns in Deiner göttlichen Gnade die Vitalienbrüder gesandt hast. Sie haben uns von unseren Feinden befreit. Sie haben uns vor dem Verhungern und Erfrieren gerettet. Sie haben uns gespeist und gekleidet. Als wahre Christen haben sie selbstlos gehandelt. Herr, halte Deine schützende Hand über die Vitalienbrüder. O Gott, nimm sie in Dein Reich auf, segne sie bis in alle Ewigkeit. Amen.«

»Amen«, scholl es tausendfach aus den Kirchenschiffen zurück.

Darauf nahm Osterburg Brot und Wein vom Altar, drehte sich wieder zu den Gläubigen hin, hielt Brot und Wein in die Höhe, so dass es alle sehen konnten, aß vom Brot und trank vom Wein und rief: »Hiermit teile ich mit euch Leib und Blut Jesu.« Dann bekreuzigte er sich und gab den Vitalienbrüdern, die noch immer in den Bankreihen knieten, den Segen im Namen des Herrn, des Sohnes und des Heiligen Geistes. Viele der Vitalienbrüder beteten dann für sich. Nach einer Weile standen sie wieder auf und setzten sich auf die Bänke.

Osterburg verließ den Altarraum und ging die Stufen runter zu den Bankreihen der Vitalier. Er sprach mit vielen allein und segnete sie einzeln. Und die Vitalier küssten seine rechte Hand und bekreuzigten sich. Nach einer Weile kam Klaus Störtebeker, der mitten unter seinen Kameraden gesessen hatte, auf Osterburg zu. Osterburg segnete ihn, und Störtebeker verbeugte und bekreuzigte sich. Dann sagte er: »Gott segne auch Euch, Vater Osterburg. Wir danken Euch für Eure herzlichen Worte. Wir möchten, dass Ihr zum Tage des Heilands ein Geschenk von uns annehmt. Wir möchten, dass Ihr eine Stiftung, die unsere Mannschaften ins Leben gerufen haben, unter Eure Fittiche nehmt.«

Überrascht schaute Osterburg auf Störtebeker. Er dachte eine Weile nach. Er war sich nicht sicher. Dann sagte er: »Das will ich wohl tun, aber sagt mir, worum geht es dabei, für wen ist die Stiftung?« In der Zwischenzeit war Hannes Wichmann auf die beiden zugekommen. Er hatte das Gespräch mit angehört. Er verneigte sich vor Osterburg und sagte, und es lag Würde in seinen Worten: »Vater Osterburg, nach dem Ratschlag der Vitalienbrüder sind wir beauftragt, Euch eine Stiftung von 5000 lübischen Mark für die Armen und Waisen dieser Stadt zu übergeben. Ihr, lieber Osterburg, sollt das Geld in Eure getreuen Hände nehmen und davon geben, wann immer Not am Mann ist. Gedenkt unser dabei und betet für uns.«

Da war Osterburg noch überraschter. Er schüttelte Störtebekers und Wichmanns Hände, schaute lange in ihre Gesichter und sagte: »Ich werde tun, wie ihr sagt, das verspreche ich, so wahr mir Gott helfe. Das werden die Stockholmer den Vitalienbrüdern nie vergessen. Ich auch nicht.« Dann ging Osterburg weiter durch die Bankreihen der Vitalier, segnete sie und sprach mit ihnen.

Etwas später, nachdem Osterburg an den Altar zurückgegangen und dahinter in einer Seitentür verschwunden war, begann es in den Bankreihen der Vitalier zu rumoren. Es wurde laut. Es ertönten Rufe: »Wir sind nicht mehr am dänisch-mecklenburgischen Krieg interessiert!« – »Wir wollen nur noch für uns kämpfen und füreinander da sein.« Dann schrien sie: »Wir wollen unsere Hauptleute selbst wählen. Wir brauchen eine Heimstatt, wir wollen wie Menschen leben.«

Da lief Klaus Störtebeker die Stufen zum Altar hinauf, stand da oben, hob beschwichtigend seine Arme. Plötzlich war Stille in der Domkirche. Die Vitalier starrten auf den Altar. »Vitalienbrüder«, hob Störtebeker an, und seine Stimme zitterte, »ich habe euch gehört. Ihr habt Recht. Wir sind soweit, füreinander da zu sein, ich weiß es. Lasst uns schwören.« Störtebeker hob die rechte Hand zum Schwur, und die Vitalienbrüder unten auf den Bankreihen taten es ihm nach.

Dann fuhr Störtebeker fort: »Wir Gesetzlosen schwören, uns eine eigene Ordnung zu geben. Wir werden nicht mehr für andere kapern, nur noch für uns selbst. Wir werden unsere Anführer selbst wählen. Wir geloben, füreinander da zu sein, füreinander einzustehen, zusammen wie Brüder zu leben, einander zu helfen, zu verteidigen bis zum Letzten, bis zum Tod. Zusammen werden wir eine Heimstatt finden. Wir wollen Gerechtigkeit schaffen für die Armen und Unterdrückten, wo immer wir hinkommen. Dafür wollen wir kämpfen, dafür wollen wir rauben. Wir werden von nun an alles zu liken Deelen teilen und …«

An dieser Stelle kam Störtebeker nicht weiter. Tumult brach aus unten im Hauptschiff. Vitalier schrien dazwischen: »Ja, ja, zu liken Deelen, wie Brüder.« Und dann schrien sie im Chor: »Zu liken Deelen, zu liken Deelen, bis an unser Ende. Wir schwören.«

Oben am Altar hob Störtebeker wieder seine Arme. Wieder trat Stille ein in der Domkirche. Und er rief: »Likedeeler, Likedeeler …« Da gerieten die Vitalier außer sich. Sie sprangen auf die Bänke. Sie hielten sich an den Händen, viele rissen ihre geschlossenen rechten Fäuste nach oben. Dann riefen sie: »Likedeeler, Likedeeler, wir sind Likedeeler, wir schwören.« Und hunderte von Händen wurden zum Schwur in die Höhe gereckt.

Unten, im rechten Seitenschiff, standen die adligen Hauptleute zusammen. Wigbold war bei ihnen. Sie schüttelten die Köpfe. Preen fluchte: »Verdammt noch mal, das ist Meuterei. Störtebeker ist verrückt geworden.« – »So ist es, mein lieber

Preen, so ist es«, sagte Stuke, »das kommt dabei raus, wenn ein Leibeigener Hauptmann wird. Wir hätten gleich was gegen ihn unternehmen sollen. Nun ist es zu spät. Diese Dreckskerle brauchen Disziplin und Führung. Und die können nur wir ihnen geben.« Wigbold nickte und schwieg.

Störtebeker stand noch immer oben am Altar. Unten im Hauptschiff war es ruhiger geworden. Noch einmal wandte er sich an die Likedeeler: »Noch bevor wir im März wieder absegeln, werdet ihr eure Hauptleute selbst wählen. Jetzt geht zurück zu euren Stockholmern, feiert mit ihnen Weihnachten und lebt mit ihnen in Frieden.«

Während die Likedeeler langsam und aufgeregt diskutierend die Domkirche verließen, begaben sich die Hauptleute zu Störtebeker an den Altar. Hannes Wichmann reichte Störtebeker die Hand, dann umarmte er ihn. Er konnte nichts sagen. Auch Gödeke Michels reichte Störtebeker die Hand und sagte: »Du hast viel Mut, Klaus, aber keine Bange, ich stehe an deiner Seite.«

Dann drängte Pecatel sich an Störtebeker heran. Wutentbrannt schrie er: »Störtebeker, das mit der Wahl der Hauptleute wird mit uns nicht gehen. Ich spreche für uns Ritter. Da machen wir nicht mit. Und zu liken Deelen werden wir auch nicht teilen. Niemals! Unsere Wege werden sich im März trennen. Du hast das Ende der Vitalienbrüder heraufbeschworen.«

Störtebeker blieb ganz ruhig. Zum ersten Mal seit langer Zeit fühlte er sich wieder stark, selbstbewusst und voller Energie für das Leben. Er wusste, er hatte nur das ausgedrückt, was viele Vitalienbrüder schon vorher empfunden hatten. Er wusste, sie waren jetzt eine Einheit. Jetzt, dachte er, könnten sie alles schaffen. »Wenn Ihr gehen wollt, so geht«, sagte er zu Pecatel, »dann trennt sich die Spreu vom Weizen.«

Der Ritter wandte sich abrupt von Störtebeker ab. Hinter ihm tauchte die dunkle, hagere Gestalt Wigbolds auf, der sofort auf Störtebeker einredete: »Du hast sie besoffen gemacht mit deiner Rede, Störtebeker. Sie glauben nun wirklich an ihre Macht. Aber ich sage dir, es ist alles falsch. Das Einzige, was diese Halunken verstehen, ist Disziplin, Gehorsam und Bestrafung. Nur dadurch können wir sie zum Erfolg führen. Sie brauchen eine straffe Führung.«

Wigbold merkte, dass seine Worte auf Störtebeker keinen Eindruck machten. »Wenn wir das nicht durchsetzen«, fuhr er fort, und er sprach hastiger als zuvor, »wird es uns so ergehen wie den englischen Bauern 1381 bei ihrem Aufstand gegen die Aristokraten. Damals hatten die Bauern schon London eingenommen und ihre Anführer aus dem Tower befreit. Sie feierten schon ihren Sieg. Aber dann lief alles schief. Sie schickten ihre Anführer nach Hause und verloren alles wieder wegen ihrer Siegestrunkenheit, ihrer Disziplinlosigkeit, ihrer Führungslosigkeit, verstehst du?«

Wigbold starrte Störtebeker an. Störtebeker war immer noch nicht beeindruckt. Magister Wigbold versuchte sich zu beherrschen. Aber es gelang ihm nicht. »Ja, ja, ich weiß, davon hast du noch nie gehört?«, zischte er Störtebeker an, »davon hast du keine Ahnung, und deshalb machst du den gleichen Fehler wie die Bauern 1381 in England. Ihr werdet Schiffbruch erleiden, ihr verfluchten Gleichteiler.«

Störtebeker blickte lange auf Wigbold. Er konnte ihn nicht hassen. Das empfand er auch jetzt wieder. Er glaubte sogar, dass Wigbolds Worte ehrlich gemeint waren, dass er ihn warnen wollte. Aber so wie Wigbold wollte er nicht leben, das wusste er; dann würde sich nichts ändern, dann würde es immer Ungerechtigkeit geben, dann würden sie nie wie Brüder leben können. Und er antwortete: »Unsere Taten, Wigbold, unsere Taten werden in der Zukunft beweisen müssen, ob wir überleben können, wie wir es wollen.«

Wigbold konnte nicht mehr an sich halten. Beschwörend

sprach er auf Störtebeker ein: »Begreif doch endlich, dass die Vitalienbrüder für deine Ordnung noch nicht reif sind, vielleicht werden sie es nie sein. 1381 wird sich wiederholen. Die herrschenden Kräfte werden euch enthaupten, wie damals in London. Denk an meine Worte, Klaus Störtebeker.«

»Ich werde an deine Worte denken, Magister«, antwortete Störtebeker, »aber lass mich dir eines sagen: Du wirst uns nie verstehen, weil du uns verachtest, weil du uns für unfähig hältst. Und die Likedeeler spüren das. Sie werden dir nicht folgen.«

Darauf verließ Magister Wigbold die Domkirche, ohne noch ein Wort zu sagen. Keiner folgte ihm. Er schaute sich nicht mehr um. Er ging zurück zu seinem Holk, in seine Kajüte. Er wollte Weihnachten nicht mit den Stockholmern und den Likedeelern feiern. Er wollte allein sein. Er fühlte sich als Fremder.

Störtebeker verließ als einer der Letzten die Domkirche. Draußen vor der Tür warteten Likedeeler auf ihn. Sie gaben ihm schweigend die Hand, sie legten ihre Hände auf seine Schultern. Der alte Likedeeler, der am frühen Morgen mit einer Abordnung zu ihm ins Pfarrhaus gekommen war, um ihm die Botschaft vom Geld für die Stockholmer zu überbringen, sagte: »Hauptmann, wir werden immer bei dir bleiben. Wir werden wie Brüder leben.« Die beiden Männer umarmten sich.

Auch Einohr wartete vor dem Kirchenportal auf Störtebeker. Als Störtebeker sich nach einer Weile aus der Gruppe der Likedeeler löste, ging er auf ihn zu und sagte: »Hauptmann, das ist der glücklichste Tag in meinem Leben. Wir werden unsere Träume erfüllen. Wir werden für eine bessere Welt kämpfen. Von nun an werden wir wie Brüder leben. Wir werden es schaffen. Wir haben es geschworen.«

Störtebeker mochte den Jungen, er mochte seinen ungebrochenen Mut, seine Lebensfreude, seine Spontaneität, seine Ehrlichkeit. Ein gütiges Schicksal, so glaubte er, hatte es gefügt, dass Einohr zu den Vitalienbrüdern gestoßen war. Und er antwortete leise: »Langsam, Steuermann, wir müssen sehr vorsichtig sein, wir müssen noch vieles lernen. Wir haben viele Feinde, überall. Die Zukunft wird zeigen, ob wir wie Brüder leben können. Heute weiß das noch keiner.« Aber Einohr hörte das Letzte nicht mehr. Seine Gefühle übermannten ihn. »Was für ein Tag«, sagte er laut, »er wird in die Geschichte eingehen.«

DIE LIKEDEELER

DIE WAHL DER HAUPTLEUTE

Mitte März 1394 begaben sich die adligen Hauptleute mit dem Rest der Vitalier, der ihnen noch folgte, zum Stockholmer Hafen. Sie wollten die Wahl der Hauptleute nicht hinnehmen, sie wollten auch nicht zu liken Deelen teilen. Sie wollten so rauben wie bisher: im Auftrag des Herzogs von Mecklenburg. Sie hatten sich entschieden, nach Rostock zurückzusegeln, um neue Kaperbriefe in Empfang zu nehmen. Viele Mecklenburger hatten sich entschlossen, mit den Adligen Stockholm zu verlassen. Sie wollten in ihre alte Heimat zurück. Sie fürchteten, dass Margarete Stockholm noch einmal belagern würde. So wurden die Holks, Schniggen und Koggen der Raubritter immer voller, obwohl die Mehrzahl der Vitalier ihr Schicksal nun als Likedeeler mit den nichtadeligen Hauptleuten teilen wollte.

Auf den Stockholmer Straßen marschierten die Mecklenburger mit Sack und Pack zum Hafen runter. Stockholmer Kinder standen an den Straßenecken und riefen: »Seht doch, die Mecklenburger verlassen uns. Sie mögen uns nicht mehr.« Auch unten am Pier standen Stockholmer. Sie winkten den Mecklenburgern zu und riefen: »Macht's gut, vergesst uns nicht, steht uns auch in Zukunft gegen Margarete bei.« Und die Mecklenburger riefen zurück: »Solange ihr König Albrecht huldigt, sind wir auf eurer Seite.« Als die Mecklenburger ihr Hab und Gut in die Schiffsbäuche verstaut und schließlich unter und auf den Decks Platz gefunden hatten, ertönten Kommandos, Segel wurden gehisst, und die adlige Flottille verließ den Stockholmer Hafen.

Einige Tage später, an einem frühen Morgen, liefen Likedeeler durch die Straßen Stockholms. »Heraus, Likedeeler, heraus«, schrien sie, »die See ruft, es geht wieder los.« Einige schlugen an die Türen der Stockholmer, drangen in die Wohnungen ein und trugen ihre nicht so willigen Kameraden auf die Straße heraus. Die hatten sich bei ihren Liebsten hinter Vorhängen und unter Betten versteckt. Sie hatten das süße und bequeme Leben in Stockholm kennen gelernt. Hier wollten sie bleiben. Aber es nützte nichts. Sie wussten alle, dass sie Stockholm bis spätestens Ende März verlassen mussten, so hatte es der Patrizier-Bürgermeister Bergerus bestimmt. Es sei denn, sie würden sich dagegen auflehnen. Aber das wollten Hannes Wichmann und Klaus Störtebeker nicht. Die beiden hatten gesagt, es wäre besser, in Freundschaft von Stockholm zu scheiden, vielleicht würde man es noch einmal brauchen. So versammelten sich die Likedeeler auf den Straßen. Der Abschied von den Stockholmern fiel ihnen schwer. Und aus manchen Häusern rief es: »Bleib doch, geh nicht wieder zurück auf See.« Likedeeler und Stockholmer umarmten sich, junge Frauen küssten ihre Liebhaber. Geschenke wurden ausgetauscht und Kinder liebkost. Hier schieden keine Fremden, hier schieden Freunde, die ein Stück Leben zusammen gelebt hatten und sich wieder sehen wollten.

Das Abschiednehmen dauerte länger, als die Hauptleute gedacht hatten. Sie standen schon eine Ewigkeit unten am Pier mit dem Dompfarrer Osterburg und vielen Stockholmern und warteten auf die Likedeeler. Als die schließlich mit Geschenken voll bepackt am Pier ankamen, trat Störtebeker vor sie hin und rief: »Likedeeler, bevor ihr eure Schiffe bemannt, wählt eure Hauptleute.« Da die Holks die Führungsschiffe waren und sie noch vier davon besaßen und noch rund 800 Mann waren, wurde in vier Gruppen gewählt. Gödeke Michels, Hannes Wichmann und Klaus Störtebeker wurden wieder zu Hauptleuten gewählt. Doch Magister Wigbold fiel durch, kaum ein Likedeeler hatte für ihn gestimmt. Seine ehemalige Mannschaft wählte den jungen Danziger Steuermann Nikolaus Scheld zum vierten Hauptmann. Und die Likedeeler gingen auf ihre Hauptleute zu, gaben ihnen die Hand, beglückwünschten sie, lachten mit ihnen. Und sie warfen Nikolaus Scheld dreimal in die Luft, fingen ihn wieder auf und riefen: »Nikolaus, Nikolaus«. Und das Ganze hatte etwas Feierliches an sich.

Magister Wigbold stand abseits. Sein Gesicht war versteinert. Gödeke Michels ging auf Störtebeker zu. Er sah besorgt aus. Er hatte kein gutes Gefühl. »Klaus«, sagte er, »das gefällt mir gar nicht, das mit Wigbold wird nicht gut gehen. Wir müssen etwas für ihn tun.« – »Die Likedeeler haben Nikolaus Scheld gewählt. Das muss Wigbold hinnehmen«, antwortete Störtebeker. So werden in Zukunft bei uns Entscheidungen gefällt, dachte er. Aber Gödeke ließ nicht locker. »Klaus«, sprach er beruhigend auf Störtebeker ein, »du musst wieder mit ihm klarkommen, tu es für uns alle, sonst wird er sich eines Tages gegen dich wenden und etwas Schlechtes tun. Du kennst ihn doch.« Störtebeker dachte einen Moment lang nach. Gödeke ist ein erfahrener Mann, das wusste er, und er sagte: »Gödeke, was schlägst du vor?« Hinter vorgehaltener Hand flüsterte Gödeke Michels: »Wigbold ist der einzige Studierte unter uns, seitdem die Adligen fort sind. Er kann Dokumente lesen und mit hohen Herren in ihrer Sprache reden. Machen wir ihn zu unserem Berater. Dann kann er weiterhin an unseren Sitzungen teilnehmen und verliert nicht sein Gesicht.«

Störtebeker stimmte zu. In diesem Moment kam Hannes Wichmann auf sie zu. Gödeke wiederholte seinen Vorschlag.

Wichmann grinste, dann sagte er: »Ein kluger Plan, Gödeke, du bist doch ein schlauer Fuchs. Ja, so lasst es uns machen.« Und er dachte: Am liebsten würde ich den Magister nie wieder sehen. Etwas später gingen die drei zum abseits stehenden Magister, und Gödeke unterbreitete ihr Angebot: »Mein lieber Wigbold, wir möchten dich zum ersten Berater der Likedeeler machen. Wir brauchen dich. Du bist der Einzige unter uns, der mit den herrschenden Mächten reden und ihre Verträge lesen kann. Wir bitten dich, unseren gemeinsamen Vorschlag anzunehmen.«

Wigbold schaute einen Moment lang zu Boden. Er fühlte sich beschämt. Er wusste, das war seine letzte Chance. Er musste das Angebot annehmen. Und er fasste sich und antwortete: »Ich nehme euren Vorschlag an. Ich werde in Zukunft auf Gödekes Holk mitsegeln.« Wichmann und Gödeke schüttelten Wigbold darauf die Hand. Als Störtebeker Wigbold die Hand geben wollte, schlug dieser sie aus und zischte: »Das habe ich dir zu verdanken, Störtebeker, das ist dein Werk. Aber man trifft sich immer zweimal im Leben. Warte nur.« Dann ging Wigbold auf Gödekes Holk zu. Die drei Hauptleute standen noch eine Weile beisammen. Gödeke Michels sagte: »Wir müssen auf ihn aufpassen, Klaus.« Und Hannes Wichmann dachte: Wenn das man gut geht. Klaus Störtebeker schwieg, er hatte kein gutes Gefühl dabei.

Unten am Pier hatte sich eine große Menschenmenge angesammelt. Immer wieder erschallten Rufe: »Wir danken euch, wir danken euch«, und »Gott schütze die Likedeeler«. Die Likedeeler bemannten ihre Holks, Koggen und Schniggen. Die Stockholmer winkten. Die Likedeeler winkten zurück. Viele hatten Tränen in den Augen. »Wir kommen wieder«, riefen sie von den Decks herunter. Und unten riefen sie: »Wir werden euch nicht vergessen.« Kurz darauf bahnte sich Dompfarrer Johann Osterburg einen Weg durch die vorderen Reihen der

Stockholmer. Er trug einen schwarzen Talar, der bis zu seinen Knöcheln hinunter reichte. Er ging ganz nah an die Schiffe der Likedeeler heran, berührte sie, bekreuzigte sich und segnete Schiffe und Mannschaften. Dann ging er auf die Hauptleute zu, die noch immer am Pier vor ihren Holks standen. Osterburg gab jedem die Hand. Er blieb etwas länger bei Störtebeker stehen, schüttelte ihm etwas länger die Hand. Dann sagte er: »Gott beschütze die Likedeeler. Ich werde für euch beten.« – »Gott beschütze Sie, Vater«, antwortete Störtebeker. Die Hauptleute stiegen die Leitern zu ihren Holks empor. Man hörte ihre Befehle oben auf Deck. Segel wurden gehisst. Die Likedeeler verließen Stockholms Hafen. Am Pier war es seltsam ruhig geworden.

Johann Osterburg stand noch lange unten am Pier. Er blickte den am Horizont immer kleiner werdenden Schiffen nach. Und er musste dabei an seine Studienzeit in Uppsala denken, an das Collegium philosophicum. Er konnte die Likedeeler noch immer nicht ganz verstehen. Aber er erinnerte sich daran, dass sie damals in Uppsala Schriften über die Urchristen auf Latein gelesen hatten und dass darin auch schon von menschlicher Verbrüderung die Rede gewesen war. In der Zwischenzeit hatte er das vergessen und war ein Mann Gottes geworden. Und er hatte viele Menschen in seiner Kirche kennen gelernt. Und darum glaubte er nicht, dass die Menschen auf Erden Brüder werden konnten. Das zu schaffen, davon war er überzeugt, konnte nur Gottes Werk im Jenseits sein. Aber im Geheimen bewunderte er die Likedeeler, die wollten tatsächlich dieses Werk Gottes schon auf Erden verwirklichen. Und dieser Störtebeker schien davon besessen zu sein, der glaubte tatsächlich, sie würden es schaffen. Ich werde immer für sie beten, dachte er zuletzt noch, mehr kann ich nicht tun.

ERSTE BEGEGNUNG MIT DEM DEUTSCHEN RITTERORDEN

Am 14. April 1394 befanden sich die Likedeeler westlich der Insel Öland auf Kaperfahrt. Sie segelten eng beieinander. Auf den Decks herrschte ausgelassene Stimmung. Gelächter erscholl. Die Likedeeler sangen und neckten ihre Kameraden auf den anderen Schiffen. Am Nachmittag setzte die Flut ein, Sturm kam auf, und sie refften die Segel. Der neue Hauptmann hatte die jüngste Mannschaft. Und sie war die übermütigste. Schelds Holk führte die Likedeeler-Flotte an, gefolgt von Störtebekers Holk. Schelds Steuermann Hermann Wichers schrie zu Störtebekers Holk rüber: »Hey, ihr Schniggenflitzer, lasst uns ein Wettrennen machen, oder habt ihr Angst?« Einohr, der an Störtebekers Steuerrad stand, schrie zurück: »Los doch, ihr Landratten, keiner ist so schnell wie wir.« Und obwohl sie die Segel gerefft hatten, flogen die beiden dreimastigen Holks, da sie mehr an den Wind herangebracht wurden, wie Geschosse über das Wasser. Die anderen konnten kaum folgen.

Plötzlich ertönte aus den Krähennestern der beiden Holks Geschrei. Die Ausgucke fuchtelten wild mit ihren Armen zur linken Schiffsseite rüber und schrien: »Schiffe ahoi, hart Backbord, ungefähr 800 Meter.« Auf den Holks wurden Befehle erteilt. Die Mannschaften bewaffneten sich. Jeder kannte seine Waffe. Es gab kein Durcheinander. Die Armbrustschützen steckten ihre Pfeile in Brand. Und die Bombarden wurden durch die Luken geschoben. Dann erschallten die Rufe: »Hisst die Piratenflagge«, »ladet die Bombarden«! Sie rasten auf die fremden Schiffe zu. Und die Ausgucke schrien von den Krähennestern runter: »Zwei Orlogs des Deutschen Ritterordens mit einem schwarzen Kreuz auf weißem Grund. Und fünf Hansekoggen, sie liegen tief und sind voll beladen.« Schelds und Störtebekers Holks stürzten auf die beiden Orlogs zu. Schelds Steuermann bugsierte seinen Holk so schnell und so nahe an den einen Orlog heran, dass die Deutschritter nicht mehr zum Laden ihrer Geschütze kamen.

Backbordseits, aus fünf Meter Entfernung, feuerten Schelds Bombarden eine Breitseite Steinkugeln auf die Steuerbordseite des Ordensschiffes ab. Menschen, Schiffsplanken, Gerät, alles an Bord des Orlogs flog in die Luft. Dann schossen Schelds Armbrustschützen die Segel und Masten in Brand. Noch einmal folgte eine Breitseite Steinkugeln. Der Kiel des Orlogs zerbarst. Das Ordensschiff begann mit Wasser voll zu laufen. Die Besatzung warf ihre Waffen weg. Viele Söldner sprangen über Bord. Schelds Männer rissen ihre Waffen nach oben. »Sieg, Sieg«, jubelten sie. Schelds Steuermann rief enthusiastisch: »Das waren Volltreffer, Hauptmann. Wir haben die Deutschritter erledigt.« Nikolaus Scheld lächelte. »Ja«, sagte er, »die saufen gleich ab. Wir brauchen nicht mal zu entern.« Kurz darauf begann der Orlog zu sinken. Nikolaus Scheld dachte an den Kampf mit den dänischen Söldnern auf ihrer Bergen-Fahrt. Er erinnerte sich daran, wie Störtebeker befohlen hatte, die Schiffbrüchigen zu retten. Das war eine große Tat gewesen, dachte er, das wollte er auch tun. Und er befahl seinen Leuten, die Schiffbrüchigen mit Stangen und Ruderbooten aus dem Wasser zu holen. Einige von ihnen kletterten von selbst an Bord. Als die Schiffbrüchigen an Bord gehievt wurden, versank der Orlog des Deutschen Ritterordens. Der Kapitän stand am Flaggenmast, hielt bis zuletzt die Kriegsflagge fest in seinen Händen und ging mit seinem Schiff unter. Der ehemalige Danziger Schiffszimmermann Nikolaus Scheld bewunderte ihn. Er riss seine Mütze vom Kopf. Von so einer Tat hatte er bisher nur gehört.

Zur gleichen Zeit schoss Störtebekers Holk auf den zweiten Orlog zu. Einohr stand am Steuerrad. Störtebeker stand hinter ihm und rief: »Halt direkt aufs Achterdeck zu.« Einohr nickte. Und der Holk raste auf das Hinterteil des Kriegsschiffes zu, als wollte er es aufspießen. Dann schrie Störtebeker: »Weiter achtern draufsegeln, erst im letzten Moment steuerbords rumreißen.« – »Verstanden, Hauptmann, verstanden«, rief Einohr zurück und hantierte schnell, ruhig und mit klarem Blick nach vorn am Steuerrad, als hätte er in seinem Leben nie etwas anderes getan. Erst im letzten Moment, wie Störtebeker es befohlen hatte, riss er das Steuer auf die Steuerbordseite des Orlogs herum. Die beiden Schiffe lagen plötzlich längsseits aneinander. Schiffsplanken knirschten, Bordwände schrammten, und die Likedeeler enterten mit ihrem Hauptmann das Kriegsschiff.

Das Manöver war so überraschend für die Orlogmannschaft gekommen, dass sie keine Zeit mehr gefunden hatte zum Bemannen und Laden der Geschütze. Nur wenige Söldner hatten sich schnell genug bewaffnen können und mussten nun auf ihrem eigenen Deck gegen die wie Heuschrecken über sie herfallenden Likedeeler kämpfen. Viele fochten nur mit Messern in den Händen. Ihr Kapitän, Erich von Rapshagen, ein hoch gewachsener pommerscher Ritter und Freund Wulf von Wulflams, stand wie ein Fels in der ersten Reihe der Orlogmannschaft. Die Schwert- und Enterhakenschläge der Likedeeler prallten einfach an ihm ab. Er kämpfte in voller Rittermontur, und mehrere Likedeeler lagen vor ihm auf dem Deck, von seinem Schwert durchbohrt. Aber die Likedeeler waren zu draufgängerisch. Sie hatten ein Ziel. Die Söldner ließen sich zurückdrängen. Sie wussten, sie konnten gegen die Likedeeler nicht gewinnen. Die kämpften mit Schwertern, Degen, Enterhaken und Streitäxten, als hätte man sie jahrelang daran ausgebildet. Da konnte nur der Kapitän, Ritter Rapshagen, mithalten. Und als ein panzerhemdgeschützter rotblonder Riese mit einem einzigen Schwerthieb Rapshagen das Schwert aus der Hand schlug, woraufhin der zu Boden torkelte, da schrien die Söldner: »Das ist Störtebeker, Gott helfe uns.« Und die Söldner warfen ihre Waffen nieder und hielten ihre Hände hinter ihren Köpfen.

In der Zwischenzeit waren Gödeke Michels' und Wichmanns Holks über die fünf Lübecker Hansekoggen hergefallen. Wichmann hatte mit einer Breitseite drohen lassen. Das genügte. Die Besatzungen ergaben sich kampflos. Die fünf lübischen Koggen waren bis an den Rand mit Bier, Tuch, Fellen, Getreide, Salz, Pfeffer und Kleidungsstücken beladen. Die Likedeeler strahlten. Und auf Wichmanns Holk sagte einer: »Das ist unser größter Raub seit Bergen. Die Patrizier werden uns verfluchen.« – »Ja, ja«, sagte ein anderer Likedeeler, und er lachte dabei, »das stimmt wohl. Und diesmal werden wir den Gewinn der Beute an alle gleich verteilen.« Und er dachte: Das gibt ein Fest in Wismar. Ich kann es kaum erwarten. Die gefangenen Söldner und Kapitän Rapshagen wurden auf Störtebekers Holk gerudert. Auch der zweite Orlog war von den Armbrustschützen in Brand gesetzt worden und versank nun in den Fluten. Vorher hatten die Likedeeler seine neuen Geschütze gerettet. Die Hauptleute und Magister Wigbold saßen in Störtebekers Kajüte, sie wollten über das Schicksal der Söldner entscheiden.

Nach einer Weile trat Störtebeker auf den am Boden sitzenden Rapshagen zu und sagte: »Wir haben Eure Geschütze abgebaut. Ihr ladet ja schon mit Bleikugeln. Die können wir gut gebrauchen. Sie geben uns mehr Feuerkraft. Wir haben sie gegen unsere alten Steinkugeln ausgetauscht.« Rapshagen stand auf, ohne aufgefordert zu sein, er schaute verächtlich auf Störtebeker. Dann sagte er: »Das wirst du büßen müssen, Störtebeker. Wulf von Wulflam lebt. Er wartet in der Marienburg auf dich. Der Deutsche Ritterorden wird sich rächen. Wir werden euch aus der Ostsee hinausjagen.« Störtebeker lächelte. »Das glaube ich nicht, Herr Ritter«, sagte er, »Wulflam ist in den Fjordfluten oben in Bergen verendet. Und seht doch, was heute passiert ist. Die Likedeeler sind Euren Söldnern überlegen. Unsere Leute wissen, wofür sie kämpfen, Eure nicht.« Rapshagen spuckte vor Störtebeker aus. »Elendes Geschmeiß«, schrie er, »euch wird man bald den Kopf abschlagen. Nun mach schon kurzen Prozess mit uns, du Halunke. Ich weiß doch, was uns bei euch blüht.«

Magister Wigbold hatte Rapshagens Worte gehört, und er hatte gesehen, dass Rapshagen vor ihnen ausgespuckt hatte. Er war wütend und schrie: »Kopf ab, oder wir werfen das Schwein in die See. Das hätte er mit uns auch gemacht.« Und Wigbold stürzte sich mit gezogenem Degen auf Rapshagen. Aber Nikolaus Scheld sprang dazwischen, stellte sich schützend vor Rapshagen. »Wir Likedeeler tun das nicht, Wigbold«, rief er. Es gab ein kurzes Gerangel. Dann steckte Wigbold seinen Degen wieder in den Gürtel zurück und ging ohne ein Wort zu sagen auf seinen alten Platz zurück. Gödeke Michels versuchte ihn zu beruhigen. Er wusste, dass Nikolaus Scheld ihn erniedrigt hatte. Und er dachte: In der letzten Zeit muss Wigbold viel einstecken. Scheld sah die Sache anders. Für ihn war es klar, dass er hatte dazwischengehen müssen. Rapshagen war unbewaffnet gewesen. Und als ihr Gefangener genoss er den Schutz der Likedeeler.

»Lasst uns jetzt klären, wer von den Gefangenen bei uns bleiben will und wer nicht. Dann sehen wir weiter«, sagte Hannes Wichmann, um die Spannung aufzulockern. Die auf dem Deck hockenden Söldner schauten angsterfüllt auf die grinsenden Likedeeler. Einige heulten und fingen an, um ihr Leben zu betteln. Ein Söldner fiel auf die Knie, hob flehend die Hände empor und winselte: »Gnade, Gnade.« Und ein anderer wimmerte: »Es ist doch nicht unsere Schuld, dass wir gegen euch kämpfen. Wir waren Leibeigene. Sie haben uns in den Söldnerdienst gepresst.« Dann schrie ein Likedeeler: »Reißt euch zusammen, verfluchtes Söldnerpack. Wir werden gerecht gegen euch sein.« Hannes Wichmann trat vor die Söldner hin. Er trug seinen langen, befleckten Morgenmantel und kaute sein Bilsenkraut. Er räusperte sich, spuckte einen Teil des Bilsenkrautes aus und sprach: »Söldner, wer von euch bei uns bleiben will, muss schwören, immer füreinander einzustehen, gerecht zu handeln und gleich zu teilen. Wir werden niemanden zwingen, bei uns zu bleiben. Wer das nicht will, dem wird nichts geschehen. Wir werden ihn an Land segeln lassen, und er darf seines Weges gehen.«

»Ist das wahr?«, fragten die Gefangenen ungläubig. »So ist es«, antwortete Wichmann und überließ die Söldner sich selbst. Die steckten ihre Köpfe zusammen, flüsterten miteinander, gestikulierten. Man konnte sehen, dass sie erregt waren. Dann löste sich ein Söldner aus einer größeren Gruppe heraus und ging auf die wartenden Likedeeler zu. »Können wir euch vertrauen, oder macht ihr euren Spaß mit uns?«, fragte er ängstlich. Die Likedeeler lachten laut. »Aber klar, Mensch, ihr könnt uns vertrauen, wir sind Likedeeler«, antwortete einer von ihnen und fügte hinzu: »Nun macht schon, entscheidet euch. Wir wollen endlich nach Wismar.« Der Söldner ging zu seinen Leuten zurück. Nach einer Weile hatten sie sich entschieden. Der größere Teil der Gefangenen wollte bei den Likedeelern bleiben. Der kleinere scharte sich um Rapshagen.

Die Likedeeler gingen auf ihre neuen Kameraden zu, sie schüttelten ihnen die Hände und sagten: »Ihr seid willkommen bei uns. Ihr werdet es nicht bereuen.« Und einer fragte: »Aus welcher Gegend kommt ihr?« Und die Neuen antworteten: »Aus Pommern, aus Mecklenburg, aus Brandenburg, aus

Preußen, aus Livland.« Und der Likedeeler sagte grinsend: »Menschenskind, da kommen die meisten von uns auch her.« Da hellten sich die Gesichter der Neuen auf, sie hatten keine Angst mehr, sie lachten. Und die Feldscher kamen mit ihren Verbandskästen und versahen die Verwundeten mit Kräutern und Verbänden und schienten die Knochenbrüche. Dann wurden die Toten in Persenningsäcke gehüllt und auf einer Rutsche in die See gestoßen.

Nachdem die Neuen den Likedeeler-Eid geschworen hatten, ging Klaus Störtebeker zu Erich von Rapshagen und sagte: »Wir werden Euch jetzt mit dem Rest Eurer Söldner auf zwei Schniggen übersetzen, Herr Ritter. Ihr seid frei, Ihr könnt segeln, wohin Ihr wollt.« Dann drehte Störtebeker sich um, und Rapshagen rief ihm hinterher: »Das wird noch ein Nachspiel haben, Pirat. So leicht kommst du nicht davon. Denk daran, Wulflam wartet auf dich. Und auf der Marienburg bereiten wir deinen Untergang vor.« Störtebeker drehte sich noch einmal zu Rapshagen um. Er lächelte. »Dann gute Fahrt zur Marienburg und viele Grüße an Euren Hochmeister Konrad von Jungingen«, sagte er. Als Störtebeker in seine Kajüte zurückging, musste er an Wulf von Wulflam denken. Er wollte es nicht glauben, dass Wulflam noch am Leben war. Es kann nicht sein, dachte er immer wieder, es kann nicht sein. Ich habe ihn in den Fluten untergehen sehen.

IN WISMAR NICHT MEHR WILLKOMMEN

Auf ihrer Rückfahrt nach Wismar, die Likedeeler hatten zwischendurch drei Geleitzüge der Hanse gekapert, saßen Störtebeker und Einohr eines Nachts in Störtebekers Kajüte. Es war Anfang Mai, die Nacht war schon fast warm, es wehte ein laues Lüftchen über der Ostsee, und sie hatten die Kajütentür angelehnt gelassen. Sie wussten, sie würden am Morgen an der Insel Poel vorbeisegeln und dann in die Bucht von Wismar einlaufen. Sie fühlten sich wohl bei diesem Gedanken. Störtebeker hatte Einohr den Törn auf der Seekarte erklärt und dabei Punkte eingezeichnet, die er später als Wegweiser benutzen konnte. Einohr kannte Wismar noch nicht. Aber Störtebeker hatte ihm von dem Markt und dem darauf folgenden Fest erzählt. Und Einohr freute sich auf Wismar.

Auf Deck feierten die Likedeeler beim Schein der Positionslampen die morgige Ankunft. Reichlich Schnaps und Bier hatten sie erbeutet. Sie sehnten sich nach Wismar, nach dem Landgang, nach den jungen Frauen, nach dem Fest. Und weil es auf Deck zu laut wurde, machte Einohr die Kajütentür zu, und sie machten sich wieder über ihre Schreib- und Leseübungen her, hängten ihre Köpfe über die Pergamentbögen und kritzelten mit den Kohlestiften darauf herum. Vor beiden stand ein Bierkrug. Einohr schaute vom Pergamentbogen auf und trank einen Schluck. Er blickte auf Störtebeker, der mit seinem rechten Zeigefinger über eine selbst geschriebene Zeile strich und langsam laut vorlas. »Der Sieg gegen die Deutschritter wird Eindruck machen, Hauptmann«, unterbrach er Störtebeker, »das hätten die nie für möglich gehalten, dass der größte Teil ihrer Söldner zu uns überlaufen und wir den Rest ziehen lassen würden. Rapshagen wird dir diese Demütigung nie verzeihen.« Störtebeker sah von seinem Pergament auf. »Ich habe es auch nicht für möglich gehalten, dass so viele zu uns kommen würden«, antwortete er, »die anderen werden die Geschichte auf dem Lande erzählen. Es wird sich rumsprechen, und das ist gut für uns. Viel mehr Menschen werden nun von uns hören.« Einohr dachte einen Moment lang nach. Er schien skeptisch zu sein. »Glaubst du wirklich, dass sie uns auf dem Lande verstehen werden?«, fragte er. »In ihrer Art werden uns alle verstehen«, versicherte ihm Störtebeker, »die Reichen werden uns hassen, die Armen lieben.« Nach einer Weile machten sie sich wieder ans Lesen und Schreiben. Die Likedeeler feierten die ganze Nacht durch.

Als sie am frühen Morgen im Wismarer Hafen vor Anker gingen, hatten viele Likedeeler einen schweren Kopf. Aber sie gingen freudig erregt an Land. Schließlich war Wismar ihr Lieblingshafen. Für viele von ihnen war Wismar fast so etwas wie Heimat, und einige hatten ihre Liebste hier. Die Wismarer standen wie immer unten am Pier, um sie zu begrüßen. Wismarer und Likedeeler umarmten einander. Aber es war doch nicht so wie früher. Die Wismarer machten traurige Gesichter. »Was ist los, warum schaut ihr so griesgrämig drein?«, fragte ein Likedeeler. Und ein Schiffszimmermann antwortete: »Die Wismarer Patrizier lassen ihre Geschäfte und den ganzen Hansehandel über Lübeck laufen. Sie wollen uns bestrafen, weil sie wissen, dass wir zu euch halten. Wir können nichts mehr verdienen. Wir sind arbeitslos. Einige verhungern schon.«

»Es muss doch etwas passiert sein«, fragte ein anderer Likedeeler. »Das ist es ja«, antwortete der Zimmermann, »die adligen Hauptleute waren hier und haben erzählt, dass ihr die Deutsche Brücke in Bergen zerstört hättet, dass ihr vergewaltigt und gemordet hättet und dass ihr keine Kaperbriefe unseres Herzogs mehr annehmen wollt.« Für einen Moment waren alle still. Der Schiffszimmermann schaute fragend auf die

Likedeeler. Auch die anderen Wismarer, die herumstanden und das Gespräch gehört hatten, schauten gespannt auf die Likedeeler. »Diese adligen Schweine verleumden uns, das können wir nicht auf uns sitzen lassen«, entrüstete sich ein Likedeeler. »Das haben wir uns auch gedacht«, sagte der Zimmermann, »so einfach gehen wir nicht von euch ab. Wir kennen euch doch.« Der Likedeeler, der die Wismarer zuerst gefragt hatte, was denn mit ihnen los wäre, nahm sich eine in der Nähe liegende Holzkiste, stellt sie auf den Kopf und sich selbst drauf. Alle Wismarer und Likedeeler, die am Pier standen, konnten ihn sehen. »Wismarer«, schrie er, so laut er konnte, »Brüder, ich will euch erklären, was in Bergen passiert ist. Viele von uns hatten da oben die Nerven verloren, als sie hörten, dass der Aldermann der Deutschen Brücke, Wulf von Wulflam, und seine Schwertkämpfer unseren gefangenen Brüdern die Augen ausstachen und die Ohren abhackten und sie in Heringsfässern nach Bergen brachten, um ihnen dort auf dem Marktplatz vor den Augen der Bürger die Köpfe abzuschlagen. Das hat uns einfach umgehauen, versteht ihr?«

Der Likedeeler machte eine kurze Pause. Er war erregt. Auf dem Pier war es still. Dann fuhr er fort: »Viele von uns wollten die Kameraden rächen. Ja, wir haben die Gebäude der Deutschen Brücke zerstört. Ja, einige haben gemordet und vergewaltigt. Und dafür wird Gott uns strafen. Aber es währte nur kurz. Wir haben Reue gezeigt in Bergen. Wir haben die Bevölkerung vor unseren eigenen Leuten beschützt. Wir haben ihnen ihr Hab und Gut zurückgegeben. Und wir haben ihnen genug Nahrung gelassen. Und unsere Feldscher haben ihre Verwundeten versorgt. Und wir haben ihre Toten mitbestattet. Das ist die Wahrheit. Es ist auch wahr, dass wir nur noch für uns kapern und nicht mehr für Herzog Johann. Wir sind jetzt frei. Wir sind jetzt Likedeeler. Nun richtet über uns.« Wieder herrschte für eine Weile Schweigen auf dem Pier. Dann brach Jubel los. Und die Wismarer riefen: »Gott beschütze die Likedeeler« und »Wir halten zu euch«. Danach wurde auf dem Pier beraten. Likedeeler und Wismarer standen in Gruppen beisammen. »Wir werden eure Holks, Koggen und Schniggen ausbessern«, sagte der Schiffszimmermann. Und die umstehenden Wismarer nickten. »Wir werden eure Waffen reparieren und euch neue schmieden«, sagte ein Wismarer Schmied. Und die Umstehenden nickten. »Wir werden für euch Schnaps brennen«, sagte ein Kneipenwirt. Und die Umstehenden nickten.

»Und wir werden für euch ein Fest geben«, sagte der Likedeeler, der vorher auf der Holzkiste gestanden hatte, »und wir werden unsere Beute an euch umsonst verteilen. Ihr sollt leben, Brüder. Wir halten auch zu euch. Das werden wir gleich beweisen.« Und er stellte sich wieder auf die Holzkiste. Als er sah, dass die meisten Likedeeler jetzt ihre Schiffe verlassen hatten und auf dem Pier standen und sich mit den Wismarern unterhielten, rief er: »Likedeeler, hört her, die Patrizier haben unsere Wismarer Brüder arbeitslos gemacht, weil sie zu uns halten. Sie nagen am Hungertuch. Das Elend ist groß. Ich schlage vor, wir geben ihnen unsere Beute umsonst.« Er hielt einen Moment lang inne. Er schaute auf die Likedeeler. Die schauten gebannt zu ihm rauf. Dann fuhr er fort: »Wer für den Vorschlag ist, hebe die rechte Hand.« Da erhob sich ein Meer von rechten Likedeeler-Händen, Bravorufe ertönten, und Likedeeler und Wismarer gaben sich die Hände. Und der auf der Holzkiste stand, schrie dazwischen: »Dann ist es entschieden. Lasst uns am Sonntag ein Fest feiern und die Beute verschenken.«

Die Nachricht über die Schenkung verbreitete sich wie ein Lauffeuer durch die Stadt und erreichte auch die Hauptleute der Likedeeler und Magister Wigbold, die an einem großen Eichentisch im Wismarer Ratskeller saßen und auf eine Abordnung der Patrizier warteten. Bierkrüge standen vor ihnen auf dem Tisch. Sie wollten sich ihr Priemgeld abholen. Sie hatten gehört, dass sich die adligen Hauptleute schon 10 000 Lübische hatten auszahlen lassen. Jetzt wollten sie ihren Rest haben. Nach einer Weile kamen vier Patrizier in den Weinkeller. Die Patrizier sahen todernst aus. Sie verzogen keine Miene. Sie waren in schwarzes Tuch gekleidet und setzten sich nicht an den Tisch der Likedeeler. Sie setzten sich an einen Ecktisch und starrten sich gegenseitig an. Dann stand einer von ihnen auf, rückte seine goldene Ratsherrenkette zurecht und ging zum Tisch der Likedeeler rüber. Gödeke Michels grinste ihn an. »Na also, Pfeffersack«, sprach er, »rück das Priemgeld raus, sonst geht es dir schlecht, mein Junge.« Der Patrizier blickte über die Likedeeler hinweg. Als er zu sprechen anfing, schauten Angst, aber auch Verachtung aus seinem Gesicht. »Wir vertreten die Interessen der Wismarer und Rostocker Hansekaufleute«, hob er an, »in ihrem und in Herzog Johanns Auftrag übergebe ich euch diesen Wechsel. Ihr könnt ihn an der Ratskasse einlösen. Es wird in lübischen Mark ausgezahlt.« Als er den Wechsel auf den Eichentisch legte und wieder gehen wollte, hielt Gödeke ihn am Arm fest. »Moment, Moment«, rief Gödeke, »so leicht kommst du hier nicht davon. Wir müssen erst prüfen, ob der Wechsel echt ist.«

Gödeke Michels reichte den Wechsel an Magister Wigbold weiter und hielt den Patrizier am Arm fest. »Was steht drauf, Magister«, fragte er. Wigbold nahm den Wechsel, hielt ihn vors Licht, prüfte die Unterschriften, das Datum und die auszuzahlende Summe. Dann legte er ihn auf den Tisch zurück und sagte: »Der Wechsel ist rechtens. Sie zahlen uns 10 000 Lübische auf einen Schlag. Wir können ihn morgen einlösen.« Gödeke hielt noch immer den Patrizier am Arm fest. Der wagte nicht, sich aus Gödekes Griff zu lösen. Die anderen drei Patrizier schauten versteinert zum Tisch der Likedeeler hinüber.

»Wir werden dich als Geisel bei uns behalten, bis wir unser Priemgeld erhalten haben, Pfeffersack«, sagte Wigbold, »du wirst bei uns an Bord übernachten. Dann wird nichts dazwischenkommen.«

Wigbold blickte hasserfüllt auf den Patrizier, der schon etwas älter war. Er musste dabei an seinen Vater denken. Der hier sah ihm ziemlich ähnlich. Der hier hatte auch diese arroganten, aber sonst nichts sagenden Gesichtszüge. Der hier fingerte auch dauernd an seiner goldenen Ratsherrenkette herum, als würde ihm das Überlegenheit verleihen. Wigbold konnte mit diesen Händlern nichts anfangen. Sie waren für seine Revolution, wie er sein Ziel nannte, völlig unnütz, so empfand er immer wieder. Sie mussten weg. Eher konnte man noch mit den Aristokraten etwas anfangen, dachte er, die waren zumindest etwas gebildet. Aber diese Pfeffersäcke schienen nur am Mammon interessiert zu sein. Und gerade das, so dachte er jetzt, machte sie immer mächtiger. Und gerade das entfachte seinen immer größer werdenden Hass gegen sie.

Der ältere Patrizier, der als Geisel bestimmt war und den Gödeke Michels noch immer am Arm fest hielt, fasste Mut und sagte, ohne die Likedeeler dabei anzusehen: »Wir wissen, dass ihr in Bergen unsere Deutsche Brücke ausgeraubt und unsere Lagerhäuser zerstört habt. Die adligen Hauptleute haben es uns erzählt. Mit uns wird es keine Geschäfte mehr geben. Wir wissen, dass ihr nicht mehr für Herzog Johann auf Kaperfahrt geht. Unser Herzog hat deshalb beschlossen, dass ihr in Wismar und Rostock nicht mehr willkommen seid. Beide Häfen sind für euch ab sofort geschlossen.« Nikolaus Scheld ahmte die Fistelstimme des Patriziers nach: »... seid in Wismar und Rostock nicht mehr willkommen«, fistelte er. Die Likedeeler lachten über Scheld und schlugen sich auf die Schenkel. Und Klaus Störtebeker sagte: »Wenn wir morgen unser Priemgeld erhalten, dann gehst du zu deinen Leuten und zu eurem

Herzog und sagst ihnen, dass die Likedeeler in Wismar bleiben, solange sie wollen.« »So ist es«, fügte Gödeke hinzu. Dann tranken die Likedeeler ihr Bier aus und verließen mit ihrer Geisel den Ratskeller.

Eine Woche später, die Likedeeler hatten inzwischen ihre 10 000 Lübischen ausgezahlt bekommen und ihre Beute an die Wismarer verschenkt, saßen die Hauptleute und Magister Wigbold in ihrer Wismarer Hafenkneipe an einem Tisch. Mit ihnen saßen viele Wismarer in der Kneipe und ließen es sich auf Kosten der Likedeeler gut gehen. Es ging hoch her. Die Wismarer waren lustig. Sie ließen die Likedeeler immer wieder hochleben. Und die Likedeeler orderten für sie immer wieder neue Lagen Bier, Brot und Wurst. Etwas still war es nur am Likedeeler-Tisch.

Nach einer Weile sagte Magister Wigbold: »Was nun, Wismar und Rostock sind für uns geschlossen. Die adligen Hauptleute verleumden uns überall. Herzog Johann will Truppen gegen uns aufstellen. Wo sollen wir hin im Winter? Wieder auf unsere Inseln in die Holzhütten?« Und Wigbold schaute die Hauptleute an. Sie schwiegen. Und Hannes Wichmann dachte, bloß das nicht, nicht wieder zurück in die Einöde, nicht wieder in die Holzhütten. Nicht wieder so allein sein. Und er antwortete: »Lasst uns vor Rügen, Falster, Bornholm und an der südschwedischen Küste kapern und dann im November nach Stockholm segeln. Da können wir überwintern. Wir waren gut zu der Stadt.« Nikolaus Scheld schüttelte seinen Kopf. »Nein, Hannes«, sagte er, und Enttäuschung klang in seiner Stimme mit, »da waren wir schon. Wir können überall überwintern, wir brauchen nicht zu betteln. Wir sind stark genug.« Jugendlicher Leichtsinn, dachte Gödeke, schaute belustigt auf Scheld und sagte: »Nicht so schneidig, min Jung, wir werden schon einen Platz finden. Hannes hat Recht, erst mal müssen wir eine Zeit lang auf Kaperfahrt gehen. Wir müssen wieder auffüllen. Die Likedeeler haben unsere ganze Beute an die Wismarer verschenkt. Wir wollen doch nicht verhungern.« »Das war sowieso großer Unsinn«, fuhr Wigbold dazwischen, »das dürfen wir nie wieder tun; dadurch schwächen wir uns zu sehr.« – »Das war die große Tat der Likedeeler«, konterte Scheld, »und alle haben davon gehört.« Störtebeker warf Scheld einen zustimmenden Blick zu. Und Wichmann sagte: »Recht so, Nikolaus, recht so.«

»Trotzdem«, meinte Störtebeker, »müssen wir rechtzeitig wissen, wo wir überwintern werden. Gödeke kennt die Ostsee wie kein Zweiter. Wir wollen uns seinen Rat anhören.« Alle schauten auf Gödeke Michels. Gödeke räusperte sich. Er schaute in die Runde. Er wischte sich den Bierschaum vom Mund. »Na gut«, sprach er, »ich will euch sagen, was das Beste für uns ist. Wir sollten in Visby auf Gotland überwintern. Visby hat einen ausgebauten Hafen mit Pier, einen großen Marktplatz. In Visby können wir unsere Beute verkaufen. In Visby leben Fischer, Böttcher, Fallensteller und Schiffszimmerer. Es gibt nur wenige Hansepatrizier dort, weil die Geschäfte auf der Insel für sie zu mager sind. Ich bin früher selbst von Visby aus mit meinem Kutter fischen gefahren. Visby wird euch gefallen, glaubt mir.«

Und Gödeke Michels musste unwillkürlich an seine Zeit als Fischer denken. Damals hatte er sich nicht an die Zunftregeln gehalten. Er hatte überall gefischt und nicht nur in den vorgeschriebenen Gründen. Er hatte auf jedem Markt der mecklenburgisch-pommerschen Küste seinen Fang verkauft und nicht nur auf den vorgeschriebenen Märkten. Selbst an der südschwedischen Küste bis nach Öland und Gotland rauf und vor den dänischen Inseln hatte er damals seine Netze ausgelegt und auch dort seinen Fang verkauft. Er hatte seine Preise selbst bestimmt und nicht die von der Zunft vorgeschriebenen verlangt. Den Wohlhabenden hatte er immer mehr Geld abverlangt, den Armen häufig nichts. Er hatte es nie ertragen, sich in Regeln einzwängen zu lassen. Er hatte sich nie an Vorschriften gewöhnen können, mit denen er nicht einverstanden war. Seine Stralsunder Fischerzunft und die sie kontrollierenden Pfeffersäcke hatten ihn daraufhin aus der Zunft geworfen. Und dann hatten sie noch seinen Kutter und sein Hab und Gut konfisziert. Sie hatten ihm einfach sein Leben genommen.

»Das hört sich gut an, Gödeke«, sagte Störtebeker nach einer Weile. Und er musste dabei an Einohr denken, der ihn damals auf der Rückfahrt von Bergen nach Wismar wegen einer Heimstatt angesprochen hatte. Visby, so dachte Störtebeker jetzt, hört sich wirklich gut an. Vielleicht könnte es in Zukunft ihre Heimstatt werden, zumindest in der Winterzeit. »Dann lasst uns in Visby überwintern«, schloss Störtebeker. Alle stimmten zu. Nur Wigbold schmunzelte überlegen und sprach: »Dann müssen wir dort erst mal die ehrenwerten Ritter Pecatel, Preen, Stuke und Lüchow aus dem Weg räumen. Ihr wisst wohl nicht, dass sie mit ihren Leuten in Visby Quartier bezogen haben. Von dort aus gehen sie weiterhin für Herzog Johann auf Kaperfahrt.« Sie könnten sich mit den Adligen wieder verbünden, dachte Magister Wigbold, das würde sie stärker machen, dann würden sie die Ostsee beherrschen können. Aber er kam nicht weiter mit seinen Gedanken. »Mit denen werden wir fertig«, unterbrach ihn Nikolaus Scheld, »wir sind Likedeeler.« Wigbold lachte. »Was immer du damit meinst, mein Junge«, antwortete er, »wir sind jetzt Freiwild für alle. Das wirst du schon bald sehen.« »Dann ist es Visby«, sagte Hannes Wichmann, »Hand drauf.« Und alle, auch Magister Wigbold, beugten sich über den Tisch und legten ihre rechte Hand auf Wichmanns rechte Hand.

IN VISBY AUF GOTLAND

Wie Hannes Wichmann empfohlen hatte, waren sie den Sommer und Herbst über zuerst an der südschwedischen Küste und um die Inseln Rügen, Falster und Bornholm auf Kaperfahrt gegangen. Sie hatten mehrere Hanse-Geleitzüge überfallen und ausgeraubt. Ihre Schiffsbäuche waren prall gefüllt mit Hansegut. Die Hansemannschaften hatten sich kampflos ergeben. Es hatte sich bei ihnen herumgesprochen, dass die Likedeeler keine Gefangenen töteten oder ins Meer warfen, sondern Freiwillige rekrutierten und die anderen an Land segeln ließen.

Am 2. Dezember 1394, um die Mittagszeit, segelten die Likedeeler in den Hafen von Visby auf Gotland und legten am Pier an. Es schneite. Die Gassen waren mit Neuschnee bedeckt. Ein Sturm fegte von See her in den Hafen hinein. Die letzten Tage auf See hatten sie schon erbärmlich gefroren. Der Winter war früh gekommen. Und sie waren froh, dass sie einen Platz für den Winter gefunden hatten. Außer dem Schnee waren die Gassen im Hafenviertel und oben in der Stadt wie leer gefegt, keine Menschenseele war zu sehen. Die Bewohner der reich verzierten, karmesinrot gestrichenen ein- und zweistöckigen Holzhäuser und weiß und gelb-blau angemalten Backsteinhäuser hatten ihre Türen verbarrikadiert und die Fenster mit Brettern vernagelt. Nach längerer Zeit zogen neugierige Visbier ihre Gardinen zurück und lugten durch die Bretter zu den draußen herumirrenden Likedeelern hinaus. Dann öffneten einige ihre Türen, blieben davor stehen und starrten auf die Ankömmlinge. Die Likedeeler staunten. Das hatten sie nicht erwartet. »Wir sind doch hier nicht in Bergen«, sagte einer von ihnen und ging auf einen jüngeren Visbier zu, der vor seiner Tür stand.

»Was ist los?«, fragte der Likedeeler und legte dem Visbier beruhigend die rechte Hand auf die Schulter, »wir kommen in friedlicher Absicht. Wir wollen bei euch nur überwintern, dann ziehen wir wieder ab.« Der Visbier schaute nach links und nach rechts, dann sagte er ängstlich: »Das glaube ich dir gern. Aber die Hauptleute Preen und Pecatel haben uns erzählt, ihr würdet brandschatzen und vergewaltigen. Und die Patrizier verwehren euch das Aufenthaltsrecht. Unsere Leute haben Angst, verstehst du?« – »Das verstehe ich gut, mein Alter«, antwortete der Likedeeler, »aber erzähl deinen Leuten, wir werden euch kein Härchen krümmen. Wir werden für alle Kosten aufkommen. Und wir möchten mit euch Markt halten. Unsere Schiffsbäuche sind voll mit frischer Hanseware. Erzähl das deinen Leuten, mein Bester. Und nun wünsche ich dir einen guten Tag.« – »Das wünsche ich dir auch«, sagte der Visbier. Und der Likedeeler dachte, so ist das also, die adligen Hauptleute verleumden uns. Wir müssen mit denen mal klar Schiff machen.

Die Likedeeler gingen durch das Hafenviertel zum Rathausmarkt rauf. Dort versammelten sie sich. Sie trugen ihre Waffen und hatten sich Winterkleidung angezogen. Es schneite noch immer. Sie froren, hatten ihre Kragen hochgeschlagen und ihre Wollmützen tief über die Ohren gezogen. Nach einer Weile fingen sie an, Holz zusammenzutragen und Feuerstellen auf dem Marktplatz zu bauen. Als die Flammen endlich aufloderten, stellten sich die Likedeeler um die Feuerstellen herum, schlugen mit den Armen, um sich warmzuhalten, und tranken Schnaps aus herumgereichten Kannen. Und einer sagte es für sie alle: »Verdammt, wir brauchen die Winterunterkunft in Visby. Nach Stockholm schaffen wir es nicht mehr. Die See friert da oben zu. Jedes Jahr die gleiche Scheiße.« Ein anderer Likedeeler sagte: »Keine Sorge! Unsere Hauptleute sitzen schon mit den Adligen und den Patriziern im Rathaus. Die lassen sich hier nicht mehr rauswerfen. Die werden denen schon erzählen, wo es langgeht.«

In der Zwischenzeit stießen viele der ehemaligen Kameraden, die noch immer mit den adligen Hauptleuten für Herzog Johann auf Kaperfahrt gingen, auf dem Rathausmarkt zu ihnen. Auch sie trugen Waffen. Auch sie froren. Sie begrüßten sich, schüttelten sich die Hände, und sie wärmten sich gemeinsam an den Feuerstellen und tranken zusammen den Schnaps, den die Wismarer für die Likedeeler gebrannt hatten. Es wurden Geschichten aus gemeinsamen alten Zeiten erzählt. Es wurde geprahlt und gelacht. Und es war so, als hätte es nie eine Trennung zwischen ihnen gegeben.

Im Hansesaal des Visbier Rathauses saßen die Hauptleute der Likedeeler, Magister Wigbold, die adligen Hauptleute und eine Gruppe Patrizier an einem langen Tisch. Die Adligen und die Patrizier saßen den Likedeelern gegenüber. Man trank Schnaps. Man schwieg sich an, man beäugte sich. Dann brach Wigbold als Erster das Schweigen. »Bei allen Heiligen, Pecatel«, begann er, »Ihr seid ja füllig geworden. Das gute Leben hier in Visby scheint Euch zu bekommen.« Pecatel trug Schwert und Panzerhemd. Er war erbost. »Lasst Eure Späße, Magister«, antwortete er. »Sagt uns lieber, war ihr hier wollt. Hier ist kein Platz für euch. Wir sind getrennte Leute.« Und er dachte, dieses Gesocks wagt es, so mit mir zu reden. Wigbold schüttelte seinen Kopf. »Warum so ablehnend, Herr Ritter«, antwortete er, »vielleicht können wir wieder einige Dinge zusammen tun. Wir möchten hier als erstes mit Euch gemeinsam Weihnachten feiern. Ihr werdet doch nicht alte Kameraden zum heiligen Fest vor die Tür setzen, oder?« Und zu den Patriziern gewandt, fuhr Wigbold fort: »Nun zu Euch, meine Herren Pfeffersäcke, wir möchten von Euch eine Aufenthaltsgenehmigung und bitten Euch, für unsere Weihnachtsfeier Eure besten Silberbestecke zur Verfügung zu stellen.«

Alle, auch die adligen Hauptleute, mussten lachen. Nur die Patrizier nicht. Sie waren humorlos, wütend. Und einer von ihnen wagte zu sagen: »Wir wollen euch hier nicht haben, verschwindet. Hier ist kein Platz für euch.« Da wurde Gödeke Michels zornig. »Ihr verkennt die Machtverhältnisse«, polterte er dazwischen, »wenn hier einer gehen muss, seid ihr es.« Und Hannes Wichmann setzte noch eins drauf: »Richtig, Gödeke, genau richtig, diese Schmarotzer müssen weg.« Die Patrizier verließen entrüstet und ohne ein Wort zu sagen den Hansesaal. Wichmann musste wieder an seine Zeit als Englandfahrer bei den Hamburger Pfeffersäcken denken. Er dachte daran, wie ihre Kapitäne ihn und seine Kameraden gefoltert hatten, wie die Pfeffersäcke häufig die Löhne nicht gezahlt hatten, weil die Kapitäne gesagt hatten, sie wären aufsässig gewesen, und wie er auf einer Englandfahrt einfach abgesprungen war, weil er gehört hatte, dass er auf ihrer Schwarzen Liste stand, und das hätte seinen Tod bedeutet. Ein Holländer hatte ihn damals aufgefischt und sein Leben gerettet. Diese alten Bilder kamen in Hannes Wichmann wieder hoch. Und er konnte seinen Hass auf die Patrizier nicht unterdrücken. Für ihn waren sie noch schlimmer als sein brandenburgischer Baron, von dessen Gut er als junger Leibeigener geflohen war.

»Ihr habt uns überall verleumdet«, richtete sich Störtebeker plötzlich an die adligen Hauptleute, »selbst die Visbier fürchten sich vor uns. Das werden wir jetzt wieder geradebiegen. Doch zu uns. Ihr wisst, hier ist Platz für alle zum Überwintern. Wenn Euch aber nicht danach ist, mit uns hier zu leben, so sucht Euch einen anderen Hafen auf Gotland.« – »Wir waren zuerst hier, verflucht noch mal«, schrie Stuke dazwischen. Er war erregt, stand vom Tisch auf, er fingerte an seinem Schwert herum. »Schert euch zum Teufel«, schrie er. Vom Rathausmarkt drang Gelächter und Gejohle in den Hansesaal hinein. Störtebeker stand vom Tisch auf, ging ans Fenster, schaute hinaus und sah, wie draußen auf dem Marktplatz die Likedeeler mit ihren alten Kampfgefährten sangen, Schnaps tranken, sich auf die Schultern klopften und sich gemeinsam an lodernden Feuerstellen wärmten. Die feiern da draußen ihr Wiedersehen wie alte Freunde, dachte er, und ein Gefühl von Zusammengehörigkeit kam in ihm auf. Störtebeker winkte Stuke zu sich ans Fenster heran und zeigte mit seiner rechten Hand nach draußen. Stuke kam ans Fenster und schaute hinaus. Wut war in seinem Gesicht zu lesen, als er sah, was draußen passierte. »Diese Idioten«, murmelte er. »Seht doch, Stuke«, sagte Störtebeker, »was draußen vor sich geht, Eure und unsere Leute verbrüdern sich. Sie sind uns weit voraus. Folgen wir ihnen doch und feiern mit ihnen.« Der Ritter drehte sich abrupt um und ging an den Tisch zu den anderen adligen Hauptleuten zurück. Sie flüsterten kurz miteinander und verließen dann, ohne ein Wort zu sagen, den Hansesaal. Das ist es dann, die Likedeeler haben unser Problem gelöst, dachte Störtebeker und ging zu seinen Kameraden an den Tisch zurück. Er erzählte ihnen, was draußen passiert war und warum die Adligen so schnell verschwunden waren. Sie tranken ihren Schnaps aus und gingen nach draußen auf den Marktplatz.

Die Likedeeler und ihre lang verlorenen Kameraden empfingen die Hauptleute und Wigbold auf dem Rathausmarkt mit Hochrufen. Klaus Störtebeker wollte zu ihnen sprechen. Aber sein Versuch ging im Gejohle unter. Die Likedeeler reichten ihren Hauptleuten Schnapskannen. Und als die daraus tranken, brach noch größerer Jubel aus. Ein Likedeeler ging lachend auf einen Pecatel-Mann zu und sagte: »Siehst du, mein Lieber, so ist aus einer möglichen Schlacht eine Feier geworden.« – »Ja, ja«, antwortete der, sinnierte einen Moment lang und sagte: »Ist ja auch kein Wunder, wir haben doch alle das gleiche Schicksal.« Als der Schnaps der Wismarer ausgetrunken war, lief eine Gruppe Likedeeler zum Pier runter und kam alsbald mit vier Karren zurück, die mit Metfässern beladen waren. In der Zwischenzeit hatten Pecatels, Preens, Stukes und Lüchows

Leute Kupferkessel, Eisenbottiche und Becher aus ihren Unterkünften besorgt. Likedeeler schleppten neues Holz heran, das vor den Haustüren der Visbier aufgestapelt war, und legten es auf die Feuerstellen. Und auf dem Rathausmarkt zu Visby wurden am helllichten Tag Kessel, Eimer und Bottiche an Haken über die Feuerstellen gehängt, Met, Melasse und Gewürze hineingeschüttet und Punsch gebraut.

Nach einer Weile wurde mit großen kupfernen Kellen die heiße, dampfende, braune Brühe in die Becher der Frierenden gefüllt. Das Gelächter, das Gejohle und die Gesänge waren jetzt bis in die letzten Ecken Visbys zu hören. Immer mehr Visbier kamen aus ihren Häusern heraus, gingen zum Rathausmarkt und sahen, dass sich die Likedeeler mit den Männern der adligen Hauptleute zusammengetan hatten, dass sie zusammen sangen und tranken. Da war ihnen klar, dass es keinen Kampf geben würde. Da dachten sie, dass man sich mit den Likedeelern vielleicht verständigen könnte, dass die Likedeeler wohl doch nicht brandschatzen und vergewaltigen würden. Und sie schickten ihren Bürgerwehrhauptmann, den Fischer Hinrich Hinrichsen, zu den Hauptleuten der Likedeeler.

Hinrich Hinrichsen war ein robuster, breitschultriger Ostseefischer, der berühmt war für seine langen Fahrten. Er hatte mit seinem Kutter Dorsch und Makrelen schon bis rüber zur mecklenburgischen Küste gefischt, sie dort verkauft und war an der Küste beliebt geworden wegen seiner Offenheit und Ehrlichkeit. Er war wohl 30 Jahre alt. Die ihn kannten, wussten, man konnte mit ihm handeln, aber er ließ sich nie übers Ohr hauen. Hinrichsen ging geradeaus auf die Hauptleute zu und sagte: »Ich bin Hinrich Hinrichsen, der Bürgerwehrhauptmann, ich habe gehört, ihr wollt bei uns in Visby überwintern.« Störtebeker drehte sich zu ihm und antwortete: »So ist es, Hinrichsen, wir bitten euch, uns bis Anfang März Unterkunft zu gewähren. Danach stechen wir wieder in See. Wir werden für alle Kosten aufkommen und möchten mit euren Leuten Markt halten. Ich bin Klaus Störtebeker und habe von deinen Ostseefahrten gehört.« – »Von dir habe ich auch schon gehört«, sagte Hinrichsen. Die beiden Männer schauten sich an, sie lachten verhalten, dann gaben sie sich die Hände. »Die adligen Hauptleute«, fuhr Hinrichsen fort, »haben mit uns keinen Handel getrieben. Sie haben ihre Beute an die Patrizier verkauft, und die haben sie an uns mit Gewinn weiterverkauft.« »Das sieht denen ähnlich«, fuhr Wichmann dazwischen, »die holen überall ihre Prozente raus. Aber bei uns brauchst du dir keine Sorgen zu machen, wir werden mit euch Markt halten.«

»Das soll ein Wort sein«, antwortete Hinrichsen. »Und nun zu euch. Wir wollen es versuchen diesen Winter. Wir haben noch freie Gottesbuden für euch in der Stadt, und es gibt auch noch genügend Butzen in den Häusern, in denen eure Leute überwintern können. Der Rest wird auf die umliegenden Bauernhäuser und Räucherkaten verteilt. Auch bei den Fischern in der Bucht könnt ihr den Winter über bleiben.« – »Wir danken dir und den Visbiern«, sagte Störtebeker, »wir wissen, ihr geht ein Risiko ein, und es wird nicht leicht für uns alle sein. Wir wollen unser Bestes tun, das verspreche ich.« Nikolaus Scheld konnte nicht mehr an sich halten. »Das müssen wir begießen«, rief er dazwischen, »lasst uns mit den Visbiern zusammen auf dem Rathausmarkt feiern.« Und die Hauptleute und Wigbold tauchten mit Hinrich Hinrichsen im Getümmel der Feiernden unter.

Mehr und mehr Visbier machten sich zum Rathausmarkt auf. Sie hatten von dem Fest gehört und schleppten Hühner, Kaninchen, Schweinehälften und Fisch heran. Über den Feuerstellen wurde geröstet und gebraten. Hölzerne Fleisch- und Fischspieße wurden herumgedreht und in fettige Mäuler gestopft und heißer, dampfender Punsch ausgeschenkt. Und Likedeeler riefen den Visbiern zu: »Kommt her und feiert mit. Vielleicht erleben wir so etwas nie wieder.« Und Visbier riefen zurück: »Ihr seid ja doch anständige Menschen, und euer Punsch ist auch in Ordnung.« Darüber lachte ein alter Likedeeler laut auf, klopfte einem Visbier auf die Schulter und sagte: »In Ordnung, sagt ihr, Mensch, so was Gutes habt ihr noch nie gesoffen, mein Junge.« Der Visbier trank einen großen Schluck aus seinem Becher, leckte sich die Lippen und nickte anerkennend. »Ja, ja«, sagte er, »ich glaube, wir werden gut miteinander auskommen.«

Als die Feier in vollem Gange war, und Likedeeler, Visbier und die Mitläufer der adligen Hauptleute um die Feuerstellen herumstanden, sich zuprosteten und es sich gut gehen ließen, sagte ein Pecatel-Mann zu einem anderen: »Wir sind doch Dummköpfe, dass wir immer noch für den Herzog von Mecklenburg kapern. Wir sind nur bessere Söldner.« Und der andere antwortete wütend: »Verdammt noch mal, Recht hast du. Die Likedeeler kapern für sich selbst und teilen den Gewinn zu gleichen Teilen. Lass uns mit ihnen reden.« Die beiden gingen auf eine Gruppe Likedeeler zu, und der eine sagte zögerlich: »Wir möchten euch etwas fragen. Wir haben gehört, was ihr in der letzten Zeit so alles gemacht habt. Glaubt ihr, wir könnten zu euch kommen, würdet ihr uns aufnehmen?« Und er setzte hinzu: »Legt für uns ein gutes Wort bei euren Hauptleuten ein, wenn ihr könnt.« Da lachten die Likedeeler. Und einer antwortete: »Ob ihr zu uns kommen könnt oder nicht, das entscheiden wir und nicht unsere Hauptleute. Pass mal auf, mein Lieber.« Er stieg auf eine Tonne, hielt seine Hände wie ein Sprachrohr vor seinen Mund und schrie: »Likedeeler, hört mal her! Wollen wir Pecatels, Preens, Stukes und Lüchows Leute bei uns aufnehmen?« Und aus feucht-fröhlichen Kehlen tönte es ihm vielhundertfach entgegen: »Jaa, ja, wir wollen.« Der Likedeeler stand noch immer auf der Tonne und schrie: »Dann ist es entschieden. Auf zu liken Deelen.« Und auf dem Rathausmarkt brandete es zurück: »Auf zu liken Deelen.«

»Ich sehe, die Likedeeler entscheiden über wichtige Dinge selbst«, wandte sich Hinrichsen kurz darauf an die Hauptleute. »So ist es«, antwortete Störtebeker, »sie haben auch ihre Hauptleute selbst gewählt und entscheiden über die Verteilung der Beute.« Hinrichsen schwieg für einen Moment, er war skeptisch. Dann dachte er, keine schlechte Idee. Aber bei uns wird so etwas nicht gehen. Und er sagte: »Die Patrizier haben schon immer den Bürgermeister und die Stadträte unter sich ausgewählt und bestimmen den ganzen Handel.« – »Dann wird es Zeit, dass ihr das beendet, Hinrichsen«, warf Störtebeker ein, »ihr seid doch in der Mehrzahl. Wählt den Bürgermeister unter euresgleichen und schaltet die Patrizier aus. Dann könnt ihr über euer Hab und Gut und über euer ganzes Leben selbst entscheiden.« Hinrichsen war noch immer skeptisch. Dann fügte er beschämt und leise hinzu: »Aber wir können nicht lesen und nicht schreiben, ich auch nicht. Nur die Patrizier können das. Und wenn wir regieren wollen, müssen wir doch schreiben und lesen können.« – »Dann musst du es lernen, Hinrichsen, und deine Leute auch«, antwortete Störtebeker. Und er lachte und sagte: »Ich konnte es bis vor kurzem auch nicht, Hinrichsen. Ich habe es jetzt erst gelernt. Und was ich kann, das kannst du auch. Alle können es. Ihr habt doch einen Stadtschreiber in Visby, der soll es dir beibringen. Denk darüber nach. Du musst es lernen.«

Ich will darüber nachdenken, dachte Hinrich Hinrichsen, ich will es wirklich tun. Ich will auch über die Wahl eurer Hauptleute und unseres Bürgermeisters nachdenken. Jetzt bin ich doch froh, dass die Likedeeler nach Visby gekommen sind. Und er sagte: »Ich glaube, wir werden uns gut verstehen.« Und Störtebeker antwortete: »Wenn du das tust, was du für richtig hältst, Hinrich, dann wird Visby ein Vorbild für viele Menschen sein. Wir werden euch dabei helfen, wenn ihr das wollt.«

KÖNIGIN MARGARETES HÄNDEL

Das Überwintern in Visby hatte ihnen gut getan. Viele Likedeeler hatten bei Visbier Familien in Butzen geschlafen, andere in den zumeist im Hafenviertel gelegenen Gottesbuden, nur wenige draußen auf dem Land in Katen und Bauernhäusern. Die Visbier hatten sie verwöhnt. Sie hatten jeden Tag eine warme Mahlzeit bekommen. Sie hatten zusammen Weihnachten gefeiert. Das gute, tatenlose Leben in Visby sah man vielen an. Sie hatten einen Bauch angesetzt. Und einige wollten dableiben. Sie wollten nicht wieder hinaus auf die See.

Übrigens waren die adligen Hauptleute Anfang März 1395 nach Burgsvik geritten und hatten sich von dort mit einer gotländischen Schnigge an die schwedische Küste übersetzen lassen. Weiter hörten die Likedeeler nichts von ihnen. In Visby hatte es in der Zwischenzeit einige Veränderungen gegeben. Die Likedeeler hatten nicht nur drei Tage lang ihren großen Markt gehalten, sie wurden auch als Freiwillige in die Bürgerwehr der Stadt aufgenommen. Und der Fischer und Bürgerwehrhauptmann Hinrich Hinrichsen hatte zweimal Bürgerversammlungen abhalten lassen, ohne die patrizischen Ratsherren zu fragen. Die Patrizier waren darüber erbost gewesen und hatten Hinrichsen per Dekret als Bürgerwehrhauptmann abgesetzt. Aber die Bürgerwehr hatte ihn mit Hilfe der Likedeeler postwendend wieder eingesetzt. Die Patrizier hatten sich daraufhin ruhig verhalten und keine Ratsherrensitzungen mehr abgehalten. Man sah Hinrich Hinrichsen häufig zum Stadtschreiber gehen. Die Likedeeler verließen Visby am 14. März 1395 in Frieden. Sie wussten, sie durften wiederkommen.

Am 26. April 1395 ankerten die Likedeeler vor der südschwedischen Küste. Sie hatten in den letzten zwei Wochen drei Hanse-Geleitzüge abgefangen, und ihre Lastschuten und Schniggen waren voll beladen mit Hansegut. Die Mannschaften der Hansekoggen hatten keinen Widerstand geleistet. Einige Likedeeler setzten mit Ruderbooten an Land, um Trinkwasser zu holen, andere, um Wild zu jagen. Obwohl die See noch kalt war, sprangen viele nackt von der Bordwand runter ins Wasser. Es wurden Witze über bestimmte Körperteile gerissen. Und die, die nicht wagten, von den Relings zu springen, oder nicht schwimmen konnten, wurden von ihren Kameraden mit Klamotten in die See geworfen und wieder herausgefischt. Es herrschte eine ausgelassene Stimmung auf den Decks und im Wasser.

Die Hauptleute und Magister Wigbold saßen in Störtebekers Kajüte. Jeder hatte einen Becher Bier vor sich stehen. Hannes Wichmann hustete plötzlich, schob sein Bilsenkraut hinter seinen Gaumen, drehte sich Störtebeker zu und sagte grinsend: »Wisst ihr eigentlich, warum dieser Kerl Störtebeker heißt?« Gödeke, Scheld und Wigbold schüttelten die Köpfe. »Ich will es euch verraten«, fuhr Wichmann fort. Und er erklärte ihnen, dass es damals vor zehn Jahren in einer Kneipe in Wismar geschehen sei. Sie hätten eine Wette abgeschlossen. Es ging darum, einen vollen Becher Bier mit einem einzigen Schluck runterzukippen, ohne dabei etwas zu verschütten. Und dieser Kerl hier hätte es getan. Kein anderer hätte es geschafft. Da hätten sie ihn Störz-de-Beker genannt. Und deshalb hieße er heute so. Nikolaus Scheld schaute bewundernd auf Störtebeker, setzte seinen Becher an den Mund und versuchte, ihn in einem Zug auszutrinken, ohne etwas zu verschütten. Aber es gelang ihm nicht, er verschluckte sich, setzte den Becher ab, und alle mussten lachen. Und Wichmann sagte: »Los, Klaus, zeig es uns. Mach es noch einmal wie damals.« Störtebeker nahm die Kanne, die auf dem Kajütentisch stand, füllte seinen Becher mit Bier, stand auf und trank den Becher in einem Zug aus, ohne dabei etwas zu verschütten. Als er sich wieder setzte und mit dem Handrücken über die Lippen strich, klatschten die Hauptleute, und Gödeke rief: »Du bist mir schon einer, du alter Seeräuber.«

Nur Magister Wigbold schwieg dazu, trommelte mit den Fingerkuppen seiner rechten Hand nervös auf dem Tisch herum, schaute missbilligend auf Störtebeker und Wichmann und sagte: »Wir sind hier nicht zum Spaß. Lasst uns darüber sprechen, wo wir das nächste Mal unsere Beute verkaufen und wo wir in Zukunft kapern wollen. Schaut euch unsere Leute an, die Bande ist völlig verweichlicht, hat in Visby zu lange auf der faulen Haut gelegen. So geht es nicht weiter.«

»Hast du überhaupt keine Freude am Leben, Wigbold?«, fuhr Hannes Wichmann dazwischen, »mir hat Visby gefallen, da will ich wieder hin. Und unsere Leute haben sich dort ausgeruht und wie richtige Menschen gelebt.« Störtebeker beschwichtigte: »Ihr habt ja beide Recht. Die Visbier mussten sich an uns gewöhnen, und wir uns an sie. So etwas dauert. Jetzt haben wir eine Heimstatt. In Visby dürfen wir im Winter bleiben. Wir können unsere Beute dort loswerden. Und unsere Schwerverwundeten und Alten haben dort eine Bleibe.«

»Verdammt noch mal, Klaus«, entgegnete Wichmann, und Freude klang aus seiner Stimme, »das ist eine gute Sache. Ich werde mich später in Visby zur Ruhe setzen.« Und ihr könnt mich dann immer besuchen kommen, dachte er. Und wir erzählen uns Geschichten von früher. Störtebeker lächelte Wichmann an. Mein alter Hannes, dachte er, du wirst es schon schaffen. »Wenn das so weitergeht«, unterbrach Wigbold Störtebekers Gedanken, »dann werden unsere Leute in Visby noch alle heiraten und Fischer und Bauern werden.«

»Nein, nein, Wigbold«, unterbrach Nikolaus Scheld, »dazu wird es nie kommen. Die meisten von uns wollen wieder hinaus aufs Meer und die Pfeffersäcke ausrauben.« Schelds Augen leuchteten, als er das sagte. Und er musste unwillkürlich daran denken, wie gut er es auf See und bei den Likedeelern hatte. Er konnte hier frei entscheiden. Er konnte seiner Phantasie freien Lauf lassen. Damals an der Küste in Danzig, dachte er, hatte die Schiffszimmererzunft alles, was an ihm schöpferisch war, im Keim erstickt. Sie hatten zuerst nach eigenen Vorstellungen, nach eigenen Berechnungen mit zwei Meistern auf einer kleinen Reede Koggen, Schniggen und Kutter gebaut. Es war immer ein Fest gewesen, wenn sie es wieder geschafft und ein Schiff auf Kiel gelegt hatten. Für sie war es immer ein Kunstwerk gewesen. Dann war die Hanse gekommen und hatte den Zünften Vorschriften auferlegt. Und die Zünfte hatten diese Vorschriften in Normen umgesetzt, nach denen sie dann die Schiffe bauen mussten. Und damit war die Langeweile eingezogen. Alles musste nach vorgeschriebenen Berechnungen und Weisungen gebaut werden, jedes Einzelteil. Und daran hatte er keinen Spaß mehr gehabt. Hier bei den Likedeelern war seine Lebensfreude zurückgekehrt.

Für eine Weile herrschte Stille. Die Hauptleute und Wigbold dachten über das Gesagte nach. Da stand Gödeke Michels vom Tisch auf, hob seinen Becher und sagte: »Likedeeler, auf unsere Heimstatt Visby, auf die See, auf unsere Zukunft.« Alle standen auf, hoben ihre Becher und stießen darauf an. Plötzlich öffnete Einohr die Kajütentür. Ruhig wandte er sich an Störtebeker: »Hauptmann, drüben am Ufer stehen drei Reiter in Harnischen, Helmen und Panzerhemden. Sie sind mit Schwertern bewaffnet. Einer trägt die schwedische Fahne. Sie gestikulieren zu uns herüber.« Die Hauptleute und Wigbold verließen die Kajüte, traten an die Reling und sahen die winkenden Reiter am Ufer. »Die haben eine Botschaft für uns«, witterte Wigbold, »lasst uns sehen, was es ist.«

Die Hauptleute legten ihre Panzerhemden und Schwerter an und ließen sich mit Wigbold in einem Boot an Land rudern.

Als sie auf die Reiter zugingen, sprang einer von ihnen vom Pferd runter, stapfte auf Störtebeker zu, überreichte ihm ein Pergament und sagte: »Wir sind Kuriere Ihrer Majestät Margarete, von Gottes Gnaden Königin von Dänemark, Norwegen und Schweden. Wir bitten Euch, Ihr Herren, diese Botschaft zu lesen und uns dann eine Antwort für unsere Königin mitzugeben.« Störtebeker schaute auf das mit einem dunkelroten Siegel geschlossene Pergament. Auf dem Siegel stand in schwarzen Lettern gestanzt: »In hoc signo vinces.« Störtebeker verstand das nicht. Er behielt das Pergament in seinen Händen und sagte zu dem vor ihm stehenden Reiter: »Wir werden das Dokument prüfen. Gebt uns Zeit. Dann erhaltet ihr unsere Antwort.« Die Hauptleute ließen sich mit Wigbold wieder auf Störtebekers Holk zurückrudern. Während der Fahrt behielt Störtebeker das Pergament in seinen Händen. Die drei Kuriere der Königin Margarete stiegen von ihren Pferden und rasteten am Ufer.

In der Kajüte öffnete Störtebeker das Siegel des Pergaments mit einem Dolch und begann zu lesen. Hannes Wichmann schaute ihn verwundert an. Dann stotterte er: »Du ... du kannst lesen, Klaus, seit wann?« Störtebeker sah von dem Pergament auf und sagte ruhig: »Einohr hat es mir in vielen Nächten beigebracht.« Dann fuhr er fort zu lesen. Magister Wigbold schaute versteinert drein. Er wollte es nicht wahrhaben. Er kroch in sich hinein. Und er dachte: Jetzt brauchen sie mich auch dafür nicht mehr. Man hatte ihm seine Macht genommen, das wusste er nun. Und es war wieder dieser Störtebeker gewesen. Nach einer Weile schaute Störtebeker vom Pergament auf und wandte sich an seine Kameraden: »Königin Margarete«, sagte er nachdenklich, »bietet uns ihre Freundschaft an. Sie möchte, dass wir für sie auf Beutefahrt gehen, und zwar gegen die mecklenburgischen Hansestädte und gegen Herzog Johann. Dafür will sie uns Kaperbriefe ausstellen und gewährt uns ihren Schutz. Die Beute dürfen wir frei verkaufen.«

Störtebeker legte das Pergament auf den Tisch. Die Hauptleute blickten sich ungläubig an. Wigbold riss das Pergament an sich, überflog den Text und sagte knapp: »Es stimmt.« Wieder trat Stille ein. Dann sagte Hannes Wichmann kopfschüttelnd: »Das kann doch nicht wahr sein. Unglaublich. Die Alte ist so machtbesessen, die würde sich sogar mit dem Teufel einlassen, um an ihr Ziel zu kommen.« Gödeke Michels legte seinen Gürtel und sein Schwert beiseite, schob sich ein Stück Bilsenkraut hinter die Kiemen und sagte: »Ja, Hannes, so ist das nun mal bei den höheren Menschen. Die waren schon immer die größten Räuber, lange vor uns. Das hier sind Margaretes Händel. So hat sie sich auch Norwegen und Schweden einverleibt. Sie muss einen Riesenmagen haben.« Gödeke trank einen Schluck aus seinem Becher, schaute auf Wigbold und fragte: »Was meinst du dazu, Magister?« Wigbold straffte sich, sah herablassend auf seine Kameraden und erklärte: »Als euer Berater schlage ich vor, Margaretes Angebot anzunehmen. Ich muss zu bedenken geben, dass wir in Zukunft einen starken Verbündeten brauchen, um zu überleben.«

Störtebeker stand vom Tisch auf, ging in der Kajüte auf und ab, horchte in sich hinein, versuchte eine Lösung zu finden. Dann wandte er sich Wigbold zu und sagte: »Nein, Magister, wir haben in Stockholm entschieden, nicht mehr für Könige, Herzöge oder andere Mächte auf Kaperfahrt zu gehen, sondern nur noch für uns selbst. Unser Schwur gilt.« Wigbold fuhr sich mit der linken Hand nervös durchs Haar. Für ihn blieb Störtebeker ein Phantast, ein gefährlicher Träumer, der die Wahrheit nicht sehen wollte, so wie er sie sah. Noch einmal versuchte Wigbold, in seinem Sinne auf die Hauptleute einzuwirken. »Dann werden diese Mächte uns eines Tages aus der Ostsee vertreiben«, sprach er auf sie ein. »Jetzt können wir es noch verhindern. Denkt daran, in Wismar und Rostock sind wir nicht mehr willkommen, Herzog Johann stellt Truppen gegen uns auf. Und der Deutsche Ritterorden ist uns auch nicht wohlgesonnen. Margarete ist unser letzter Ausweg.«

Aber Nikolaus Scheld wollte sich darauf nicht einlassen. »Sie haben alle Angst vor uns«, rief er dazwischen, »auch Margarete. Sie fürchten den Kampf mit uns. Alle wissen, dass wir auf See unbesiegbar sind.« Gödeke Michels schüttelte seinen Kopf. »Langsam, mein Junge, immer langsam«, sagte er ruhig und schaute etwas belustigt auf Scheld, »was Wigbold eben gesagt hat, ist ein guter Rat. Von Macht versteht der Magister mehr als wir alle.«

Schweigen herrschte darauf. Jeder dachte für sich über Margaretes Händel nach. Dann unterbrach Störtebeker die Stille: »Wir können das sowieso nicht allein bestimmen. Die Entscheidung über Margaretes Angebot kann nur von allen Likedeelern gemeinsam gefällt werden. So haben wir es in Stockholm beschlossen.« »Das ist es ja«, entgegnete Wigbold, »damit haben wir unsere Führung abgegeben.« Und er stand vom Tisch auf und verließ Störtebekers Kajüte.

Kurz darauf stand auch Gödeke Michels auf und sagte: »Gut, dann lasst uns zu unseren Schiffen zurückrudern und den Likedeelern erklären, was in Margaretes Pergament steht, damit sie entscheiden können, was zu tun ist.« Als Gödeke an Störtebeker vorbeiging, sagte er: »Das mit dem Verlesen des Pergaments, Klaus, hättest du nicht tun dürfen. Jetzt fühlt sich Wigbold überflüssig. Ich glaube, du hast ihn zu deinem Feind gemacht.« Störtebeker dachte einen Moment lang nach. Er begriff, dass Gödeke Recht hatte, und er antwortete: »Ja, das war ein Fehler, Gödeke, ich hätte es nicht tun sollen.« Und er war froh, dass er einen erfahrenen Mann wie Gödeke zum Freund hatte.

Etwas später konnte man sehen, wie sich die Mannschaften auf den Decks der Holks, Koggen und Schniggen versammelten und wie die Hauptleute zu ihnen sprachen. Darauf ertönte in kurzen Abständen auf den Schiffen der Likedeeler ein vielhundertfaches »Nein, Nein« und »Niemals, Niemals«. Dann wurden zwei Boten ans Ufer zu den Kurieren gerudert, um die eindeutige Antwort der Likedeeler auf Margaretes Angebot auch schriftlich zu übergeben. Als die Boten zurückkehrten, sah man am Ufer die Kuriere auf ihre Pferde steigen und im Galopp davonreiten.

AUF SCHLOSS SKANÖR

Für den 5. Juni 1395 hatte Ihre Majestät Königin Margarete von Dänemark, Norwegen und Schweden auf ihrem Schloss Skanör zu einem großen Ratschlag eingeladen. Die Mächtigsten ihres Reiches und der umliegenden Länder waren erschienen, unter ihnen der Nachfolger des rechtmäßigen Königs von Schweden, Herzog Albrecht von Mecklenburg, Herzog Johann I.; der Hochmeister des Deutschen Ritterordens Konrad von Jungingen; der Kanzler Ihrer Majestät, Graf Eric von Ketelsen; der schwedische Bischof Harold von Grodersen und viele andere schwedische, norwegische und dänische Hochadlige und Kirchenfürsten. Zum ersten Mal waren zu einem solchen Ratschlag auch wohlhabende Patrizier aus den Hansestädten eingeladen.

Die Hochadligen trugen prächtige dunkle und weiße Uniformen mit Orden, Litzen, bunten Ehrenzeichen und goldenen Epauletten. Ihre Gürtelschnallen trugen die Familienwappen. Ihre linken Hände umfassten den Knauf ihrer Degen. Bischöfe und Erzbischöfe trugen bis zu den Knöcheln reichende schwarze und purpurne Talare mit goldenen Insignien um ihre Hälse. Ihre riesigen Bischofsringe funkelten im Kerzenlicht des Krönungssaales zu Skanör. Sie hielten ihre Hände über ihren Bäuchen gefaltet. Die Patrizier waren mit kostbaren Gewändern aus Tuch und Brokat bekleidet. Ihre langen goldenen Ratsherrenketten hingen ihnen bis zum unteren Teil der Brust hinunter, und sie fummelten nervös an ihnen herum.

Hier auf Schloss Skanör trafen sich, wie Gödeke Michels gesagt hätte: die höheren Menschen, die das Schicksal aller anderen Menschen, ihrer Menschen, wie sie behaupteten, bestimmen wollten. Dazu waren sie ja, so sagten sie, von Gott auserwählt worden. Der Krönungssaal von Skanör war reich verziert und überfüllt mit Putten, Statuen, Spiegeln und Skulpturen. Riesige Kerzen in silbernen Kerzenständern, auf Seitentischen stehend und an den Wänden hängend, beleuchteten den mit Eichendielen ausgelegten Saal. Auf dem Dielenboden standen mit Rot- und Weißweinflaschen und Gebratenem gedeckte Tische. Man aß Fasan, Hirsch, Wildschwein und Ente. Diener servierten den Wein und das Essen, wobei sie sich vor den adligen Herrschaften ehrerbietig verneigten und sie mit Euer Gnaden anredeten. Das Essen wurde auf goldumrandeten, mit Königin Margaretes Wappenzeichen versehenen Porzellantellern serviert. Die Hochadligen und die Kirchenfürsten standen und aßen zusammen und plauderten miteinander. Die Patrizier standen in einer Ecke des Saales für sich allein. Sie schwiegen und aßen.

Als das Essen beendet war, schlug ein Bediensteter Margaretes dreimal mit einem langen, elfenbeinernen Stock auf den Dielenboden. Es herrschte sofort Stille. Alle schauten zur hohen Tür des Krönungssaales, die langsam von außen geöffnet wurde. Herein trat, auf beiden Seiten von zwei riesigen Doggen flankiert, Königin Margarete. Sie trug ein bis zu den Knöcheln reichendes, langärmeliges, schneeweißes, breit ausstaffiertes, mit Orden und Ehrenzeichen geschmücktes Kleid. Ihre Hände waren übersät mit goldenen Ringen. Auf ihrem Kopf saß die dreigezackte skandinavische Herrscherkrone. Margarete blieb mitten im Saal stehen. Die vier Doggen setzten sich zu ihren Seiten und fletschten die Zähne. Die Königin war eine hoch gewachsene, schlanke Frau, etwas über 32 Jahre alt und unverheiratet. Da ist sie, die Semiramis des Nordens, die größte Landräuberin aller Zeiten, dachte der schwedische Bischof Harold von Grodersen. Und Margaretes Kanzler, Graf Eric von Ketelsen, ein schneidiger Mittvierziger, rief: »Ihre Majestät, Margarete, von Gottes Gnaden Königin von Dänemark, Norwegen und Schweden.« Und die Hochadligen und Kirchenfürsten verbeugten sich vornehm. Die Patrizier machten einen Diener.

Königin Margarete hielt ein Pergament in ihren Händen. Sie öffnete das Schriftstück, räusperte sich leicht, indem sie ihre linke Hand vor den Mund hielt, und sprach mit fester, deutlicher Stimme: »Meine Herren Herzöge, Fürsten und Bischöfe, Patrizier. Wir, Margarete, Königin von Dänemark, Norwegen und Schweden, verkünden: Der Nordische Erbfolgekrieg ist zu Ende.« Da brach großer Jubel im Saal aus und Hochrufe ertönten: »Es lebe Königin Margarete, die Beherrscherin der Ostsee« und »Lang lebe Königin Margarete, die Friedensbringerin«.

Margarete fuhr unbeeindruckt fort: »Herzog Albrecht von Mecklenburg verzichtet auf die schwedische Krone und huldigt Uns von nun an. Wir haben ihn sofort aus seinem Gefängnis entlassen. Er ist ein freier Mann und kann gehen, wohin er will.« Wieder schallten Jubelrufe durch den Krönungssaal. Margarete fuhr fort, und ihre Stimme wurde dabei lauter: »Es gilt jetzt, unsere Kräfte zu vereinen, um die Geißel Gottes aus der Ostsee zu vertreiben. Ihr Hohen Herren wisst, Wir meinen die Freibeuter, die sich in Visby festgesetzt haben. Wir haben

Kuriere zu ihnen gesandt, haben ihnen bei Friedfertigkeit die Aufnahme in unser Reich angeboten. Aber sie wollen nicht mit uns in Frieden leben.« Zwischenrufe ertönten: »Nieder mit den Freibeutern«, »Werfen wir sie aus der Ostsee raus«.

»Die Freibeuter«, las Margarete vom Schriftstück ab, »wollen weiterhin unsere Häfen plündern, unsere Handelsschiffe kapern. Sie wollen weiterhin morden und brandschatzen. Sie sind außer Rand und Band. Sie widersetzen sich unserer von Gott gegebenen Ordnung. Dieses Seeräubernest auf Gotland muss ein für alle Mal verschwinden.« Bravorufe ertönten, und man hörte Herzog Johann von Mecklenburg rufen: »Wir werden sie auslöschen.« Wieder hob Margarete an und schaute dabei missbilligend auf ihren Kanzler, Graf von Ketelsen, der ihrer Meinung nach mit seinen Truppen vor Stockholm versagt hatte. »Vor Stockholm haben sie uns besiegt«, rief sie wütend, »in Bergen haben sie alles niedergebrannt, jetzt halten sie Visby besetzt. Das muss ein Ende haben, meine Herren. Und noch eins, unterschätzt sie nicht.« Die Hunde wurden nervös, fingen an zu knurren und schlugen mit ihren Pranken auf den Dielenboden.

Daraufhin war Stille im Saal. Nach einer Weile erklärte Margarete mit ruhiger Stimme: »Wir haben deshalb beschlossen, zwei Flotten aufzustellen, eine im Westen unter Unserer und des Herzogs von Mecklenburgs Führung und eine im Osten unter Führung Konrad von Jungingens, des Hochmeisters des Deutschen Ritterordens. Bei der Finanzierung der Flotten werden uns die Hansepatrizier behilflich sein.«

Margarete unterbrach ihre Rede für einen Moment, schaute durchdringend auf die Patrizier, die noch immer allein in einer Ecke des Saales standen, und fuhr fort: »Ebenfalls werden die Hansestädte Wismar, Rostock, Stralsund, Lübeck, Danzig, Elbing und Visby angewiesen, ihre Häfen für die Piraten sofort zu schließen und niemanden mehr hineinzulassen, der Uns schädigen will. So kann diese Pest weder überwintern noch ihre Beute verkaufen.« Margarete blickte von ihrem Pergament auf, schaute in die Runde und sagte: »Gott möge Unser Unterfangen segnen.« Dann übergab Margarete ihrem Kanzler von Ketelsen, der wegen der anschlagenden Hunde vorsichtig auf sie zuging, das Pergament. Sie herrschte die Hunde an, sich langzulegen. Die gehorchten aufs Wort. Zwei Diener schoben einen hohen Sessel, auf dem die alte dänische Königskrone aus dem Hause Atterdag prunkte, in den Saal herein, und Margarete setzte sich.

Der Hochmeister Konrad von Jungingen, schlank, blondes, kurz geschorenes Haar steckte in einer weißen Uniform. Er trug bis zu den Knien reichende schwarze Lackstiefel und ging auf die sitzende Königin Margarete zu. Er blieb in gebührendem Abstand vor ihr stehen, drückte sein gewaltiges Ritterordenschwert nach hinten, verbeugte sich tief und sagte: »Mit Eurer Majestät Erlaubnis wird der Deutsche Ritterorden dieses Piraten-Geschmeiß mit Stumpf und Stiel ausmerzen. Wir werden sie mit unseren Rittern und Schwertkämpfern vernichten.« Margarete lächelte huldvoll und antwortete: »Mein lieber Hochmeister von Jungingen, Wir danken Euch für Eure trefflichen Worte.« Jungingen verbeugte sich noch einmal und schlug die Hacken zusammen.

Dann drängelte sich Herzog Johann I. von Mecklenburg zu Königin Margarete vor. Er war in eine prächtige dunkelblaue Uniform gekleidet. Er war noch jung, hatte schwarzes Haar, war hoch gewachsen. Er kniete ehrerbietig vor Margarete nieder. Margarete lächelte. »Mein teurer Herzog Johann«, sagte sie, »so steht doch auf. Ihr wisst, wie sehr Wir Euch schätzen.« Und in Margaretes Stimme lag echte Sympathie für den jungen, so gut aussehenden Herzog. Herzog Johann stand auf. Und mit vorauseilendem Gehorsam und verklärtem Blick sagte er: »Meine Königin, in Unserem und Unseres Vetters

Namen bieten wir Euch Unsere Dienste an und werden Eure Flotte mit genügend Mecklenburger Söldnern verstärken. Wir werden Unsere Hansepatrizier veranlassen, die nötigen Gelder zur Verfügung zu stellen.« Dann verbeugte er sich und zog sich zurück. Margarete lächelte triumphierend. Sie hatte mit ihrer Diplomatie von Zuckerbrot und Peitsche bisher fast alles erreicht, was sie erreichen wollte, dachte sie. Sie wusste, so würde sie auch die Piraten ausschalten können. Nur dann, so sagte sie sich, könnte sie die Ostsee allein beherrschen.

Margarete schaute sich ihren uniformierten Hochadel an und musste unwillkürlich in sich hineinlachen. Diese Laffen, dachte sie, haben sich herausgeputzt, um mir als Frau zu imponieren, um Eindruck zu schinden, um Macht zu zeigen. Wenn die wüssten, wie leicht ich sie durchschaue, wie ich mit ihnen herumspiele, sie gängele, sie ausnutze, wie leicht sie zu beherrschen sind. Aber ich lasse sie weiter in ihrem Glauben, sagte sie sich, dass ich sie brauche, dass sie wichtig sind. Diese Herren der Schöpfung sollen glauben, dass sie aus freiem Willen ihre Entscheidungen treffen, umso besser kann ich sie an der Nase herumführen.

Unterdessen standen die Patrizier noch immer allein in ihrer Ecke herum. Sie wagten es nicht, die Königin oder die Hochadligen anzusprechen. Sie waren mit ihren Sorgen ganz allein. Sie flüsterten miteinander. Und einer sagte hinter vorgehaltener Hand zu einem anderen Patrizier: »Wir müssen an unser Geschäft denken. Wenn wir die Flotten nicht mitfinanzieren, sind wir am Ende. Wir können uns allein nicht gegen die Likedeeler wehren. Noch ein bis zwei Jahre, dann haben sie unseren Handel in der Ostsee kaputt gemacht.« Der andere Patrizier schüttelte den Kopf. Er schaute ängstlich nach links und rechts und nach vorn. Als er sich sicher fühlte, sagte er leise: »Herzog Johann spricht von 100 000 lübischen Mark. So viel können wir uns nicht leisten. Da bleibt für uns kein Gewinn mehr. Da zahlen wir uns zu Tode.« Die Patrizier flüsterten weiter miteinander, steckten ihre Köpfe noch enger zusammen. Nach einer Weile lösten sie sich, und einer von ihnen wagte es, auf Herzog Johann von Mecklenburg zuzugehen. Als er vor ihm stand, mit schlotternden Knien, sagte er: »Euer Hochwohlgeboren, wir bitten Euch, so gnädig zu sein, Ihrer Majestät zu sagen, dass wir die geforderte Summe zahlen werden.« Dann verbeugte er sich und sagte: »Euer untertänigster Diener.«

Herzog Johann lächelte den Patrizier an, Verachtung sprach aus seinem Gesicht, er legte ihm seine linke Hand auf die Schulter und sprach: »So ist es recht, mein Guter. Ich wusste, ihr würdet eure Pflicht tun.« Dann drehte er sich um, ließ den Patrizier mitten im Saal stehen und ging auf die noch immer im dänischen Herrschersessel sitzende, von ihren Hunden bewachte Margarete zu. In gehörigem Abstand blieb er stehen, verbeugte sich und sagte: »Euer Majestät, ich darf Euch mitteilen, meine Patrizier zahlen die gewünschte Summe.« Margarete nickte zu den Patriziern hinüber, ein wohlwollendes Lächeln huschte über ihr Gesicht. Die Patrizier machten ihren Diener. Herzog Johann strahlte. Er empfand, dass er einen wichtigen Auftrag erledigt hatte, und das ganz allein. Er fühlte sich gut dabei und wichtig. Er wusste, bald würde sein Vetter Albrecht in Mecklenburg zurück sein und die Geschäfte wieder übernehmen. Und er würde wieder ins zweite Glied zurückmüssen. Aber hier auf Schloss Skanör, dachte er, hatte er, Herzog Johann, in die Geschichte eingegriffen.

Bald darauf ließ Königin Margarete durch einen Diener den schwedischen Bischof von Grodersen zu sich beordern. Auch der Bischof blieb vor ihr in gehörigem Abstand stehen, er verbeugte sich kaum merklich: »Mein lieber Bischof«, sagte Margarete, »Ihr wisst, wie heilig Uns der Krieg gegen die Seeräuber ist.« Grodersen nickte und dachte: Dir ist nichts heilig, du

Luder, du bist so religiös wie ein Wackerstein. »Deshalb möchten wir«, fuhr Margarete fort, »dass Ihr Uns für Unseren von Gott gewollten Kampf gegen die Seeräuber Euren bischöflichen Segen erteilt.« – »Den will ich Euch erteilen, Majestät«, antwortete Grodersen und verzog keine Miene dabei. Und er dachte: Die Seeräuber haben meine schwedischen Landsleute besser behandelt, als deine Dänen es taten. Das hatten sie in Stockholm bewiesen. Das wusste er genau, denn der Dompfarrer Johann Osterburg hatte ihm über die christlichen Taten von Störtebeker und seinen Männern in Stockholm durch ein Pergament berichtet. Nachdem Bischof von Grodersen seinen Segen erteilt hatte, hoben die Hochadligen und die Kirchenfürsten und zaghaft auch einige Patrizier ihre Gläser und riefen: »Es lebe Unsere große Königin Margarete.« Sie riefen es dreimal. Die große Margarete saß in ihrem Herrschersessel und lächelte huldvoll.

GOTTES FREUNDE, ALLER HERREN FEINDE

Mit voll geladenen Schiffen und Lastschuten segelten die Likedeeler Ende November 1395 nach erfolgreichen Kaperfahrten nach Visby zurück. Nicht weit von der Insel Gotland entfernt hielt ein Fischkutter direkt auf sie zu. Der Fischer fuchtelte wild mit einem großen weißen Laken herum und schrie aus vollem Halse. Auf Störtebekers Holk wurde man auf ihn aufmerksam, einige Likedeeler winkten zurück. Störtebeker und Einohr traten an die Reling. Kurz darauf legte der Fischer backbords an und wurde mit einer hinuntergelassenen Leiter an Deck gehievt. Einohr trat auf den Fischer zu und sagte: »Fischer, was gibt's? Du siehst so verschreckt aus. Verfolgt dich jemand? Hier bei uns brauchst du dich nicht zu fürchten.« Der Fischer nickte nervös. »Das weiß ich«, antwortete er, »ich muss schnellstens Klaus Störtebeker oder Gödeke Michels sprechen. Die Dänen und Mecklenburger sind in Visby eingefallen.« Da trat Störtebeker auf den Fischer zu. »Menschenskind, Fischer«, fiel er dazwischen, »ich bin Störtebeker. Was sagst du da? Das ist nicht möglich. Die sind sich doch spinnefeind.« Der Fischer schüttelte entsetzt seinen Kopf. »Nicht mehr«, antwortete er, »nicht mehr. Ich komme direkt aus Visby. Ich habe alles gesehen.« – »Dann komm in meine Kajüte«, antwortete Störtebeker. Er zog den Fischer mit sich, drehte sich noch einmal um und rief: »Einohr, ruf die Hauptleute und Wigbold zur Besprechung zusammen.«

Einohr schickte einen Boten mit einem Ruderboot zu den anderen Holks. Die Hauptleute und Wigbold kletterten sofort an den Relings runter und sprangen ins Ruderboot. Sie wussten, wenn Störtebeker um eine Besprechung bat, dann gab es etwas Wichtiges. Als sie etwas später in Störtebekers Kajüte traten, sahen sie, wie der Fischer am Tisch saß und einen Schnaps trank. Sie setzten sich zu ihm, und Störtebeker schenkte dem Fischer noch einen Schnaps ein und sagte: »So, Fischer, nun erzähl mal, was passiert ist.« Der Fischer kippte den zweiten Schnaps hinunter, leckte sich die Lippen. Dann legte er los: »Sie halten Visby besetzt, die Dänen und die Mecklenburger. Sie sind vor fünf Tagen mit neun Kriegsholks und vier Koggen in den Hafen von Visby eingelaufen. Wir mussten unsere Schiffe und Boote aus dem Hafen entfernen. Sie sind über 1000 Bewaffnete. Sie haben Frauen vergewaltigt und Hab und Gut niedergebrannt. Einigen von uns haben sie Ohren abgeschnitten, weil wir euch gehegt haben. Die Patrizier stehen auf ihrer Seite. Sie erwarten euch.«

»Da habt ihr's«, fuhr Magister Wigbold bissig dazwischen,

»ich habe euch gewarnt. Aber ihr wolltet ja das Bündnis mit Margarete nicht eingehen. Nun sind wir ganz allein. Nun haben sich alle gegen uns verbündet.« Der Fischer nickte. »Ja, das haben sie«, antwortete er, »Königin Margarete hat den Nordischen Erbfolgekrieg beendet und Herzog Albrecht aus der Gefangenschaft entlassen. Sie hat sich mit Herzog Johann, dem Deutschen Ritterorden und den Hansepatriziern gegen euch verschworen. Sie wollen euch gemeinsam vernichten, sagen sie. Auch Visby und Stockholm dürfen euch keine Unterkunft mehr gewähren. So haben sie es beschlossen.«

Als der Fischer zu Ende geredet hatte, konnte sich Wigbold ein Grinsen nicht verkneifen. Es war genau das eingetreten, was er vorausgesagt hatte. Alle mussten jetzt begreifen, dachte er, dass er Recht gehabt hatte, dass seine Politik die richtige gewesen wäre. Und er fühlte sich gut, als er darüber nachdachte. Doch Nikolaus Scheld unterbrach seine Gedanken. »Dann sind die Fronten endlich klar«, rief er dazwischen, »jetzt sind wir aller Herren Feinde und nur noch Gottes Freunde.« Der junge Hauptmann hörte sich enthusiastisch an. Und Magister Wigbold entgegnete: »Der Junge dreht schon wieder durch, gebt ihm mal ein Starkbier.« Aber Scheld ließ sich nicht einschüchtern. »Nein, Wigbold«, sagte er ruhig, »Gottes Freunde, aller Herren Feinde, das ist der neue Kampfruf der Likedeeler.«

Für einen Moment war Stille in Störtebekers Kajüte. Hannes Wichmann trank seinen Schnaps aus; die Schnapskanne hatte inzwischen die Runde gemacht. Dann sagte Wichmann: »Es ist doch so wie immer, wir brauchen einen Plan. Die Dänen und die Mecklenburger sind in Visby an Land gegangen, verstehe ich das richtig, Fischer, sie leben also in der Stadt und ihre Schiffe liegen im Hafen vor Anker?« – »Genauso ist es«, antwortete der Fischer. »Dann müssen wir sie gleichzeitig zu Land und zur See angreifen«, erläuterte Wichmann, »wir müssen herausfinden, wie das möglich ist.« Inzwischen war Störtebeker vom Tisch aufgestanden und in der Kajüte auf und ab gegangen. »Das ist möglich, Hannes«, sagte er plötzlich und blieb mitten in der Kajüte stehen, »wir müssen sie überraschen. Wir werden zur gleichen Zeit ihre Kriegsschiffe im Hafen zerstören und sie von Land her angreifen.« – »Wie wollen wir das machen, Klaus, wie?«, unterbrach ihn Wichmann. Wichmann war erregt, er konnte Störtebekers Antwort kaum erwarten. »Wir warten, bis es Nacht ist«, antwortete Störtebeker, »dann, im Schutz der Dunkelheit, werden einige unserer Leute mit Ruderbooten geräuschlos zwischen ihre Orlogs fahren und brennende Pfeile in sie hineinschießen. Ihre Schiffe müssen so schnell wie möglich Feuer fangen und ausbrennen. Dann werden die Wachen sich kaum wehren können.«

Störtebeker machte eine Pause. Er stand noch immer mitten in der Kajüte. »Vorher«, fuhr er fort, »so ungefähr eine Stunde früher gehen wir bei Västergard an Land, marschieren im Eiltempo auf Visby zu und sind, wenn ich das richtig einschätze, in dem Moment in der Stadt, wenn ihre Schiffe im Hafen verbrennen. Dann überrumpeln wir sie. Sie rechnen nicht damit, dass wir übers Land kommen.« Und er dachte, es war also doch gut gewesen, so lange in Visby zu überwintern. So hatten sie nicht nur die Menschen dort kennen gelernt, sondern auch die Insel Gotland. Er wusste deshalb genau, dass sie in Västergard vor Anker und an Land gehen konnten und dass sie von Västergard nach Visby eine Stunde brauchten, wenn sie schnell marschieren würden.

Als Störtebeker sich wieder setzte, brach es aus Hannes Wichmann heraus: »Ja, Klaus, ja, so machen wir es!« Und Gödeke Michels fügte hinzu: »Ausgezeichnet, Klaus, ausgezeichnet, eine echte Störtebeker-List.« Dann wandte sich Gödeke dem Fischer zu und sagte: »Mein Freund, können wir etwas für dich tun?« – »Das könnt ihr«, antwortete der Fischer,

»lasst mich mit euch gegen die Dänen und Mecklenburger kämpfen.« Gödeke Michels musste einen Moment lang an seine eigene Zeit als Fischer denken. Er hatte ein gutes Leben gehabt damals. Er wusste, dass man den Fischer, wenn er mit ihnen kämpfte, für vogelfrei erklären würde. Sie alle waren jetzt vogelfrei. Seine Zunft, dachte er, würde ihn nicht wieder aufnehmen. Er würde wohl nie wieder seinen Beruf als Fischer ausüben können. Er wollte den Fischer in seiner eigenen Entscheidung nicht beeinträchtigen, das war nicht seine Art. Aber er sagte: »Fischer, hast du dir das auch genau überlegt?« Der Fischer entgegnete: »Da gibt es nichts zu überlegen, ich bin euer Mann.« Da erhob sich Störtebeker vom Kajütentisch, hielt sein Schnapsglas nach oben und rief: »Gottes Freunde, aller Herren Feinde.« Dann stürzte er den Schnaps in sich hinein. Alle taten es ihm nach, auch der Fischer. Nur Wigbold trank nicht.

In dieser Nacht, es war der 26. November 1395, es war 2 Stunden nach Mitternacht, schlängelten sich Ruderboote der Likedeeler, bemannt mit Armbrustschützen, geräuschlos zwischen die im Visbier Hafen eng vor Anker liegenden Orlogs der Dänen und Mecklenburger. Es heulte ein heftiger Nordsturm. Es war stockduster. Nur hier und da leuchtete eine Positionslampe auf. Die Wachen schliefen oder dösten an Deck. Sie hatten getrunken. Da schwirrte von den Ruderbooten ein Hagel brennender Pfeile auf die Kriegsschiffe nieder. Die Feuerpfeile drangen in die Schiffswände ein, durchbohrten die gerefften Segel und schossen die Masten in Brand. Innerhalb kürzester Zeit standen die Schiffe in Flammen.

Die Wachen sprangen auf. Ihre Klamotten fingen zu brennen an. Sie schrien um Hilfe. Aber da war keiner, der ihnen helfen konnte. Da war nur das lodernde Feuer auf den Schiffen und unten das eisige Wasser. Und sie sprangen von den brennenden Relings runter in die See. Und die, welche schwimmen konnten, versuchten, zum Pier zu gelangen. Aber das Schiffsfeuer hatte schnell durch niedergestürzte Masten auf den hölzernen Pier übergegriffen. Und der stand lichterloh in Flammen. Und so fanden viele auch dort keine Rettung und schwammen zurück. Das Feuer, vom Sturm getrieben, raste vom Pier auf die hölzernen Hafenanlagen zu. Als bald darauf der ganze Hafen loderte, läuteten in Visby die Kirchenglocken Feueralarm.

Als ihre ersten Holks und Koggen brennend in den Fluten versanken, rannten dänische und mecklenburgische Söldner mit ihren Anführern, vom Feueralarm geweckt, halb bekleidet und kaum bewaffnet, heillos aus ihren Behausungen heraus zum entflammten Hafen runter. Sie fluchten und schrien Verrat. Sie glaubten, die Visbier hätten ihre Schiffe und den Hafen in Brand gesteckt. Da stürzten aus allen Ecken und Gassen, von hinten und seitwärts, von überall her, so dachten sie, hunderte von dunklen Gestalten mit dem Ruf: »Gottes Freunde, aller Herren Feinde« auf sie. Und diese Gestalten schlugen mit Streitäxten, Enterhaken und Schwertern auf sie ein, durchbohrten ihre Körper mit Degen, stießen sie mit Lanzen nieder und trieben sie im Laufschritt in den brennenden Hafen, in das lodernde Feuer hinein. Und immer wieder erscholl der Ruf: »Gottes Freunde, aller Herren Feinde.«

Entsetzen breitete sich unter den fliehenden Söldnern aus. »Es sind die Likedeeler«, schrien sie, »es sind die Likedeeler.« Viele stolperten mehr als sie liefen, fielen hin, fluchten, warfen ihre Waffen weg, wenn sie welche hatten, und flehten um ihr Leben. Und die Likedeeler ließen sie einfach liegen, liefen den noch Bewaffneten hinterher, trieben sie zum flammenden Pier. Dort rannten einige durchs Feuer und warfen sich ins eisige Wasser, verschwanden in den Fluten. Die anderen Söldner blieben vor der Feuerwand stehen, warfen ihre Waffen zu Boden und ergaben sich. Die Likedeeler taten ihnen kein Leid an.

Später wurden die Gefangenen zum Rathausmarkt geführt. Die Visbier kamen aus ihren Häusern raus und schauten sich den Marsch der Gefangenen an. »Geschieht euch ganz recht«, riefen sie, »warum habt ihr uns gequält und unser Hab und Gut genommen.« Die Söldner schauten zu Boden. Sie hofften, nicht von den Visbiern gerichtet zu werden. Als sie auf dem Rathausmarkt standen, entwaffnet und nur leicht bekleidet, viele verwundet, in der Kälte frierend, geschlagen und demoralisiert und von lachenden Likedeelern bewacht, verfluchten sie ihr Schicksal. Unter den dänischen Söldnern gab es Veteranen der Stockholm-Belagerung. Und einer von ihnen sagte: »Verdammt, wie damals vor Stockholm, sie haben uns wieder durch eine List besiegt. Sie sind uns einfach überlegen.«

Kurz darauf trauten die Söldner ihren Augen nicht. Was sie sahen, wollten sie nicht glauben. Aber es war wahr. Auf dem Rathausmarkt knieten die Likedeeler nieder zum Gebet. Auch die Hauptleute knieten nieder, nur Wigbold nicht. Und ein böhmischer Ketzer namens Tomás Stásny, der seit einem Jahr mit ihnen kämpfte und lebte und sie segnete, sprach: »O Gott im Himmel, wir danken Dir für den Ausgang des Kampfes, für unseren großen Sieg gegen einen mächtigen Feind. Vergib uns und auch unseren Feinden. Wir legen unser Schicksal in Deine Hände. Beschütze uns weiterhin und verlasse uns nicht. Lass uns weiterhin Deine Freunde sein. Wir haben sonst niemanden in der Welt. Amen.« – »Amen«, scholl es vielhundertfach zurück, und viele Likedeeler bekreuzigten sich.

Nach dem Gebet ging Magister Wigbold auf Störtebeker zu. »Dieser böhmische Pfaffe macht noch Betschwestern aus unseren Leuten, Klaus«, sagte er, »jetzt soll Gott, unser Freund, auch unseren Feinden vergeben. Wir hätten dieses ganze Söldnerpack ins Feuer treiben sollen. Dann hätten alle vor uns Angst gehabt.« – »Nein, Wigbold«, antwortete Störtebeker, »darüber haben wir schon mal gesprochen, die Söldner sollen lernen, selbständige Menschen zu werden. Wir zeigen ihnen, wie wir leben. Vielleicht bleiben einige von ihnen bei uns. Die anderen werden über uns weitererzählen.« Wigbold schüttelte seinen Kopf. »Was sollen wir mit ihnen im Winter machen? Willst du sie durchfüttern?« – »Wigbold«, antwortete Störtebeker und wagte es, seine rechte Hand auf dessen Schulter zu legen, »wir haben in diesem Jahr die Pfeffersäcke geschädigt wie nie zuvor. Davon können wir eine ganze Armee ernähren. Die Gefangenen sollen uns helfen, den Hafen von Visby wieder aufzubauen. Sie werden gemeinsam mit uns in Visby überwintern.« Und etwas später fügte er hinzu: »Darüber müssen die Likedeeler noch entscheiden.«

Störtebeker wusste, dass Wigbold damit nicht einverstanden war. Und er dachte an Gödekes Worte, dass er sich Wigbold zu seinem Feind gemacht habe, und er wollte Wigbold beschwichtigen. Aber er kam nicht dazu. »Glaubst du, dass es einen Gott gibt, Klaus«, fragte Wigbold plötzlich, »und dass er unser Freund ist?« Störtebeker horchte einen Moment in sich hinein, dann sagte er: »Gott ist unser Freund, Wigbold, ohne ihn, ohne seine Hilfe würden wir nicht mehr existieren. Unter den Mächtigen dieser Erde haben wir nur Feinde. Sie hätten uns schon lange vernichtet, wenn sie es gekonnt hätten. Aber er steht davor.« – »Nein, nein, Klaus«, fuhr Wigbold dazwischen, »es gibt keinen Gott. Wir sind ganz allein auf dieser Welt. Niemand hilft uns. Wir müssen alles selber schaffen.« Störtebeker empfand so etwas wie Mitleid für Wigbold. »Wer hat dann die Gestirne geschaffen, Wigbold, nach denen wir uns nachts auf See orientieren«, antwortete er. Wigbold schwieg, er schaute zu Boden. Auch Störtebeker schwieg. Nach einer Weile gingen sie, einander zunickend, auseinander.

WIEDER IN STOCKHOLM

Nicht viele Söldner waren zu den Likedeelern übergelaufen. Die meisten hatten Angst, von Königin Margarete oder Herzog Johann für vogelfrei erklärt zu werden, wenn sie sich zu den Likedeelern absetzten. Aber sie hatten gemeinsam den Hafen von Visby wieder aufgebaut, hatten gemeinsam den ganzen Winter über daran gearbeitet. Und sie hatten ihn besser gebaut, als er je zuvor gewesen war. Und die Visbier zollten ihnen Respekt. Und ihre Anführer, zumeist Ritter, mussten mit ihnen in den gleichen Behausungen wohnen und schlafen, und sie hatten beim Wiederaufbau des Hafens genauso anpacken müssen wie alle anderen auch. Und das hatte den Söldnern gefallen, aber nicht den Rittern. Ende März 1396 hatten die meisten dänischen und mecklenburgischen Söldner ihre Heimfahrt angetreten. Keiner von ihnen wurde verurteilt, gehängt, geköpft, gefoltert oder ins Gefängnis geworfen. Die Likedeeler hatten mit den Söldnern zusammengewohnt und zusammengelebt. Auch die Visbier hatten mit den Söldnern ihren Frieden gemacht.

Am 12. September 1396 segelten die Likedeeler oberhalb der Insel Öland an der schwedischen Küste entlang. Ihre Schiffe und Lastschuten waren mit geraubtem Hansegut des letzten halben Jahres voll geladen. Sie mussten einen Hafen anlaufen, um ihre Beute an den Mann zu bringen, sonst würden die Lastschuten absaufen. Schließlich waren sie seit Anfang April auf Kaperfahrt gewesen. Das Wetter war in diesem September noch warm und sonnig, die Likedeeler lungerten auf den Decks herum, sonnten sich, spielten Würfel, flickten ihre Klamotten, pflegten ihre Waffen. Auf Störtebekers Holk hatte Einohr die Segel hissen lassen. Eine leichte Brise war an diesem Nachmittag aufgekommen, sie blähte die Segel auf, und sie pflügten fast geräuschlos über die spiegelglatte See dahin.

Als Störtebeker aus seiner Kajüte heraustrat, sah er Einohr am Steuerrad stehen und Befehle geben. Er ging auf ihn zu und sagte: »Was gibt's Neues, Steuermann?« – »Leichte Brise, Hauptmann«, antwortete Einohr, »die See ist ruhig, keine fremden Schiffe in Sicht.« Störtebeker betrachtete die sich auf Deck ausruhenden Likedeeler. Ein Gefühl der Zufriedenheit kam in ihm auf, als er sah, dass es ihnen gut ging, dass sie sich wohl fühlten. Nach einer Weile fragte Einohr: »Was passiert, wenn wir unsere Beute nicht mehr loswerden können? Wismar, Rostock, Stralsund, selbst Stockholm müssen ihre Häfen gegen uns schließen. Das haben Margarete und Johann beschlossen. Und in Wismar und Rostock haben sie Truppen gegen uns stationiert, falls wir dort trotzdem vor Anker gehen.«

Störtebeker schaute auf die See. Er wusste, dass Einohr Recht hatte, er wusste, dass sie eine Lösung finden mussten. Und er sagte: »Ja, es wird eng für uns in der Ostsee. Aber Stockholm wird sich uns nicht verweigern. Du wirst sehen. Und dann haben wir immer noch Visby.« Störtebeker war selbst nicht zufrieden mit seiner Antwort. Aber es gab keine andere, es sei denn, sie würden die Ostsee verlassen. Darüber hatte er in der letzten Zeit oft nachgedacht. Aber er konnte sich mit diesem Gedanken nicht anfreunden. »Wir können nicht ewig in Visby abladen«, fuhr Einohr fort, »dort leben nicht genug Menschen, um immer unsere Beute zu nehmen. Und Stockholm ist eine weite Reise für uns. Da können wir auch nicht immer hin.« Störtebeker wusste, dass nicht nur Einohr so dachte. Auch Wigbold und Gödeke Michels dachten so. Gödeke hatte ihm erst vor einigen Tagen gesagt, dass sie aus der Ostsee verschwinden müssten, wenn sie hier ihre Beute nicht mehr loswerden könnten. Sie würden dann nicht mehr lebensfähig sein, hatte Gödeke Michels noch gesagt und vorgeschlagen, in der Westsee zu kapern.

Daran dachte Störtebeker jetzt, als er zu Einohr sagte: »Lass nicht gleich den Kopf hängen, Junge. Wenn nichts mehr geht, dann müssen wir uns eben ein neues Revier aussuchen.« Einohrs Gesicht strahlte. Er hatte sich in Störtebeker nicht getäuscht. Jetzt wusste er wieder, dass der Hauptmann neue Pläne für sie hatte. Er würde dafür sorgen, dass sie weiter frei leben könnten, dachte er. Und er sagte: »Ja, Hauptmann, lass uns in die Westsee aufbrechen.« Störtebeker lächelte. »Langsam, Einohr«, entgegnete er, »die Likedeeler sind gern in Visby. Sie haben endlich eine neue Heimstatt gefunden«, und für sich etwas leiser, »zumindest für den Winter.« Dann sagte er noch: »Jetzt lass uns erst mal nach Stockholm segeln, das haben wir so beschlossen.«

Einige Tage und Nächte später, es war der 16. September, segelten sie durch die Schären vor Stockholm. Sie waren an der Stelle vorbeigekommen, an der sie damals die Dänen besiegt hatten. Und die Mannschaften hatten sich unaufgefordert mit dem Gesicht zu der Seite hingedreht, wo die Schlacht stattgefunden hatte, und sie hatten dabei ihre Kopfbedeckungen abgenommen. Und viele hielten ihre Fäuste nach oben und riefen: »Gottes Freunde, aller Herren Feinde.« Von den Schären her winkten ihnen Fischer zu. Wie ein Lauffeuer hatte sich ihr Kommen von den Schären bis zur Stadt verbreitet. Als sie nachmittags an den letzten Schären vorbei in den Hafen einliefen, stand halb Stockholm am Pier und zwischen den Hafenanlagen und jubelte ihnen zu. Immer wieder riefen die Stockholmer: »Hoch leben die Likedeeler« und »Willkommen in Stockholm«. Wenn das Margarete sehen würde, dachte Störtebeker, sie würde diese Stadt verfluchen. Er konnte es selber nicht fassen. Er stand mit Einohr an der Reling ihres Holks, zeigte auf den Pier und sagte: »Siehst du, Einohr, das ist Stockholm. Sie haben uns nicht vergessen.« Einohr starrte auf den Pier. »Unglaublich«, stammelte er, »wer hätte das erwartet.«

Sie gingen am Pier vor Anker und hörten, wie in der Domkirche St. Nikolai die Glocken geläutet wurden. Auch Osterburg hat uns nicht vergessen, dachte Störtebeker. Dann kletterten und sprangen die Likedeeler von ihren Schiffen auf den Pier und verschwanden einfach in der Menge der Stockholmer. Likedeeler und Stockholmer schüttelten sich die Hände, umarmten sich, klopften sich auf die Schultern. Junge Frauen erkannten ihre Liebsten wieder, sie hielten sie eng umschlungen. Die Likedeeler nahmen Kinder auf die Arme, warfen sie in die Luft, fingen sie wieder auf, liebkosten sie und steckten ihnen Spielzeug zu. Und Einohr dachte, es ist, als wäre zwischen damals und heute keine Zeit vergangen, und er fühlte, dass man sie hier wie normale Menschen behandelte.

Im Gemenge der Leiber am Pier hielt ein älterer Stockholmer die Hand eines Likedeelers und sagte: »Dem Herrn sei Dank, dass ihr endlich zurückgekommen seid. Königin Margarete und die Patrizier halten uns kurz. Sie lassen nichts mehr in den Hafen rein.« Da lachte der Likedeeler und sagte: »Es konnte auch gar kein Schiff zu euch kommen, mein Lieber, denn wir haben alle Hansekoggen von hier bis runter nach Rügen gekapert.« Und er klopfte ihm auf die Schulter und sagte: »Alles, was ihr braucht, haben wir für euch mitgebracht.« – »Ja, ja«, sagte der alte Stockholmer, »so seid ihr eben. Ihr nehmt von den Reichen und gebt den Armen. Gott vergelt's euch. Dann lasst uns man Markt feiern. Wir haben vieles zu tauschen. Wir haben Met, gegerbtes Wildleder, Tierfelle, Heringsfässer und frisches Fleisch für euch und …« Da unterbrach ihn der Likedeeler: »Und wir haben euch aus den Koggen der Pfeffersäcke englisches Tuch, kostbare Kleider, Haushaltsgeräte, Pfeffer, Getreide und sogar Schnaps aus Frankreich mitgebracht.« Und er dachte, ihr werdet uns ja doch wieder über den Tisch ziehen. Und er musste lächeln, als er so dachte.

Der alte Stockholmer schaute plötzlich betrübt aus, er druckste herum, wollte etwas sagen, schwieg dann aber doch. »Was ist los mit dir«, fragte der Likedeeler. »Ach, weißt du«, sagte der Alte, »das wird wohl der letzte Markt mit euch sein. Viele von uns haben Angst, dass Margarete und die Patrizier uns bestrafen werden. Sie wollen nicht, dass wir so frei sind und mit euch handeln und tauschen und euch Unterkunft geben.« Der Alte blickte den Likedeeler an, dann fuhr er fort: »Ich schäme mich für unsere Leute, ich schäme mich, dass wir so schwach sind.« Der Likedeeler beruhigte ihn: »Du brauchst dich nicht zu schämen. Ihr habt uns großartig empfangen, das werden wir euch nicht vergessen. Und das mit der Angst, wir verstehen das, mein Lieber, das geht den Menschen in Wismar, Rostock und Visby ganz genau so.« Dann verloren die beiden sich im Gedränge. Am Pier und im Hafenviertel wurde bis in die späte Nacht hinein gefeiert.

Am Tag darauf besuchte Klaus Störtebeker den Dompfarrer Johann Osterburg in der Domkirche St. Nikolai. Draußen vor der Domkirche auf dem Marktplatz hielten Likedeeler und Stockholmer Markt. Drinnen in der Domkirche, im linken Seitenschiff, lebte Johann Osterburg in einem kleinen, mit Holzdielen ausgelegten Zimmer. Im Zimmer standen ein hölzernes Bett mit Strohmatratze, ein rechteckiger, an die Wand geschobener Tisch mit drei Stühlen, ein Kleiderschrank, ein mit Büchern und Pergamenten überfülltes Regal und ein Seitentisch mit einem Wasserbecken. Das Zimmer hatte ein Fenster zum Marktplatz hin. Störtebeker klopfte an die Zimmertür. Und als Osterburg »herein« rief, trat er ein. Osterburg erkannte ihn nicht sofort, er stand mitten im Zimmer und las. Er trug einen schwarzen Talar mit einem weißen, gesteiften Kragen. Störtebeker war mit einer hellbraunen, gegerbten Wildlederjacke und einer langschäftigen wildledernen Hose bekleidet. Er trug eine Biberfellmütze. Draußen auf dem Marktplatz hörte man die Stockholmer und Likedeeler feilschen, lachen und scherzen.

Als Störtebeker seine Mütze abnahm, erkannte ihn Osterburg. Er legte sein Buch auf den Tisch, ging auf ihn zu und ergriff seine rechte Hand mit beiden Händen. »Sehe ich Euch wieder, mein Freund«, sagte Osterburg. Er konnte seine Freude darüber nicht verbergen. »Und wie Ihr Euch verändert habt«, fuhr er fort. »Ihr seht ja aus wie einer von uns.« Störtebeker lachte. »Ja, Vater Osterburg, Eure Leute sind großzügig«, antwortete er, »ein Fallensteller hat mir diese Wildlederkleidung gestern geschenkt. Sie passt wie angegossen. Ich wollte Euch überraschen. Aber sagt, wie geht es in Stockholm?«

Der Dompfarrer zögerte einen Moment. Er hielt die Hände vor seinem Bauch gefaltet. Dann sah er Störtebeker gerade ins Gesicht und sagte: »Wir haben für's erste noch genug zu essen, wenn Ihr das meint. Und die Stiftung verwalte ich so, wie Ihr es mir aufgetragen habt. Ich habe bisher 800 lübische Mark für Obdachlose, für Alte und für Waisenkinder ausgegeben. Aber unsere Patrizier, ihre Ratsherren und ihr Bürgermeister Bergerus wollen es der Bevölkerung verbieten, mit euch Markt zu halten und euch Unterkunft zu gewähren. Sie fühlen sich stark, nachdem der Erbfolgekrieg zu Ende ist und das Herzogtum Mecklenburg, der Deutsche Ritterorden und die Hanse gemeinsame Sache mit Königin Margarete machen.«

Osterburg schaute zu Boden, er fühlte sich nicht wohl dabei, das auszusprechen. Und er fuhr fort: »Eigentlich dürfte ich Euch auch nicht empfangen, das haben Margaretes Kirchenfürsten auf Schloss Skanör so beschlossen. Aber Bischof von Grodersen, zu dessen Diözese mein Pfarramt gehört, steht auf Eurer Seite. Er kennt Eure Taten für Stockholm. Ich habe sie ihm mitgeteilt. Er hat für Euch gebetet. Und er glaubt, Gott hat sein Gebet erhört, sagt er. Ihr seid in seiner Diözese und in meiner Domkirche immer willkommen.« Osterburg fühlte sich wohler, nachdem er das gesagt hatte. Störtebeker antwortete: »Ich danke Euch, dass Ihr für uns beim Bischof ein gutes Wort eingelegt habt.« Und er dachte, dann stimmt es also, wir sind Gottes Freunde. Dann schauten sie nach draußen auf den Marktplatz und sahen, wie Likedeeler und Stockholmer miteinander feilschten, wie die Stockholmer sich die Taschen füllten. Und Osterburg sagte: »Unsere Leute hauen die Likedeeler wieder übers Ohr. Ich weiß es.« Und sie mussten beide lachen.

Nachdem sie sich das Treiben auf dem Marktplatz eine Weile lang angesehen hatten, unterbrach Störtebeker das Zuschauen: »Sagt, Vater Osterburg, könnte das Volk in Stockholm nicht selbst den Bürgermeister und die Ratsherren wählen? Es stellt doch die Mehrheit. Das wäre doch nur gerecht.« Osterburg lächelte, er rückte seinen Kragen zurecht. »Gerecht, mein lieber Störtebeker, gerecht, das ist ein großes Wort. Es wär vernünftig, ja, aber es ist wohl nicht möglich. Ihr seid naiv, Störtebeker, Ihr wisst doch, das lassen die Herrschenden niemals zu. Wählen und gewählt werden, das dürfen nur die Patrizier. Und auch das nur von Königs oder Herzogs Gnaden. Vor dem Volk haben alle Herrschenden Angst, das war schon immer so.«

Aber Störtebeker ließ nicht locker. Es rumorte zu sehr in seinem Kopf. Er musste Klarheit haben über einige Dinge. »Ihr habt studiert, Osterburg«, redete er auf den Dompfarrer ein, »Ihr wisst es doch, gibt es Gerechtigkeit auf Erden, gibt es sie? Wird es sie jemals geben?« Osterburg fühlte sich überrumpelt. Doch er wusste, darauf musste er eine Antwort geben. Und er gab die Antwort, von deren Wahrheit er überzeugt war: »Nein, Störtebeker, nein, Gerechtigkeit gibt es nicht auf Erden und wird es niemals geben. Gerechtigkeit wird es nur im Himmel geben, sie ist Gottes Sache. Es ist nicht unsere Aufgabe, sie hier auf Erden zu schaffen.«

Störtebeker war in Nachdenken versunken. Osterburg wusste, dass seine Antwort Störtebeker nicht zufrieden gestellt hatte. Aber er wusste keine andere. Nach einer Weile sagte Störtebeker: »Das glaube ich nicht, Vater Osterburg. Dann brauchten wir ja gar nicht hier zu sein. Warum haben Menschen denn hier auf Erden diese Vorstellungen, diese Wünsche, diese Träume, diese Gedanken über Gerechtigkeit. Warum hat man sie uns gegeben? Doch nur, weil es uns möglich sein soll, sie hier zu verwirklichen. Irgendwann einmal. Ich glaube, das ist Gottes Wille.« Osterburg fuhr energisch dazwischen: »Gerechtigkeit ist etwas Göttliches, Störtebeker. Es ist uns nicht gegeben, wie Gott zu sein. Gerechtigkeit liegt nicht in unseren Möglichkeiten. Nur im Himmel ...« Osterburg kam nicht weiter. An der Tür klopfte es. Der Patrizier und Bürgermeister Ole Bergerus kam herein. »Seid willkommen, Bürgermeister Bergerus«, sagte Osterburg. Und Störtebeker konnte sehen, dass Osterburg nervös war. Er strich sich übers Haar und rückte wieder seinen Kragen zurecht. Bergerus trug dunkles Tuch und hatte seine Ratsherrenkette um den Hals hängen. Seine Hände hielt er vor sich gefaltet. Dann sagte er – und er konnte seinen Zynismus nicht verbergen: »Nanu, der Priester und der Pirat? Welch ein seltsames Paar. Sie hecken doch wohl keinen Aufstand aus?«

Als Störtebeker und Osterburg darauf nicht antworteten, fuhr Bergerus, an Störtebeker gerichtet, fort: »Herr, ich muss Sie und Ihre Likedeeler auffordern, nicht wieder den Hafen von Stockholm anzulaufen. Sie sind hier nicht mehr willkommen, trotz Ihrer Verdienste um unsere Stadt. So will es unsere Königin Margarete. So haben es die Ratsherren und ich entschieden.« Und er schob sein Kinn nach oben. Störtebeker betrachtete diesen hageren Patrizier mit dem ausdruckslosen Gesicht und den wichtigtuerischen Gesten etwas länger. Er dachte: Warum sind die bloß so mächtig? Aber er kam schnell von selbst darauf. Es ist ihr Geld und ihre vollen Lagerhäuser und ihre Kontrolle über die Zünfte, wie in Wismar, sagte er sich. Und dann wandte er sich an Bergerus: »Ihr handelt gegen den Willen des Volkes. Ihr Patrizier seid doch nur wenige. Stockholm wird uns immer seine Tore öffnen, uns immer willkommen heißen. Dagegen könnt Ihr gar nichts tun.« Bergerus lachte laut. »Das Volk hat keinen Willen«, antwortete er, und Verachtung sprach aus seiner Stimme, »es ist da, um zu arbeiten und zu gehorchen.« Er schaute mitleidig auf Störtebeker. »Und bedenkt eins«, fuhr er fort, »wir haben Königin Margarete, die Hanse, den Herzog von Mecklenburg und den Deutschen Ritterorden auf unserer Seite. Das sind die Machtverhältnisse.«

Störtebeker begriff, dass der Pfeffersack mit dem Letzten, was er gesagt hatte, Recht hatte. Er war wütend und erregt, und er konnte nicht umhin zu sagen: »Wir kommen nächstes Jahr wieder und werden in Stockholm Markt halten. Keiner kann uns davon abhalten. Vielleicht wird es dann einen anderen Stadtrat und einen anderen Bürgermeister geben.« Und er dachte, ich weiß nicht, ob es euresgleichen geben muss. Aber ich bezweifle es. Dann ging er auf Osterburg zu, gab ihm die Hand und sagte: »Die Geschichte wird weitergehen, mein lieber Osterburg. Sie wird nicht bei dieser Ordnung stehen bleiben, das weiß ich. Eines Tages wird es Gerechtigkeit geben, und zwar hier auf Erden. Übrigens, wir lassen noch 5000 Lübische für die Stiftung zurück. Ich bitte Euch, betet für uns und unsere Sache. Gott segne Euch, Vater Osterburg.« – »Ich werde immer an Euch denken und für Euch beten«, antwortete Osterburg mit bewegter Stimme, »ich hoffe, Euch nächstes Jahr wieder zu sehen. Gott segne Euch und die Likedeeler.« Klaus Störtebeker verließ Osterburgs Zimmer, ohne Bergerus eines Blickes zu würdigen. In seinem Innersten fühlte er, dass er Osterburg nicht mehr wieder sehen würde, auch Stockholm nicht.

EINOHRS BRUDER

Die Likedeeler hatten Stockholm am 15. Oktober 1396 verlassen. Sie hatten noch zweimal Markt gehalten und dabei viele Dinge von den Stockholmern eingetauscht, die sie auf See benötigten. Und die Stockholmer Schiffszimmerer hatten ihnen geholfen, ihre Schiffe zu reparieren und zu teeren. Es war inzwischen Mitte November, und sie segelten zwischen den Inseln Öland und Gotland. Vor ein paar Tagen hatten sie zwei Hanse-Konvois abgefangen. Vorbeifahrende Fischer waren mit ihren Kuttern längsseits gekommen, zu ihnen an Deck gestiegen und hatten sie gewarnt, dass Orlogs des Deutschen Ritterordens auf der Ostsee patrouillierten, um die Hanseschiffe vor ihnen zu schützen.

Das Wetter war nasskalt an diesem Tag. Es herrschte starker Nebel und es nieselte. Manchmal verflüchtigte sich der Nebel, und sie konnten die Küste von Öland sehen. Störtebeker marschierte unruhig auf dem Deck seines Holks auf und ab. Er trug einen schwarzen Stoffmantel, dessen Kragen er hochgeschlagen hatte. Seine Hände waren in den Manteltaschen vergraben. Er hatte seine schwedische Biberfellmütze auf dem Kopf. Sein Gesichtsausdruck war abwesend. Zwei Likedeeler, die Dienst an Deck hatten, grüßten ihn. Störtebeker bemerkte es nicht. Einer von ihnen sagte: »Ich glaube, der Alte macht sich wieder Sorgen um uns.« Und der Zweite sagte: »Das tut er in letzter Zeit häufig. Aber du weißt ja, er findet immer wieder einen Weg. Wir wollen ihn nicht stören.«

Einohr stand vor dem Befehlsturm am Steuerrad und blickte zum Krähennest rauf. Dabei schützte er seine Augen mit der linken Hand vor dem Nieselregen. Aber der Ausguck hatte nichts zu melden. Störtebeker ging auf Einohr zu, deutete mit seiner rechten Hand in Richtung der öländischen Küste und sagte: »Steuermann, bald erreichen wir Böda. Da drehen wir um 90 Grad und segeln dann rüber nach Visby.« Einohr wandte sich Störtebeker zu, er nickte. »Ja, Hauptmann, dann geht es endlich nach Hause. Was wohl in Visby inzwischen passiert ist? Ich kann es kaum erwarten.« Störtebeker blieb eine Weile bei Einohr am Steuerrad stehen. Er hatte sich so sehr an den Jungen gewöhnt. Er konnte sich das Dasein auf See ohne ihn gar nicht mehr vorstellen. Einohr gehörte einfach zu seinem Leben. Und das Steuerrad bediente er, als hätte er nie etwas anderes in seinem Leben getan. Und er sagte: »Du hast es schnell gelernt, nachts nach den Gestirnen zu segeln, Einohr.« – »Genauso schnell, wie du nachts Lesen und Schreiben gelernt hast, Hauptmann«, entgegnete Einohr. Beide lachten in sich hinein.

Etwas später verdeckte eine Nebelwand jegliche Sicht auf See. Dann riss ein großes Loch auf, durch das man weit über die See schauen konnte. Und in den Krähennestern der Likedeeler wurde es lebendig. Die Ausgucke schrien plötzlich wie wild von den Krähennestern runter: »Fünf Kriegsholks, ahoi, hart Steuerbord. Ungefähr 400 Meter entfernt.« Auf den Holks und Koggen der Likedeeler ertönten Befehle: »Alle Mann an Deck. Legt Waffen an. Ladet die Geschütze. Armbrustschützen auf die Befehlstürme.« Dann jagten die Holks der Likedeeler vollmast auf die fremden Kriegsschiffe zu. Schelds und Störtebekers Holks vorneweg. Und ihre Ausgucke schrien: »Sie haben weiße Flagge mit schwarzem Kreuz gehisst.« Da wussten alle Bescheid. Auf die Deutschritter hatten sie seit der ersten Begegnung gewartet. Die galten für einige ja immer noch als die besten Schwertkämpfer auf der Ostsee. Das würde sich jetzt zeigen, dachten viele Likedeeler. Und sie feuerten ihre Segelhisser und ihre Steuerleute an, und sie schrien: »Los doch, los doch«, und »Schneller, schneller, gleich haben wir sie.«

Auf den Befehlstürmen und Oberdecks hatten sich die Armbrustschützen aufgestellt und warteten auf den Befehl, ihre

Pfeile anzuzünden. Auf den Decks standen die Likedeeler in geordneten Formationen, zuerst die Gruppen mit den Enterhaken, dann die mit Schwertern, Degen, Streitäxten und Lanzen. An den Bordwänden wurden die Geschütze durch die Luken geschoben und die Bleigeschosse, die sie den Deutschrittern bei der ersten Begegnung abgenommen hatten, in die Geschütze geladen, die Luntenträger standen davor. Alle erwarteten den großen Kampf. Die Likedeeler hielten ihre Waffen in die Höhe und brüllten: »Gottes Freunde, aller Herren Feinde.«

Aber die Orlogs der Deutschritter glitten wie Pfeile durchs Wasser. Störtebeker stand noch immer bei Einohr am Steuerrad. Er hatte inzwischen seinen Mantel ausgezogen, sein Panzerhemd übergestreift und sein Schwert umgebunden. »Die Deutschritter segeln verdammt schnell, Hauptmann«, rief Einohr, »wir werden nicht für eine Breitseite herankommen. Die laufen vor uns weg. Ich kann's nicht glauben.« Störtebeker sah, wie Einohr am Steuerrad hantierte, seinen ganzen Körper gegen das Steuerrad stemmte und mit all seiner Kraft geradewegs auf die Orlogs zuhielt. Und er schrie auf ihn ein: »Setz alles dran, Einohr, wir dürfen sie nicht hinter einer Nebelwand entkommen lassen. Halt den Kurs, halt den Kurs.« Dann kamen Schelds und Störtebekers Holks nahe genug an einen Orlog der Deutschritter heran, und von beiden Befehlstürmen flitzte ein Hagel brennender Pfeile auf den Orlog rüber, prasselte in die Segel, in die Schiffswände und auf das Deck und setzte das Schiff in Flammen. Darüber brach großer Jubel aus bei den Likedeelern. Dann tauchte eine Nebelwand auf und verschlang die Kriegsschiffe, auch das in Flammen gesetzte. »Sie fliehen, sie fliehen«, schrien die Likedeeler. Und Enttäuschung machte sich auf den Decks breit.

Die beiden Holks segelten den Kurs im Nebel weiter. Nach einer Weile wurde die Nebelwand durchsichtiger. Und als sich der Nebel wieder einmal aufgelöst hatte, lag vor ihnen das wie eine Fackel brennende Schiff. Die anderen Orlogs waren entkommen. Bevor die Likedeeler entern konnten, versank das Wrack vor ihren Augen. Die Besatzung war ohne Waffen ins eisige Wasser gesprungen. Scheld und Störtebeker befahlen, die im Wasser treibenden und um Hilfe schreienden Schiffbrüchigen sofort zu retten. Die Likedeeler fischten sie mit langen Stangen aus den Fluten und hievten sie an Bord. Die wenigen, die schwimmen konnten, hangelten sich an den Schiffswänden und über Leitern selbst an Bord. Und Schelds und Störtebekers Decks waren bald überfüllt mit triefenden, frierenden, zähneklappernden, dem Tode entronnenen Schwertkämpfern.

Auf den Decks zogen die Schiffbrüchigen ihre nassen Klamotten aus. Die Ritter unter ihnen entledigten sich ihrer Uniformen und Panzerhemden. Die Likedeeler gingen unter Deck und brachten ihnen Decken. Nach einer Weile, die Schiffbrüchigen hatten sich inzwischen auf den Boden gesetzt und die Decken umgehängt, gingen Likedeeler zwischen ihren Reihen auf und ab und reichten ihnen selbst gemachten heißen, dampfenden Metpunsch. Den Punsch hatten sie in große Kannen gefüllt und schütteten ihn in hölzerne Becher, die unter den Schiffbrüchigen die Runde machten. Eine kleine Gruppe Gefangener auf Störtebekers Deck verweigerte den Punsch und verhielt sich auch ansonsten merkwürdig. Ein Likedeeler schaute besorgt auf sie runter, reichte ihnen zwei volle Becher und sagte: »Nehmt doch, es ist gut für euch, es wärmt euch auf. Oder glaubt ihr, wir wollen euch vergiften?« Und er trank selbst von dem Punsch, um sie zu überzeugen. Aber sie nahmen die Becher nicht an, sie wollten nicht trinken, und sie wollten auch nicht mit ihm reden.

Ein Söldner, der in einer anderen Reihe saß und mit angesehen hatte, was passiert war, schüttelte seinen Kopf, lächelte dem Likedeeler zu und sagte: »Das sind Deutschritter, die reden nicht mit jedem, die nehmen nicht von jedem.« Der Likedeeler grinste. »Ach ja«, antwortete er, »mit solchen Herrschaften haben wir auch schon Bekanntschaft gemacht.« Er ging zu dem Söldner rüber und sagte laut, so dass jeder es hören konnte: »Was machen wir denn mit den Herren?« Der Söldner zuckte mit seinen Achseln. Dann zeigten beide gleichzeitig mit ihren rechten Daumen nach unten und mussten über ihren spontanen Einfall lachen. »Und ihr wolltet die Hansen beschützen, ihr großen Schwertkämpfer?«, fragte der Likedeeler. Und der Söldner antwortete: »Wir wollen doch nur überleben.«

Inzwischen hatte der Nebel sich gänzlich gelegt. Und sie konnten wieder die Küste von Öland sehen. Die Likedeeler entschieden sich dafür, die Gefangenen mit zwei Schniggen nach Öland überzusetzen. Die Schniggen sollten dann wieder zu ihnen stoßen. Sie teilten das den Söldnern mit. Unter ihnen gab es nur wenige, die bei ihnen bleiben wollten, zu groß war ihre Furcht, als Vogelfreie zu gelten. Aber auf Störtebekers Holk sagte einer von ihnen, die Likedeeler wären eine verschworene Gemeinschaft von Gerechten und sie entschieden alles selbst, und deshalb werde er bei ihnen bleiben. Und ein anderer sagte, er werde auch bei ihnen bleiben, er wolle nicht weiterhin wie ein Sklave leben. Da unterbrach sie ein Deutschritter: »Verdammtes Mistvolk, Rübenfresser. Ihr denkt wohl, ihr habt bei denen ein besseres Leben, kriegt besseres Fressen. Wir haben euch doch aus der Leibeigenschaft rausgeholt, haben Schwertkämpfer aus euch gemacht. Das ist nun der Dank.« Und er spuckte vor ihnen aus und schrie: »Ungewaschenes Söldnerpack, ihr glaubt wohl tatsächlich, die Likedeeler wären die Wiedergeburt der Urchristen und dieser hergelaufene Störtebeker wär der neue Heiland …«

Weiter kam der Deutschritter nicht. Einohr schrie plötzlich dazwischen: »Georg, Georg von Langendorff.« Der Deutschritter drehte sich zu Einohr um, sah ihn am Steuerrad stehen, er schien verwirrt zu sein. »Hans«, rief er, »Hans, mein Bruder.« Einohr übergab das Steuer einem Likedeeler, ging auf den Deutschritter zu, er wollte ihn umarmen. Aber der hielt beide Hände vor sich, ließ ihn nicht an sich rankommen. »Was machst du hier bei den Piraten, Hans?«, fragte er erstaunt. »Ich bin einer von ihnen, Georg«, antwortete Einohr. Für einen Moment herrschte Stille zwischen den beiden Brüdern. Sie betrachteten einander. Sie mussten an ihre Kindheit, an ihre Jugendzeit daheim auf dem elterlichen Gut denken. »Ist es so weit mit dir gekommen«, unterbrach der Deutschritter das Schweigen, »musstest du dich diesen Bastarden anschließen, solchen Tieren, die wir bei uns zu Hause prügeln ließen, damit sie auf den Feldern arbeiten?« Einohr brauchte etwas Zeit, um zu antworten. Dann sagte er: »Diese Tiere haben euch schon zweimal besiegt, und menschlichere Gesellschaft als unter den Likedeelern habe ich noch nie gefunden. Du verkennst uns, Georg …« Der Deutschritter fuhr dazwischen: »Ich verkenne euch nicht, ich habe gehört, was ihr in Bergen und danach angestellt habt, ihr seid Banditen, Verbrecher, eine Bande von Mördern. Ihr seid Gesetzlose, überall an Land würde man euch den Kopf abschlagen.«

»Ja, wir sind Gesetzlose, wir sind aller Herren Feinde, das stimmt«, antwortete Einohr, »aber doch nur, weil wir eine andere Gesellschaft wollen, als ihr sie habt. Wir teilen gerecht, und wir helfen den Unterdrückten. Das kann man vom Deutschen Ritterorden nicht sagen.« Georg von Langendorff lachte laut auf. »Du elender Gleichteiler«, schrie er seinen Bruder an, »du hast deine Herkunft verraten. Mit solchem Gesocks, wie ihr es seid, will ich nichts zu tun haben. Am Ende werden wir euch mit Stumpf und Stiel auslöschen. Und nun mach dich von dannen.«

Einohr ging langsam zum Steuerrad zurück. Er war erschüttert. Nach einer Weile fing er sich wieder. Störtebeker kam auf ihn zu, legte ihm die rechte Hand auf die Schulter. Er hatte das Gespräch der beiden Brüder mit angehört. Und er sagte: »Dann bist du der Baron Hans von Langendorff, Steuermann?« Einohr lächelte. »Nein, Hauptmann«, antwortete er, »ich bin Einohr, der Likedeeler.« Und darauf bin ich stolz, dachte er. Die beiden gaben sich die Hände.

Etwas später, nachdem sie sich erholt hatten und ihre Klamotten wieder trocken waren, wurden die Deutschritter und ihre Söldner mit zwei Schniggen an der Küste von Öland abgesetzt. Als die Schniggen zurückkamen, segelten die Likedeeler auf der Höhe der Böda-Landzunge nach Visby rüber. Einohr hatte nicht mehr mit seinem Bruder gesprochen.

DIE REPUBLIK VISBY

Als die Likedeeler im November 1396 in den Hafen von Visby einliefen, hatte sich dort einiges geändert. Die Bewohner der Stadt hatten einen neuen Stadtrat gewählt, ohne die Patrizier zu befragen. Er bestand aus sieben Männern: einem Handlungsgehilfen, zwei Fischern, zwei Schiffszimmerern, einem Böttcher und dem Fischer und Bürgerwehrhauptmann Hinrich Hinrichsen. Der neue Stadtrat traf sich zwei Tage später im Hansesaal des Rathauses, um über die Wahl eines Bürgermeisters zu beraten. Die Hauptleute der Likedeeler und Magister Wigbold waren zu den Beratungen eingeladen worden. Sie mussten zuerst in einem Vorzimmer Platz nehmen. Nach einer Weile wurden sie durch einen Boten in den Hansesaal gerufen. Als sie eintraten, standen die Stadträte, die an einer Seite eines langen Eichentisches saßen, auf. Die Likedeeler grüßten und setzten sich gegenüber den Stadträten an den Eichentisch. Die Stadträte setzten sich auch wieder hin.

Dann erhob sich der Bürgerwehrhauptmann Hinrich Hinrichsen. Er räusperte sich. Er wusste, er würde Schwierigkeiten mit dem Reden haben. Er war es nicht gewohnt, vor vielen Menschen zu sprechen. Er war ein Fischer, ein einfacher, robuster, ehrlicher Mann. Aber er wusste auch, dies hier war zu wichtig. Und keiner von ihnen wollte es tun. Also musste er es tun. Außerdem hatte er doch in der Zwischenzeit beim Stadtschreiber Hieronymus Lesen und Schreiben gelernt. Und die anderen wussten das. »Wir ... ich meine, ich ... ich bin der Stadtrat Hinrich Hinrichsen«, stotterte er, »sie haben mich zum ... zum Sprecher ausgesucht. Wir sieben sind von den Bewohnern Visbys gewählt worden, um ... um sie, um die Stadt zu ... vertreten.«

Hinrichsen machte eine Pause. Er war sichtlich erleichtert, dass er die ersten Worte so gut, wie er glaubte, aus sich herausgebracht hatte. Und er fühlte sich jetzt viel sicherer, als er fortfuhr: »Aber es haben nicht alle gewählt. Unsere Patrizier haben nicht gewählt. Sie waren gegen eine Volkswahl.« Und Hinrichsen merkte plötzlich, dass er nicht mehr stotterte. »Die Patrizier wollen den neuen Stadtrat nicht anerkennen. Sie wollen nicht hinnehmen, dass wir den Bürgermeister wählen«, sagte er. »Sie wollen von hier fort, das haben sie gesagt. Und sie wollen alles mitnehmen, ihr ganzes Hab und Gut, alle ihre Handelsschiffe und die Lagerbestände. Wir wissen nicht ...« Magister Wigbold konnte nicht mehr an sich halten. Er stand auf und schrie dazwischen: »Werft diese schmarotzenden Krämerseelen ins Gefängnis. Nehmt ihnen ihr Eigentum weg.« Und dann sagte er mehr für sich, aber doch noch so, dass alle es hören konnten: »Diese Pfeffersäcke müssen endlich verschwinden. Wir brauchen sie nicht mehr. Jagt sie aus Visbys Toren hinaus.« Nachdem Wigbold das gesagt hatte, fühlte er Genugtuung in sich, und er setzte sich beruhigt wieder hin.

Hinrichsen war auf diesen Ausbruch Wigbolds nicht vorbereitet gewesen. Er schaute Hilfe suchend auf Klaus Störtebeker. Er hatte nie daran zu denken gewagt, dass man mit Patriziern so umgehen könnte. Und er war überrascht, als auch Störtebeker sagte: »Ja, ihr braucht die Pfeffersäcke nicht, Hinrichsen, das ist wahr. Wenn sie gehen wollen, so lasst sie in Frieden ziehen. Aber ihre Hansekoggen und ihre Lagerbestände müssen sie hier lassen. Sie gehören den Bewohnern von Visby.« Störtebeker schaute auf seine Kameraden. Alle nickten ihm zu, auch Magister Wigbold. Selbst drei der Stadträte nickten zaghaft. Und Hannes Wichmann dachte: Visby ohne Patrizier, ein Leben ohne Pfeffersäcke, das haben wir doch immer gewollt, dann haben wir unseren Frieden, dann können wir so leben, wie wir es wollen, dann gibt es keine Ausbeutung mehr. Und er schob sich ein Stück Bilsenkraut hinter die Kiemen und rief: »Auf Visby ohne Pfeffersäcke.«

Da stand Gödeke Michels spontan auf und sagte: »Von Fischer zu Fischer, Hinrichsen, ich weiß, ihr seid friedliche Leute hier in Visby. Ich kenne euch ja schon von früher. Aber ihr müsst euch durchsetzen. Das müsst ihr lernen. Wenn die Patrizier hier bleiben wollen, hier mit euch leben wollen, müssen sie eure neue Ordnung akzeptieren. Wenn sie das nicht tun, müsst ihr sie dazu zwingen, sonst schwingen sie sich bald wieder zu euren Herren auf. Das ist so ihre Lebensart.« Gödeke setzte sich wieder. Eine so lange Rede, so glaubte er, hatte er schon lange nicht mehr gehalten. Und er dachte: Ich wünsche euch alles Gute und alles Glück, ihr werdet es brauchen gegen diese Brut. Nachdem Gödeke Michels sich wieder an den Eichentisch gesetzt hatte, nickte auch Hinrich Hinrichsen zustimmend. Nach einer Weile sagte er: »Ich sehe Weisheit in deinen Worten, Gödeke. Wir haben viel Arbeit vor uns, und viele von uns verstehen noch gar nicht, was auf sie zukommt. Deshalb erbitten wir eure Hilfe. Ich weiß, ihr meint es gut mit uns.«

Hinrichsens Worte berührten Störtebeker. Visby, so dachte er, könnte für die ganze Ostsee ein Beispiel sein. Die Bewohner Visbys würden die neuen Herren ihrer Stadt sein. Sie würden ihr Leben selbst bestimmen können. Hier würden freie Menschen nach ihrem eigenen Willen leben und arbeiten können, dachte er. Hier würde es nie wieder Leibeigenschaft geben. Wenn die Visbier das verstünden, dann könnten sie alles schaffen. Störtebeker stand auf und sagte: »Hinrichsen, ihr baut die Schiffe, die Häuser, die Lagerhallen, ihr bestellt die Felder, ihr stellt die Werkzeuge, die Kleidung und die Waffen her, ihr holt die Fische aus der See, ihr setzt die Fallen, tötet das Wild. Nun lernt Lesen und Schreiben und regiert euch selbst. Ihr braucht keine Herren über euch.«

Als Hinrichsen und die anderen Stadträte das hörten, waren sie zuerst zu keiner Antwort fähig. Sie fühlten sich unsicher. Sie hatten den Wortlaut von Störtebekers Rede wohl verstanden, aber der Inhalt schien sie zu erschrecken. Sie sollten sich nun selber führen, so hatten sie gehört, sollten ihre eigenen Herren sein, ohne Patrizier. Das hatte es in ihrem Leben noch nie gegeben. Und so standen sie auf, zogen sich in eine Ecke des Hansesaales zurück, steckten ihre Köpfe zusammen und berieten sich.

Nach einer längeren Zeit kamen sie zurück und setzten sich zu den Likedeelern an den Eichentisch. Sie schienen jetzt gefasster zu sein. Und Hinrich Hinrichsen eröffnete das Gespräch. »Wir haben beschlossen«, so begann er, »dass wir, ich meine die Bevölkerung Visbys, den Bürgermeister wählen. Und die Patrizier müssen ihre Schiffe und ihre Waren hier lassen, wenn sie uns verlassen wollen.« – »Sehr richtig«, warf Wigbold ein. »Wir kennen uns in diesen Dingen noch nicht so gut aus«, fuhr Hinrichsen fort, »deshalb möchten wir, dass ihr, dass die Likedeeler hier bleiben. Ihr seid ja schon in unserer Bürgerwehr. Nun werdet auch Visbier. Wir geben euch Land.

Ihr könnt Bauern, Schiffszimmerer, Fallensteller oder Fischer werden. Ihr dürft wählen. Werdet sesshaft bei uns. Was sagt ihr dazu?«

Da waren die Likedeeler sprachlos. Das hatten sie nicht erwartet. Das hatte ihnen noch keiner angeboten. Der Erste, der sich wieder fing, war Gödeke Michels. Der raue Gödeke Michels, der knorrige alte Fischer, er war bewegt, das hörte man seiner Stimme an. »Wir danken euch für euer Vertrauen, Hinrichsen«, sagte er, »aber wir müssen wieder auf See, das wisst ihr doch. Wir müssen kapern, um zu überleben. Wir taugen nicht als Landratten. Wir sind Gesetzlose. Wir würden euch nur Unglück bringen, wenn wir hier blieben.« Nach Gödekes Worten war eine Weile lang Stille im Hansesaal. Likedeeler und Stadträte hingen ihren Gedanken nach. In den Gesichtern der Visbier Stadträte konnte man Angst erkennen. Sie fühlten sich jetzt doch allein gelassen. Sie begriffen, dass sie die neue Aufgabe des Regierens allein meistern müssten. Da unterbrach Störtebeker die Stille: »Gödeke hat Recht, Hinrichsen, wir würden euch nur Unglück bringen. Die Likedeeler sind für Dänen, Mecklenburger und Deutschritter Vogelfreie. Wenn wir uns hier für immer niederließen, so würden Königin Margarete, die Hansen, der Herzog von Mecklenburg und die Deutschritter mit einer Armee über See kommen und in Visby einfallen und alles zerstören. Das können wir nicht verantworten.«

Aber wir werden eure Wahl mit aller Kraft unterstützen, dachte Störtebeker, wir werden euch immer helfen, wo wir können. Und ihm wurde traurig zumute, als er jetzt daran denken musste, dass Visby für die Likedeeler eine Möglichkeit gewesen wäre, eine wirkliche Heimstatt zu schaffen, ein menschenwürdiges Leben auf dem Land ohne Gefängnis, ohne Folter, ohne Fronarbeit. Aber vielleicht war das sowieso nicht mehr möglich, dachte er dann, vielleicht waren sie schon zu lange auf See gewesen, hatten schon zu lange gekapert, waren zu einem normalen Leben nicht mehr fähig. Vielleicht war das so. Aber eine klare Antwort konnte er darauf nicht finden. Als Störtebeker über das Schicksal der Likedeeler nachdachte, stellte Hinrich Hinrichsen die Frage, wie sie nun die neue Regierungsform in Visby nennen sollten. Störtebeker konnte das nicht beantworten, er blickte auf Wigbold, und er fragte ihn, wie er darüber dächte, wie er sie nennen würde. »Eine Republik, Störtebeker, eine Republik«, antwortete Wigbold herablassend, »die Republik Visby.« Und Hinrichsen meinte, Republik Visby würde sich gut anhören.

Hannes Wichmann erinnerte sie daran, dass man eine solche Neugründung gebührend begießen müsste. Und so ließ Hinrichsen durch einen Boten eine Flasche Branntwein und zwölf Becher holen. Nachdem der Bote die Becher für sie gefüllt hatte, standen sie auf, und Hinrich Hinrichsen rief: »Auf die Republik Visby«. Alle prosteten sich zu und wiederholten: »Auf die Republik Visby«. Und sie tranken ihre Becher in einem Zuge leer. Als die Likedeeler etwas später den Hansesaal verließen, gab Störtebeker Hinrichsen die Hand und sagte: »Ihr werdet es schaffen, Hinrichsen. Ich habe noch eine Bitte: Wenn entlaufene Leibeigene vom Festland zu euch kommen, dann nehmt sie auf, schickt sie nicht wieder fort.« Und Hinrichsen gab ihm sein Wort darauf, dass er das nicht tun würde.

Die Likedeeler entschieden übrigens mit großer Mehrheit, auf See zu leben und nicht in Visby. Aber sie beschlossen auch, wenn immer es möglich wäre, in Visby zu überwintern. Und die Visbier hatten dem zugestimmt. Jetzt, da die Likedeeler nicht mehr nach Wismar und Stockholm zurückdurften, war Visby ihre bevorzugte Heimstatt für den Winter geworden. Am 16. Januar 1397 hatte die Bevölkerung Visbys den Fischer und Bürgerwehrhauptmann Hinrich Hinrichsen zum Bürgermeister gewählt. Die meisten Patrizier hatten Visby schon vorher verlassen und waren nach Stockholm gesegelt. Ihre Koggen und Lagerbestände hatten sie in Visby lassen müssen, ganz so, wie es Wigbold und Störtebeker vorgeschlagen hatten.

DER LETZTE RAUBZUG AUF DER OSTSEE

Anfang März 1397 hatten die Likedeeler Visby wieder verlassen. Sie waren jetzt nur noch sechshundert Mann. Zweihundert von ihnen waren in Visby geblieben. Sie hatten sich trotz ihres Schwures in der Domkirche zu Stockholm abgesetzt, um auf Gotland Bauern, Fischer und Schiffszimmerer zu werden. Einige hatten Frauen kennen gelernt, wollten sie heiraten. Das sei der Lauf der Dinge, hatte Magister Wigbold dazu gesagt und hinzugefügt, dass die Abtrünnigen sowieso nichts wert seien. Störtebeker konnte sich Wigbolds Urteil nicht anschließen, aber er war nicht damit einverstanden, dass sie den Schwur gebrochen hatten. Doch er konnte sie verstehen. Vielleicht hatten sie eine wirkliche Heimstatt gefunden, dachte er, vielleicht hatten sie das Leben auf See satt.

Jedenfalls segelten sie zwei Wochen später mit vier Holks, vier Koggen und mit Schniggen und Lastschuten auf hoher See. Es war noch sehr kalt auf der Ostsee, die letzten Winterstürme heulten übers Meer, der Seegang war rauh, und sie trugen noch immer ihre Winterkleidung und hatten sich ihre Mützen tief ins Gesicht geschoben. Viele Likedeeler gingen auf den Decks auf und ab und schlugen Hände und Arme auf den Rücken, um sich warm zu halten. Sie mussten sich häufig an den Relings, den Masten, den Tauen, an den Kameraden fest halten, um nicht von Wellenbrechern über Bord gespült zu werden. Später, als der Seegang sich beruhigte, wurde heißer Metpunsch ausgeschenkt, und die Köche bereiteten unter Deck in ihren Kombüsen Graupengrütze mit Speck und Butter zu. Und die Likedeeler empfanden den Geruch, der aus den Kombüsen zu ihnen hochstieg, als himmlisch.

Störtebeker stand mit Einohr am Steuerrad seines Holks. Sie sahen, wie ihre Kameraden gemeinsam, stehend oder sitzend, aus kupfernen Töpfen genüsslich Grütze mit Speck und Butter in sich hineinschlangen. Dabei rülpsten sie. Und sie lachten und erzählten sich Witze. »Die Likedeeler sind guter Dinge, Hauptmann«, sagte Einohr. Störtebeker nickte. »Ja, ja«, antwortete er, »guck dir die Kerls mal genau an. Sie sind den Winter über in Visby fett geworden. Das hilft gegen die Kälte und gegen schlechte Laune.« Etwas später sahen sie, wie Likedeeler dabei waren, mit Feilen, Messern und Keilen Holz zu bearbeiten und Spielzeug zu schnitzen. Sie arbeiteten an Blockflöten und Segelschiffen. Ein paar schnitzten auch Pferde und Rehe. Sie saßen da im Schneidersitz und hantierten mit äußerster Sorgfalt und Ernsthaftigkeit an ihren Figuren herum. Sie wären gute Väter geworden, dachte Störtebeker.

Einohr schaute aufs Meer. Es war weit und breit nur graue, unruhige See zu sehen. Er schüttelte seinen Kopf und sagte: »Wir haben schon seit zwei Wochen keine einzige Hansekogge mehr gesichtet, keine Orlogs der Dänen und Deutschritter, nur Fischkutter. Was ist los, machen unsere Feinde schlapp?« Störtebeker hatte schon ein paar Mal das Gleiche gedacht. Und er sagte sich, entweder ist das die Ruhe vor dem großen Sturm, oder sie wollen uns ärgern. Dann antwortete er: »Wir segeln morgen Richtung Mecklenburger Küste. Dort wird uns keiner erwarten. Die glauben da drüben, weil sie Truppen in Rostock und Wismar stationiert haben, würden wir uns nicht mehr in ihre Gewässer wagen.« Da haben sie sich schwer verrechnet, dachte er, wir werden wieder in unsere alten Heimatgewässer segeln. Und er hatte ein gutes Gefühl, als er daran dachte. Ab morgen werde sich wieder vieles ändern, sagte er noch zu Einohr und verschwand in seiner Kajüte, um Seekarten zu studieren.

Einige Tage später segelten sie vor der Mecklenburger Küste, nicht weit von der Insel Poel entfernt, die der Wismarer Bucht vorgelagert ist. Plötzlich meldeten die Ausgucke in den Krähennestern vier Hansekoggen steuerbords. Sie wollten ihren Augen nicht trauen. Aber es war wahr. Da segelten vier Hansekoggen mit lübischer Flagge gemächlich dahin, ohne Begleitschutz. Orlogs waren weit und breit nicht zu sehen. Die Likedeeler hissten ihre Piratenflaggen, segelten im normalen Tempo, ohne ihre Segel vollmast hochzuziehen, auf die Hansekoggen zu. Viele hatten sich nicht einmal bewaffnet. Sie standen an den Relings und starrten auf die Hansekoggen. Als sie nahe genug dran waren, umringten sie die Koggen und staunten, dass sich auf den Decks niemand zum Widerstand bereit machte. Einige enterten mit gezogenen Schwertern und Degen die feindlichen Decks und wurden dort von grinsenden Hanseseeleuten empfangen.

»Warum leistet ihr keinen Widerstand?« fragte ein Likedeeler. »Warum sollten wir«, bekam er zur Antwort, »gegen euch kommt doch keiner an. Das hat sich in Wismar und Rostock rumgesprochen. Außerdem haben wir kein Interesse, gegen euch zu kämpfen.« Der Likedeeler steckte sein Schwert in die Scheide zurück und lachte. »Das verstehe ich«, sagte er, »aber sag mal, wo kommt ihr her, und was habt ihr geladen?« – »Die vier Koggen und die Besatzungen sind aus Wismar und Rostock«, sagte der Hanseseemann. »Wir haben Lübecker Handelsgut für Königin Margaretes Schloss Skanör an Bord.« Und einen Moment später fügte er lächelnd hinzu: »Das gibt fette Beute für euch. Und das freut uns. Wir wissen ja, wem ihr sie weitergebt. Wir dachten schon, ihr würdet aus Gotland nicht mehr zurückkommen.«

Dann sprangen mehr und mehr Likedeeler auf die Decks der Hansekoggen rüber und unterhielten sich mit den Wismarer und Rostocker Seeleuten. Sie wollten wissen, was in der Zwischenzeit in Wismar und Rostock passiert war. Die Hanseseeleute antworteten, Wismar und Rostock wären voll gestopft mit Söldnertruppen des Herzogs von Mecklenburg und des Deutschen Ritterordens. Und die drohten, bald gegen die Likedeeler loszuschlagen. Sie würden Schwertkämpfer auf der Marienburg ausbilden. Und sie wollten eine große Flotte gegen sie aufstellen. »Aber die Bevölkerung«, sagte ein Wismarer, »ist auf eurer Seite. Unsere Schiffszimmerer weigern sich, Kriegsholks für die Herrschaften zu bauen, und unsere Leute lassen sich nicht zum Kriegsdienst gegen euch rekrutieren.« Es gäbe großen Streit, und viele Wismarer säßen wegen ihrer Weigerung im Gefängnis. Man hätte sie gefoltert. Und die Hansen hätten einen hohen Preis auf Klaus Störtebekers Kopf ausgesetzt.

»Diese Pfeffersäcke versuchen doch alles, um uns zu erledigen, dass wir vogelfrei sind, genügt ihnen nicht«, sagte ein Likedeeler, »aber unseren Hauptmann Störtebeker kriegen die nie, da stehen wir alle vor.« Dann begannen sie, kleine Geschenke auszutauschen. Bilsenkraut und Rüben- und Kornschnaps machten die Runde. Sie erzählten sich Geschichten über die alten Zeiten, wie sie in Wismar zusammen Markt gehalten und anschließend auf dem Marktplatz vor dem Rathaus gefeiert und getanzt hatten. »Das wird es wohl nicht wieder geben«, sagte ein Likedeeler und an einen Wismarer gewandt: »Passt auf euer Leben auf, lasst es euch nicht nehmen von diesen Halunken.«

Etwas später ließen die Likedeeler die Hansekapitäne und Steuerleute auf zwei Ruderbooten zur Insel Poel übersetzen. Mit den Wismarer und Rostocker Seeleuten feierten sie weiter auf deren Koggen. Erst spät in der Nacht, sangesfreudig und angetrunken, begutachteten sie gemeinsam die Fracht der Hansekoggen. Unter der Beute befanden sich für Königin Margarete Kisten mit feinstem englischen Tuch, kostbaren Pelzen, Seide, Brokat- und Samtkleidern, vergoldeten Spiegeln, Gold- und Silberschmuck und Fässer mit südländischen Gewürzen. Die Likedeeler legten sich Kleider und Schmuck an, hielten sich Spiegel vor die Gesichter und machten voreinander höfische Knickse und Diener und wählten einen besonders weiblich herausgeputzten Kameraden zur Königin Margarete. Sie redeten den Hanseseeleuten zu, sich ebenfalls Margaretens Kleider und Schmuck anzulegen. Die Wismarer und Rostocker Seeleute taten das. Und die Likedeeler forderten sie zum Tanzen auf. Positionslampen beleuchteten auf den Decks den Tanz der Likedeeler mit den Hanseseeleuten. Auch die Hauptleute der Likedeeler tanzten. Nur Wigbold hatte sich in Gödeke Michels' Kajüte verschanzt. Ein paar Mal klopften Likedeeler an die Kajütentür. Aber sie konnten ihn nicht zum Mittanzen bewegen. Wigbold blieb stumm.

Als der Rüben- und Kornschnaps ausgetrunken waren, machten sie sich über das erbeutete Hamburger Starkbier her. Die Likedeeler sagten den Seeleuten, dass sie die Brokat-, Samt- und Seidenkleider und den Schmuck und die Spiegel, die sie angelegt hatten und mit sich herumtrugen, nicht wieder zurückgeben sollten. »Nehmt sie euren Frauen und Liebsten mit«, riefen sie, »und bestellt einen schönen Gruß von uns.« Die Hanseseeleute strahlten. Mit solchen Geschenken, die sie unter ihrem Wams verstecken würden, konnten sie Eindruck bei ihren Frauen machen, das wussten sie.

Die Likedeeler lachten und riefen ihnen zu: »Jetzt seid ihr auch Piraten.« Und einige Seeleute riefen zurück, dass sie das auch geworden wären, wenn sie in Wismar und Rostock nicht Frauen und Kinder hätten, für die sie sorgen müssten.

Am Morgen nach der Feier, viele von ihnen lagen noch angetrunken unter Wolldecken versteckt an Deck, ließen die Likedeeler die Hanseseeleute mit vier Ruderbooten und zwei Lastschuten nach Poel rudern. Vor der Abfahrt umarmten sich viele. Als die Wismarer und Rostocker Seeleute davonruderten, legten sich viele Likedeeler wieder unter ihre Decken, um zu schlafen. Sie waren traurig.

In den nächsten Wochen segelten die Likedeeler die Ostsee rauf und wieder runter. Im Osten waren sie bis zu den Åland-Inseln vorgestoßen, um hansische Nowgorod-Fahrer abzufangen, im Westen bis zu den dänischen Inseln Falster und Laaland, um Lübecker Hansekoggen zu kapern. Aber die Ostsee war wie leer gefegt. In den Krähennestern blieb es still. Es gab keine Hansekoggen, keine Orlogs zu sehen. Und ihre Nahrungsmittel gingen zur Neige. Die Rationen bestanden nur noch aus Dörrfisch, Pökelfleisch, verfaultem Schiffszwieback und Biersuppe. Viele Likedeeler bekamen Durchfall und Skorbut. Einige fischten mit selbst gebastelten Angeln von den Schiffswänden runter. Aber der Fang war nie groß genug, um viele zu ernähren. Dazu hätten sie große, eng genähte Fischernetze gebraucht. Die Stimmung war mies an Bord. Jeder blieb irgendwie für sich.

Es wurde Ende Mai. Die Hauptleute und Magister Wigbold hielten in Störtebekers Kajüte eine Lagebesprechung ab. Sie saßen an Störtebekers Kajütentisch, an dem sie schon so manches Mal gesessen hatten, wenn es Probleme gegeben hatte. Vor allen stand ein Steinkrug Bier. Wigbold trommelte nervös mit den Fingerkuppen seiner rechten Hand auf dem Tisch herum. Nach einer Weile sagte er: »Es ist eingetroffen, was ich vorausgesehen habe. Seit April haben wir kein Schiff mehr gesichtet. Die See ist leer. Die Hanse hat ihren Handel in der Ostsee eingestellt. Wir haben nichts mehr zu rauben. Und bald nichts mehr zu essen. Wir müssen aus der Ostsee verschwinden.« Sie wussten, dass Wigbold Recht hatte. Sie hielten die Köpfe gesenkt. Sie waren betrübt. Sie begriffen, daß eine Entscheidung getroffen werden musste. Die Likedeeler hatten ihre Hauptleute in den letzten Tagen immer wieder darauf angesprochen und ihnen klar gemacht, dass sie so nicht weitermachen könnten und dass sie die Ostsee verlassen müssten. Und sie hatten gesagt, man sollte das tun, bevor es zu spät wär. Sie wären traurig darüber, hatten sie noch hinzugefügt, denn die Ostsee wäre schließlich ihr Zuhause geworden. Aber es gäbe keinen anderen Ausweg.

Nur Scheld lehnte sich noch auf, obwohl er es besser wusste. Nikolaus Scheld, der junge Hauptmann der Likedeeler, wollte es nicht wahrhaben, dass sie ihre Ostsee verlassen müssten. »Das sieht wie Flucht aus«, schrie er dazwischen, »wie gemeine Flucht. Das haben wir Likedeeler nicht nötig. Die Hansen wollen uns doch nur aushungern, besiegen können sie uns nicht auf See.« Und er schlug vor, dass sie die Hansestädte Wismar, Rostock und Stralsund angreifen sollten. Hannes Wichmann erklärte ihm, dass sie gegen so viele Truppen und Schwertkämpfer an Land keine Chance hätten, dass sie nur noch 600 Mann wären und ihren Kampf nur auf See ausfechten könnten, wenn sie dabei kapern und die Beute anschließend verkaufen oder tauschen könnten. »So haben wir es immer gemacht«, fuhr er fort, »nur so können wir überleben, nur so kommen wir an genügend Nahrungsmittel ran. Nur so können wir den Armen geben.« Und Nikolaus Scheld ließ den Kopf hängen.

Klaus Störtebeker pflichtete Wichmann bei. Er tat es widerwillig. Auch er wollte die Ostsee nicht verlassen. Zu lange war sie sein Zuhause gewesen, dachte er, auf ihr war er schließlich ein freier Mann geworden. Hier hatten Piraten den Leibeigenen vor vielen Jahren aus dem Wasser gezogen. Hier hatten sie immer wieder Leibeigene angeheuert. Hier hatten sie Reichtum umverteilt. Hier liebten die einfachen Leute in den Hansestädten die Likedeeler. Hier hatten sie mit ihnen Märkte und Feste gefeiert. Das sollte nun alles vorbei sein? Aber es musste sein. Und er sagte: »Ihr wisst, wir verlassen dann nicht nur die Ostsee, sondern auch Wismar und Visby. Wir geben unser ganzes bisheriges Leben auf. Vergesst das nicht. Wer weiß, was uns erwartet.« Nach einer kurzen Pause fügte er hinzu: »Aber wir können nicht länger hier leben. Wir müssen von hier fort.«

Als Störtebeker zu Ende gesprochen hatte, sagte Hannes Wichmann: »Lasst uns zuerst noch mal nach Visby segeln. Dort sagen wir Auf Wiedersehen. Das schulden wir den Menschen. Danach machen wir uns in die Westsee auf.« Und er dachte daran, dass er vielleicht Hamburg wieder sehen würde, vor allem den Grasbrook, wo er damals als Englandfahrer bei den Pfeffersäcken angeheuert hatte. Er konnte sich vorstellen, dass es in Hamburg vielleicht noch Kumpel von damals geben würde, mit denen man über die alten Zeiten quatschen könnte und die vielleicht bei den Likedeelern mitmachen würden, besonders, so schien es ihm, wenn Klaus Störtebeker mit ihnen reden würde. Wichmann war guter Dinge, als er sich das alles vorstellte.

Auch Gödeke Michels hatte eigentlich nichts gegen die Westsee. Da war er schon gewesen. Da hatte er schon gefischt. Da kannte er die Küste. Da hatte er sogar Freunde unter den Friesen. Und da gab es eine Insel, die hieß Helgoland. Die war, so dachte er jetzt, ein idealer Schlupfwinkel für sie, ein gutes Versteck für ihre Beute. Aber auch er hasste es, die Ostsee zu verlassen. Keiner kannte sie so gut wie er. Er kannte hier jede Insel, jede Bucht, jede Krümmung und Nehrung an der Küste. Doch er sagte: »Dann ist es also entschieden, wir segeln zuerst nach Visby und dann in die Westsee. Dort können wir die hansischen Englandfahrer aus Hamburg und Bremen abfangen.« Das hatte er ja schon mal vorgeschlagen. Und vielleicht könnte man dann auch, so dachte er jetzt weiter, mit den Friesen gemeinsame Sache machen, denn die lebten zwar von Fischfang und Viehzucht, aber auch von der Piraterie.

So segelten sie Mitte Juni nach Visby. Hanse- oder Kriegsschiffe hatten sie unterwegs nicht mehr gesichtet. Nur Fischkutter begegneten ihnen. Die Fischer legten steuerbords oder backbords an, und sie tauschten mit ihnen und kriegten frischen Fisch, den ihre Köche sofort unter Deck brieten oder grillten und den die Likedeeler sofort heißhungrig verschlangen. Meistens hatten die Fischer Dorsch und Makrele für sie, und sie hatten für die Fischer Gewürze und Bier. Einer der Fischer kam auf Störtebekers Holk geklettert. Er hatte sich am rechten Arm verletzt. Eine stark blutende, klaffende Wunde machte ihm zu schaffen. Sie hatte sich entzündet, und Schmutz war hineingekommen. »Ihr müsst mir helfen«, sagte er, als er auf Deck stand, »sonst verliere ich meinen Arm.« Ein Likedeeler rannte sofort unter Deck und holte den Feldscher. Der Feldscher kam mit seinem Verbands-, Kräuter- und Salbenkasten, schaute sich die Wunde an, murmelte etwas in sich hinein, reinigte sie mit Branntwein, legte Kräuter drauf und verband sie. Dann legte er den Arm des Fischers in eine Schlinge. »Zwei Tage bleibst du bei uns, Fischer, und ruhst dich aus. Du darfst deinen Arm nicht bewegen. Morgen und übermorgen lege ich dir einen neuen Verband an.« Der Fischer nickte. Der Feldscher ging wieder unter Deck. Und die Likedeeler nahmen den Kutter des Fischers in Schlepptau.

Kurz darauf saß der Fischer mit einigen Likedeelern an Deck. Sie tranken gemeinsam Hamburger Bier aus einer Kupferkanne. Und der Fischer merkte, dass die Likedeeler deprimiert waren. »Was ist los mit euch«, fragte er und schaute in ihre traurigen Gesichter, »so kenne ich euch gar nicht.« Einer der Likedeeler antwortete: »Hast du in den letzten Wochen irgendwo, irgendwann, irgendwelche Hanseschiffe auf der Ostsee gesehen?« Der Fischer schüttelte seinen Kopf. Dann schlug er sich plötzlich mit der flachen linken Hand an die Stirn und sagte: »Mensch, ich Dummkopf, jetzt verstehe ich euren Griesgram. Es fahren keine Handelsschiffe mehr. Die Hanse hat ihren Laden dichtgemacht. So eine Scheiße.« Er flehte sie an, doch nicht die Ostsee zu verlassen. Er sagte, das könnten sie doch nicht tun, es würde ohne sie langweilig auf See werden. Die Likedeeler saßen da, zuckten hilflos mit den Achseln, und einer sagte: »Was sollen wir tun? Es bleibt uns nichts anderes übrig.« Da wurde der Fischer beinahe traurig. Und er dachte, dann gibt es nichts mehr zu tauschen, dann gibt es keine Gespräche, kein Gelächter mehr mit den Likedeelern mitten auf dem Meer. Das ist doch kein Leben mehr, sagte er sich. »Irgendwann müssen die Pfeffersäcke ihren Laden doch wieder aufmachen«, warf er noch einmal ein. »Irgendwann schon«, antwortete ein Likedeeler, »aber so lange können wir nicht warten, mein Lieber. Wir müssen doch heute und morgen leben.«

DER ABSCHIED

Es war ein herrlicher Spätsommertag in Visby. Es war warm, und die Bäume trugen noch volle, dunkelgrüne Blätter. Es war der 26. August 1397. Nachmittags. Likedeeler und Visbier hatten sich mit Kind und Kegel auf dem Rathausmarkt eingefunden. Sie trugen leichte, helle Sommerkleider. Niemand trug Waffen. Überall auf dem großen Platz vor dem Rathaus wurde an Feuerstellen Fleisch und Fisch geröstet und Bier, Met und Schnaps ausgeschenkt. Visbier und Likedeeler feierten.

Drinnen im Rathaus, im Bürgerwehrsaal, saßen die vom Volk gewählten Stadträte, Bürgermeister Hinrich Hinrichsen, die Hauptleute der Likedeeler und Magister Wigbold an einem langen Tisch. Der Deutsche Ritterorden hatte dem Bürgermeister von Visby vor einigen Tagen eine Botschaft aus der Marienburg zukommen lassen. Darin hatten die Deutschritter gedroht, dass sie zusammen mit dem Herzog von Mecklenburg und der Hanse eine Streitmacht mit 80 Kriegsschiffen, 200 Rittern, 4000 Schwertkämpfern, 400 Pferden und allerlei Geschützen, Rammböcken und Belagerungsmaschinen zusammenstellen und sich im kommenden Frühjahr in Elbing einschiffen würden, um gen Visby zu segeln, wenn die Bürger von Visby den Likedeelern weiterhin Winterquartier gewährten.

Und sie hatten noch hinzugefügt, dass sie in diesem Fall Visby belagern und in Schutt und Asche legen würden. Die Botschaft war von Konrad von Jungingen, dem Hochmeister des Deutschen Ritterordens, und von Wulf von Wulflam unterzeichnet worden. Da begriff Klaus Störtebeker, dass Wulflam tatsächlich noch am Leben sein musste. Er hatte sich nach vielem Grübeln damit abgefunden. Auch Magister Wigbold hatte ihn zynisch auf Wulflams Unterschrift hingewiesen. Wulf von Wulflam war in der Zwischenzeit zum Stellvertreter des Hochmeisters aufgestiegen. Die Stimmung im Bürgerwehrsaal war gedrückt. Nicht einmal Frohnaturen wie Nikolaus Scheld und Hannes Wichmann mochten etwas sagen. Da erhob sich Bürgermeister Hinrichsen und sprach: »Likedeeler, kommt im Winter wieder. Wir werden zusammen gegen die Deutschritter kämpfen. Die Bürgerwehr steht auf eurer Seite. Und Visby stellt seine Koggen, Schniggen und Kutter für den Kampf zur Verfügung, das hat der Stadtrat beschlossen. Gemeinsam können wir die Deutschritter besiegen. Wir wissen, wofür wir kämpfen. Ihr habt uns vieles gelehrt und gegeben. Ohne euch wären wir keine selbständigen Menschen geworden. Ohne euch gäbe es keine Republik Visby. Ohne euch würden die Patrizier uns noch immer beherrschen. Visby soll im Winter immer eure Heimstatt sein.«

Als Hinrichsen sich wieder setzte, waren alle bewegt. Hannes Wichmann musste ein paar Mal schlucken. Dann stand Klaus Störtebeker vom Tisch auf und antwortete: »Nein, Bürgermeister Hinrichsen, wir kommen im Winter nicht wieder. Selbst wenn wir die Deutschritter auf offener See besiegten, und ich weiß, wir könnten das mit Hilfe der Bürgerwehr schaffen, so würden noch immer genügend Orlogs durchkommen und Visby dem Erdboden gleichmachen. Das können wir nicht verantworten.«

Magister Wigbold stimmte Störtebekers Worten zu. Dann ist es vorbei, dachte Hannes Wichmann, dann werde ich Visby auch im Winter nie wieder sehen. Es ist nicht das Ende der Welt, dachte Gödeke. Kurz darauf gingen sie alle auf den Balkon des Rathauses. Auf dem Rathausmarkt feierten Likedeeler und Visbier wie zuvor. Sie standen um Feuerstellen herum und aßen Gegrilltes, saßen auf Bänken und an langen Tischen, tranken selbst gebrannten Schnaps und erbeutetes Bier, und Musikanten spielten mit Fiedeln und Ziehharmonikas auf. Kinder spielten Huckepack mit den Likedeelern. Ein Schwall von Lachen, Musik und Gesprächen drang über den Rathausmarkt zum Balkon rauf. Dann war plötzlich Totenstille. Die Feiernden hatten den Bürgermeister, die Stadträte und die Hauptleute auf dem Balkon erkannt. Hinrich Hinrichsen bewegte seine Hände beschwichtigend nach unten, wischte sich mit einem weißen Taschentuch den Schweiß von der Stirn und rief den Feiernden zu: »Likedeeler, Visbier, wir alle könnten in Frieden zusammenleben. Aber die Herren dieser Welt wollen das nicht. Der Deutsche Ritterorden wird im Frühjahr eine große Flotte gegen Visby schicken, wenn wir die Likedeeler im Winter beherbergen. Deshalb werden die Likedeeler uns für immer verlassen. Sie wollen nicht, dass wir Schaden nehmen, sie wollen nicht, dass Visby zerstört wird.«

Da brach Tumult unter den Feiernden aus. Zwischenrufe

kamen von allen Seiten. Und dann riefen Visbier im Chor: »Lang leben die Likedeeler« und »Lasst uns gemeinsam kämpfen«. Hinrich Hinrichsen versuchte, sie wieder zu beruhigen. Als es stiller wurde, fuhr er fort: »Ich bin nur der Bürgermeister von Visby, das auch dank der Likedeeler eine freie Stadt ist. Aber eines weiß ich, wenn die Menschen wie die Likedeeler wären, dann gäbe es keine Armut mehr, dann gäbe es keine Leibeigenschaft mehr, dann gäbe es keine Ungerechtigkeit mehr, dann ... dann wär genug für alle da ...«

Jubel brandete auf dem Rathausmarkt auf. Als Hinrichsen auf dem Balkon einen Schritt zurücktrat, gingen Klaus Störtebeker und Gödeke Michels auf ihn zu, umarmten ihn und gaben ihm die Hand. Dann trat Störtebeker nach vorn. Und auf dem Rathausmarkt herrschte absolute Stille. »Visbier«, rief er, und alle konnten hören, dass seine Stimme bebte, »Visbier, wir werden euch verlassen, für immer. Wir müssen hinaus auf die See, auf eine ferne See. Königin Margarete und die Deutschritter nennen das schöne Visby die Pestbeule der Ostsee, nur weil wir hier eine Herberge fanden. Wir durften im Winter bei euch leben, im Winter in euren Häusern schlafen, an euren Tischen sitzen, uns an euren Kaminen wärmen und euer Brot essen. Wir werden euch das nie vergessen. Wir stehen tief in eurer Schuld. Gott beschütze unser Visby.« Die Menschen auf dem Rathausmarkt schauten zum Balkon rauf. Keiner konnte etwas sagen. Sie schienen wie gelähmt. Dann brach es aus ihnen hervor: »Lang lebe Visby« und kurz darauf: »Gottes Freunde, aller Herren Feinde«. Darauf herrschte wieder Schweigen. Sie wussten, dass dies der Abschied für immer war, dass sie nichts dagegen tun konnten, dass sie ohnmächtig waren. Visbier und Likedeeler saßen wie vorher an den Tischen und standen an den Feuerstellen. Sie erzählten sich Geschichten über die Feuerschlacht gegen die Dänen und Mecklenburger im Visbier Hafen, über den gemeinsam erlebten letzten Winter und über den

Wiederaufbau des Hafens. Sie saßen noch bis weit in die Nacht hinein auf dem Rathausmarkt. Und sie begriffen, dass sie gut miteinander hätten leben können.

Zwei Tage später, in stockdunkler Nacht, weil sie jedes Aufsehen vermeiden wollten, schlichen sich die Likedeeler aus ihren Unterkünften und sammelten sich am Pier. Nur wenige Visbier warteten dort, um sich von ihnen zu verabschieden. So lautlos wie möglich machten die Likedeeler die Anker los und segelten mit vier Holks, vier Koggen und drei Schniggen aus dem Hafen. Die Lastschuten ließen sie den Visbiern. Als die Hafenlichter nicht mehr zu sehen waren, stellten sie fest, dass viele Kameraden in Visby geblieben waren. Die Hauptleute und Unterführer ließen die Mannschaftsstärken abzählen, und sie mussten erkennen, dass sie noch etwa 480 Mann waren. Die Likedeeler waren entsetzt. Viele verfluchten die in Visby Gebliebenen als Feiglinge und Wortbrecher. Einige bedauerten es sehr, dass sie ihre besten Freunde verloren hatten. Jedenfalls wussten sie, dass sie sie nie wieder sehen würden.

Auf Gödekes Holk hatte der erste Steuermann Jörg Hansen die Zählung durchführen lassen. Er war auf 60 Mann gekommen. Er wollte es nicht glauben und wagte kaum, es Gödeke Michels zu berichten. Als er in Gödekes Kajüte ging, saß der mit Magister Wigbold am Tisch. Die beiden spielten Schach. »Hauptmann«, sagte Hansen ängstlich, »unser Holk hat nur noch 60 Mann an Bord. Alle anderen sind in Visby zurückgeblieben.« Gödeke fuhr vom Schachspiel hoch. »Das kann nicht sein«, schrie er, »das ist Verrat, gemeiner Verrat.« Wigbold legte eine Hand auf Gödekes Arm und sagte: »Beruhige dich, Gödeke, das ist nur gut für uns. Die Besten sind geblieben, und das Kroppzeug hat uns verlassen.« Hansen verließ Gödekes Kajüte, ihm hatte Wigbolds Bemerkung nicht gefallen. Aber er konnte Wigbold sowieso nicht ausstehen. Gödeke hatte sich wieder hingesetzt. Nachdenklich fuhr er sich durchs

Haar und dachte, vielleicht hat Wigbold Recht. Vielleicht aber auch nicht. Vielleicht wollten sie nur sichergehen, am Leben zu bleiben.

Etwas später standen Einohr und Störtebeker an der Reling ihres Holks. Das Licht der Positionslampen tauchte das Deck in ein Halbdunkel. Die Likedeeler lagen unter Deck und schliefen. Nur die beiden Wachhabenden gingen auf dem Deck auf und ab, und der zweite Steuermann stand am Steuerrad. »Wir sind nur noch 480 Mann. Warum haben die anderen uns verlassen, Hauptmann?«, fragte Einohr, »wir haben doch in Stockholm geschworen, immer füreinander einzustehen.« Störtebeker fand dafür keine klare Antwort. Aber er wusste, Einohr würde nachhaken. Und er antwortete: »Wir Likedeeler sind nicht so stark, wie du denkst. Das musste ich auch erst lernen. Versuche, sie zu verstehen. Vielleicht wollten sie endlich ein Zuhause und sind deshalb in Visby geblieben. Aber genau weiß ich das nicht.« Und er dachte, vielleicht hatten sie Angst vor einem zu frühen Tod, Angst, als vogelfreie Likedeeler zu früh sterben zu müssen. Aber das sagte er Einohr nicht.

Dann gingen sie in Störtebekers Kajüte, um Seekarten zu studieren. Denn sie wussten, dass sie vor dem Kattegat an Inselgruppen vorbei mussten, in deren Buchten sich dänische Orlogs verstecken könnten, um sie auf See anzugreifen. Gödeke Michels kannte diesen Törn und hatte ihnen geraten, weit von den Inseln entfernt zu segeln, um nicht entdeckt zu werden. Er hatte für alle Haupt- und Steuerleute mit Kohlestift Markierungen in die Seekarten gezeichnet. Und auf dieser Route wollten sie segeln.

Einige Tage später, es war noch früher Morgen, und leichter Nebel hing über der See, segelten sie unentdeckt durch die Meeresenge von Helsingör. Da hatte Gödeke ein Zeichen gemacht. Da war das Ende der Ostsee. Kurz darauf verschwand der Nebel, und sie segelten aufs Kattegat zu, und viele Likedeeler gingen an Deck ihrer Schiffe und schauten gebannt auf die Ostsee zurück. Keiner sagte ein Wort. Auch Einohr und Störtebeker standen auf ihrem Deck und schauten schweigend auf die Ostsee zurück. Dann zeigte Einohr nach vorn und sagte: »Jetzt verlassen wir die Ostsee, Hauptmann. Sie ist gut zu uns gewesen, da drüben liegt das Kattegat. Was wird uns erwarten?« Wenn ich das wüsste, sinnierte Störtebeker vor sich hin. Und er hatte kein gutes Gefühl dabei. Ein Zurück wird es nicht geben, dachte er. Das war unsere letzte Fahrt auf der Ostsee. So etwas wie Visby wird es nicht wieder geben. Einohr glaubte zu wissen, was in Störtebeker vorging. »Lass uns nach vorne sehen, Hauptmann«, sagte er, »auf ein neues Leben, auf die Westsee.« Störtebeker schien aus einem Traum zu erwachen. »Ja«, flüsterte er, »auf nach Helgoland.« Und ihm fiel ein, dass Gödeke Michels gesagt hatte, dass die Westsee rauher wäre als die Ostsee. Dann fühlte er sich plötzlich wie ein Ertrinkender, dem noch einmal sein ganzes bisheriges Leben ins Bewusstsein drängt. Es kam ihm vor, als würden lebendige Bilder in ihm emporsteigen. Es waren Bilder, die ihn zu seiner Schwester, zu seiner Mutter, zu seinem Baron, zu seiner Leibeigenschaft zurückführten.

DER WEG
ZUM GRASBROOK

AUF HELGOLAND

Die Likedeeler waren unbehelligt von dänischen Orlogs durch Kattegat und Skagerrak gesegelt und dann entlang der westdänischen Küste und den ihr vorgelagerten Inseln in Richtung Helgoland. Sie hatten sich genau an Gödekes Markierungen auf den Seekarten gehalten. Es war der längste Törn, den sie bisher gesegelt waren. Er war länger als ihre Raubfahrt nach Bergen. Unterwegs, als sie an den Inseln vorbeisegelten, waren sie kurz vor Anker und an Land gegangen und hatten sich mit frischem Proviant und Trinkwasser versorgt.

Die Menschen, die sie dort getroffen hatten, waren wortkarg gewesen. Sie nannten sich Friesen. Die Likedeeler hatten bei ihnen etwas Neues gelernt, was viele von ihnen sofort nachahmten. Sie hatten das Rauchen gelernt. Die Friesen rauchten aus langen Tonpfeifen ein Kraut, das sie Knaster nannten. Sie sagten, sie hätten es von den Holländern übernommen, die es aus Hanfkraut herstellten. Sie hatten auch die langen Tonpfeifen von den Holländern übernommen. Jedenfalls gewöhnten sich viele Likedeeler von da an ans Knasterrauchen. Bei den Friesen hatten sie sich mit Knaster eingedeckt, beutelweise.

Am Vormittag des 15. September 1397 gingen die Likedeeler in einer Helgoländer Bucht vor Anker. Gödeke Michels kannte Helgoland noch von früher. Hier hatte er sich schon einmal mit friesischen Freibeutern vor einer Hanseflotte versteckt. Das war vor ungefähr zehn Jahren gewesen. Damals hatten sie auf Helgoland auch geraubte Hansegüter vergraben. Die Hansekapitäne hatten sie damals nicht finden können, weil die Bucht, in der sie sich mit ihren Schniggen versteckt hatten, von See her nicht einzusehen war.

In einer solchen versteckten Bucht waren sie auch jetzt vor Anker gegangen. Hier gab es keinen Hafen, keine Pier, keine Anlegeplätze. Sie ankerten mitten in der Bucht und setzten mit Ruderbooten an Land. In der Bucht dümpelten Kutter, Prahme und ein paar Ruderboote. Als die Likedeeler ans Ufer sprangen, kam ihnen eine Gruppe Helgoländer Fischer entgegen. Sie liefen in Tierfellen und grobem Leinen herum. Sie hatten langes blondes Haar. Sie trugen keine Waffen. Sie sehen aus wie die Norweger, dachten einige der Likedeeler.

Im Hintergrund sahen sie ein Fischerdorf. Es bestand aus kleinen Hütten, die aus rotem Sandstein gebaut und mit Grassoden gedeckt waren. Vor den Hütten spielten Kinder auf einem Feld ein Spiel mit einem kleinen runden Lederball und mit großen, grob geschnitzten, zum Schlagteil hin dicker werdenden Stöcken. Und es schien so, als gäbe es zwei Mannschaften, die den Lederball mit Stockschlägen auf die andere Seite des Feldes, auf die Seite des Gegners, befördern mussten.

Die Helgoländer Fischer gingen furchtlos auf die Gelandeten zu. Sie musterten die Likedeeler von oben bis unten. Und dann sagte einer: »Wo kommt ihr denn her? Gehört ihr zur englischen Flotte?« Die Likedeeler lachten laut. Und einer von ihnen antwortete: »Nee, Mann, wir sind hergekommen, um zu rauben. Wir sind Piraten …« Und er machte mit seiner rechten Hand eine Abmurksgebärde an seinem Hals. Dann fuhr er fort, freundlicher als zuvor: »Aber ihr kennt uns vielleicht unter dem Namen Likedeeler.«

Da grinste der Fischer. Auch seine Kameraden konnten sich ein Grinsen nicht verkneifen. Und der Fischer sagte: »Natürlich haben wir von euch gehört, Mann. Ihr habt bei uns einen guten Ruf. Vielleicht können wir in Zukunft zusammenarbeiten, so ein bisschen tauschen und gemeinsam auf Kaperfahrt gehen? Was meint ihr?« Die Likedeeler nickten: »Klar werden wir mit euch tauschen«, sagte einer von ihnen, »haben wir mit euren Leuten immer getan.«

Gödeke Michels kam hinzu. Er hatte das Gespräch zwischen dem Helgoländer Fischer und den Likedeelern mit angehört. Er gab dem Fischer die Hand und sagte: »Ihr seid willkommen, mit uns auf Kaperfahrt zu gehen. Wir brauchen euch. Ihr müsst uns die Routen der Hamburger und Bremer Englandfahrer zeigen.« – »Nichts leichter als das«, antwortete der Fischer und rieb sich die Hände, »das wird ein Spaß werden, die Pfeffersäcke abzufangen. Ich kann es kaum erwarten.«

Nach und nach ruderten immer mehr Likedeeler an Land. Etwas abseits des Fischerdorfes bauten sie ein Lager mit zeltartigen Unterkünften aus Persenningplanen und Tierfellen auf. Die Fischer halfen ihnen dabei. Auch ihren Proviant, ihre Habseligkeiten und die Waffen brachten die Likedeeler an Land. Wachmannschaften blieben auf den Holks, Koggen und Schniggen zurück. Und an Land tauschten die Likedeeler frische Makrelen, Heringe und Dorsch gegen Klamotten und Gewürze ein.

Am Nachmittag wurden Lagerfeuer entfacht, der frische Fang gebraten, Schnaps und Bier ausgeschenkt. Und Likedeeler und Helgoländer Fischer saßen gemeinsam an den Feuerstellen und ließen es sich gut gehen. Auch die Frauen der Fischer waren gekommen und hatten frisch gebackenes Graubrot mitgebracht. Die Kinder der Fischer liefen aufgeregt zwischen den Lagerfeuern umher. So viele Fremde hatten sie noch nie gesehen. Es dauerte nicht lange, da hatten sie Freundschaft mit den Likedeelern geschlossen. Sie hatten gemerkt, dass sie sich mit ihnen alles Mögliche erlauben durften, was ihre Eltern ihnen verboten hätten. Diese Kerle ließen sich einfach alles gefallen.

Und so spielten sie mit ihnen Huckepack, Kriegen und Verstecken, Berühren und Weglaufen. Und sie durften ihre Waffen anfassen und sich Degen und Schwerter umhängen. Dann zeigten die Kinder den Likedeelern ihr Mannschaftsspiel mit dem kleinen braunen Lederball und den langen Holzschlägern. Sie nannten ihr Spiel Stockball, und sie luden die Likedeeler zum Mitspielen ein.

Sie erklärten ihnen, dass die Mannschaft, die beim Schlagen vor der Schlaglinie stand, die Außenmannschaft und die Mannschaft, die im Felde bis zur Endlinie stand, die Innenmannschaft wär und dass die gesamte Außenmannschaft übers Feld laufen könnte und um die Endlinie herum und zurück zur Schlaglinie, wenn ein Stockschlag weit über die Endlinie hinausflog. Und dass es dafür Punkte gab und dass Spieler der Innenmannschaft Spieler der Außenmannschaft während ihres Zurücklaufens mit dem Ball abwerfen könnten, die müssten dann das Spielfeld verlassen, sie wären tot.

Das Spiel faszinierte die Likedeeler so sehr, dass sie mit den Kindern bis zum Dunkelwerden spielten. Sogar Zuschauer hatten sich um das Spielfeld herum angesammelt und feuerten die Mannschaften an. Dieses Spiel ist einmalig, dachten viele Likedeeler, sie würden es spielen, wo immer sie hinkämen. Dieses Spiel war ein Ereignis für sie. Es brachte Abwechslung in ihr Leben. Sie könnten es überall an Land spielen, dachten sie. Zum ersten Mal seit langer Zeit hatten sie wieder Spaß gehabt.

Drei Tage später trafen sich die Hauptleute der Likedeeler und Magister Wigbold in einem großen Persenningzelt zu einem Ratschlag. Das Innere des Zeltes war mit Tierfellen, Sesseln, Stühlen, Kojen und einem runden Tisch ausgestattet. Jeder hatte einen Steinkrug mit Hamburger Bier vor sich stehen.

Hannes Wichmann, Gödeke Michels und Klaus Störtebeker rauchten Knaster aus langen Tonpfeifen. Draußen, in der Nähe des Strandes, spielten Likedeeler Stockball. Drinnen im Zelt konnte man ihre Anfeuerungsschreie hören und das Krachen, wenn ein Schläger den Lederball voll getroffen hatte. Drinnen wollten sie beraten, wo sie im Winter bleiben sollten.

Magister Wigbold, der nicht wie die anderen im Zeltlager schlief, sondern in Gödeke Michels' Kajüte übernachtete, eröffnete die Runde. »Meine Herren«, sagte er und schaute dabei niemanden an, »unsere Kundschafter sind zurückgekommen und haben berichtet, dass die Insel Helgoland für uns zu klein ist. Hier können wir im Winter und auch sonst nicht bleiben. Es gibt nicht genug feste Behausungen für uns, es gibt keinen Hafen. Auf der Insel wird nichts angebaut außer Korn, es gibt keine Bäume zu fällen, um Holzhäuser zu bauen. Hier gibt es nur Möwen, Seehunde und armselige Fischerhütten. Wir können Helgoland höchstens mal als Abladeplatz benutzen.«

Da stand Gödeke Michels auf, wütend nahm er seine Tonpfeife aus dem Mund und entgegnete: »Moment mal, Wigbold, ich bin hier schon mal gewesen. Von hier aus können wir die Elbe- und Wesermündungen kontrollieren und die Hamburger und Bremer Englandfahrer abfangen. Hier können wir Beutegut verstecken. Von Helgoland ist es nicht weit zu den ostfriesischen Inseln und dem Festland. Helgoland können wir als Schlupfloch benutzen. Helgoland ist ein Geschenk Gottes für uns, merk dir das, Wigbold.«

Gödeke setzte sich wieder. Er hatte sich beruhigt. Außer Wigbold nickten ihm alle zu. Hannes Wichmann saß in einem tiefen, mit Tierfellen ausgelegten Sessel und schmauchte genüsslich an seinem Knaster. »Ich denke, du hast Recht, Gödeke«, sagte er nach einer Weile. »Helgoland ist Gold wert für uns. Von hier aus haben wir die Pfeffersäcke im Griff. Ich kenne die Insel ja auch von früher. Aber unseren Winterschlaf sollten wir auf dem Festland halten. Wie sieht es da mit deinen ostfriesischen Freunden aus, alter Michels?«

Gödeke fühlte sich bestätigt. Er schaute Wichmann dankbar an. Auf Hannes konnte man sich immer verlassen, das wusste er, der dachte so wie er, dem vertraute er, wie er Störtebeker vertraute. Wigbold wollte sich nur wieder wichtig machen, wollte wieder Macht an sich reißen, der hatte von diesen praktischen Dingen sowieso keine Ahnung, dachte er. Seitdem Wigbold bei ihm in seiner Kajüte mitsegelte, hatte er ihn besser kennen gelernt. Er hatte begriffen, dass Wigbold die Menschen eigentlich hasste, wenn sie nicht so waren, wie er sie sich vorstellte. Er hatte begriffen, dass Wigbold die Likedeeler nur als seine Werkzeuge ansah. Und er war zu dem Schluss gekommen, dass es vielleicht besser wäre, wenn Wigbold nicht mehr bei ihnen sein würde. Die Likedeeler waren der gleichen Meinung, das wusste er. Darüber wollte er einmal mit Störtebeker und Hannes Wichmann sprechen. Das hatte er sich schon lange vorgenommen.

Aber das hat noch Zeit, dachte Gödeke dann, und er entgegnete Wichmann: »Mit meinen ostfriesischen Freunden sieht es nicht schlecht aus, Hannes. Ich habe vor zehn Jahren mit ihnen zusammen gekapert. Sie sind freie Fischer, Fallensteller, Bauern. Viele sind gleichzeitig Seeräuber. Es gibt bei ihnen keine Patrizier, keine Zünfte. Sie regieren sich selbst durch Häuptlinge. Einer davon war damals Hisko aus Emden. Er war mein Freund. Vielleicht nehmen sie uns im Winter auf. Wir müssen ihnen Geschenke mitbringen.«

Als Gödeke zu Ende geredet hatte, nahm Störtebeker seine Tonpfeife aus dem Mund und sagte: »Das hört sich gut an, Gödeke. Lass uns von hier aus bis Oktober die Hamburger und Bremer Pfeffersäcke berauben. Danach segeln wir mit Hansegeschenken zu deinem Freund aufs ostfriesische Festland.« Nikolaus Scheld stimmte Gödeke und Störtebeker zu. Sie kamen überein, bis Ende Oktober von Helgoland aus zu kapern. Nach einer Weile ging Scheld nach draußen, um seiner Mannschaft den neuen Plan mitzuteilen. Wigbold hatte zu alldem nichts mehr gesagt. Er hatte sein Bier ausgetrunken, das Zelt wortlos verlassen und war allein zu Gödekes Holk zurückgerudert. Auch Gödeke, Wichmann und Störtebeker verließen das Zelt, um den Likedeelern den neuen Plan zu erklären. Als sie zurückkamen, teilte Gödeke Michels ihnen seine Bedenken über Wigbold mit. Sie entschlossen sich, das Problem im Auge zu behalten, aber seine Lösung auf später zu verschieben.

Am gleichen Tag noch kamen Helgoländer Fischer in das Zelt der Hauptleute, um ihnen auf den Seekarten die Routen der Hamburger und Bremer Hansekoggen zu zeigen. Sie sagten, dass jedes Jahr in der letzten Septemberwoche Hanse-Geleitzüge die Elbe- und Wesermündung gen England verließen und dass sie voll bepackt wären mit Kostbarkeiten. Auch sie selbst könnten es kaum erwarten, mit auf Kaperfahrt zu gehen. Und sie wüssten die besten Plätze, wo man den Hansen auflauern könnte.

Zwei Tage später, frühmorgens, segelten die Likedeeler zusammen mit Helgoländer Fischern aus ihrer Bucht heraus. Die See war ruhig. Später kam eine leichte Brise auf, und sie konnten mit dem Wind segeln. Die Steuerleute hielten sich genau an die Weisungen der Fischer und segelten auf die ostfriesischen Inseln Wangerooge und Spiekeroog zu. Dort, oberhalb der beiden Inseln, sollte die Fahrrinne der Pfeffersäcke sein. Dort gab es Sandbänke, hinter denen sie auf ihre Beute lauern wollten.

Sie waren nach einer knappen Tagesfahrt kaum angekommen, hatten sich kaum hinter den Sandbänken in Stellung gebracht, als schon der erste Hamburger Geleitzug mit sechs Koggen in ungefähr 100 Meter Entfernung an ihnen vorbeizog. Wie gewohnt hissten sie die Piratenflagge, stürzten sich auf die Hansekoggen und umringten sie. Als sie ihre Geschütze auf sie richteten, ihre Waffen hoch hielten, sich zum Entern fertig machten und ihren Schlachtruf »Gottes Freunde, aller Herren Feinde« herausbrüllten, ergaben sich die Englandfahrer kampflos. Sie waren nur leicht bewaffnet. Sie hatten kein Orlogschiff zum Schutz dabei. Sie hatten nicht mit einem Überfall gerechnet. Sie waren einfach überrumpelt worden. Kein Mensch in Hamburg wusste, dass die Likedeeler auf Helgoland Quartier bezogen hatten.

Die Hansekoggen lagen tief im Wasser, ihre Bäuche waren voll gefüllt mit Hamburger Bier, Gewürzen, Mehlsäcken, Tierfellen, Schmuck, Gold- und Silberwaren, Rotweinfässern, Hanfsäcken. Alles war bestimmt für den Stahlhof der Hanse in London. Alles war jetzt Beute der Likedeeler. Jetzt haben wir genügend Geschenke für die Ostfriesen, dachte Gödeke Michels, und auch die Helgoländer Fischer würden ihren Anteil bekommen. Die Stimmung unter den Likedeelern und den Fischern war prächtig. So schnell hatten sie noch nie so viel geraubt. Auf Störtebekers Deck dachte Einohr: So macht das Rauben Spaß, ohne Schlagen und Stechen, ohne Blutvergießen und Tote.

Viele Likedeeler ruderten zu den Hansekoggen rüber, gingen unter Deck, begutachteten die erbeutete Ware und unterhielten sich mit den Hanseseeleuten. Einer sagte. »Ihr seid also die berühmten Englandfahrer aus Hamburg?« Und ein Hanseseemann antwortete furchtlos: »Und ihr seid die berüchtigten Likedeeler.« Der Likedeeler lachte. »Nein, nein«, sagte er, »die Likedeeler sind doch in der Ostsee. Wir sind ostfriesische Fischer, die sich etwas hinzuverdienen wollen.« Jetzt lachte auch der Englandfahrer und antwortete: »Ja, ja, so hört ihr euch auch an. Mir kannst du doch nichts vormachen. Seit wann segeln ostfriesische Fischer mit so schnellen Holks?«

Dann fragte der Likedeeler den Hanseseemann, wo er herkäme und wo er geboren wäre. Und der Seemann erklärte ihm, dass er aus Hamburg käme und auch in Hamburg geboren wäre. Der Likedeeler schaute ihn baff an, schlug sich mit der flachen linken Hand vor die Stirn und sagte: »Menschenskind, das ist ja nicht zu fassen, in Hamburg bin ich auch geboren und habe dort bis zum siebzehnten Lebensjahr als Lagerarbeiter für die Pfeffersäcke geschuftet. Danach habe ich in den Sack gehauen. Meine Leute haben unten am Deichtor gewohnt, in der Nähe vom Grasbrook. Kennst du das?« – »Natürlich kenne ich das«, antwortete der Hanseseemann lächelnd. »Da leben meine Leute heute noch, direkt bei den Lagerhallen der Pfeffersäcke. Kannst mal sehen, wie klein die Welt ist.« Da mussten beide lachen, sie schüttelten sich die Hände und schlugen sich auf die Schultern. Und der Likedeeler sagte: »Grüß mir mein Hamburg. Vielleicht segeln wir bald mal in euren Hafen rein.« – »Dann bis bald«, antwortete der Seemann.

Hannes Wichmann hatte sich ebenfalls zu einer Hansekogge rudern lassen. Er hatte das Gespräch der beiden Hamburger auf Deck mit angehört. Und Gefühle von Heimweh waren in ihm hochgekommen. Vom Deichtor und den Lagerhallen aus, dachte er, waren sie damals immer nach England gesegelt. Auf dem Grasbrook hatten die Englandfahrer mit ihren Familien häufig Feste gefeiert. Und er fragte sich, ob die Hansekapitäne ihre Seeleute noch immer so schikanierten, ob die Hamburger Pfeffersäcke noch immer solche Hungerlöhne zahlten.

Er ging auf einen Englandfahrer zu, betrachtete ihn eine Weile lang. Der ist nicht älter als ich damals, dachte Wichmann. Und er fragte: »Wie geht's denn so, behandeln euch die Pfeffersäcke und ihre Kapitäne noch immer so schlecht wie früher?« Der Seemann machte mit seiner linken Hand eine abschätzige Bewegung und antwortete: »Da hat sich nichts geändert. Sie gehen mit uns immer noch so um, als wären wir Tiere. Die Pfeffersäcke machen noch immer riesige Gewinne. Und wir, die ihnen die Gewinne einbringen, müssen auf ihren Schiffen verfaultes, mit Würmern durchsetztes Fleisch essen. Dagegen hatte ich protestiert.« Und er drehte sich um, hob sein Hemd hoch, und Wichmann sah die blutunterlaufenen Striemen auf seinem Rücken. Diese Schweine lassen noch immer auspeitschen, dachte er. »Lasst ihr euch das gefallen?«, fragte Hannes Wichmann kopfschüttelnd.

»Was sollen wir tun«, entgegnete der Hanseseemann. »Sollen wir meutern? Wir sind doch auf Gedeih und Verderb den Pfeffersäcken ausgeliefert. Wir haben Schulden bei ihnen. Wir müssen alles in ihren Lagern kaufen, unsere Klamotten, unsere Nahrungsmittel, alles. Und unsere Familien leben in Mietshäusern, die ihnen gehören. Sie ziehen uns alles vom Lohn ab, der nie ausreicht. Und so verschulden wir uns mehr und mehr. Wir sind in ihrer Hand, wir sind ihre Schuldsklaven.« Und er zuckte mit den Schultern. »Ich weiß, ich weiß«, sagte Hannes Wichmann, »es ist ein Teufelskreis.« Und für sich: Aber ein Teufelskreis, der durchbrochen werden muss, und koste es das Leben. Denn das hier ist kein Leben, das wusste er von früher, das ist nur ein Vegetieren. Da würden sie Leibeigene bleiben, Leibeigene der Pfeffersäcke.

Dann erzählte Wichmann dem Englandfahrer, dass er früher auch Englandfahrer gewesen sei, dass er damals ins Meer gesprungen wäre, um frei zu sein, und dass er jetzt Hauptmann bei den Likedeelern wäre. Da legte der Seemann untertänig seine Hände an die Hosennaht und wollte salutieren. Wichmann fuhr dazwischen: »Nix da, mein Lieber, so etwas gibt's bei uns nicht. Die Likedeeler haben mich frei gewählt, und sie können mich wieder abwählen. Ich muss mich zusammenreißen, verstehst du?« Aber der Englandfahrer verstand nicht, und deshalb erklärte ihm Wichmann einiges über ihre Lebensweise, ihre Ideen und ihren Schwur in der Stockholmer Domkirche. Obwohl das lange dauerte. Und als er fertig war, sagte der Hamburger Seemann: »Das werde ich alles weitererzählen, wenn ich bei unseren Leuten in Hamburg zurück bin. Darauf kannst du dich verlassen.«

»Tu das«, antwortete Wichmann, »und nun zeig mir deinen Kapitän, der dich auspeitschen ließ.« Der Seemann zeigte auf einen Mann in blauer Uniformjacke, der auf dem Oberdeck stand. Sie gingen zu ihm. Als sie vor ihm standen, sagte Hannes Wichmann: »Bist du der Kapitän, der diesen Seemann auspeitschen ließ?« Der hoch gewachsene Hansekapitän blickte auf Wichmann herab und antwortete spöttisch: »Der bin ich. Das ist nun mal so üblich in der christlichen Seefahrt.«

Wichmann konnte nur schwer an sich halten. Bilder aus seiner Zeit als Englandfahrer stiegen in ihm empor. Er ballte die rechte Faust in seiner Hosentasche. »Du verfluchter Menschenschinder«, schrie er, »wir werden dir etwas Likedeeler-Gerechtigkeit zukommen lassen. Nehmt ihn fest.« Mehrere Hanseseeleute stürzten sich auf ihren Kapitän, überwältigten ihn und fesselten seine Hände auf dem Rücken. Wichmann ließ unter den Englandfahrern abstimmen, welche Behandlung ihr Kapitän erhalten sollte. Und die Seeleute stimmten mit wenigen Ausnahmen für zwanzig Peitschenhiebe auf den Rücken. Das war die Behandlung, die viele von ihnen selbst hatten erdulden müssen.

Sie konnten das erste Mal in ihrem Leben frei entscheiden, und das noch über einen Vorgesetzten, der wegen seiner Macht und Grausamkeit vorher als unantastbar gegolten hatte. Sie waren verblüfft darüber, wie schnell sie ihrem Kapitän die Klamotten vom Leibe rissen und ihn an den Hauptmast banden. Denn sie fühlten plötzlich, dass der keine Macht mehr über sie hatte. Sie wählten zwanzig Kameraden aus, die ihm mit der zwölfschwänzigen Peitsche eins über den Rücken ziehen sollten.

Als die zwanzig das Urteil ausführten, war in ihren Gesichtern kein Hass zu sehen, nur befreiende Genugtuung. Als sie mit den zwanzig Peitschenhieben durch waren, banden sie ihren Schinder vom Mast los, trugen ihn in die Kajüte und warfen ihn dort bäuchlings auf seine Koje. »Das war ein Gottesurteil«, sagte einer von ihnen. »Wir mussten es vollziehen.« Hannes Wichmann war zufrieden. Sie haben recht getan, dachte er, jetzt versteht der Kerl diese Demütigung, die er zuvor seinen Leuten angetan hatte. Später, Likedeeler und Englandfahrer hatten sich auf den Hansekoggen noch lange über ihr bisheriges Leben und über ihre Zukunft unterhalten, setzten die Likedeeler die Hanseseeleute mit genügend Proviant auf der Insel Wangerooge ab. Sie wussten, von dort konnten sie mit einheimischen Kuttern aufs Festland segeln. Das hatten die Helgoländer Fischer gesagt. Einige der jungen, unverheirateten Englandfahrer hatten sich entschieden, bei ihnen zu bleiben.

Danach versteckten sie sich wieder hinter den Sandbänken. Denn die Helgoländer Fischer hatten ihnen versichert, dass auch die Bremer Pfeffersäcke hier noch vorbeikommen würden. Und so kam es auch. Keinen Tag später segelten vier tief liegende Bremer Hansekoggen ohne Begleitschutz an ihnen vorbei. Sie überfielen sie auf die gleiche Weise. Wieder leisteten die Hansen keinen Widerstand, wieder waren sie überrumpelt worden. Das sei nun genug Beute, meinten die Helgoländer Fischer, und sie müssten auch wieder nach Hause zu ihren Frauen und Kindern, sagten sie. Und so wurden die Bremer Englandfahrer auf Wangerooge abgesetzt. Ein paar jüngere blieben wieder bei ihnen.

Mit zehn voll geladenen Hansekoggen im Schlepptau segelten die Likedeeler nach Helgoland zurück. Nach eineinhalb

Tagen Fahrt, sie mussten vor dem Wind kreuzen, schlichen sie sich eines Vormittags in ihre Bucht hinein. So viel Beutegut, so viele Schiffe hatten die Helgoländer noch nie gesehen. Sie standen am Strand und gafften. Sie waren sprachlos. Es dauerte einen ganzen Tag, bis sie die Beute abgeladen und in Zelten verstaut hatten. Die Helgoländer bekamen ihren Anteil. Er fiel großzügig aus. In ihren armseligen Hütten hörte man Gelächter und Gesänge. Sie feierten. Und ihre Frauen trugen feine Kleider und Schmuck, die sie vorher noch nie gesehen hatten. Die Männer tranken Hamburger Starkbier und rauchten genüsslich Knaster aus langen Tonpfeifen. So gut, dachten viele Helgoländer, war es ihnen noch nie gegangen. Man musste sich mit den Likedeelern gut stellen, das war klar.

Ende Oktober verließen die Likedeeler Helgoland. Drei der erbeuteten Hansekoggen und zwei Schniggen blieben zurück. Die Helgoländer Fischer hatten ihnen geholfen, ihre Holks und Koggen zu reparieren. Und die Likedeeler hatten noch nie so viel frisch gefangenen Fisch gegessen wie auf Helgoland. Sie hatten jeden Tag nach ihrer Rückkehr am Strand Stockball gespielt. Das war wirklich ihr Spiel geworden. Sie hatten mehrere Mannschaften aufgestellt, die auch auf dem Festland gegeneinander spielen wollten. Vielleicht konnte man sogar gegen die Ostfriesen spielen, dachten sie. Darauf freuten sie sich schon. Sie hatten den Helgoländern versprochen, im Frühjahr nächsten Jahres wiederzukommen. Und darüber freuten sich die Helgoländer, besonders die Kinder.

BEI DEN OSTFRIESEN

Auf ihrer Fahrt zum ostfriesischen Festland segelten die Likedeeler vor dem Wind. Sie hielten sich wieder an Gödeke Michels' Markierungen auf den Seekarten. Später wehte ein starker Herbststurm von achtern, blähte die Segel auf, und sie kamen schneller voran, als sie gedacht hatten. Die Likedeelerflotte folgte im Gänsemarsch Gödekes Holk. Oberhalb der ostfriesischen Inseln fuhren sie eine Zeit lang in der Fahrrinne der Hansen und segelten nach einer Tagesreise nachts an Borkum vorbei in die Emsmündung hinein. Zur Friesenstadt Emden wollten sie, weil dort Gödekes Freund Hisko, wenn er noch lebte, Häuptling war. Von den erbeuteten Hansekoggen wollten sie fünf den Ostfriesen zum Geschenk machen, weil die, so hatte Gödeke gesagt, fünf Häuptlinge hatten.

Emden liege an der östlichen Küste der Emsmündung, etwas weiter im Land, hatte Gödeke erklärt. Und als nach dem Morgennebel die Ausgucke in den Krähennestern schrien: »Hafen in Sicht, hart Backbord«, da wussten die Likedeeler, sie hofften es jedenfalls, dass sie ihr Winterquartier erreicht hatten. Bisher hatte Gödeke mit allem, was er gesagt hatte, Recht behalten, dachten sie.

Am Kai des kleinen Hafens dümpelten zwei einmastige Koggen, einige Schniggen, Fischkutter, Prahme, Schuten und Ruderboote. Nur ein paar Fischer waren zu sehen. Sie saßen auf der Kaimauer und flickten ihre Netze. Sie taten so, als hätten sie die Neuankömmlinge nicht gesehen. Im Hintergrund standen Holzhäuser, die mit Grassoden bedeckt waren. Die Spitzdächer reichten fast bis zum Erdboden herunter. Auch eine Kirche gab es. Sie war auch aus Holz gebaut.

Die Likedeelerflotte ging in der Hafenbucht vor Anker, in gehörigem Abstand von den einheimischen Schiffen. Nach einer Weile ließen sich die Hauptleute und Magister Wigbold mit einem Ruderboot an Land setzen. Gödeke ging mit einem Beutel Knaster zu den auf der Kaimauer sitzenden Fischern, gab dem Ältesten den Beutel und sagte: »Grüße von den Likedeelern.« Der alte Fischer grinste und antwortete: »Wir wussten, dass ihr kommt, das haben uns unsere Kundschafter schon lange mitgeteilt.« – »Konnt ich mir denken«, sagte Gödeke, »ich kenne doch meine Ostfriesen.«

Als der Alte anfing, den Knaster an seine Kameraden zu verteilen, fragte Gödeke: »Lebt Hisko noch?« Der Alte blickte zu Gödeke auf und antwortete spöttisch: »Du meinst Hisko von Emden«, und dabei betonte er das von besonders stark. Dann zeigte er in westliche Richtung und sagte: »Da oben hinter der Stadt lebt er in seiner Burg.« Gödeke tat beeindruckt und fragte, ob Hisko denn nun adelig geworden wär. Der Fischer lachte laut und antwortete: »Der doch nicht, der alte Friesenfurz, der hat sich den Titel selbst gegeben.«

Da muss Hisko sich sehr verändert haben, dachte Gödeke noch, als ein Trupp Reiter auf sie zukam. »Da kommen die Burgherren gerade«, sagte der alte Fischer. Die Reiter sprangen von ihren Pferden. Sie waren in gegerbte Felle gekleidet, Schwerter hingen in pelzigen Futteralen an ihrer linken Seite herab, und sie trugen langes blondes Haar, das ihnen bis zu den Schultern reichte. Nur einer hatte schon graues Haar. Und der ging schnurstracks auf Gödeke Michels zu. »Wenn das nicht der alte Michels ist?«, rief er, und sein listiges Gesicht strahlte. »Hisko, du alter Pirat«, rief Gödeke. Die beiden Männer packten sich an den Schultern. Dann betrachteten sie sich eine Weile. Und Hisko strich über Gödekes Vorderseite: »Hast dich gut gehalten, mein Alter«, sagte er, »hast keinen Bauch angesetzt, noch kein graues Haar. Hast ein gutes Leben gehabt.«

Gödeke lachte. Das war der Empfang, den er erwartet hatte. Nun würde alles gut werden, das spürte er. Hier würden sie eine Heimstatt über die Wintertage kriegen. Er hatte den Likedeelern also nichts vorgemacht. »Was bringt die Likedeeler zu uns nach Emden?«, fragte Hisko forschend. »Ich dachte, ihr treibt euer Unwesen in der Ostsee?« Für einen Moment schluckte Gödeke. »Haben wir auch, Hisko«, sagte er dann mit fester Stimme, »aber da ist nichts mehr zu holen. Die Hanse hat ihren Handel in der Ostsee eingestellt. Deshalb kapern wir nun in der Westsee.«

Hisko von Emden tat entrüstet. Er schüttelte seinen Kopf. »Was«, entgegnete er, »ihr nehmt uns die Kunden weg? Fällt was für uns ab?« Da tat Gödeke den Entrüsteten: »Du alter Gauner«, rief er, »du weißt doch, dass ich euch früher immer was mitgebracht habe. Da drüben die Hansekoggen, sie gehören euch. Aber lass uns zum Punkt kommen, alter Freund. Wir brauchen Winterquartiere. Könnt ihr uns helfen?« Hisko wiegte seinen Kopf hin und her. Dacht ich's mir doch, sinnierte er. »Wollt ihr euch hier festsetzen?« fragte er. Gödeke versuchte zu beschwichtigen: »Nein, nur Winterquartiere von Ende November bis Anfang März. Danach können wir vielleicht zusammenarbeiten, wir tauschen und teilen miteinander, halten Markt bei euch. Was meinst du?«

Hisko war klug genug, um zu begreifen, dass ein solcher Handel mit den Likedeelern für die Ostfriesen von großem Vorteil sein könnte. Und er entgegnete Gödeke, dass er die Häuptlinge zu einem Ratschlag in seiner Burg zusammenrufen würde, da sie nur gemeinsam entscheiden dürften. Das sei bei ihnen so der Brauch. Und sie würden sich beeilen, denn der Winter stünde ja vor der Tür. Hisko ging auf die anderen Hauptleute und Wigbold zu und gab ihnen die Hand. Er blieb etwas länger vor Störtebeker stehen, betrachtete ihn etwas länger. »Du bist Störtebeker, hab ich Recht?«, fragte er. Als Störtebeker nickte, sagte er lächelnd, »von dir haben wir schon einiges gehört«. Dann ging Hisko zu den Reitern zurück, sie stiegen auf ihre Pferde. Bevor er mit seinen Leuten wegritt, wandte er sich noch einmal an die Likedeeler: »Ich schicke sofort Boten zu den Häuptlingen. Bis zum Ratschlag könnt ihr bei mir in Emden bleiben. Ich sage unseren Leuten Bescheid.«

Einige Tage später wurden die Hauptleute und Magister Wigbold auf Hiskos Burg eingeladen. In der Zwischenzeit hatten die Likedeeler in Fischerhütten der Ostfriesen, in Zelten außerhalb der Stadt und auf ihren Schiffen übernachtet. Sie hatten Markt vor der Emdener Bonifatiuskirche gehalten und von den Ostfriesen Fleisch, Fisch, Brot und Gemüse eingetauscht. Dabei mussten sie feststellen, dass die Ostfriesen gewiefte Händler waren und sie übers Ohr hauten. Nur wenige Ostfriesen besaßen lübisches Geld. Sie bestimmten einfach, wie viel Hamburgisches Bier, wie viel Knaster, wie viel Gewürze oder Schmuck ihre Fleisch-, Fisch- und Gemüsewaren wert waren. Sie zockten die Likedeeler regelrecht ab.

Hiskos burgartiges dreistöckiges Steinhaus – einer Festung gleich – war am westlichen Ende der Stadt Emden gelegen und mit Steinwällen und hohen Mauern umgeben. Ein tiefer Graben lief um das Haus herum. Über eine Fallbrücke wurden die Likedeeler ins Innere hereingelassen und dann durch eine eisenbeschwerte Tür ins Erdgeschoss geleitet. Die ostfriesischen Häuptlinge waren schon anwesend. Sie saßen in einem hohen Saal an einem lang gezogenen Tisch auf einer Seite. Auf dem Tisch brannten Kerzen in langschaftigen Haltern. Die Likedeeler setzten sich an die gegenüberliegende Seite des Tisches. Hölzerne Teller und Körbe mit Graubrot standen auf dem Tisch, und vor jedem ein leerer Steinkrug und ein leeres Schnapsglas. Keiner sagte ein Wort. Dann brachten drei Friesinnen geröstete Enten, gebratenes Wildschweinfleisch und kupferne Kannen mit Bier und Kornschnaps herein. Da hellten sich die Gesichter der ostfriesischen Häuptlinge auf. Sie langten kräftig zu, füllten sich Teller und Steinkrüge und Schnapsgläser randvoll. Als die Likedeeler es ihnen gleichtaten, prosteten sie ihnen zu, lachten, kippten den Schnaps hinunter, und alle aßen aus der Hand.

Nach dem ersten Gang stand Hisko auf und stellte den Häuptlingen die fünf Likedeeler vor. Sie sahen Gödeke wohlwollend an, von ihm hatte man sich an ihrer Küste schon einiges erzählt. Für sie war er der berühmteste Pirat, derjenige, der die Pfeffersäcke am meisten geschädigt hatte, derjenige, der schon vor langer Zeit mit Hisko Schiffe ausgeraubt hatte. Bei Störtebeker verweilten sie mit bewundernden Blicken, einen solchen Riesen hatten sie noch nie gesehen, der war noch größer als Keno tom Brok, dachten sie. Und der sollte der Friedfertige sein, der sogar gefangene und verwundete Söldner pflegen ließ und wieder in die Freiheit entließ? Das konnten sie nicht ganz nachvollziehen. Da gingen sie selbst ganz anders mit diesem Söldnerpack um.

Als Hisko Hannes Wichmann vorstellte, grinsten die Häuptlinge über dessen Kleidung, über den mit Flecken besudelten braunen Morgenmantel, den er auch beim Essen anbehalten hatte, und über den langen arabischen Krummdolch, der völlig verrutscht vor seinem fülligen Bauch runterhing. Aber sie wussten von Hisko, dass Wichmann ein erfahrener Seemann war und früher bei den Hamburger Pfeffersäcken als Englandfahrer angeheuert hatte. Hisko hatte ihnen erzählt, dass Wichmann von seinen Leuten geliebt und geachtet wurde.

Sie schauten freundlich auf den adrett gekleideten blonden Nikolaus Scheld. Sie sahen, dass Scheld der jüngste unter den Hauptleuten war, sie wussten, dass die Likedeeler ihre Hauptleute selbst wählten, so wie sie es früher auch getan hatten. Und sie waren erstaunt, dass die Likedeeler einen so jungen Mann wie Scheld zum Hauptmann gewählt hatten. Bei Magister Wigbolds Vorstellung blickten sie auf die Tischplatte. Der

Mann kam ihnen unheimlich vor in seiner schwarzen Kleidung und mit seinem asketischen Gesicht. Mit dem konnten sie nichts anfangen. Der passte irgendwie nicht zu den Likedeelern, dachten sie. Aber er sollte ja deren großer Berater sein, hatten sie von Hisko gehört.

Dann stellte Hisko den Likedeelern die ostfriesischen Häuptlinge vor. Sie waren in Tierfelle gekleidet, trugen offenes, bis zu den Schultern reichendes Haar. Ihr Alter war schwer einzuschätzen. »Der hier«, begann Hisko und zeigte auf den Ersten in der Reihe, »ist Edo Wiemken, der Herr von Jever und Bant. Er stammt von einer der ältesten friesischen Familien ab und glaubt manchmal, der Einzige zu sein. Seine Leute rauben vor den ostfriesischen Inseln, sie waren schon immer Piraten.« Alle lachten laut, auch die Likedeeler.

Hisko zeigte auf den Zweiten in der Reihe und sagte: »Der hier heißt Enno Cirksena. Er herrscht über Norden. Ob ihr's glaubt oder nicht, er hat in Oldenburg die Klosterschule St. Annen besucht und ist der Einzige von uns, der lesen und schreiben kann. Deshalb glaubt er manchmal, kein Ostfriese zu sein.« Wieder lachten alle, und besonders Hisko musste über seine eigenen Worte lachen.

»Und der hier«, sagte Hisko und zeigte auf den Dritten, »ist Keno tom Brok von Marienhafe aus dem Brokmerland. Er hat die schönste Tochter im ganzen Land. Sie ist noch zu haben. Aber keiner wagt es, um ihre Hand anzuhalten. Sie haben alle Angst vor diesem alten Haudegen.«

Der Letzte, auf den Hisko zeigte, schob sich gerade ein riesiges Stück Wildschweinfleisch in den Mund. »Der Fresser dort«, sagte Hisko, »heißt Hanno Cirksena. Er ist der Häuptling von Greetsiel. Und obwohl er so gut aussieht, ist er Ennos Bruder.« Hanno Cirksena rülpste lauthals, hielt sein Glas hoch, prostete allen zu und kippte den Schnaps runter. »Mich kennt ihr ja schon«, fuhr Hisko fort, »ich bin Hisko von Emden. Sie glauben alle, ich wäre geizig. Aber das ist ein Gerücht. Ich heiße euch alle in meinem Hause willkommen. Und jetzt lasst uns weiter essen und trinken.«

Das taten sie dann auch. Munter wurde durcheinander geredet, gelacht, gerülpst. Immer wieder wurden neue Fleischplatten hereingebracht und in den Pausen mit Bier und Schnaps angestoßen. Hannes Wichmann forderte Klaus Störtebeker auf, sein Kunststück zu wiederholen, und Störtebeker leerte seinen vollen Krug Bier mit einem Schluck aus, ohne einen Tropfen zu verschütten. Die Häuptlinge schlugen sich vor Begeisterung auf die Schenkel. Sie versuchten es Störtebeker gleichzutun. Es gelang keinem. Sie schütteten das Bier über ihre Kleidung und lachten sich darüber kaputt. Und Wichmann rief dazwischen: »Schaut euch die Friesen an, sie nehmen ein Bad.«

Dann stand Gödeke Michels vom Tisch auf. Er war angetrunken, er war fröhlich, er brachte einen Trinkspruch auf die Häuptlinge aus und sagte dann: »Wir haben euch fünf Hansekoggen und Schmuck für eure Frauen als Geschenk mitgebracht. Wir haben dazu die Genehmigung der Hamburger und Bremer Pfeffersäcke eingeholt.« An dieser Stelle kam Gödeke nicht weiter. Ein großes Gelächter brach los. Sie stießen mit ihren Schnapsgläsern an. Und Nikolaus Scheld rief: »Ich trinke auf die Hamburger und Bremer Pfeffersäcke, auf dass sie uns noch lange mit Hab und Gut versorgen.« – »Auf die Pfeffersäcke«, grölten alle.

Hannes Wichmann schmauchte genüsslich seinen Knaster. Er schaute in die Runde. Ihm gefiel die Stimmung. Er mochte diese Friesen. Er kannte sie ja von früher, als er Englandfahrer gewesen war. Er wusste, sie waren listig und unberechenbar. Wenn man denen etwas zu trinken gibt, dachte er, können sie sogar verdammt lustig sein. Wir müssen sie nur rumkriegen, dass sie uns Winterquartiere geben, dachte er noch. Da stand Störtebeker vom Tisch auf. Er trug den Wildlederanzug, den ihm damals in Stockholm ein Fallensteller geschenkt hatte. Darin sieht er fast wie ein Friese aus, kam es Wichmann vor. Klaus Störtebeker als Friesenhäuptling, sinnierte Wichmann. Er musste lachen bei dieser Vorstellung. »Wir danken euch für die Bewirtung, für eure Großzügigkeit«, wandte sich Störtebeker an die Häuptlinge, »nun naht der Winter. Wir möchten eure Gastfreundschaft in Anspruch nehmen und bitten euch, uns über die Wintermonate Quartier zu geben. Wir werden für alles mit lübischen Mark bezahlen.«

Störtebeker setzte sich wieder. Er war ganz ruhig geblieben. Wichmann fand, dass er die Worte gut gewählt hatte. Die Ostfriesen mussten jetzt darauf antworten, da würden sie nicht drum herum kommen. Und die Häuptlinge verzogen sich in eine Ecke des Saales, steckten ihre Köpfe zusammen, flüsterten miteinander, nickten einander zu, gestikulierten.

Nach einer Weile lachten sie, kamen zum Tisch zurück, und Keno tom Brok hob sein Schnapsglas und sagte: »Ich trinke auf die Freundschaft zwischen Likedeelern und Ostfriesen.« Er kippte seinen Korn runter und fuhr fort: »Ihr seid bei uns willkommen. Eure Winterquartiere sollt ihr haben. Gödekes Leute bleiben bei Hisko in Emden. Scheld überwintert mit seinen Männern bei Enno Cirksena in Norden. Wichmanns Truppe geht zu Edo Wiemken nach Bant. Wigbold geht zu Hanno Cirksena nach Greetsiel. Und Klaus Störtebeker kommt mit seiner Mannschaft zu mir nach Marienhafe. So haben wir es beschlossen.«

Da standen alle auf, hoben ihre Schnapsgläser, und Nikolaus Scheld rief enthusiastisch: »Auf ewige Freundschaft.« Hannes Wichmann und Klaus Störtebeker fühlten sich nicht ganz wohl dabei. Zwar hatten sie jetzt ihre Winterquartiere und durften in den Städten und Dörfern der Ostfriesen wohnen. Aber die Häuptlinge hatten sie auseinander gelegt. Da verloren sich viele von ihnen aus den Augen. Da war man zu weit voneinander getrennt. Da konnten sie kaum gemeinsam planen und entscheiden. Aber dann ging das Sauf- und Fressgelage weiter, und es wurden alte Seeräubergeschichten zum Besten gegeben. Und Ostfriesen und Likedeeler fühlten sich in ihrem Suff wie Brüder.

Als sie sich spät in der Nacht von den ostfriesischen Häuptlingen verabschiedeten, über die Fallbrücke geführt wurden und zurück zum Emdener Hafen torkelten, sagte Hannes Wichmann: »Das haben sie getan, weil sie sich vor uns fürchten. Wir müssen ihnen beweisen, dass man mit uns in Frieden leben kann. Wir müssen irgendetwas mit ihnen gemeinsam machen.« Magister Wigbold warnte: »Diese schlauen Hunde haben uns übers Ohr gehauen. Sie haben uns auseinander gebracht. So haben sie uns im Griff. Wir müssen aufpassen.« Gödeke schlug vor, sich alle zwei Wochen in Keno tom Broks Marienhafe zu treffen. Keno tom Brok war ihnen noch am sympathischsten. Und sie nahmen Gödekes Vorschlag an.

Drei Tage später bezogen Klaus Störtebeker und seine Mannschaft in Marienhafe Quartier. Störtebeker wohnte bei Keno tom Brok im Hause. Die Likedeeler hatten ihren Wirtsfamilien Geschenke mitgebracht. Die Ostfriesen, so fanden sie heraus, waren einfache, anspruchslose Landleute und Fischer. Man sprach so ziemlich die gleiche Sprache. Und auch von der Seeräuberei verstanden diese Leute einiges. Besonders bei nächtlichen Havarien der Englandfahrer vor den Sandbänken der ostfriesischen Inseln, so erklärten sie den Likedeelern, griffen sie mit ihren Kuttern und Schniggen zu und raubten die Hansen aus. Deshalb hatten sie schon Beschwerdebriefe der Hamburger und Bremer Pfeffersäcke erhalten. Aber das kümmerte sie nicht.

Für die Likedeeler in Marienhafe gab es ein Problem. Marienhafe lag nicht an der See. Die Stadt war von See aus nur durch einen Kanal zu erreichen. Und dieser Kanal war für Holks und Koggen nicht schiffbar. Er war weder breit noch tief genug. Die Likedeelerschiffe würden in den Wintermonaten draußen auf See vor der Küste vor Anker gehen müssen. Da konnte man sie leicht angreifen. Das war zu gefährlich. Deshalb wollte Störtebeker mit Keno tom Brok über den Ausbau des Kanals reden.

Auch Keno tom Broks Haus war burgartig gebaut, mit hohen Mauern, Wallanlagen und einem tiefen Wassergraben umgeben. Nur über eine Fallbrücke kam man ins Innere dieser Festung hinein. Das Haus lag am westlichen Ende der Stadt. Hier lebte der Häuptling von Marienhafe mit seiner Tochter Helga und einigen Bediensteten. Hier hatte auch Störtebeker ein Zimmer bekommen.

An einem Abend Ende Februar 1398 saßen sich Klaus Störtebeker und Keno tom Brok auf zwei mit Tierfellen bedeckten Sesseln am Kamin des Wohnzimmers gegenüber. Auf einem kleinen Tisch zwischen ihnen standen zwei Becher mit dampfendem Punsch. Kerzenlicht tauchte den spärlich mit Möbeln ausgestatteten Raum in ein gemütliches Halbdunkel. Keno tom Brok stocherte mit einem Eisenhaken im offenen Kamin herum, und die Holzscheite fingen an zu knacken. Im Feuerschein betrachtete Störtebeker Kenos Gesicht. Es sah offen und ehrlich aus, es hatte buschige Augenbrauen. Keno war hoch gewachsen, er hatte blaue Augen und langes, bereits ergrautes Haar. Wie immer trug er eine wildlederne Jacke. Störtebeker schätzte ihn auf 50 Jahre. Keno hatte Störtebeker zum Punsch eingeladen. Und Störtebeker war gern gekommen. Das ist die Gelegenheit, mit ihm über den Ausbau des Kanals zu sprechen, hatte er gedacht.

Zuerst hatten sie über den milden Winter gesprochen und über die Probleme, die zwischen Likedeelern und Ostfriesen aufgetaucht waren. Einige Likedeeler hatten Ostfriesen die Mädchen ausgespannt, und die Ostfriesen hatten sich bei ihren Häuptlingen beschwert. Außerdem lungerten die Likedeeler oft nur herum, ereiferten sich ein paar der Ostfriesen. Nachdem sie über dieses schwierige Thema gesprochen hatten, wagte Störtebeker es, sein Anliegen vorzutragen. »Keno«, sagte er, »unsere Holks und Koggen und eure Koggen können von der See nicht nach Marienhafe segeln. Der Kanal ist nicht breit und nicht tief genug. Draußen auf der Westsee sind die Schiffe den Winter über nicht sicher. Wenn wir euren Kanal vertiefen und verbreitern, können wir nach Marienhafe reinsegeln, hier vor Anker gehen, die Beute abladen und Markt halten. Was meinst du dazu?«

Keno tom Brok schaute in das Kaminfeuer. Störtebekers Vorschlag gefiel ihm. Da gab es nichts gegen einzuwenden. Vielleicht, so dachte er, würde es dann auch keine Probleme mehr zwischen Ostfriesen und Likedeelern geben, wenn sie dieses Werk gemeinsam anpackten, es zusammen fertig stellten. Vielleicht würde diese gemeinsame Arbeit sie einander näher bringen. Und er drehte sich zu Störtebeker und antwortete: »Weißt du, wir haben damals den Kanal für unsere Kutter, Schniggen und Prahme gebaut. Wir haben nie daran gedacht, dass schwimmende Häuser einmal bis hierher nach Marienhafe segeln würden. Jetzt haben wir selber Koggen. Also: lass uns den Kanal breiter und tiefer machen. Lass es uns zusammen machen, Likedeeler und Ostfriesen. Schlag ein!«

Die beiden Männer reichten sich die Hände über den Tisch, tranken darauf ihren Punsch aus und kamen überein, am 10. März, an Kenos Geburtstag, mit dem Ausbau des Kanals zu beginnen. Klaus Störtebeker dachte, wenn sie dieses Werk vollbrächten, würden die Ostfriesen verstehen, dass man mit den Likedeelern leben konnte, dass sie keine Faulenzer wären, dass sie auch auf dem Lande gute Arbeit verrichten konnten. Und das würde die Häuptlinge vielleicht überzeugen, ihnen im weiten Land zwischen Weser und Ems eine Heimstatt zu gewähren. Dieser Gedanke machte ihm Mut für die Zukunft.

Vielleicht würden sie ja hier, nach der Flucht aus der Ostsee, nach dem Verlust Visbys, ein Zuhause finden, zumindest für die Winterzeiten. Darüber muss ich unbedingt mit Einohr reden, dachte er noch.

Störtebeker war in diesen Gedanken versunken, als die Tür des Wohnzimmers geöffnet wurde. Kenos Tochter Helga trat in das Wohnzimmer. Sie stand im Halbdunkel an der Tür. Sie hielt ein Tablett mit zwei neuen Punschbechern in ihren Händen. Dann trat sie aus dem Halbdunkel heraus, kam an den Tisch und stellte die Becher ab. Störtebeker stand auf, ohne dass ihn jemand dazu aufgefordert hatte. Eine so schöne Frau hatte er bisher noch nicht gesehen. Er hatte nie gedacht, dass es so etwas geben könnte. Er konnte seine Blicke nicht von ihr abwenden. Er stand da wie gelähmt. Es herrschte Totenstille im Raum. Und er dachte, er würde träumen. Aber das stimmte nicht, denn vor ihm stand tatsächlich diese schöne junge Frau, und er sah jetzt deutlich, dass sie fast schwarzes Haar hatte und braune Augen. Sie trug ein langes sandfarbenes, bis zu den Knöcheln reichendes Wollkleid, das ihre Formen betonte. Er wollte etwas sagen, aber er konnte nicht. Und da drehte sie sich um und ging, ohne ein Wort zu sprechen, zur Tür zurück.

»Halt, hiergeblieben!«, rief Keno lachend. »Das ist meine Tochter Helga. Sie ist sehr schüchtern und sehr klug. Sie ist gerade von der Klosterschule aus Oldenburg zurückgekehrt. Sie muss sich erst wieder an uns gewöhnen.« Helga drehte sich wieder um. Störtebeker machte eine leichte Verbeugung. »Und das hier ist der Likedeelerhauptmann Klaus Störtebeker«, fuhr Keno fort, »ich habe dir von ihm erzählt, mein liebes Kind.« Helga lächelte ihm zu. Jedenfalls empfand Störtebeker, dass ihm das Lächeln galt. Er fühlte sich zu dieser Frau hingezogen. Er konnte einfach nichts anderes tun, als sie anzusehen. Und auch Helga schaute ihn die ganze Zeit über an, konnte die Augen nicht von ihm lassen.

»Seit meine Frau tot ist«, wandte sich Keno an Störtebeker, »ist sie mein Ein und Alles. Ich bin froh, dass sie aus Oldenburg zurück ist. Ich hatte schon Angst, die Mönche würden eine Nonne aus ihr machen. Aber nun ist sie wieder unter den Lebenden, wie du siehst.« Störtebeker nickte. Und Keno sagte: »Wir danken dir für den Punsch, mein Kind.« Als Helga das Wohnzimmer verließ und die Tür hinter sich zumachte, stand Störtebeker noch immer aufrecht da und schaute zur Tür. Er ist abwesend, dachte Keno, hob seinen Becher und sagte: »Auf unseren Kanal.« Aber Störtebeker hörte es nicht. Und Keno verstand endlich.

HELGA

Am 10. März 1398 frühmorgens fingen sie mit den Arbeiten zum Kanalausbau an. Sie hatten beschlossen, aufeinander zuzuarbeiten. Die Likedeeler begannen an der Küste und würden sich ins Inland vorarbeiten. Die Ostfriesen begannen in Marienhafe und würden sich Richtung Küste vorarbeiten. Genau in der Mitte wollten sie sich treffen. Und da jeder der Erste dort sein wollte, arbeiteten beide Gruppen wie die Berserker. Hunderte von Ostfriesen arbeiteten an ihrem Teil, und Hunderte von Likedeelern an dem ihren. Die Ostfriesen erhielten Hilfe von ihren Verwandten aus Jever, Norden, Emden und Greetsiel. Viele Likedeeler waren zu Pferde aus Norden, Bant und Emden rübergekommen, um ihren Kameraden zu helfen. Sie übernachteten in Zelten, hatten sich vor ihren Zelten Feuerstellen gebaut und nahmen dort ihre Mahlzeiten ein. Nach getaner Arbeit rissen sie abends die Zelte ab und bauten sie am nächsten Kanalabschnitt wieder auf, um morgens gleich mit der Arbeit beginnen zu können. Sie wussten, sie mussten dieses Werk vollbringen. Nur dann würden die Ostfriesen ihnen in Zukunft eine Heimstatt gewähren. Das sollte ihr Beitrag dazu sein.

Abends, nach getaner Arbeit und nachdem sie die Zelte ein Stück weiter wieder aufgebaut hatten, saßen sie noch draußen, tranken von dem erbeuteten Hamburger Bier, unterhielten sich über ihre Zukunft und waren einfach müde. Das hier war für sie härteste Knochenarbeit. Das waren sie schon lange nicht mehr gewohnt gewesen. Aber sie fanden sich in der Arbeit wieder. Sie stellten nicht nur fest, dass sie nach einigen Anfangsschwierigkeiten diese Arbeit leisten konnten, sondern sie fühlten ganz klar, dass sie dieser Aufgabe gewachsen, ja, dass sie ihr überlegen waren. Sie wurden Fachleute im Kanalbau, so kam es ihnen vor. Und sie waren stolz auf sich. Sie wussten, dass sie an etwas Bleibendem arbeiteten. Der Kanal würde auch noch nach ihrem Tode da sein.

Den ganzen März und April über gruben und schaufelten sie, füllten Schuten mit matschiger Erde, entluden sie in der Westsee und vertieften den Kanal. Sie verbreiterten und begradigten die Ufer, fuhren mit Pferd und Wagen in die Wälder hinein, hackten Bäume um, schlugen die Zweige ab, transportierten die nackten Baumstämme zum Kanal, zersägten sie zu Brettern und Pfählen und dämmten damit die Kanalufer ab. Klaus Störtebeker ritt den Kanal an beiden Ufern auf und ab, jeden Tag ein paar Mal, sprach ihnen Mut zu, sprang vom Pferd, packte mit an und machte Vorschläge. Stundenlang arbeitete er an schwierigen Stellen genauso hart wie sie.

Da wollten sie nicht nur schnell arbeiten, wie zu Anfang noch, als sie nur darauf aus waren, die Ersten in der Mitte zu sein, da wollten sie es richtig gut machen. Es musste alles perfekt gemacht werden. Später, nach ihrem Tode, dachten sie, sollten die Menschen, die hier leben würden, einmal sagen, dieser Teil des Kanals, das ist klar ersichtlich, wurde von den

Likedeelern gebaut. Und da begriffen sie, dass sie auch auf dem Lande leben könnten, dass sie es auch da schaffen würden. Ihre Arbeit war der Beweis dafür. Und sie empfanden, dass sie ein Recht darauf hätten, hier im Land zwischen Weser und Ems eine Heimstatt zu finden, zumindest in den Wintermonaten.

Am 28. April 1398, zur Mittagszeit, hatten die Likedeeler ihr Werk vollbracht, hatten die Mitte des Kanals erreicht, errichteten ihr Zeltlager, zogen sich warme Kleidung an, hängten Punschtöpfe über die Feuerstellen. Klaus Störtebeker war bei ihnen. Einohr, der all die Wochen am Kanalbau mitgearbeitet hatte, ging auf Störtebeker zu. »Wir haben es geschafft, Hauptmann«, rief er, »wir sind vor den Friesen hier. Und wir haben saubere Arbeit getan.« Er sah glücklich aus. Sein braunes Haar war lang und strähnig geworden und hing verklebt über Stirn und Ohren. Er war lange nicht mehr beim Putzbüdel gewesen. Seine Arbeitsklamotten hingen in Fetzen an ihm herunter. Störtebeker gab ihm die Hand. Er fand, dass Einohr in diesen Wochen älter geworden war. »Wir können stolz auf uns sein«, sagte Störtebeker. Einohr erwiderte: »Jetzt haben wir uns die Heimstatt verdient.«

Nach einer Weile sahen sie, wie sich die Ostfriesen um eine Biegung des Kanals heranarbeiteten. Likedeeler liefen zu ihnen, feuerten sie an. Und vor dem Dunkelwerden hatten die Ostfriesen ihr Werk vollendet. Triefend und frierend verließen viele von ihnen den Kanal. Oben an der Uferböschung warteten Likedeeler mit heißem Punsch auf sie. Etwas später kamen Einwohner aus Marienhafe mit Pferd und Wagen angeritten, brachten trockene Klamotten für ihre Leute, brachten Schnaps und luden große kupferne Kessel, die sie in der Brennerei ausgeliehen hatten, von den Wagen ab. In den Kesseln war Erbsensuppe mit Rindfleisch. Und es war genug für alle drin. Likedeeler und Ostfriesen waren der Meinung, dass sie noch nie eine so köstliche und heiße Erbsensuppe gegessen hätten wie diese hier. Eine bessere würden sie auch später nie wieder bekommen, davon waren sie überzeugt.

Dann wurde Schnaps herumgereicht. Und es wurde ihnen warm ums Herz. Und sie sprachen miteinander über ihr großes Werk, über die Strapazen, über Beinahe-Katastrophen, über die verdammten Baumwurzeln auf dem Grund des Kanals, die sie so viel Schweiß und Muskelkraft beim Ausgraben gekostet hatten, und über das verfluchte kalte Wasser. Ein Ostfriese sagte: »Das Wasser war manchmal so kalt, dass wir unsere Leute alle Viertelstunde auswechseln mussten.« Und ein Likedeeler entgegnete: »So haben wir es auch gemacht, mein Freund, sonst wären wir erfroren.«

Sie klopften sich gegenseitig auf die Schultern und tranken einander zu. Und ein anderer Ostfriese sagte: »Ihr seid ja doch keine Faulenzer und Hurenböcke, ihr könnt ja richtig anpacken.« Und die Likedeeler freuten sich darüber. Als es auf Mitternacht zuging, fuhren die Marienhafener mit Pferd und Wagen wieder zurück. Nur wenige Ostfriesen fuhren mit ihnen. Sie wollten im Zeltlager bei den Likedeelern bleiben. »Jetzt drehen wir den Spieß mal um«, rief ein Likedeeler. »Ihr schlaft heute Nacht in unseren Zelten.«

Bevor es am anderen Morgen hell wurde, ritten Störtebeker und Einohr mit einem Teil ihrer Mannschaft an die Küste, um ihren Holk seeklar zu machen und als Erste durch den Kanal nach Marienhafe zu segeln. Die anderen Likedeeler und die Ostfriesen wurden etwas später mit Pferd und Wagen abgeholt und nach Marienhafe kutschiert.

Einohr stand mit Störtebeker am Steuerrad. Sie ließen sich vom Westseewind langsam durch den Kanal in Richtung Marienhafe treiben. Sie hatten das Hauptsegel nicht gehisst. Sie segelten das erste Mal durch so einen schmalen Kanal. Sie mussten aufpassen, nicht gegen die mit Holzplanken befestigten Ufer zu setzen. Es kam ihnen vor, als würden sie mit ihrem

Holk mitten durch Wiesen, Felder und Wälder fahren. An den Ufern standen Ostfriesen, rissen ihre Mützen vom Kopf und winkten ihnen zu, und sie winkten zurück.

Während der Fahrt musste Störtebeker ständig an Helga denken. Auch beim Ausbau des Kanals hatte er immer wieder an sie denken müssen. Das war für ihn eine ganz neue Erfahrung. Mit so einer Situation war er in seinem bisherigen Leben noch nicht konfrontiert worden. Er konnte seine Gedanken einfach nicht von ihr abwenden. »Warum bist du so schweigsam und in Gedanken versunken, Hauptmann?«, fragte Einohr plötzlich. »Du solltest dich doch freuen.« Störtebeker wagte es nicht, Einohr etwas über seine Gefühle für Helga mitzuteilen. Er hatte Angst, es würde ihn schwach erscheinen lassen, es würde ihn angreifbar machen. Und irgendwie stimmt das ja, dachte er, denn ich bin wirklich verwirrt. Er hatte versucht, etwas dagegen zu tun, die Sache als unwichtig herunterzuspielen. Aber es war zwecklos gewesen. Die Gefühle für Helga stiegen immer wieder in ihm empor. Er konnte sie nicht unterdrücken. Und er sagte zu Einohr: »Ich denke daran, dass wir bald wieder in See stechen müssen. Wir haben keine Beute mehr.« – »Ja, ja«, antwortete Einohr, »das müssen wir, obwohl die Likedeeler gerade anfangen, sich hier wohl zu fühlen.«

Als sie in den Hafen von Marienhafe einliefen und vor Anker gingen, war der Kai mit Likedeelern und Ostfriesen übersät. Sie stürzten auf Störtebeker, Einohr und die Mannschaft zu, schüttelten ihnen die Hände, wollten sie berühren. Hannes Wichmann, Gödeke Michels und Nikolaus Scheld warteten am Kai auf sie. Keno tom Brok stand dort mit Helga. Störtebeker sah, dass Helga das gleiche sandfarbene Kleid wie damals anhatte. Er ging auf die beiden zu. Er trug eine Holzschachtel unter seinem rechten Arm. Er fühlte sich unsicher. »Klaus«, sagte Keno und legte eine Hand auf Störtebekers Schulter, »ihr habt ein Wunderwerk vollbracht. Ich habe es nicht für möglich gehalten. Der Kanal wird uns alle überdauern. Er wird ein Vermächtnis sein.«

»Der Kanal ist unser gemeinsames Werk, Keno«, antwortete Störtebeker. »Hunderte haben daran gearbeitet, Ostfriesen und Likedeeler. Er ist ein Zeichen dafür, dass wir zusammen leben können.« Dann überreichte Störtebeker Helga die Holzschachtel. Er hatte sie vorher leicht geöffnet. »Das ist für dich«, sagte er. Alle Umstehenden konnten es hören. Als Helga die Holzschachtel weiter öffnete und einen schneeweißen seidenen Schal herauszog, und alle Umstehenden es sehen konnten, da wusste Störtebeker, dass er um diese Frau warb. Helga hielt den Schal vor sich. Sie schaute Störtebeker lange an. Sie legte den Schal um ihre Schultern. »Er ist wunderschön«, sagte sie, »ich danke dir.« Störtebeker sah verlegen aus. Nur in ihm sah es anders aus. In ihm war ein Gefühl von Glück, wie er es vorher noch nicht empfunden hatte. Keno ließ die beiden für eine Weile allein.

Etwas abseits sprach Keno tom Brok mit einer Gruppe von Likedeelern und Ostfriesen, auch der Pfarrer Arlo Arlena und die anderen Hauptleute waren dabei. Störtebeker und Helga standen eng beisammen. Dann hielten sie sich plötzlich an den Händen fest und ließen sich lange nicht wieder los. Alle konnten es sehen. Und einige munkelten: »Seht mal, das neue Paar.«

Etwas später kam Keno mit Arlo Arlena auf die beiden zu. Arlena war um die 40 Jahre alt, schätzte Störtebeker. Er trug eine lange, bis zum Hals geschlossene dunkelgraue Kutte, unter der der Kragen eines weißen Leinenhemdes herausschaute. Er hatte eine hohe Stirn. Er hatte ein listiges Gesicht mit vielen Lachfalten. Keno stellte Störtebeker dem Friesenpfarrer vor. Arlena schaute ihn prüfend an und gab ihm die Hand. Keno war fröhlich. »Arlos Leute waren früher auch Freibeuter«, sagte er lächelnd, »der versteht etwas von eurem Geschäft.« Arlo Arlena grinste. »Ich weiß, dass ihr gute Menschen seid«, sagte er, »ich habe schon viel von euch gehört. Stockholm ist in aller Munde. Ihr müsst wissen, eure Feinde sind auch meine Feinde. Gott segne dich, Klaus Störtebeker.« – »Ich danke Euch, Herr Pfarrer«, antwortete Störtebeker. Und er dachte: Es stimmt also doch, wir sind Gottes Freunde.

»Nicht so förmlich«, fuhr Arlena fort, »wir sind hier unter uns. Übrigens hat dein Steuermann Einohr mir erzählt, dass ihr einen Ausguck braucht, um den Kanal zu überwachen. Ich mache euch einen Vorschlag: Benutzt das Obergeschoss meines Kirchturmes als Krähennest. Dann könnt ihr weit übers Land sehen und erkennen, wer von der Westsee nach Marienhafe segelt.« Arlena fühlte, dass Störtebeker sich schon wieder bedanken wollte. Er kam ihm zuvor und sagte: »Ist schon gut, mein Lieber. Wir wollen doch, dass ihr bei uns sicher seid vor den Pfeffersäcken.« Er schaute eine Weile auf Helga und Störtebeker, und er dachte, ein so schönes Paar habe ich noch nie gesehen, wie zärtlich sie miteinander sind, und er freute sich für die beiden. »Der Herr möge euch beschützen«, sagte er dann, »ich wünsche euch alles Glück, ihr werdet es brauchen.«

Keno tom Brok nickte. Und er dachte, dass Arlo Arlena mal wieder die richtigen Worte gefunden hatte. »Hört mal her«, rief er, »am kommenden Sonntag feiern wir auf dem Marktplatz ein großes Fest zu Ehren des neuen Kanals und seiner Erbauer. Alle sind willkommen.« Die Botschaft wurde von Mund zu Mund auf dem Kai weitergegeben. Störtebeker schaute ernst zu Boden. »Freust du dich nicht, Klaus?«, fragte Keno. »Doch, doch«, antwortete Störtebeker und blickte auf Helga, »das passt gut. Denn die Woche darauf werden wir wieder in See stechen.« Helga hatte das geahnt. Es musste so kommen, dachte sie. »Dann lass es das schönste Fest werden, Vater, das Marienhafe bisher gesehen hat«, sagte sie.

Der Sonntag, an dem Ostfriesen und Likedeeler das Fest zu Ehren des Kanalausbaus auf dem Marktplatz vor der Marienkirche feierten, war der 4. Mai 1398. Es war ein warmer, sonniger Tag. Die Birken- und Eichenbäume auf dem Marktplatz standen schon in voller grüner Pracht. Die Ostfriesen waren mit ihren Kindern von überall zwischen Ems und Weser auf dem Landweg hergekommen. Die Likedeeler hatten es sich nicht nehmen lassen, mit ihren Holks und Koggen den neuen Kanal von der Küste aus bis runter nach Marienhafe zu segeln. Nun lagen sie hier im Hafen, inmitten der Stadt, vor Anker. Ihre Schiffe sahen wirklich wie schwimmende Häuser aus. Die Kinder durften auf den Decks spielen und in die Takelagen klettern. So große Schiffe hatten sie noch nie gesehen. Und die Likedeeler passten auf, dass keinem von ihnen ein Leid geschah.

Auf dem Marktplatz reihten sich Holzbänke an Holzbänke und Holztische an Holztische. Durcheinander saßen sie dort, Likedeeler und Ostfriesen, Männer und Frauen. In der Mitte des Platzes, direkt gegenüber der Marienkirche, hatten die Marienhafener einen Tanzpavillon aufgebaut. Er war mit bunten Girlanden und Birkenzweigen geschmückt. Im Pavillon spielten Musiker mit Fiedeln und Ziehharmonikas. Aber es waren leise Töne. So als wollten sie sich einspielen.

Denn das eigentliche Fest sollte erst beginnen, nachdem Arlo Arlena um zwei Uhr nachmittags die Glocken der Marienkirche geläutet hatte. Für die genaue Zeit konnte man sich auf den Pfarrer verlassen. Er hatte sich damals, als er nach Marienhafe gekommen war, eine Sanduhr gezimmert. Die stand im rechten Seitenschiff der Marienkirche. Alle Gläubigen und Nichtgläubigen richteten sich nach Arlenas Sanduhrzeit. Viermal am Tag läutete Arlena persönlich die Kirchenglocken.

Als Arlena die Glocken um zwei Uhr läutete, wurde die Musik lauter, und der Pavillon war sofort mit tanzenden Leibern überfüllt. Die Frauen trugen lange, einfarbige Woll- und Leinenkleider mit hellen, gesteiften Schürzen darüber. Sie hatten sich Frühlingsblumen ins Haar gesteckt. Die Likedeeler hatten sich landfein gemacht. Viele hatten erbeutete Klamotten an. Und einige stolzierten mit ihrer Liebsten im Arm über den Marktplatz zum Tanzpavillon, im Bewusstsein, dass alle sie sehen konnten. Auch die ostfriesischen Männer hatten sich herausgeputzt, sahen richtig geschniegelt aus. Einige hatten sogar ihr langes Haar gewaschen. Und zu Hause hatten sie sich schon mit ihrem selbst gebrannten Schnaps Mut angetrunken.

Auf der südlichen Seite des Marktplatzes, gegenüber der Marienkirche, lag ein großes, äußerst sauberes Feld mit zwei weit voneinander entfernten weiß getünchten Grundlinien. Es war das Stockballfeld der Marienhafener. Likedeeler und Ostfriesen tummelten sich auf dem Feld, warfen sich gegenseitig mit kleinen, braunen Lederbällen ab oder schmetterten die Bälle mit langen Holzschlägern übers Feld. Einige der von den Likedeelern geschlagenen Bälle waren Querschläger, fielen in die Sitzreihen und wurden von dort unter großem Gelächter wieder aufs Feld zurück geworfen. »Lernt erst mal schlagen, ihr Anfänger«, spotteten Marienhafener.

Man konnte das Feld von den Holzbänken aus gut übersehen, sie bildeten fast eine Tribüne. Keno tom Brok, Helga, Störtebeker, Gödeke, Wichmann und Arlo Arlena saßen an einem Tisch. »Sie sollten mal ein Spielchen machen«, sagte Arlena und lachte vor sich hin. »Das finde ich auch«, entgegnete Keno. »Wir können dann Wetten auf die beiden Mannschaften abschließen.« Helga musste in sich hineinlachen. Diese Halunken, dachte sie, sie wollen den Likedeelern das Fell über die Ohren ziehen. Störtebeker, Wichmann und Gödeke stimmten sofort für die Wette. Sie wussten, die Likedeeler hatten fast jeden Tag auf Helgoland Stockball gespielt, unter sich und mit den Helgoländern. Sie wussten, ihre Leute liebten dieses Spiel. Die drei Likedeeler setzten 10 lübische Mark auf ihre Mannschaft. Die drei Marienhafener setzten 5 Lübische auf ihre.

Und so begann das Stockballspiel zwischen Likedeelern und Ostfriesen. Beide hatten eine Mannschaft ausgewählt. Die Holzbänke wurden näher an das Spielfeld gerückt. Die Likedeeler bildeten die Außenmannschaft. Sie durften zuerst von der Schlaglinie aus schlagen. Die Ostfriesen mussten den Ball abfangen und die durch ihr Feld zur Endlinie laufenden Likedeeler abwerfen. Sie waren die Innenmannschaft. Einen Schiedsrichter gab es nicht. Nur an einer Außenseite des Spielfeldes lief ein Marienhafener rauf und runter und zählte die Punkte für das Abwerfen, für die Zahl der Spieler, welche die Endlinie umlaufen hatten und zur Schlaggrundlinie zurückgekommen waren, und für die Langschläge, die weit über die Endlinie des Feldes hinausgeflogen waren. Der Mann hieß der Zähler.

Die Likedeeler auf dem Felde und auf den Holzbänken mussten mit ansehen, wie sie von den Ostfriesen gedemütigt wurden. Die kannten alle Tricks des Spiels. Die mussten das Spiel schon ihr ganzes Leben lang gespielt haben, dachten die Likedeeler. Und die ostfriesischen Zuschauer auf den Sitzbänken feuerten ihre Mannschaft an. Sie standen auf und warfen die Arme in die Höhe, wenn einem der ihren ein Langschlag weit über die Endlinie hinaus gelang.

Die Likedeeler auf den Bänken schwiegen. Ihre Mannschaft kriegte kein Bein auf den Boden. Schon bei Schelds erstem Schlag hatten die Ostfriesen sie sofort abgefangen, und sie mussten ins Innenfeld. Wenn sie sich dort in der Mitte oder hinten an der Endlinie kompakt aufstellten, um den Ball mit Sicherheit zu fangen und dann die auf sie zurennenden Ostfriesen abzuwerfen, schlugen diese den Ball kurz hinter die Schlaglinie nach links oder rechts außen, wo kein Likedeeler stand, und liefen dann hinter die Endlinie. Dort blieben sie, bis der nächste Schlag, ein Langschlag eines Mannschaftskameraden, weit über die Endlinie hinausflog, so dass sie alle gemütlich »nach Hause« hinter die Schlaggrundlinie zurücktraben konnten. Und das ging so weiter, das ganze Spiel über, bis es 67 : 0 für die Ostfriesen stand, und der Zähler ein Einsehen hatte und das Spiel beendete.

Die Likedeeler nahmen es leicht. Sie hatten es nicht für möglich gehalten, dass man Stockball so raffiniert spielen könnte. Die Ostfriesen waren ja richtige Künstler mit dem Stockballschläger, dachten sie. Sie bewunderten sie. Sie ließen sich von den Ostfriesen ein paar Tricks zeigen, vor allem beim Schlagen des Balles, und sie versuchten, es nachzuahmen. Erst jetzt lernten sie, wie man den Schläger, wenn man den Ball in die Luft warf, drehen konnte, um einen Kurz-, Quer- oder Langball zu schlagen. Etwas später gingen sie gemeinsam zu den Feuerstellen hinter den Sitzreihen, an denen gebrutzelt und gebraten wurde, und labten sich an Wildschwein- und Hühnerfleisch, das sie sich an Holzspießen in den Mund schoben. Dazu tranken sie das von den Likedeelern erbeutete Hamburger Starkbier, das in hölzernen Tonnen neben den Feuerstellen stand. Sie tranken auf die Freundschaft zwischen den Likedeelern und den Ostfriesen. Und viele Likedeeler dachten: Das Leben ist ziemlich gut hier.

An dem Tisch, an dem Störtebeker und Helga mit Keno tom Brok, Gödeke, Wichmann und Arlo Arlena saßen, sammelten die drei Marienhafener ihre 10 Lübischen ein. Keno und Arlena grinsten über beide Ohren. Auch Helga konnte sich ein Lachen nicht verkneifen. »Ihr habt uns arme Seeräuber über den Tisch gezogen«, sagte Störtebeker. »Ihr Gauner kennt das Spiel doch schon seit langem«, fügte Gödeke hinzu. Und wieder musste Helga lachen. »Seit Generationen spielen bei uns Dorf gegen Dorf und Stadt gegen Stadt dieses Spiel, es ist in unserem Blut«, erwiderte Arlo Arlena. »Unsere Kinder wachsen damit auf. Stockball ist das Friesenspiel. Da sind wir unschlagbar.« Hannes Wichmann nahm seine Pfeife aus dem

Mund, klopfte den Rest Knaster an der Tischkante aus und sagte: »Nur bis zum nächsten Jahr, Herr Pfarrer. Wir werden auf Helgoland üben. Und wenn wir im Winter wiederkommen, schlagen wir euch.«

Arlena wollte sogleich eine neue Wette abschließen. »Jetzt ist Schluss«, fuhr Helga dazwischen. Sie stand vom Tisch auf. Auch Störtebeker stand auf. Sie gingen auf den Tanzpavillon zu. Sie hielten sich an den Händen. Alle konnten es sehen. Und ein Likedeeler sagte: »Da kommt unser Hauptmann Störtebeker mit seiner Liebsten.« Als sie vor dem Pavillon standen, sagte Störtebeker: »Ich kann nicht tanzen, Helga.« Helga lachte, zeigte auf die Tanzenden und sagte: »Das brauchst du auch nicht bei dem Gewimmel.« Dann drängten sie sich unter die Tanzenden. Und Klaus Störtebeker fühlte das erste Mal ihren ganzen Leib an seinem Körper. Sie bewegten sich kaum. Sie hielten sich eng umschlungen. Keiner sagte ein Wort. Nur einmal strich Störtebeker sanft über ihr schwarzes Haar, das sie straff nach hinten gekämmt hatte, und sagte leise: »Ich liebe dich.« Helga schwieg. Sie drückte ihn noch fester an sich.

Als es schummrig wurde und die Musiker eine Pause einlegten, zogen sich viele Paare in einen kleinen Wald hinter der Marienkirche zurück. Auf dem Marktplatz wurden Kerzen angezündet. Störtebeker und Helga waren nicht an ihren Tisch zurückgegangen. Sie waren auf die Marienkirche zugegangen. Sie waren in die Marienkirche hineingegangen und standen dort eng umschlungen an der Innenseite des Portals. Es war stockdunkel im Portalteil. Nur vorn am Altar brannte eine Kerze. Störtebeker streichelte Helgas Haar und ihre Wangen. Dann küssten sie sich lange. Helga strich über Störtebekers geschlossene Augen und sagte: »Liebster, du willst in drei Tagen schon wieder raus auf die See?«

Störtebeker wusste, dass diese Frage kommen würde. Und er hatte Angst davor gehabt. Aber er musste die Wahrheit sagen, dachte er. »Wir müssen«, antwortete er, »sonst können wir nicht überleben. Wir haben keine Beute mehr, und wir müssen euch bezahlen. Deshalb müssen wir wieder auf Kaperfahrt gehen. Aber wir kommen jeden Winter zurück, wenn ihr uns lasst. Und wir kommen zurück, um bei euch Markt zu halten.«

Störtebeker fühlte, dass Helga mit seiner Antwort nicht einverstanden war. Aber eine andere Antwort gab es nicht. »Ihr könntet doch bei uns leben«, fuhr Helga fort, »ich meine, das ganze Jahr über, und als Fischer, Bauern oder Handwerker arbeiten.« Für einen Moment versuchte Störtebeker sich vorzustellen, wie die Likedeeler hier bei den Ostfriesen als Handwerker oder Fischer das ganze Jahr über leben, wie sie sesshaft werden würden. Aber dann verwarf er diese Vorstellung wieder. Er wusste, es würde nicht gehen. Und er antwortete: »Das würden deine Leute nicht zulassen, Helga. Es ist doch ihr Land. Sie haben immer hier gelebt. Wir hingegen sind nur Fremde. Wir sind hier nur für den Winter geduldet. Auch die Pfeffersäcke in Hamburg und Bremen hätten etwas dagegen. Sie würden einen Kriegszug gegen die ostfriesischen Städte führen, wenn wir hier sesshaft werden. Nein, Helga, wir müssen wieder hinaus aufs Meer.«

Helga ließ nicht locker. Sie war willens, alles zu tun, um Störtebeker an Land zu halten. Ihr schwante auch, dass es noch andere Dinge gab, welche die Likedeeler davon abhielten, an Land zu leben. Und sie sagte: »Ich könnte mit meinem Vater sprechen, ob es einen Weg gibt. Ostfriesen und Likedeeler haben gemeinsam den Kanal ausgebaut. Gemeinsam sind sie so stark, dass die Pfeffersäcke es niemals wagen würden, sie anzugreifen. Das weiß ich.«

Für eine Weile herrschte Schweigen. Störtebeker musste über Helgas Worte nachdenken. Was sie gesagt hatte, stimmte, dachte er. Er wollte antworten. Aber Helga kam ihm zuvor:

»Vielleicht wollt ihr gar nicht mehr an Land leben. Vielleicht wollt ihr Seeräuber bleiben, weil es euch gefällt.« Störtebeker war überrascht. Darüber hatte er schon oft nachgedacht. Auch da stimmte etwas dran, dachte er. »Ja«, antwortete er, »viele von uns machen das schon seit über zehn Jahren. Sie wurden dazu gezwungen. Für sie gab es damals keinen anderen Ausweg. Und jetzt mögen sie dieses Leben, diese Unabhängigkeit.« Störtebeker überlegte noch einmal seine Worte. Dann sagte er: »Vielleicht hast du Recht. Die meisten von uns wollen nicht mehr zurück ins normale Leben. Der Weg ist ihnen versperrt.«

»Was wird aus uns, Klaus, werden wir jemals zusammenleben, was bleibt uns?« Störtebeker hatte keine Antwort auf Helgas Frage. Er drückte sie noch fester an sich, nahm ihren Kopf in beide Hände. »Unsere Liebe, Helga«, sagte er dann, »solange wir leben.« Aber gut fühlte er sich nicht dabei. Und in diesem Moment spürte er, dass Helga das Beste war, was ihm in seinem Leben bisher passiert war. Und er konnte sich nicht vorstellen, sie für immer aufzugeben, sie nicht mehr zu sehen.

Sie umarmten sich. Sie küssten sich. Nach einer Weile hörten sie Stimmen, und Schritte näherten sich dem Portal. Sie verließen das Dunkel des Portalinneren und gingen hinaus auf den kerzenlichterleuchteten Marktplatz. Hand in Hand gingen sie langsam zu ihrem Tisch zurück, an dem Keno tom Brok, Wichmann, Gödeke und Arlo Arlena noch immer saßen und Bier tranken. Alle sahen, wie sie händehaltend auf den Tisch zugingen. Einige fingen an zu klatschen, und dann riefen sie: »Lang lebe das Paar.« Störtebeker und Helga waren verschüchtert. Aber dann lächelten sie, winkten ihnen zu und setzten sich an den Tisch. Die Umstehenden und die am Tisch Sitzenden konnten sehen, dass sie glücklich waren.

Die Herrschaften am Tisch hatten schon gehörig in ihre Becher gesehen. Keno war der Erste, der die Worte fand: »Ihr seid ein schönes Paar. Gott beschütze euch.« Arlo Arlena stand vom Tisch auf. Feierlichkeit war in seinem Gesichtsausdruck zu lesen. »Darf ich eure Verlobung bekannt geben?« fragte er. Helga und Störtebeker schauten sich einen Moment lang an, dann nickten sie und sagten gleichzeitig: »Ja.« Keno tom Brok erhob sich, hielt seinen Becher hoch und rief: »Trinkt mit mir auf die Verlobung meiner Tochter mit Klaus Störtebeker.« Da standen Hannes Wichmann und Gödeke Michels vom Tisch auf und tranken ihre Becher auf das Paar leer. Und Hannes Wichmann rief: »Auf das verlobte Paar, ein glückliches Leben.« Auch die Umstehenden riefen: »Auf das verlobte Paar, ein glückliches Leben.«

Als sie sich wieder setzten und Bier nachgeschenkt wurde, sagte Gödeke: »Verflucht noch mal, Klaus, du bringst uns noch in große Not. Es wird Zeit, dass wir wieder in See stechen, sonst segeln uns die Englandfahrer davon. Wovon sollen wir dann leben? Oder willst du hier heiraten, sesshaft werden und uns vor den Pflug spannen?« Da war Totenstille am Tisch. Störtebekers Blick schweifte über den Marktplatz. Er sah die Tanzenden im Pavillon. Er sah, dass sich die Likedeeler hier wohl fühlten. Er konnte Gödekes Unmut verstehen. Der alte Fahrensmann, dachte er, hat völlig Recht. Er wusste, sie hatten keine Beute mehr mit Ausnahme der Güter, die sie auf Helgoland verstaut hatten.

»Gödeke, du alter Hagestolz«, unterbrach Keno tom Brok die Stille, »nun lass den beiden ihr kurzes Glück.« Gödeke murmelte etwas Unverständliches in sich hinein. Er hatte Angst, dass Störtebeker abtrünnig werden könnte, dass er sie verlassen würde. Er konnte sich ein Leben auf See ohne Störtebeker nicht mehr vorstellen. Ohne Störtebeker, das fühlte er, würde es keine Likedeeler mehr geben. Wichmann hat Recht, dachte er, ohne Klaus Störtebeker fehlt uns die Seele. Er musste auch daran denken, dass Magister Wigbold, der dem Kanalbau und dem Fest ferngeblieben war, gesagt hatte, dass Störtebeker den Kanalausbau nur benutzen würde, um hier für immer sesshaft zu werden. Vielleicht hatte Wigbold diesmal Recht.

Hannes Wichmann erhob sich vom Tisch. Er ging langsam auf Störtebeker zu, steckte seine noch brennende Pfeife in die Manteltasche. Störtebeker stand auf, als er Wichmann auf sich zukommen sah. Wichmann umarmte ihn. »Ich gönne es dir von ganzem Herzen, Klaus«, sagte er, »ich wünsche euch beiden alles Glück. Gottes Segen habt ihr, das weiß ich.« Störtebeker presste Wichmann an sich. »Ich danke dir, Hannes, alter Freund, ich danke dir«, sagte er bewegt. Und als Nikolaus Scheld auf ihn zuging, ihm die Hand reichte und ihn beglückwünschte, da wusste Störtebeker, dass er unter seinen Kameraden nicht allein war.

Störtebeker sah, dass Gödeke Michels in seinen Becher hineinstarrte, dass er abwesend war. »Gödeke«, rief er über den Tisch rüber, »wir segeln in drei Tagen, wie es die Likedeeler nach dem Kanalausbau gewünscht haben.« Gödeke blickte vom Becher auf. »Das ist ein Wort, Klaus«, rief er zurück. »Ich wusste doch, du würdest uns nicht verlassen.« Störtebeker konnte erkennen, dass die Lebensgeister in Gödeke wieder erwachten. Sie prosteten einander zu, und Gödeke lachte aus vollem Herzen.

Nach einer Weile standen Helga und Störtebeker vom Tisch auf, gingen Hand in Hand über den Marktplatz und dann die Stadt hinauf zum westlichen Ende, wo Keno tom Broks Steinhaus stand. Auf dem Marktplatz wurde weiter gefeiert.

GENTLEMAN PIRATES

Die Likedeelerschiffe dümpelten bei Ebbe weit vor der westfriesischen Insel Terschelling. Es war der 11. Mai 1398. Oberhalb von Terschelling, das hatten ihnen ostfriesische Fischer erzählt, sollte die Fahrrinne der Hanseschiffe vom Londoner Stahlhof verlaufen. Die Londoner, so hatten sie noch gesagt, hätten oft englisches Tuch, Eisen- und Stahlwaren, Haushaltsgeräte und vor allem Waffen geladen; die Besatzungen bestünden größtenteils aus englischen Seeleuten, auch die Kapitäne und Steuerleute wären Engländer.

Die Hauptleute und Magister Wigbold saßen in Störtebekers Kajüte und warteten auf die Flut. Bier und Korn standen vor ihnen auf dem Tisch. Die Kajütentür stand offen, die warme Frühlingssonne schien herein. Sie waren übereingekommen, nach zwei bis drei Beutezügen nach Helgoland zu segeln, um einen Teil der gekaperten Güter dort zu lagern. »Für schlechte Zeiten«, hatte Gödeke gesagt. Selbst Wigbold war damit einverstanden gewesen. Außerdem hatten sie den Helgoländern versprochen, im Frühjahr wiederzukommen.

Als am Nachmittag die Flut zurückkam und die Schiffe zu schlingern anfingen, ließen die Steuerleute die Haupt- und Bramsegel hissen und sich mit dem Wind aufs offene Meer raustreiben. Nikolaus Scheld schlug vor, im kommenden Jahr die Hansekoggen schon in den Elb- und Wesermündungen abzufangen. Gödeke Michels hielt das für zu gefährlich. Da säßen sie den Hansen zu sehr auf der Pelle, meinte er, da könnten die von den nahen Küsten her Kriegsschiffe auf sie ansetzen. Und er gab zu bedenken, dass ihre Mannschaften gegenwärtig zu klein wären. Viele Likedeeler wären doch in Visby geblieben. Und sie müssten erst wieder ordentlich Neue rekrutieren.

Die Hauptleute und Wigbold waren so vertieft in dieses Thema, dass sie die Schreie der Ausgucke in den Krähennestern fast nicht gehört hätten. Plötzlich trat Einohr in Störtebekers Kajüte. Er sah die Hauptleute und Wigbold angeregt diskutieren. Er war aufgeregt, er gestikulierte nach draußen. Störtebeker stand vom Tisch auf. »Steuermann, was ist los, was gibt es?«, fragte er. Einohr beruhigte sich. »Vier englische Handelsschiffe vom Londoner Stahlhof steuerbords, Hauptmann«, rief er, »ungefähr 300 Meter Entfernung. Sie segeln mit dem Wind.«

»Dann greift sie euch, los, hinterher!«, rief Störtebeker. Einohr stürzte zurück aufs Deck, schrie auf Störtebekers Mannschaft ein, gab Handzeichen zu den anderen Likedeelerschiffen rüber. Und dann begann die Jagd der Likedeeler auf die englischen Handelsschiffe. In Störtebekers Kajüte war Magister Wigbold vom Tisch aufgesprungen. »Halt«, schrie er, »die Hauptleute müssen erst zu ihren Holks zurückrudern, um die Kommandogewalt zu übernehmen.« Störtebeker beschwichtigte die Hauptleute mit einer Handbewegung und sagte: »Nein, Wigbold, das müssen sie nicht, das schaffen die Likedeeler auch ohne sie.«

Zornesröte stieg in Wigbolds Gesicht hoch. Das war einfach zu viel für ihn. »Verdammt, Störtebeker«, brüllte er, »jetzt hab ich die Schnauze endgültig voll von dir. Du beraubst sie der Führung. Die werden bald glauben, sie könnten ohne unsere Befehle auskommen.« Störtebeker nickte. Er wusste, hierauf musste er eine klare Antwort geben. »Genau, Wigbold«, erklärte er, »dahin wollen wir sie bringen. Sie sollen begreifen, dass sie dazu fähig sind.« Hannes Wichmann stimmte Störtebeker zu. »Lasst uns auf Deck gehen«, empfahl er darauf, »und das Schauspiel der Likedeelerjagd mit ansehen.«

Die Hauptleute und Wigbold traten vor Störtebekers Kajüte und sahen, wie die Likedeelerholks und -koggen ohne Führung der Hauptleute auf die englischen Handelsschiffe zurasten. Irgendwelche Likedeeler hatten Kommandos übernommen. Auf den Decks wurde gelacht und gejohlt, und Befehle ertönten: »Armbrustschützen auf Befehlsturm«, »Schwert- und Degenkämpfer in Dreierreihen«, »Enterhakenträger vorneweg«. Als die Likedeeler die vier englischen Handelsschiffe einholten, überholten und umzingelten, erscholl ihr vielhundertfacher Schlachtruf »Gottes Freunde, aller Herren Feinde«. Und sie rissen ihre Waffen hoch über ihre Köpfe.

Dann enterten sie die Schiffe des Londoner Stahlhofes, stürzten sich mit erhobenen Schwertern und Degen auf die Besatzungen, und wieder ertönte ihr Ruf »Gottes Freunde, aller Herren Feinde«. Diesmal klang er wie ein Fanal. Und er erschreckte die englischen Seeleute dermaßen, dass sie ihre Waffen fallen ließen und sich ergaben. Nur die Kapitäne und Steuerleute stellten sich ihnen mit gezogenen Degen entgegen. Aber die Degen wurden ihnen aus der Hand geschlagen, und sie wurden gefangen genommen. Auf beiden Seiten war keiner verletzt worden. Die Armbrustschützen der Likedeeler waren nicht zum Einsatz gekommen.

Unter den Gefangenen befanden sich auch Seeleute aus Hamburg, die seit Jahren schon für den Hansestahlhof in London gearbeitet hatten. Sie erzählten den Likedeelern, dass ihre Fracht für Hamburger Pfeffersäcke bestimmt wäre und sie Haushaltsgeräte, Eisenwaren, Schwerter und englisches Tuch geladen hätten. Die Likedeeler erklärten ihnen, wer sie wären und dass sie ihre Schiffe und die gesamte Ladung als Beute nehmen würden, dass ihnen kein Leid geschehen und man sie auf einer westfriesischen Insel absetzen würde. Und das sollten sie ihren Kapitänen und den englischen Seeleuten mitteilen.

Ein Hamburger Seemann ging zu seinem Kapitän und sagte: »Herr Kapitän, diese Leute sind die Likedeeler. Sie werden uns nichts tun, wenn wir ihnen unsere Schiffe und unsere Ladung überlassen. Sie werden uns auf einer Insel an der holländischen Küste absetzen.« Der englische Kapitän betrachtete die Likedeeler auf seinem Deck für eine Weile. Er sah, wie sie mit seinen Landsleuten herumgestikulierten, sah, wie sie mit ihnen Knaster, Bilsenkraut und anderes Zeug tauschten, sah, wie sie sich danach die Hände schüttelten. Und er antwortete: »Oh, diese Burschen sind die Likedeeler? Von denen habe ich schon gehört. In London nennen wir sie die ›Gentleman Pirates‹. Sie sind ein bemerkenswerter Haufen, nicht wahr? Sagen Sie mal, mein guter Mann, wo sind eigentlich ihre Hauptleute?«

Der Hamburger Seemann zeigte hinüber auf Störtebekers Kajüte und antwortete: »Herr Kapitän, die haben den ganzen Tag da drüben in der Kajüte gesessen und getrunken.« Der englische Kapitän schüttelte seinen Kopf. »Erstaunlich«, sagte er, »Sie wollen mir doch nicht erzählen, dass die Piraten ohne Führung ihrer Hauptleute unsere Schiffe gekapert haben?« – »Doch, Herr Kapitän, das ist richtig, Sir«, antwortete der Hamburger Seemann. Und der englische Kapitän konnte den Stolz in der Stimme des Seemanns nicht überhören.

Der englische Kapitän dachte eine Weile nach. Aber es gab keinen Ausweg. Die bewaffneten Likedeeler standen auf allen ihren Decks und handelten mit seinen unbewaffneten Landsleuten. Und er dachte, verdammt noch mal, die verbrüdern sich eher, als dass sie gegeneinander kämpfen. Und er befahl dem Hamburger Seemann: »Seemann, erklär den ›Gentleman Pirates‹, dass wir ihnen unsere Schiffe und unsere Fracht überlassen. Aber wenn sie jemals nach England segeln sollten, werden wir sie gefangen nehmen und aufhängen.«

Der Seemann ging zu den Likedeelern und teilte ihnen die Übergabe des englischen Kapitäns mit. Dass der sie in England hängen lassen wollte, erzählte er ihnen nicht. Einige englische Seeleute, welche die Unterhaltung zwischen ihrem Kapitän und dem Hamburger Seemann mit angehört hatten, schauten bewundernd auf die Likedeeler. Einer von ihnen sagte: »Also ihr seid diejenigen, die gleich teilen, den Reichen nehmen und den Armen geben? Ihr seid verrückt wie unsere Bauern 1381. Die hatten damals keine Chance, und ihr habt heute keine Chance. Aber ihr habt unsere Bewunderung. Ich weiß, ihr kämpft auch für uns.« Die Likedeeler verstanden den Engländer nicht. Aber sie fühlten, es war gut gemeint. Und sie lachten sich an und klopften sich auf die Schultern.

Dann segelten die Likedeeler mit den Engländern in Richtung westfriesische Küste und setzten sie mit Proviant vor der Insel Terschelling in Ruderbooten aus. »Good luck to you«, riefen einige englische Seeleute ihnen nach. Die vier Handelsschiffe des Londoner Stahlhofs und ihre Ladungen nahmen die Likedeeler als Beute im Schlepptau mit. Der Hamburger Seemann, der für einen der englischen Kapitäne übersetzt hatte, entschied sich, bei den Likedeelern zu bleiben.

In Störtebekers Kajüte sprachen die Hauptleute und Wigbold noch lange über dieses Ereignis. Gödeke Michels und Nikolaus Scheld glaubten, dass die Likedeeler ohne ihre Führung eine Meisterleistung vollbracht hätten. »In Zukunft werden wir uns noch mehr auf sie verlassen können«, meinte Nikolaus Scheld. Nur Wigbold glaubte, sie hätten einen großen Fehler gemacht. »So etwas darf man nicht zulassen«, belehrte er die Hauptleute eindringlich, »sie werden eines Tages begreifen, dass sie uns nicht mehr brauchen, und dann werfen sie uns wie Ballast über Bord.«

Gegen Abend, Störtebekers Gäste waren auf ihre Holks zurückgekehrt, segelten sie in Richtung ostfriesische Inseln, zur Fahrrinne der Hamburger und Bremer Englandfahrer. Um Mitternacht gingen sie vor der Insel Borkum vor Anker, machten die Positionslampen aus, um nicht entdeckt zu werden, und stellten Wachtposten auf. Unter den Decks feierten die Likedeeler ihren Beutezug bis in den frühen Morgen. Störtebeker hatte sie schon lange nicht mehr so fröhlich gesehen. Er freute sich für sie. Er konnte sich vorstellen, was in ihnen vorging. Jetzt wissen sie, wozu sie fähig sind, dachte er.

Er war allein in seiner Kajüte. Er wälzte sich in seiner Koje hin und her. Er konnte nicht schlafen. Es war nicht der Lärm der Likedeeler von unten. Er musste an Helga denken. Er wusste, es würde lange dauern, ehe er sie wieder sehen würde. Ob er sie überhaupt wieder sehen würde, überlegte er, und was sie wohl jetzt gerade tun würde und ob sie auch an ihn denken würde. Und er versuchte, sich das alles vorzustellen. Dann fiel er in einen tiefen Schlaf.

Sechs Tage lang segelten die Likedeeler die Fahrrinne der Hansen vor den friesischen Inseln rauf und runter. Aber die ließen sich nicht blicken. Die hatten eine andere Fahrrinne gewählt, um ihnen aus dem Weg zu gehen. Und so kreuzten sie am siebten Tag vor dem Wind Richtung Helgoland. Irgendwo zwischen Helgoland und den ostfriesischen Inseln, das wussten sie, mussten sie durchkommen, eine andere Strecke gab es nicht für die Englandfahrer. Aber in den Krähennestern blieb es noch für zwei weitere Tage still.

Am 21. Mai 1398, frühmorgens, wurde es in den Krähennestern lebendig. »Vier Hansekoggen, tief liegend, ohne Begleitschutz, hart Backbord«, schallte es von oben auf die Decks herunter. Und die Likedeelerholks machten sich auf die Jagd. Sie hissten ihre Piratenflaggen. Aber man hörte keine Befehle auf den Decks. Die Hauptleute sahen, dass die Hansen keine Segel hochzogen, dass sie nicht flüchteten, dass sich niemand auf ihren Decks zum Widerstand bereitmachte. Die Hansen segelten einfach mit dem Wind langsam dahin, ließen sich überholen und umzingeln. Die Likedeeler enterten friedlich ihre Decks, ohne Degen oder Schwerter ziehen zu müssen.

Störtebeker stand mit Einohr an der Reling. »Guck mal«, sagte er, »die Englandfahrer scheinen auf uns gewartet zu haben. Sie servieren uns ihre Fracht wie auf einem silbernen Tablett.« Einohr lachte. »Nein, nein«, sagte er, »es hat sich auch auf der Westsee herumgesprochen, dass wir den Mannschaften kein Leid zufügen. Für wen sollten die sich denn opfern? Etwa für die Pfeffersäcke? Da ist ihnen ihr eigenes Leben wichtiger.« Störtebeker nickte. »Gut so«, sprach er, »dann haben wir sie schon erzogen, für sich selbst zu kämpfen und nicht für fremde Herren.«

Die Likedeeler gingen unter Deck der Hamburger Hansekoggen und begutachteten die Beute. Die Pfeffersäcke hatten Gewürze, Hamburger Bier, Schmuck und Seidenballen geladen. Die Englandfahrer ließen sie in Ruhe gewähren. »Warum habt ihr nicht versucht, Widerstand zu leisten oder zu flüchten?«, fragte ein Likedeeler. »Unsere Kapitäne wollten das«, antwortete ein Englandfahrer, »aber wir haben ihnen nicht gehorcht. Wir wissen ja, dass uns nichts geschieht.« Als der Likedeeler die Länge einiger Seidenballen abschritt und fröhlich vor sich hin pfiff, fragte der Englandfahrer: »Was wollt ihr bloß mit der ganzen Beute machen?« Der Likedeeler grinste. »Wie immer, min Jung«, sagte er, »einen Teil verkaufen wir. Wir müssen ja leben, verstehst du? Mit einem anderen Teil tauschen wir. Und den großen Rest, musst du wissen, den verschenken wir an die, die nichts haben. Die müssen ja auch leben.«

Der Englandfahrer dachte einen Moment lang nach. Er musste an seine eigenen Leute in Hamburg denken, die nicht viel zu beißen hatten und kaum ein Hemd ihr Eigen nannten. Und er sagte: »Das lob ich mir. Ihr seid gute Teiler. Bei euch ist die Ware besser aufgehoben als in den Lagern der Hamburger oder Londoner Krämerseelen.« Dann erinnerte er sich daran, was man sich so in letzter Zeit in den Hamburger Hansekontoren erzählt hatte. »Warnen muss ich euch«, wandte er sich noch einmal an den Likedeeler. »Die Pfeffersäcke werden sich eure Raubzüge nicht länger gefallen lassen. In Hamburg und

London rumort es. Da braut sich was zusammen. Die wollen was gegen euch unternehmen.«

Der Likedeeler zuckte mit den Achseln. Geringschätzig winkte er ab. »Sollen sie doch, mein Lieber«, sagte er, »sollen sie doch. Aber ihr müsst uns rechtzeitig Bescheid geben, wann die gegen uns losschlagen wollen. Das tut ihr doch, oder?« – »Worauf du dich verlassen kannst«, antwortete der Hamburger Englandfahrer. Und er fügte hinzu: »Von uns stehen sowieso viele auf eurer Seite. Wir werden euch beizeiten eine Botschaft zukommen lassen, wenn die Pfeffersäcke in Hamburg was gegen euch planen. Ihr könnt euch auf uns verlassen.« Die beiden Männer gaben sich die Hände.

Auf den Decks der erbeuteten Hansekoggen tauschten Likedeeler und Englandfahrer Habseligkeiten aus. Als sie sich näher kamen und zusammen Knaster schmauchten, erklärten die Likedeeler den Hanseseeleuten, dass sie mit einer ihrer leeren Koggen nach Hamburg zurücksegeln könnten, und sie würden ihnen genügend Proviant für die Rückfahrt lassen. Hinter vorgehaltener Hand sagten einige Likedeeler zu den Englandfahrern, dass sie sich von der Beute doch einiges mitnehmen sollten für zu Hause.

Als die Fracht der Kogge, mit der die Hanseseeleute zurücksegeln wollten, umgeladen war und der Abschied von ihnen nahte, ruderten Hannes Wichmann und Klaus Störtebeker auf Wichmanns Wunsch zu ihnen rüber und kletterten auf einer heruntergelassenen Leiter an Deck. Im Ruderboot hatte Wichmann gesagt: »Klaus, lass sie nicht so nach Hamburg zurücksegeln. Rede mit ihnen, erzähl ihnen was von uns und wofür wir stehen und was sie tun können.« Störtebeker hatte darüber nachgedacht. Nun stand er vor den Hamburger Englandfahrern, und sie blickten ihn erwartungsvoll an. Aber er wusste nicht, was er sagen sollte. Hannes Wichmann hatte ihn einfach in diese Situation hineinmanövriert. Aber dann kam es ihm vor wie damals in Stockholm in der Domkirche, als er die Vitalienbrüder zum Schwur bewegt hatte, und er sagte: »Ihr, die ihr nach Hamburg zurückkehrt, sagt euren Leuten, dass wir keine Feindschaft gegen sie hegen. Wir wünschen ihnen ein freies, ein menschenwürdiges Leben, ein Leben ohne Not und Hunger, ohne Knechtschaft, ohne Fremdherrschaft, unabhängig von Ausbeutung durch die Pfeffersäcke, frei von Leibeigenschaft durch die Aristokraten. Wir haben als Ausgestoßene versucht, nach freiem Willen gleich zu teilen, brüderlich füreinander einzustehen, gerecht zu sein und ohne fremde Herren zu leben. Was auf See möglich ist, muss auch zu Lande möglich sein. Ihr müsst an euch glauben, ihr seid stark genug, ihr seid in der Mehrzahl. Befreit euch vom Joch der Pfeffersäcke. Entledigt euch von der Last der Schuldsklaverei. Ihr müsst es wagen. Wir werden euch dabei helfen. Denkt an eure Kinder. Sie sollen es einst besser haben. Wartet nicht auf Gerechtigkeit im Himmel. Schafft Gerechtigkeit hier und in eurer Zeit. Nun fahrt zurück in Frieden. Gott beschütze euch.«

Nachdem Störtebeker seine Rede beendet hatte, herrschte für einen Moment Schweigen. Dann fragten einige Englandfahrer: »Wann kommt ihr nach Hamburg, um uns zu helfen?« – »Wenn ihr so weit seid und euch zusammentut«, antwortete Störtebeker. Und er dachte, das wird das Schwierigste für sie sein, das wusste er aus eigener Erfahrung, das wusste er von Visby her.

Als Wichmann und Störtebeker von Bord gingen, segelten die Englandfahrer mit ihrer Kogge nach Hamburg zurück. Etwas später segelten die Likedeeler mit ihrer Beute Richtung Helgoland.

WULFLAMS RÜCKKEHR UND KÖNIG RICHARDS II. KLAGESCHRIFT

Am 14. Februar 1399 fand im holzgetäfelten, mit Gobelins geschmückten Hansesaal des Hamburger Rathauses ein großer Ratschlag statt. Hansepatrizier, Ratsherren und Bürgermeister aus Hamburg, Bremen, Lübeck, Wismar, Rostock und holländischen Städten waren versammelt. Auch eine Abordnung Königin Margaretes von Dänemark, Norwegen und Schweden und eine Gruppe einflussreicher Kaufleute vom Londoner Stahlhof waren anwesend. Und noch einer war auf dem Hamburger Hanserecess zugegen: der Ritter und berühmte Schwertkämpfer des Deutschen Ritterordens, Wulf von Wulflam.

Der holländische Reeder Simon von Utrecht, der seit sechs Jahren in Hamburg lebte, in der Zwischenzeit Ratsherr geworden und durch die Heirat mit einer Hamburger Patriziertochter zum wohlhabendsten Hansekaufmann und Schiffseigentümer dieser Stadt aufgestiegen war, hatte Wulflam für einen Feldzug der Hanse gegen die Likedeeler eingekauft. Wulflam sollte diesen Feldzug anführen. Er sollte die Hanseflotte befehligen. Alle wussten, Wulflam war seit dem Raub von Bergen der größte Feind der Likedeeler. Und zu Simon von Utrecht hatte er gesagt: »Mit Störtebeker habe ich noch einen Waffengang zu erledigen.« Alle wussten, wie er früher mit Seeräubern umgegangen war, dass er ihnen Köpfe und Ohren abschlagen und Augen ausstechen ließ. »Von seiner Grausamkeit«, so hatte von Utrecht zum Hamburger Hansepatrizier und Bürgermeister Hermann Nyenkerken vor dem Ratschlag gesagt, »müssen wir profitieren. Er ist der richtige Mann für unseren Kreuzzug gegen die Likedeeler.« Und Nyenkerken hatte sofort zugestimmt. Er wusste, was Simon von Utrecht anpackte, das hatte Hand und Fuß.

Aber der eigentliche Auslöser des Ratschlages war eine Klageschrift König Richards II. von England gewesen, welche die Kaufleute vom Londoner Stahlhof übersetzt und dem Bürgermeister Nyenkerken im Januar 1399 übergeben hatten. Dieses Dokument zog Hermann Nyenkerken nun aus seiner Brusttasche, überflog es noch einmal, erhob sich, räusperte sich und schaute mit bedeutsamem Blick auf die an drei langen, parallel zueinander stehenden Tischen sitzenden Herrschaften. Nyenkerken war ungefähr vierzig Jahre alt, hoch gewachsen, er war in kostbares dunkles Tuch gekleidet und trug eine dunkelblaue Robe darüber. Um seinen Hals hing die goldverbrämte Bürgermeisterkette der Stadt Hamburg.

»Ehrwürdige Bürgermeister, Ratsherren und Hansekaufleute aus London, Westholland, Hamburg, Bremen, Lübeck, Wismar und Rostock, hochverehrte Delegierte aus Skanör«, begann Nyenkerken seine Rede, »wir haben uns heute versammelt, weil unsere Hansefreunde aus London uns eine Klageschrift ihres Königs, Richard II., überbracht haben. Es ist eine Klageschrift, die von uns eine Antwort verlangt. Es ist eine große Ehre für mich, Euch, ihr Hohen Herren, seiner Majestät Klageschrift präsentieren zu dürfen.« Nyenkerken machte eine kurze Pause, er schaute noch einmal in die Runde und verlas dann König Richards wesentliche Klagepunkte:

»Item, in den Jahren 1397 und 1398 haben die Seeräuber Claus Stortebeker, Godekin Michel, Niclas Sheld, Wigman und andere mehrere Hanseschiffe nahe Heligoland und Frieseland geplündert und dabei bereits bezahltes Gut englischer Kaufleute geraubt. Damit haben sie nicht nur Unsere Untertanen geschädigt, sondern auch die Englische Krone beleidigt. Wir, Richard II., verlangen deshalb volle Kompensation von der deutschen Hanse. Andernfalls werden wir den Handel mit ihr einstellen und Hansegut im Londoner Stahlhof konfiszieren. Wir fordern außerdem von der deutschen Hanse, sofort gegen die Seeräuber vorzugehen, und sind willens, eine Kriegsflotte mitzufinanzieren. Unsere Abordnung erwartet eine prompte Antwort.

Richard II.,
von Gottes Gnaden König von England.«

Richards Unterschrift war mit dem Siegel des Königs von England versehen.

Als Hermann Nyenkerken seinen Vortrag beendet hatte und sich wieder hinsetzte, stand der Bremer Bürgermeister Ehrenfried Ewers auf. Er war erregt, sein Gesicht war rot angelaufen. Er zupfte seine Robe zurecht und schrie: »Wir müssen endlich etwas gegen dieses Gesindel unternehmen. Wir müssen diese Brut aus der Westsee herausjagen. Lasst uns einen Kreuzzug gegen sie führen. Sie haben schon vor unserer Tür bei den Ostfriesen Fuß gefasst, haben einen großen Kanal und Marienhafe zur Festung ausgebaut. Wenn wir jetzt nicht eingreifen, werden sie unseren Handel kaputtmachen. Denkt an meine Worte. Wir Bremer Hansepatrizier sind willens, unser Scherflein beizutragen.«

Ewers setzte sich wieder. Er war noch immer erregt. Da erhob sich der Hamburger Ratsherr Wilhelm Schoke. Auch Schoke war Hansereeder und Besitzer großer Lagerhäuser. Auch er trug eine dunkelblaue Robe, und um seinen Hals hing die Ratsherrenkette. »Wie mein hochverehrter Vorredner schon sagte«, begann er seine Rede, »wir müssen dieses Pack eliminieren. Dieser Hundesohn Störtebeker führt uns an der Nase herum. Der will an der Küste eine Seeräuberrepublik errichten, und er verdirbt uns unsere Ostfriesen. Das dürfen wir nicht zulassen.«

Schoke machte eine Pause, trank einen Schluck Wasser und fuhr fort: »Diese verfluchten Gleichteiler werden noch nach

Hamburg reinsegeln und unsere Leute aufwiegeln. Im Hamburger Hafen, so berichten meine Kontorangestellten, sprechen sie schon in den höchsten Tönen von diesen Verbrechern. Wir müssen die Flotte bauen. Ich flehe euch an. Ich werde meinen Teil dazu beitragen.«

Schoke erhielt viel Beifall für seinen Vortrag. Nach einer Weile erhob sich der reichste Mann der Hansestadt Hamburg, der fettleibige Reeder und Ratsherr Simon von Utrecht. Er hatte seine Hände vor seinem Bauch gefaltet. Er betrachtete zufrieden seine gepflegten Hände und die vielen Ringe an seinen Fingern. Dann erklärte er mit piepsiger Stimme: »Ich gebe dem ehrenwerten Ratsherrn Wilhelm Schoke Recht. Wir müssen die Flotte bauen. Wir müssen diese Pest ein für alle Mal aus der Westsee vertreiben. Nein, was sage ich, wir müssen sie vernichten. Sonst wird dieses Geschmeiß unsere Geschäfte, unsere Herrschaft beenden. Deshalb brauchen wir einen starken Mann, einen militärischen Führer, der hart und kompromisslos zupacken kann, der unsere Flotte befehligen wird. Ich habe daher nach dem Stellvertretenden Hochmeister des Deutschen Ritterordens, dem Ritter Wulf von Wulflam rufen lassen, den Sie ja alle kennen. Er ist heute bei uns und hat zugesagt, diese ehrenvolle Aufgabe zu übernehmen.«

Simon von Utrecht hielt einen Moment inne und wies mit seiner rechten Hand auf Wulf von Wulflam, der neben ihm saß. Wulflam stand kurz auf und nickte kaum merklich. Er verzog keine Miene. In seinem Panzerhemd sah er furchterregend aus. »Hochwohlgeborener Herr Ritter«, fuhr Simon von Utrecht fort und verbeugte sich vor Wulflam, »wir sind stolz und froh, Euch als Anführer für unseren Kreuzzug gegen die Likedeeler gewonnen zu haben. Ich darf hinzufügen, dass ich selbst zwei Holks und das Flaggschiff ›Bunte Kuh‹ beisteuern werde.«

Auch Simon von Utrechts Worte wurden mit viel Beifall aufgenommen. Und einer der Delegierten Königin Margaretes versprach, den Kreuzzug gegen die Likedeeler mit 150 dänischen Söldnern zu unterstützen. Der Hansepatrizier Sir Eric Lommel vom Londoner Stahlhof warnte, dass man die Ideen Störtebekers im Keime ersticken müsste, sonst käme es zu Aufständen und Revolten. »Jetzt«, empfahl er, »müssen wir gegen die Likedeeler losschlagen, sonst bekommen wir hier Verhältnisse wie 1381 in England.«

Noch einmal erhob sich Bürgermeister Hermann Nyenkerken und bedankte sich für die Worte seiner Vorredner. »Wir müssen die Likedeeler vernichten«, wandte er sich an die Hanseversammlung. »Sonst segeln sie eines Tages in den Hamburger Hafen rein und verbrüdern sich mit dem Plebs. Unsere Fischer, Schiffszimmerer und Seeleute sind schon ganz betrunken von Störtebekers Ideen. Er hat ihnen die Köpfe verdreht. Sie treffen sich nachts auf dem Grasbrook, berichten unsere Büttel, und reden über Umsturz. Sie sagen, er wird bald kommen, und sie würden auf ihn warten und dann ginge es los. Und ich sage: Der Kerl muss weg; je eher, desto besser. Und noch eins, meine Herren: Wir müssen die ostfriesischen Häuptlinge mit der Zerstörung ihrer Städte und Burgen bedrohen, wenn sie den Likedeelern weiterhin Aufenthalt im Winter gewähren. Lasst uns jetzt über unsere Maßnahmen beraten.«

Der Hanserecess verbrachte den ganzen Tag über im Hansesaal des Rathauses in Klausur. Die Türen des Saales waren abgeschlossen worden. Im Vorzimmer hatten die Vertreter der Zünfte Platz genommen. Viele Stunden mussten sie dort sitzen und auf das Ergebnis der Beratung warten. Erst spät am Abend erschien Bürgermeister Hermann Nyenkerken, um ihnen den Beschluss mitzuteilen. Nyenkerken strahlte. Er war sich seiner Macht über die Zünfte sicher. Er wusste, ohne die Aufträge der Hanse konnten die Zunftmeister und ihre Gesellen kaum existieren. Sie hatten besondere Privilegien von der

Hanse erhalten und dafür ihre Selbständigkeit aufgeben müssen.

Nyenkerken warf sich in Pose. »Meine Herren Zunftmeister«, begann er seine Rede, »die Hanse hat Folgendes beschlossen: Mit Hilfe des englischen Königs Richard II. und der dänischen Königin Margarete werden wir eine Kriegsflotte von zwölf Holks, dem Flaggschiff ›Bunte Kuh‹ und 1200 Bewaffneten zusammenstellen, um die Seeräuberplage endgültig zu beenden. Wir werden dafür sorgen, dass auf der Westsee wieder Recht und Ordnung herrschen.« Nyenkerken blickte in die Runde, er sah, dass die Zunftmeister ihm zunickten, und er fuhr fort: »Die Gesetzlosen müssen durch einen Kreuzzug dem Henker zugeführt werden. Auf die Bürger der Hansestädte Bremen, Hamburg und Lübeck wird für dieses Unterfangen eine Sondersteuer erhoben, wovon die Zünfte 70 Prozent zu tragen haben.«

Wieder schaute Nyenkerken in die Runde. Wieder nickten ihm die Zunftmeister zu. »Dann mit Gottes Hilfe«, rief Nyenkerken ihnen zu. »Mit Gottes Hilfe«, riefen die Zunftmeister zurück. Dann ging Nyenkerken in sich hineinlächelnd zum Hanserecess zurück.

Am Tage darauf trafen sich Simon von Utrecht und Wulf von Wulflam in Utrechts Kontor. »Bei der Behandlung der Likedeeler habt Ihr natürlich freie Hand«, erklärte Utrecht Wulflam, »wendet Eure Methoden an, macht es auf Eure Art. Dieses Geschmeiß muss endlich spüren, dass wir die Herren sind. Diese Tiere und ihre Anhänger zu Lande müssen wieder in ihre Rattenlöcher zurück oder vernichtet werden.« Wulflam lächelte. »Ihr kennt mich ja, von Utrecht«, antwortete er, »ich verspreche Euch, ich werde nach meinem Belieben vorgehen, ich werde diese Sippe ausmerzen, werde sie auslöschen. Und noch eins, den Störtebeker, den überlasst mir persönlich, den werde ich mir allein vorknöpfen. Und Ihr wisst ja, ich bin gründlich.« Das bist du, dachte von Utrecht, und er empfand so etwas wie Angst vor diesem Menschen. Die Hanse, dachte er noch, darf sich diesen Kerl niemals zum Feind machen.

Simon von Utrecht stand von seinem Schreibtisch auf, ging auf den dahinter stehenden Wandschrank zu, öffnete eine Schublade und holte eine Kassette daraus hervor. Er übergab von Wulflam die Kassette und sagte: »Wie abgesprochen, hier sind 7000 lübische Mark.« Ohne ein Wort zu sagen, nahm Wulflam die Kassette an sich. Es war nicht das erste Mal, dass er ein solches Handgeld entgegennahm. In diesen Dingen kannte er sich aus. »Den Rest«, sagte von Utrecht, »zahlen wir Euch nach erfolgreichem Kreuzzug.«

»Noch einmal zum Geschäft«, wandte Wulflam ein, »was ist, wenn König Richard sein Versprechen nicht einhält und den Bau der Flotte nicht mitfinanziert?« Da lachte Simon von Utrecht. »Dann bauen wir die Flotte allein«, sagte er. »Die Hanse hat sowieso mehr Geld und Gut als das englische Königshaus.« Geringschätzung für das englische Königshaus lag in Utrechts Worten. Und Wulflam dachte, dann hat Konrad von Jungingen doch Recht, wenn er behauptet, die eigentlichen Herren der Welt wären nicht Könige und Kaiser, sondern diese Hansepfeffersäcke.

»Eine Frage noch, von Utrecht«, fuhr Wulflam fort, »was passiert, wenn die Hamburger oder Bremer Schiffszimmerer und Seeleute sich weigern, die Kriegsschiffe zu bauen und zu bemannen?« Wieder lachte Simon von Utrecht. »Keine Sorge«, antwortete er, »dann heuern wir eben Schiffszimmerer und Seeleute aus Amsterdam, Groningen, Tönning oder Stralsund an, so wie wir Söldner anheuern werden. Und außerdem, mein lieber von Wulflam, die Schiffszimmererzunft haben wir fest im Griff. Was diese verfluchten meuternden Seeleute angeht, wenn sie nicht auf unseren Schiffen arbeiten wollen, kriegen sie keinen Lohn. Eine andere Arbeit gibt es nicht für sie. Dann werden wir gleichzeitig die Mieten erhöhen. Und wenn sie die nicht zahlen können, werfen wir sie mit ihren Frauen und Kindern auf die Straße. Da können sie verrecken. Sie sind dann sowieso zu nichts mehr nütze.«

Als Wulf von Wulflam etwas später Simon von Utrechts Kontor verließ, dachte er, dieses Händlerpack hat tatsächlich an alles gedacht. Sie haben alles im Griff, wirklich alles. Sie werden mit ihrer Geschäftemacherei noch die ganze Welt überziehen, und keiner wird sie aufhalten können. Er war vom Erfolg ihres Unternehmens überzeugt.

DER FISCHER UND SEINE FRAU

Die Likedeeler hatten im Mai 1398 ihr Beutegut auf Helgoland untergebracht. Von den gekaperten Koggen hatten sie den Helgoländern zwei geschenkt. Im Sommer und Herbst 1398 waren sie vor den Elb- und Wesermündungen auf Kaperfahrt gegangen. Noch dreimal hatten sie Englandfahrer abgefangen und einmal einen Konvoi vom Londoner Stahlhof. Zum Kampf war es nicht gekommen. Aber sie hatten nicht mehr rekrutieren können. Denn die Hansen hatten bewusst nur ältere und verheiratete Seeleute angeheuert, von denen sie wussten, dass sie wieder in ihren Heimathafen zurückwollten.

Im Dezember waren die Likedeeler mit der neuen Beute zu ihren ostfriesischen Winterquartieren gesegelt und hatten dort Markt gehalten. Klaus Störtebeker lebte wie im Jahr zuvor in Marienhafe, in Keno tom Broks Haus. Er bewohnte mit Helga ein gemeinsames Zimmer. Helga, Keno tom Brok, der Pfarrer Arlo Arlena und Störtebeker hatten zusammen Weihnachten gefeiert. Und Arlo Arlena hatte am Heiligen Abend den beiden Liebenden gesagt, dass er sie zu jeder Zeit trauen würde, wenn sie das wünschten. Helga und Störtebeker hatten geantwortet, dass sie ihm Bescheid sagen würden, wenn sie dazu bereit wären.

Die beiden waren im tiefen Schnee oft über Land geritten. Und Störtebeker gefiel das Land zwischen Weser und Ems, er liebte besonders die großen Eichen- und Tannenwälder, die Weite des Landes und die vielen Flüsse, Bäche und Kanäle. Das Land erinnerte ihn sehr an Mecklenburg.

Als sie nach einem solchen Ausritt Anfang März 1399 nach Marienhafe zurückkamen und die Pferde absattelten, sagte Helga: »Ihr werdet nächste Woche wieder in See stechen, Klaus. Wie soll es nun weitergehen? Wir schlafen zusammen, wir leben wie Mann und Frau zusammen. Du musst Verantwortung für uns übernehmen. Was, wenn ich ein Kind bekomme, oder willst du nicht, dass wir ein Kind haben?«

Störtebeker schaute Helga ungläubig an. Er fand keine Worte. Nach einer Weile sagte er: »Ich, der Seeräuber Klaus Störtebeker, soll Vater werden?« Mehr fiel ihm nicht ein. Und er fühlte sich schwach und elend dabei. Und er schämte sich vor Helga. Dann dachte er daran, dass er die Piraterie vielleicht aufgeben könnte. Er würde in Marienhafe sesshaft werden, und sie würden heiraten. Und dann könnte er Vater sein. Aber was sollte er hier tun? Wie sollte er hier leben? Auch in Ostfriesland würde man ihn überall jagen. Jeder konnte Hand an ihn legen. Auf ihn war ein Kopfgeld ausgesetzt, er war schließlich vogelfrei. Ohne die Likedeeler war er schutzlos. Und er musste an Hannes Wichmann, Gödeke Michels, Einohr und Nikolaus Scheld denken und an ihren Treueschwur in der Stockholmer Domkirche und an ihr gemeinsames Leben als Gesetzlose. Nein, es ging nicht. Und er verwarf diesen Gedanken wieder.

»Ich werde dich immer lieben, Helga«, sagte er leise, »immer. Aber wir müssen wieder los. Was soll ich denn machen? Ich kann doch nicht anders. Ich trage auch Verantwortung für die Likedeeler. Du weißt, ich habe den Likedeelereid geschworen. Ich kann diesen Zwiespalt nicht lösen. Ich kann es nicht. Ich kann sie nicht allein lassen.« Und er nahm Helga in die Arme und küsste ihr Haar. Helga tom Brok musste einen Moment lang über ihr vorheriges Leben nachdenken, an ihr Leben, bevor sie Klaus Störtebeker kennen gelernt hatte. Sie hatte ein gutes Leben gehabt. Ihr Vater liebte sie über alles. In seinem Haus konnte sie tun und lassen, was sie wollte. Sie hatte auf der Klosterschule in Oldenburg Lesen und Schreiben und Denken gelernt. Sie war klüger als die meisten Ostfriesen, das wusste sie. Einige ostfriesische Häuptlingssöhne hatten bei Keno tom Brok um ihre Hand angehalten. Es waren gut aussehende, schweigsame Kerle gewesen, die bald die ostfriesische Häuptlingswürde übernehmen würden. Aber sie wollte sie nicht. Sie liebte sie nicht. Sie konnte nichts für sie empfinden. Und sie hatte es ihrem Vater gesagt. Und Keno tom Brok hatte geantwortet: »Es soll deine Wahl sein, mein Kind.« Dann war dieser Klaus Störtebeker gekommen, ein Pirat, ein Gesetzloser, einer, der sie immer wieder verlassen würde, der immer wieder zurück auf die See musste, um zu rauben. Sie hatte sich sofort in ihn verliebt – ohne Grund eigentlich, hatte sie damals gedacht. Und nun war viel mehr daraus geworden. Nun lebten sie wie Mann und Frau zusammen, und sie wollte es so, von ganzem Herzen, mit ihrem ganzen Wesen. Sie fühlte, sie wusste, dass es bei Klaus Störtebeker auch so war. Und Helga sagte: »Ich will alles versuchen, dich zu verstehen. Vielleicht musst du so sein, wie du bist. Und ich liebe dich, wie du bist, und ich weiß, das wird immer so sein. Vielleicht werde ich mich damit abfinden, dass du immer wieder fort musst. Ich weiß es nicht.« Störtebeker presste Helga noch fester, noch enger an sich. »Wir gehören zusammen«, sagte er, »für immer.«

Als sie die Pferde in Keno tom Broks Stall abstellten, sie striegelten, ihnen Futter gaben und ins Haus gehen wollten, kam Einohr auf sie zu. »Da kommt dein adliger Steuermann«, sagte Helga. Und sie freute sich. Sie gab Einohr die Hand. Einohr lächelte sie herzlich an. Sie mochte Einohr. Ihr gefiel die Freundschaft zwischen Störtebeker und Einohr. Sie sind sich so ähnlich in vieler Hinsicht, hatte sie oft gedacht. Sie hatte einmal zu ihrem Vater gesagt, für sie wäre es unverständlich, dass zwei Menschen wie Einohr und Störtebeker Gesetzlose wären, wie Verbrecher behandelt würden. Und Keno tom Brok hatte ihr geantwortet, das sei so, weil es keine Gerechtigkeit auf der Welt gäbe. Und er hatte hinzugefügt, dass die Gesetzlosen häufig die Guten, die Friedfertigen wären, und die Gesetzesmacher die Bösen, die Gewalttätigen, und deshalb wären sie auch an der Macht. Diese Gedanken gingen ihr jetzt durch den Kopf.

»Hauptmann«, unterbrach Einohr Helgas Gedanken, »unten im Hafen wartet ein Hamburger Fischer auf dich. Er will nur mit dir sprechen. Er sagt, er hätte eine wichtige Botschaft für dich.« Störtebeker küsste Helga. Einohr stand dabei. Er freute sich für Störtebeker und Helga, das konnte man an seinem Gesicht ablesen. Er sah die beiden gern zusammen. Dann ging Helga ins Haus, und die beiden Likedeeler marschierten zum Hafen runter. Unterwegs scherzte Störtebeker: »Na, bist du bereit, wieder in See zu stechen, oder willst du hier bleiben?« – »Wir haben keine andere Wahl, Hauptmann«, entgegnete Einohr, »wir haben unsere Beute fast aufgegessen.« Und dann, als wollte er Störtebeker beruhigen, sagte er: »Aber wir kommen ja bald wieder, Hauptmann, um Markt zu halten.« Störtebeker dachte, man kann es drehen und wenden, wie man will, ohne die See schaffen wir es nicht.

Als sie unten im Hafen ankamen, zeigte Einohr auf einen Kutter, der an der Kaimauer dümpelte. »Da ist er drin, in seiner Kajüte«, sagte er. Störtebeker sprang an Deck des Kutters, klopfte an die Kajütentür und trat ein, als jemand »herein« rief. Im Halbdunkel der Kajüte erblickte er einen alten, grauhaarigen, vollbärtigen Mann, der auf der Koje lag, und eine alte, grauhaarige Frau, die am Herd herumwerkelte. Die beiden trugen leinene, blauschwarz gestreifte Seemannskleidung. Der alte Fischer sprang von der Koje hoch, als wär er noch ein junger Mann. Die alte Frau lächelte freundlich und nickte mit dem Kopf.

Der Fischer ging auf Störtebeker zu, schaute ihm lange und beharrlich in die Augen. Dann gab er ihm die Hand und sagte: »Ik bün her mit min Fru, un ik mut di wat seggen, Kaptein.« Die Frau unterbrach ihn: »Olaf, Herr Störtebeker versteht unsere Sprache nicht.« Störtebeker musste in sich hineinlachen. Er verstand diese Sprache sehr wohl. Aber bevor er etwas sagen konnte, fuhr der Fischer fort: »Ach so, ja ... ich bin der Fischer Olaf Petersen aus Hamburg. Und ich kann sehen, du bist Klaus Störtebeker, so wie unsere Leute dich beschrieben haben. Ich habe eine Botschaft für dich aus Hamburg, von denen, die hinter dir stehen.«

Störtebeker legte dem Alten die rechte Hand auf die Schulter und sagte: »Ich danke dir, Fischer, dass du die weite Reise nach Marienhafe auf dich genommen hat, um mir die Botschaft zu überbringen. Und ich danke unseren Freunden in Hamburg.« Die alte Frau unterbrach die beiden: »Ja, ja, Hauptmann Klaus, er ist doch schon so alt, er darf nicht mehr so lange und so allein auf dem Meer herumsegeln. Ich fahr in letzter Zeit immer mit und pass auf ihn auf, damit ihm nichts passiert und damit er regelmäßig isst.«

»Mutter«, fuhr der alte Fischer dazwischen, »das will Hauptmann Störtebeker gar nicht wissen.« Er räusperte sich. Aber für einen Moment hatte er den Faden verloren. Er war sehr erregt. Dann sprudelte es aus ihm heraus: »Die Pfeffersäcke, alle Pfeffersäcke aus Hamburg, Bremen, Lübeck, London,

Westholland, tun sich zusammen. Sie wollen euch vernichten. Sie sind dabei, eine große Flotte mit 12 Kriegsschiffen, einem Flaggschiff und 1200 Bewaffneten gegen euch aufzustellen. Sie wollen auch die ostfriesischen Häuptlinge zwingen, euch im Winter nicht mehr aufzunehmen. Sie wollen ihre Burgen und Städte in Schutt und Asche legen, wenn sie ihnen nicht gehorchen. Einen militärischen Führer haben sie auch schon angeheuert. Er heißt Wulf von Wulflam und soll ein Mörder und Menschenschinder sein.«

Klaus Störtebeker blieb ganz ruhig. Er wusste, dass die Pfeffersäcke sich irgendwann wehren mussten. Das hatten sie ja auch in der Ostsee getan. Aber dass sie sich so schnell zusammentun und organisieren könnten, das hatte er nicht erwartet. Dass Wulflam ihr Anführer sein würde, beunruhigte ihn nicht weiter, damit hatte er sogar gerechnet. »Wann, glaubst du, werden die mit dem Bau der Flotte fertig sein?«, fragte er. »Unsere Leute im Hafen sagen, dass sie im nächsten Sommer so weit sind«, antwortete der Fischer. »Viele Seeleute, Fischer und Schiffszimmerer in Hamburg und Bremen, das kann ich dir versichern, werden beim Kriegszug gegen euch und beim Bau der Flotte nicht mitmachen. Sie werden sich verweigern. Deshalb presst die Hanse schon jetzt überall im Lande Söldner, bis rauf zur pommerschen Küste und nach Livland. Und sie heuern Schiffszimmerer aus Amsterdam und Dänemark an.«

Als Störtebeker das hörte, war er bewegt. Es gibt also doch ein Zusammengehörigkeitsgefühl unter den Menschen, dachte er, die Likedeeler sind doch nicht allein. Und das machte ihn zuversichtlich. Und er fühlte sich gut bei diesem Gedanken. Aber die Hansen, das begriff er, die meinten es ernst, die waren zu allem bereit. »Gut, dass du so rechtzeitig gekommen bist, uns zu warnen, Fischer«, sagte er. »Kann ich etwas für dich tun?«

Der Fischer nickte. Er war noch immer erregt. »Das kannst du«, antwortete er, »du musst zu uns zum Grasbrook kommen. Dort halten wir nachts Versammlungen ab und denken über eure Ideen nach, und wir reden über die Republik Visby und was ihr dort gemacht habt. Das hat sich nämlich in Hamburg rumgesprochen. Unsere Leute wollen, dass du zu ihnen sprichst. Allein können sie gegen die Pfeffersäcke nichts ausrichten. Die haben unser ganzes Leben im Griff von der Krippe bis zum Grab. Wir sind ihnen ausgeliefert. Mit Hilfe der Zünfte kontrollieren sie alles und haben Schuldsklaven aus uns gemacht. Vielleicht können wir zusammen etwas gegen sie tun. Komm zu uns zum Grasbrook, Hauptmann, hilf uns, stark zu sein.«

Einen Moment lang herrschte eine feierliche Stille in der Kajüte. Die beiden Alten hatten ihre Blicke fest auf Störtebeker geheftet. Sie waren voller Hoffnung. Störtebeker wusste, dass er den beiden antworten musste. »Eines Tages«, sagte er, »werde ich zu euch auf den Grasbrook kommen. Dann werden wir miteinander sprechen und planen. Das verspreche ich, so wahr mir Gott helfe.«

Die Gesichter der beiden Alten hellten sich auf. »Ich wusste, du würdest uns nicht allein lassen, Hauptmann, ich wusste es«, jubelte der alte Fischer. Und seine Frau sagte: »Gott beschütze dich für immer und ewig, Hauptmann Klaus.« Störtebeker sah, dass dem alten Fischer Tränen die Wangen runterliefen. Und er konnte nicht umhin, ihn zu umarmen. Als sie sich aus der Umarmung lösten, sagte der Fischer: »Noch eins. Lass es nicht zu, dass die Pfeffersäcke siegen. Sonst herrscht nur noch das Geld.«

Als Störtebeker sich von beiden verabschiedete, zur Kajütentür ging und sich umdrehte, sah er, wie der alte Fischer seiner Frau zärtlich übers Haar strich. Und er fühlte plötzlich, dass Helga und er zusammen nicht so alt werden würden. Vor der Kajütentür drehte er sich noch einmal um und hielt seinen rechten Daumen nach oben. Auch der Fischer hielt seinen rechten Daumen nach oben. Die beiden Alten lächelten.

GÖDEKE MICHELS' TRAUM VON EINEM FERNEN MEER

Anfang April 1399 kaperten die Likedeeler vor der westholländischen Küste. Das Wetter war ungemütlich grau in grau. Es regnete heftig. Die meisten blieben unter Deck und würfelten, pflegten ihre Waffen oder flickten ihre Klamotten. Nur die Wachhabenden und die Steuerleute waren an Deck. Oben in den Krähennestern konnten die Ausgucke in der grauen, nebligen Suppe nichts sehen. Vor zwei Tagen hatten sie drei Amsterdamer Koggen aufgebracht, die Gewürze, Wein und Edelholz geladen hatten und nach London segeln wollten. Es war zu keinem Kampf gekommen. Sie hatten sich mit den holländischen Seeleuten gut verstanden. Sie hatten ihnen von ihrem Schnaps und Bier abgegeben, und die Holländer hatten ihnen von ihrem Knaster gegeben. Später hatten sie die Seeleute an der westholländischen Küste abgesetzt und ihre Koggen in Schlepptau genommen. Es war das erste Mal gewesen, dass sie an der westholländischen Küste auf Kaperfahrt gegangen waren.

Nur Gödeke Michels kannte diese Fahrrinne von früher. Hier hatte er schon vor mehr als zehn Jahren mit dem berühmten holländischen Freibeuter Kees van Steen gekapert. Sie hatten damals die Amsterdamer Londonfahrer abgefangen, hatten ihren Handel lahm gelegt. Und Kees van Steen war später mit seinen Leuten in den Süden gesegelt, zu einem fernen Land, zu einem fernen Meer, hatte er damals gesagt, einem Gefilde, wo ewiger Frühling herrschen sollte, wo immer die Sonne schien, wo es keinen Winter gäbe, den man an Land verbringen müsste. Sie brauchten nur an der französischen Küste entlang zu segeln, hatte van Steen gesagt, bis sie in den Golf von Biscaya kämen, dort gäbe es genügend zu kapern, dort herrschten paradiesische Zustände, dort würden an Land seltsame, herrliche Früchte an den Bäumen wachsen. Davon hatte Kees van Steen oft erzählt. Er hatte seine Leute damit verrückt gemacht. Und Gödeke Michels war schon damals von diesem fernen Meer im Süden fasziniert gewesen. Er hatte in der letzten Zeit oft von diesem Meer träumen müssen, hatte sich vorgestellt, wie die Menschen dort lebten, wie die See dort sein würde, welche Farbe sie hätte. Kees van Steen war mit seinen Leuten nie zurückgekehrt. Sicherlich hat es ihnen dort unten gut gefallen, hatte Gödeke oft gedacht.

An einem Nachmittag im April hatte Klaus Störtebeker die Hauptleute und Magister Wigbold zu sich rufen lassen. Sie saßen am Kajütentisch, vor jedem stand ein Krug Bier. Hannes Wichmann und Gödeke Michels rauchten genüsslich ihren Knaster aus langen holländischen Tonpfeifen. Sie waren gespannt, was Störtebeker ihnen zu berichten hatte. Sie wussten, es musste etwas Wichtiges sein. Er habe sie gerufen, begann Störtebeker nach einer Weile, weil kurz vor ihrer Abreise aus Ostfriesland ein Bote aus Hamburg zu ihm gekommen wäre, um ihn zu warnen, dass die Pfeffersäcke in Hamburg eine große Flotte aufstellten, um die Likedeeler zu vernichten. Sie würden im Sommer nächsten Jahres so weit sein und könnten dann 13 Orlogs und mehr als 1000 Schwertkämpfer gegen sie zur See führen. Und Wulf von Wulflam würde ihr Anführer sein.

»Das wagen die nicht, die drohen nur«, unterbrach ihn Nikolaus Scheld, »die machen sich doch die Hosen voll, wenn sie unseren Namen hören. Und wenn schon, dann werden wir sie nach Hamburg zurückjagen, wir werden ihre Orlogs versenken.« Hannes Wichmann nahm seine Pfeife aus dem Mund. Er kenne die Hamburger Pfeffersäcke, erklärte er, die würden nicht nur drohen, die meinten, was sie sagten. Die Likedeeler hätten ihren Englandhandel genug geschädigt, nun wollten die Hansen sie aus der Westsee herauswerfen, sie vernichten. »Die meinen es ernst«, fuhr Wichmann fort. »Wir müssen uns etwas einfallen lassen, bevor es zu spät ist.« Die Pfeffersäcke haben auch Angst, dass wir nach Hamburg reinsegeln und die Bevölkerung gegen sie aufwiegeln, dachte Wichmann noch, dagegen werden sie alles unternehmen. Das hatte er schon Störtebeker gesagt.

Wigbold grinste. Es schien, als freute er sich über diese Entwicklung. »Und ich dachte, du hättest Wulflam damals in Bergen erledigt, Klaus«, giftete er Störtebeker an und an alle gewandt: »Ich plädiere dafür, dass wir so lange in der Westsee auf Kaperfahrt gehen, bis sie mit ihrer großen Flotte kommen. Dann verschwinden wir in andere Gefilde.« Und er fügte hinzu, dass Gödeke ihm erst vor kurzem von einem fernen Meer im Süden erzählt hätte, wo man ungestört kapern könnte, und zwar das ganze Jahr über, weil es dort keinen Winter gäbe. Dahin sollten sie sich aufmachen.

Störtebeker schüttelte den Kopf. Diesmal nicht, dachte er, auf keinen Fall ein zweites Visby. Diesmal würden sie bleiben. »Nein, Wigbold«, antwortete er, »wir können nicht immer wieder davonlaufen. Irgendwo müssen wir anhalten und sagen: Halt, hier bleiben wir, das ist unser Platz, hier sind wir zu Hause.« – »Du machst uns doch was vor, Störtebeker, du willst nur bei den Ostfriesen an Land leben und heiraten«, fuhr Wigbold dazwischen, »aber da machen wir nicht mit. Dann musst du uns verlassen.« Hannes Wichmann nahm seine Pfeife aus dem Mund, er stand vom Tisch auf und ging einen Schritt auf Wigbold zu. Störtebeker stellte sich zwischen die beiden. »Wenn hier einer geht, bist du es, Magister!«, schrie er Wigbold an. Störtebeker legte ihm eine Hand auf die Schulter, und Wichmann setzte sich wieder. Er trank einen Schluck Bier. Er konnte sich nicht beruhigen. Er empfand, dass Wigbold nur Zwietracht unter ihnen gesät hatte. Man müsste ihn wegschaffen, dachte er, der Kerl müsste einfach verschwinden, sonst passiert noch ein Unglück.

Gödeke Michels hatte die ganze Zeit über geschwiegen. In sich versunken hatte er über Kees van Steen, das ferne südliche Meer, den Golf von Biscaya nachgedacht. Wenn es stimmte, dass dort ewiger Frühling herrschte, dachte er, dann brauchten sie dort unten keine Heimstatt. Sie könnten dann immer auf See bleiben, das ganze Jahr über, denn einen Winter gab es ja nicht. Sie müssten nur an Land gehen, um Markt zu halten, um ihre Beute loszuwerden. Hannes Wichmann hatte mit seinem Ausbruch Gödeke aus der Versunkenheit aufgeweckt. Und es war auch so, dass alle auf ein Wort von ihm warteten. »Hast ja Recht, alter Wichmann«, sagte Gödeke, »wir müssen schnell zu einem Entschluss kommen, bevor es zu spät ist. Es geht um unsere Zukunft. Ich schlage vor, wir reden mit unseren ostfriesischen Freunden. Sie sind ja selbst Piraten. Vielleicht werden sie sich mit uns gegen die Pfeffersäcke verbünden. Dann können wir in der Westsee bleiben. Dann sind wir stark genug. Ich werde mit meinem Freund Hisko von Emden sprechen.«

Mit diesem Vorschlag waren alle außer Wigbold einverstanden. Und Störtebeker sagte, wenn die Ostfriesen mit ihnen kämpften, brauchten sie die Pfeffersäcke nicht zu fürchten. Sie würden gemeinsam ihre Flotte auf See besiegen. Und er fügte hinzu: »Dann fangen wir ihre Flotte vor der Elbmündung ab, drehen den Spieß um und segeln nach Hamburg rein. Da warten schon viele auf unsere Ankunft.« Nikolaus Scheld stand auf, nahm einen großen Schluck aus seinem Bierkrug und sagte: »Endlich spricht mir mal jemand aus dem Herzen.« Dann setzte er sich wieder Er lächelte allen zu. Störtebeker wusste, dass alles von den Ostfriesen abhing. Die dachten über die Pfeffersäcke wie sie. Er hatte etwas Angst, dass sie sich trotzdem verweigern könnten. Aber dann dachte er an ihren gemeinsamen Kanalbau, an seine Freundschaft zu Keno tom Brok, der viel Einfluss bei den Ostfriesen besaß. Er dachte auch daran, dass die Likedeeler auf ihren Märkten die Ostfriesen mehr als vorteilhaft behandelt und ihnen vieles geschenkt hatten. Und er sagte: »Keno tom Brok steht mit seinen Leuten hinter uns, das weiß ich. Sie werden uns nicht im Stich lassen.« Und er musste an Helga denken. Er konnte sich nicht vorstellen, dauernd von ihr getrennt zu sein.

Den Sommer und Herbst über kaperten sie an der westholländischen Küste bis runter noch Ostende. Sie schädigten die holländischen Pfeffersäcke, wo sie nur konnten. Einen Teil ihrer Beute, so hatten es die Likedeeler jüngst beschlossen, überließen sie den Seeleuten, die ihn an ihre eigenen Leute weiterreichen sollten. Sie setzten die Seeleute an der dünn besiedelten Küste in der Nähe ihrer Heimat ab oder ruderten sie auf vorgelagerte Inseln wie Walcheren oder Schouwen. Zwischen den Likedeelern und den holländischen Seeleuten war es zu keinen Kampfhandlungen gekommen. Ein paar der Seeleute waren bei ihnen geblieben. Nur die Kapitäne hatten manchmal Widerstand geleistet. Sie hatten sie allein an besonders unwirtlichen Stellen der Küste abgesetzt.

An der westholländischen Küste hatten die Menschen begriffen, wer sie waren. Als die Likedeeler an einem Septembermorgen in Vlissingen an Land gingen, um Markt zu halten, wurden sie herzlich empfangen. Der Marktplatz war bereits für sie hergerichtet worden, und in großen eisernen Bottichen, die über Feuerstellen hingen, dampfte und roch es verführerisch nach Erbsen- und Bohnensuppe. Große Stücke Fleisch schwammen darin. Und die Likedeeler schlugen sich die Bäuche voll, bis es schmerzte. So etwas Gutes hatten sie schon lange nicht mehr zu essen bekommen. Viele dachten, es wäre doch ganz gut, öfter mal an Land zu gehen. Sie tauschten Knaster und Tonpfeifen von den Holländern ein und gaben ihnen dafür Gewürze und Seide aus ihrer Beute. Die holländischen Meisjes mit ihren langen weißen Schürzen, ihren Holzpantoffeln, den kleinen weißen Hauben auf dem Kopf, die das blonde Haar kaum verdeckten, hatten es ihnen angetan. Die Likedeeler waren entzückt von ihrem hellen, freundlichen Lachen. Sie überhäuften sie mit Geschenken und warfen ihnen verliebte Blicke zu. So fröhliche Menschen wie in Vlissingen hatten sie weder in Wismar noch in Visby kennen gelernt, dachten sie. Und die Likedeeler bedauerten es sehr, dass sie nach drei Tagen schon wieder auf See mussten. Aber sie wollten noch ganz nach Helgoland raufsegeln, dort Beute abladen, sich ausruhen, die Schiffe reparieren und dann im November in ihre Winterquartiere nach Marienhafe, Emden, Norden und Bant segeln und dort ihren großen Wintermarkt halten. Außerdem wollten sie so früh wie möglich herausfinden, wie weit die Hamburger Pfeffersäcke mit dem Bau ihrer Flotte vorangekommen waren. Das, so hatte Magister Wigbold gesagt, hing wie ein Damoklesschwert über ihnen. Hamburger Fischer, so hofften sie, würden ihnen das Neueste darüber berichten.

Auf Helgoland wohnten und schliefen sie wieder in ihren Persenningzelten. Die Helgoländer halfen ihnen beim Reparieren und Teeren der Schiffe, beim Einsetzen neuer Masten und beim Flicken der Segel. Und die Likedeeler spielten Stockball, so oft sie konnten, und glaubten zuletzt, es beim nächsten Mal mit den Ostfriesen aufnehmen zu können. Hamburger Fischer waren zweimal in ihre Bucht gesegelt, um ihnen mitzuteilen, dass die Pfeffersäcke mit Hilfe holländischer und dänischer Schiffszimmerer beim Bau ihrer Kriegsflotte gut vorangekommen wären und dass sie sie, ihrer Meinung nach, bis zum kommenden Sommer fertig stellen würden. Da wussten die Likedeeler Bescheid.

Voll beladen und mit sieben erbeuteten Koggen, die sie den Ostfriesen für den gemeinsamen bevorstehenden Kampf gegen die Hamburger Flotte überlassen wollten, kehrten die Likedeeler Ende November heim in ihre Winterquartiere. Auf der

Fahrt von Helgoland nach Ostfriesland hatte Klaus Störtebeker in seiner Kajüte immer wieder an Helga denken müssen. Er sehnte sich danach, mit ihr zu sprechen, er sehnte sich danach, sie in die Arme zu nehmen, mit ihr allein zu sein, ihren Körper zu fühlen. Er spürte, dass Helga ihn verändert hatte, er zweifelte jetzt häufig an sich selbst, an seinen Entscheidungen. Er zweifelte daran, ob alles richtig gewesen war, was er in seinem Leben getan hatte. Er kam sich oft vereinsamt vor. Er brauchte Helga, er konnte es nicht mehr verdrängen. Er war unsicher geworden, und er hatte Angst, dass Wigbold es entdecken könnte. Ihm wurde klar, dass er seine Gefühle jahrelang verdrängt hatte. Und er dachte, was wohl in den Köpfen und Herzen der Likedeeler vor sich ging, ob sie sich auch manchmal einsam und verlassen vorkämen, ob sie andere Menschen geworden wären, wenn sie Liebe erfahren hätten.

Aber er wusste, es war zu spät in seinem Leben, um sich zu ändern. Auf ihn wartete die Flotte der Pfeffersäcke, auf ihn wartete sein großer Feind Wulf von Wulflam, der seinen Oheim und seine Schmach von Bergen rächen wollte. Er wusste, es würde zu einer endgültigen Auseinandersetzung mit Wulflam kommen. Darauf musste er sich vorbereiten, daran musste er denken. Das war sein Schicksal. Diese Aufgabe musste er lösen. Entweder Wulflam oder er. Hannes Wichmann hatte Wulflam das Böse schlechthin genannt. Und es kam ihm vor, als meinte Wichmann, wenn sie Wulflam beseitigten, dann könnten sie danach in Frieden leben, dann brauchten sie nicht mehr zu rauben, dann wären sie keine Gesetzlosen mehr, dann wären sie frei und könnten auch an Land leben und an Land Gerechtigkeit schaffen. Und irgendwie sehnte er diesen Tag herbei, an dem sich das alles entscheiden würde, wonach sie nicht mehr kämpfen müssten.

Klaus Störtebeker lebte wie im letzten Winter mit Helga zusammen in Keno tom Broks Haus. In Marienhafe sahen die

Leute sie eng umschlungen durch die Straßen und am Kanal entlang gehen. Wie im letzten Winter waren sie häufig übers Land geritten. Auf einem dieser Ausritte hatte Helga gesagt: »Ich will, dass Arlo Arlena uns traut, und ich will ein Kind von dir, auch wenn du immer wieder fort musst.« Störtebeker hatte den gleichen Wunsch. Aber er hatte es nicht gewagt, es ihr zu sagen. Er fürchtete, dass die Likedeeler die Heirat missverstehen würden, dass sie glaubten, er würde sich von ihnen trennen. Und diese Vorstellung konnte er nicht ertragen. Und er sagte es Helga. Helga verstand das besser, als er gedacht hatte. Er war erstaunt, wie sehr sie sich in ihn hineinversetzen konnte. »Dann heiraten wir insgeheim«, sagte Helga, »die Likedeeler werden es nicht erfahren.« Und sie kamen überein, sich am 24. Dezember, nach der Heiligen Messe, wenn die Marienkirche leer war, von Arlo Arlena vor einem Nebenaltar im Seitenschiff trauen zu lassen. Einohr und Keno würden ihre Trauzeugen sein. Er würde es Wichmann später mitteilen, dachte Störtebeker. Er würde ihn verstehen.

Als sie nach diesem Ausritt zu Hause angekommen waren und die Pferde abgesattelt und in den Stall gebracht hatten, erzählten sie Keno tom Brok von ihrem Heiratsplan. »Darauf habe ich immer gewartet«, antwortete Keno. Sie konnten sehen, wie sehr er sich freute. »Ihr gehört zusammen«, sagte Helgas Vater, »das wusste ich von Anfang an.« Sie gingen in Kenos Wohnzimmer, setzten sich an den Kamin und begossen das kommende Ereignis mit erbeutetem Brandy. Sie unterhielten sich über die geheime Hochzeitszeremonie, über Arlo Arlena, den sie zum Schweigen verpflichten mussten, und über ihre Zukunft. Störtebeker war verlegen, als Keno ihm anbot, dass er nicht nur während der Winterzeit in seinem Hause immer ein Heim finden würde.

Dann erzählte er Keno, er hatte es Helga schon vorher mitgeteilt, dass die Hansen dabei wären, eine große Flotte gegen sie aufzustellen. Und dass ihre Leute in Hamburg meinten, die Hansen könnten im Sommer zuschlagen. »Auch gegen euch, Keno«, fuhr Störtebeker fort, »wollen die Pfeffersäcke etwas unternehmen, wenn ihr uns weiterhin Winterquartier gewährt. Sie drohen, eure Städte anzugreifen und zu zerstören.« Keno nickte. »Ich weiß«, antwortete er, »auch unsere Leute in Hamburg haben uns davon berichtet.« Störtebeker war überrascht, die ostfriesischen Häuptlinge wussten Bescheid.

Darauf schlug Störtebeker vor, dass sie zusammen kämpfen sollten, dass Likedeeler und Ostfriesen gemeinsam die Söldner der Pfeffersäcke besiegen könnten. Sie verfügten über genügend Koggen und Holks, um selbst eine starke Flotte aufzustellen und die Hansen auf offener See zu besiegen. »Lange bevor sie an die ostfriesische Küste kommen werden«, fügte er noch hinzu. Und er wusste, dass Gödeke Michels in Emden das Gleiche bei Hisko vortrug: Gemeinsam würden sie es schaffen. »Ich will dir eins sagen«, antwortete Keno, »ich stehe zu dir und deinen Leuten. Aber ich kann für die anderen Häuptlinge meine Hand nicht ins Feuer legen.« Störtebeker war Keno dankbar für diese ehrlichen Worte. Er schaute in sein offenes Gesicht, er schaute in Helgas Gesicht. Er fühlte sich wohl bei diesen beiden. Und Hoffnung kam in ihm auf, dass sie gemeinsam kämpfen und gemeinsam siegen würden. Danach würde man weitersehen, dachte er, danach würde vieles einfacher sein. Keno tom Brok sah, dass Störtebeker in Gedanken versunken war. Er stand von seinem Kaminsessel auf, legte Störtebeker eine Hand auf die Schulter und sagte: »Lass uns in Ruhe abwarten, Klaus. Im Januar schicken wir einen Abgesandten zum Ratschlag der Hanse nach Hamburg. Er wird uns über die Forderungen der Pfeffersäcke genau berichten. Danach werden die Häuptlinge entscheiden.« Keno verließ das Wohnzimmer. Helga legte einen Arm um Störtebekers Hüfte. Er presste sie fest an sich und küsste sie. »Mein

Vater wird immer auf deiner Seite stehen, Klaus«, flüsterte sie, »was immer passiert, und ich auch.«

Ein paar Tage später, am Heiligen Abend des Jahres 1399, weit über Mitternacht hinaus, die Heilige Messe war schon lange gehalten worden, trafen sich fünf Menschen im rechten Seitenschiff der Marienkirche. Es waren der Pfarrer Arlo Arlena, Keno und Helga tom Brok, Klaus Störtebeker und Einohr. Sie sahen alle sehr feierlich aus. Helga trug ein langes, bis zu den Knöcheln reichendes sandfarbenes Gewand. Ihr Vater trug eine neue, frisch gegerbte dunkelbraune Wildlederjacke und -hosen. Störtebeker und Einohr trugen ihre besten Kleidungsstücke. Zwei große Kerzen beleuchteten den kleinen Altarraum des rechten Seitenschiffes. Arlo Arlena, in einen schwarzen Talar gekleidet, kniete vor dem Altar nieder und betete für Störtebeker und Helga. Dann drehte er sich um, hielt den beiden das Kreuz entgegen und segnete sie. Dann sagte er: »Ich bezeuge vor Gott und den Anwesenden, dass Klaus Störtebeker und Helga tom Brok den heiligen Bund der Ehe eingehen wollen. Was Gott zusammengeführt hat, soll der Mensch nicht trennen. Ich erteile euch hiermit den Segen Gottes, den Segen seiner Kirche und auch meinen Segen. Möget ihr ein langes und glückliches Leben führen. Ich wünsche es euch von ganzem Herzen. Vor Gott und den anwesenden Trauzeugen seid ihr nun Mann und Frau. Gott beschütze euch, Amen.« Klaus Störtebeker und Helga tom Brok küssten sich. »Gott beschütze dich und deine Frau, Hauptmann Störtebeker«, rief Einohr, der weiter hinten im Altarraum stand, er hatte Tränen in den Augen. Er ging auf Störtebeker zu und gab ihm die Hand. Die beiden umarmten sich. Dann gab Einohr Helga die Hand. Auch Keno tom Brok umarmte Störtebeker und küsste seine Tochter. Arlo Arlena schüttelte beiden die Hand, segnete sie noch einmal und sagte: »Nun seid ihr für immer im Kirchenbuch der Stadt Marienhafe als Ehepaar eingetragen.« Einohr, Störtebeker, Helga und Keno tom Brok verließen das Seitenschiff der Marienkirche und fuhren mit Pferd und Wagen im Dunkel der Heiligen Nacht zu Kenos Haus zurück. Einohr saß vorn auf dem Kutschbock.

Störtebekers und Helgas Heirat blieb geheim. Hannes Wichmann war Anfang Januar aus Bant herübergekommen. Sie erzählten es ihm. Hannes Wichmann freute sich wie ein Kind darüber. »Ich bin glücklich für euch beide«, sagte er immer wieder, »ich bin froh, dass ihr es getan habt.« Aber Wichmann war aus einem anderen Grund aus Bant gekommen. Es sähe nicht gut aus in Bant, berichtete er Störtebeker, er glaube nicht, dass Edo Wiemken und seine Leute mit ihnen gegen die Flotte der Pfeffersäcke kämpfen würden. »Sie haben Angst, Klaus, sie haben Angst, dass ihre Städte eingeäschert werden«, sagte er. Störtebeker versuchte, Wichmann zu beruhigen. Er versicherte ihm, dass Keno tom Brok eindeutig auf ihrer Seite stehe. Er werde sie nicht im Stich lassen. »Wir können uns auf Keno verlassen, Hannes«, antwortete Störtebeker. Und auch von Gödeke Michels aus Emden hätte er gute Nachricht erhalten. Hisko, der alte Pirat, sei schon dabei, die erbeuteten holländischen Koggen in Kriegsschiffe umzubauen. Schließlich seien Hisko und Gödeke alte Freunde und seien früher zusammen auf Kaperfahrt gegangen.

Hannes Wichmann blieb bei Helga und Störtebeker in Kenos Haus. Für den 28. Januar 1400 waren die Häuptlinge der Ostfriesen, die Hauptleute der Likedeeler und Magister Wigbold in Hiskos Burg nach Emden eingeladen worden. In der Zwischenzeit war der ostfriesische Abgesandte vom Hanserecess aus Hamburg zurückgekehrt und hatte eine Botschaft für die Häuptlinge bei Hisko hinterlegt. Keno tom Brok meinte, von dem, was er gehört habe, stände es noch immer recht gut um ihre gemeinsame Sache, aber Eindeutiges könne er nicht sagen. Auch Helga war guten Mutes. Sie vertraute auf das

Machtwort ihres Vaters bei den Ostfriesen. Er werde es schon richten, hatte sie gesagt.

Am 28. Januar, frühmorgens, ritten Keno, Wichmann und Störtebeker nach Emden. Als sie abends dort ankamen, herrschte in Hiskos Burg eine seltsame Stimmung. Keiner sprach mit den Anführern der Likedeeler, die inzwischen alle angekommen waren. Hisko war nicht zu sehen. Keno war sogleich verschwunden. Der Sitzungssaal der Häuptlinge war von innen verriegelt. Die Hauptleute und Wigbold wurden von einem schweigsamen Bediensteten in einen abseits gelegenen, fensterlosen Raum der Burg geführt. Dort saßen sie bei Kerzenlicht. Er hätte kein gutes Gefühl, sagte Hannes Wichmann, man ließe sie hier zu lange allein sitzen. Und im Sitzungssaal der Häuptlinge, meinte er, würde sich etwas gegen sie zusammenbrauen, etwas, was ihr Schicksal, ihr Leben entscheidend beeinflussen würde.

Später wurden sie von dem gleichen schweigsamen Bediensteten in den Sitzungssaal gerufen. Als sie eintraten, schauten die ostfriesischen Häuptlinge zu Boden, auch Keno. Die Häuptlinge saßen in ihrer Wildlederkleidung an einem langen Tisch. Sie baten die Likedeeler, ihnen gegenüber Platz zu nehmen. Dann stand Hisko von Emden auf, schaute ihnen geradewegs in die Augen und sagte mit fester Stimme: »Likedeeler, die Häuptlinge der Ostfriesen haben mit großer Mehrheit beschlossen, euch in Zukunft kein Winterquartier mehr zu gewähren. Wir müssen euch bitten, unser Land im März zu verlassen und nicht wiederzukommen.« Daraufhin übergab Hisko Enno Cirksena ein Pergament und setzte sich wieder. Enno Cirksena stand auf und verlas in feierlichem Ton das Pergament: »Beschluss der ostfriesischen Häuptlinge vom 28. Januar 1400 im Jahre des Herrn: Mit 4 : 1 Stimmen haben wir entschieden, das Land, das zwischen der Ems und der Weser liegt, wird niemals wieder den Likedeelern noch anderen Seeräubern, welche den

Hansekaufmann zu Wasser schädigen wollen, Aufenthalt und Hege gewähren.«

Danach faltete Enno Cirksena das Pergament zusammen und sagte: »Dem ist nichts mehr hinzuzufügen.« – »Doch, doch«, fuhr Keno tom Brok dazwischen, »da gibt es noch etwas zu sagen.« Er stand vom Tisch auf, er war sichtlich bewegt. »Meine Freunde«, wandte er sich an die Likedeeler, »ich habe gegen eure Ausweisung gestimmt. Und dennoch, ich bitte euch, die Häuptlinge zu verstehen. Die Hanse hat angedroht, im Sommer unsere Städte in Schutt und Asche zu legen und unser Land zu verwüsten, wenn wir euch weiterhin Aufenthalt geben. Die Häuptlinge fürchten, dass zu viele Ostfriesen im Kampf gegen die Pfeffersäcke sterben werden und ihre Frauen und Kinder allein bleiben. Ihre Entscheidung ist ehrenwert.«

Klaus Störtebeker stand auf. Mit ruhiger Stimme sagte er: »Ich kann euch verstehen, Keno. Nur eins noch: Wenn wir zusammen kämpfen, dann können wir die Hansen auf offener See besiegen. Wir lassen sie gar nicht erst an Land kommen. Wir fangen sie vor der Elbmündung ab. Wir haben gezeigt, dass wir im Winter gemeinsam leben und arbeiten können. Ostfriesen und Likedeeler haben gemeinsam den Marienhafener Kanal ausgebaut. Wir sind die besseren Kämpfer, die besseren Seeleute. Wir wissen, wofür wir kämpfen, die Söldner wissen das nicht. Ich beschwöre euch, überlegt es euch noch einmal. Lasst uns zusammen kämpfen, für ein gemeinsames Ziel.« Als Störtebeker sich wieder setzte, schüttelte Keno tom Brok traurig seinen Kopf. »Wir haben auch darüber nachgedacht, das kannst du mir glauben, Klaus«, entgegnete Keno. »Und ich stimme dir zu. Ja, gemeinsam können wir die Pfeffersäcke besiegen. Aber sieh doch, für die meisten von uns seid ihr trotz allem Fremde geblieben. Wir leben hier schon seit vielen Generationen, ihr nicht. Unsere Leute wollen sich nicht für euch opfern. Sie wollen nicht für euch sterben.« Keno tom Brok machte eine Pause. Dann sagte er: »Es gibt keinen anderen Ausweg. Ihr müsst uns im März verlassen. So Leid es mir tut.«

So sei es denn, dachte Gödeke Michels, dann werden wir eben im März nach Helgoland und im Sommer, bevor die Hansen mit ihrer Flotte kommen, in den Süden segeln, in das ferne Meer im Golf von Biscaya. Nachdem Keno sich wieder gesetzt hatte, erhoben sich die Likedeeler, gingen zu den Häuptlingen und reichten ihnen schweigend die Hände. Nur Wigbold reichte ihnen nicht die Hand. Er würdigte sie keines Blickes. Dann verließen die Likedeeler den Sitzungssaal und standen für eine Weile draußen auf dem Burgflur. Wigbold wandte sich an Störtebeker: »Da hast du deine treuen Ostfriesen. Sie fallen um, wenn es brenzlig wird. Sie sind Verräter, allesamt, auch dein Keno tom Brok. Vielleicht begreifst du jetzt, an Land sind wir überall Fremde, nur auf See nicht. Es gibt keine Heimstatt für uns.« Als Störtebeker antworten wollte, fuhr Gödeke dazwischen: »Hört jetzt auf zu streiten, wir machen hier klar Schiff und segeln im März nach Helgoland. Dann sehen wir weiter.« Nikolaus Scheld sagte: »Auf nach Helgoland.« Und Hannes Wichmann dachte: Jetzt müssen wir wieder flüchten, wie damals in Visby. Wir werden nie mehr ein Zuhause finden.

DAS LETZTE GEFECHT

Die Likedeeler schlugen im März 1400 ein großes Lager auf Helgoland auf. Von Helgoland aus gingen die Mannschaften einzeln ein paar Mal auf Kaperfahrt und brachten die Beute jedes Mal zurück nach Helgoland. Den Helgoländern gefiel das. So gut hatten sie noch nie gelebt. Die Likedeeler hatten sich eine andere Bucht ausgesucht, der Elb- und Wesermündung zugewandt. Von dieser Bucht aus würden sie das Kommen der Hanseflotte schon in weiter Entfernung entdecken können. Oft saßen sie am Strand und schauten auf die Westsee hinaus. Es herrschte eine merkwürdige Unruhe unter den Mannschaften. Sie wussten, dieser Sommer würde der Scheidepunkt ihres Lebens sein, entweder würden sie hier kämpfen, oder sie würden flüchten. Ihre Hauptleute, das hatten sie herausgefunden, waren sich darüber nicht einig. Und diese Uneinigkeit hatte auf sie übergegriffen. Bei den Jüngeren kam die Angst auf, dass sie hier ihr Leben lassen müssten. Auch das geliebte Stockballspiel am Strand konnte sie von dieser Angst nicht befreien. Sie waren noch 420 Mann, nicht genug, dachten viele, um gegen die Flotte der Pfeffersäcke zu bestehen.

Die Hauptleute und Wigbold hatten in den letzten Wochen keinen Ratschlag mehr abgehalten. Sie gingen sich aus dem Wege. Nur Wigbold und Gödeke Michels waren oft allein am Strand spazieren gegangen. Und einmal war Wigbold mit einigen Leuten auf einer Schnigge zwei Tage lang auf See gewesen. Auf Erkundungsfahrt, hatte es geheißen. Einige glaubten das nicht. Alle möglichen Gerüchte kursierten. Seit sie Ostfriesland verlassen hatten, blieb Klaus Störtebeker zumeist für sich allein in seinem Persenningzelt. Nur Wichmann und Einohr durften ihn besuchen. Sie sahen, dass er kaum etwas aß. Er verließ sein Zelt nur, um seine Notdurft zu verrichten. Sie hatten den Eindruck, dass er sehr niedergeschlagen war. Er kümmerte sich um nichts mehr. Wichmann machte sich große Sorgen um ihn. Das war nicht mehr der alte Klaus Störtebeker. Dieser hier schien mutlos zu sein, er beantwortete nicht ihre Fragen, wollte keine Entscheidungen mehr treffen, grübelte nur vor sich hin. Das Leben schien aus ihm gewichen zu sein, dachte Wichmann.

In seinem Zelt kämpfte Störtebeker mit sich selbst. Er wusste, wenn er auch Helgoland verließ, dann würde er Helga nie wieder sehen. Aber sie wieder zu sehen war seine große Hoffnung, sein Sehnen. Flucht in den Süden und Leben mit Helga ließen sich nicht vereinbaren, Verantwortung für Helga und Verantwortung für die Likedeeler auch nicht. Er kam, wie schon zuvor, an diesem Punkt nicht weiter. Da gab es keinen Ausweg. Außerdem dachte er an Wismar und Visby. Schon wieder davonlaufen, das konnte er nicht verkraften. Irgendwo mussten sie sich sagen: Halt, hier bleiben wir. Man konnte nicht das ganze Leben auf der Flucht sein.

Aber jetzt war noch etwas anderes hinzugekommen, etwas, mit dem er sich vorher nicht hatte auseinander setzen müssen. Er musste voller Sehnsucht an Helga denken. Vielleicht war es ja gar nicht sie selbst, dachte er, sondern seine Vorstellung von ihr, seine Vorstellung von Liebe, Zuneigung, Zärtlichkeit, menschlicher Wärme, Geborgenheit. Genau wusste er das eben nicht. Aber es war auch, das spürte er jetzt ganz stark, der Geruch ihrer Lippen, ihrer Haare, ihres Halses, der Duft ihres Körpers, ihre Umarmungen – alles, alles, was er nun nicht mehr hatte, von dem er aber nicht loslassen wollte. Es war seine Leidenschaft, sein Verlangen nach ihr, das ihn gefangen nahm, ein Verlangen, das tief in seinem Innersten verwurzelt schien, gegen das er nichts tun konnte. Es war etwas, das er vorher nicht gekannt hatte.

Wie konnte er sich bloß von diesem verdammten irdischen Sehnen befreien, dachte er. Warum begehrte er Helga so sehr, dass er darüber fast alles andere in der Welt vergaß, es aufgeben wollte? Er hatte doch die Likedeeler. Er musste sich von diesem Verlangen, dieser Leidenschaft frei machen, musste ihr entkommen. Aber das war es ja. Er wollte es nicht. Er wollte diese Leidenschaft nicht aufgeben. Er war von ihr besessen, er war von ihr gefesselt, er wollte es so. Und er fühlte, dass er von diesem Verlangen nach Helga ergriffen, von ihm eingenommen werden wollte. Er konnte sich gar nicht mehr vorstellen, dass es ohne diese Leidenschaft für Helga für ihn noch ein glückliches Leben geben konnte. Das war sein Zwiespalt, in dem er sich befand, bei dem ihm keiner helfen konnte. Er selber musste aus diesem Zustand herauskommen, das wusste er.

Eines Morgens, es war Anfang August, noch sehr früh, sah Einohr, wie Störtebeker sein Zelt verließ, an den Strand ging, seine Kleider auszog und sich nackt in die Fluten warf. Das ist der Umbruch, dachte Einohr, jetzt wird alles besser werden. Er ging auch zum Strand, zog seine Klamotten aus und schwamm auf Störtebeker zu. Störtebeker winkte ihn zu sich, lachte. »Du bist wieder im Leben, Hauptmann«, rief Einohr. »Ja«, antwortete Störtebeker, »ich musste mit mir über einige Sachen ins Reine kommen, es ging nicht anders.« Sie schwammen eine weite Strecke ins kalte Meer raus, kamen erschöpft zurück und legten sich in den warmen Sommersand des Strandes. Als sie sich erholt hatten, erzählte Einohr, dass in der Zwischenzeit vieles passiert sei, dass Gödeke und Wigbold zu den Mannschaften gesprochen und versucht hätten, sie zur Flucht in ein fernes Meer im Süden zu überreden, wo ewiger Frühling herrsche und sie immer auf See leben könnten, auch in der Winterzeit. Und Wigbold hätte noch hinzugefügt, dass Störtebeker zu schwach geworden sei, dass es keinen Zweck mehr habe, mit Störtebeker zu rechnen, dass sie sich nicht für ihn opfern, sondern mit ihnen in den Süden segeln sollten. Außerdem ginge das Gerücht herum, Wigbold hätte sich mit Wulflam auf dem Meer getroffen und sie hätten zusammen etwas ausgeheckt. »Gerüchte, Einohr, Gerüchte«, antwortete Störtebeker, »so etwas würde selbst Wigbold nicht tun, ganz ausgeschlossen.«

Nach einer Weile standen sie auf, zogen sich ihre Kleidung an und gingen am Strand spazieren. »Auch in unserer Mannschaft«, sagte Einohr, »sprechen einige von baldiger Trennung. Manche glauben, es gibt hier keine Heimstatt mehr für den Winter. Andere fürchten sich vor der Übermacht der Hanseflotte. Ich möchte nur, dass du weißt, Hauptmann, dass ich bei dir bleiben werde, bis ans Ende.« Störtebeker blickte Einohr in die Augen, er lächelte, und er antwortete: »Du sprichst schon vom Ende, Einohr. So weit sind wir noch lange nicht, glaub es mir. Ich danke dir, dass du bei mir bleiben willst. Du wirst sehen, wir werden nicht allein sein.« Sie gingen eine Zeit lang schweigend am Strand weiter. Und Einohr sagte, er könnte nicht begreifen, warum die Likedeeler sich trennen wollten, sie hätten doch alle den Schwur getan, außer Wigbold, immer füreinander dazusein. Er sei doch selbst dabei gewesen in der Domkirche zu Stockholm. »Nichts ist ewig im Leben, nichts, nur die See«, antwortete Störtebeker leise. Man sah die beiden noch lange am Strand spazieren gehen.

Am 15. August 1400, Störtebeker hatte einige Tage zuvor mit seiner Mannschaft gesprochen, versammelten sich die Hauptleute und Magister Wigbold in Störtebekers Zelt. Wigbold hatte um den Ratschlag gebeten. Jeden Tag nun konnte das Kommen der Hanseflotte gemeldet werden. Jeden Tag, seit Anfang Juli, hatten sie Schniggen zum Erkunden ausgesandt. Die Stimmung im Zelt war gereizt. Hannes Wichmann wischte sich mit einem Lappen den Schweiß von der Stirn. Seine Hände zitterten. Nikolaus Scheld mochte niemanden ansehen. Gödeke Michels zupfte nervös an seinem Kragen und rückte mit seinem Stuhl herum. Magister Wigbold saß aufrecht da. Er schaute die Hauptleute der Reihe nach an, als wollte er sagen, seht, ich bin wieder da, ich bin der, der euch sagt, wo es langgeht, ich, Wigbold der Überlegene.

Klaus Störtebeker hielt seinen Blick auf Wigbold fixiert. Er konnte das erste Mal ein Hassgefühl gegen Wigbold nicht unterdrücken. »Na, dann schieß mal los, Wigbold«, begann er. »Du bist doch der Rädelsführer. Sag uns, was du auf dem Herzen hast.« Wigbold machte sich noch gerader als zuvor, faltete seine Hände vor sich wie ein Mönch und sagte in feierlichem Tonfall: »Es geht um unser aller Zukunft, Klaus. Die Ostfriesen haben uns verraten. Die Hanseflotte kann jeden Tag hier erscheinen. Wir glauben, dass wir nicht mehr hier bleiben dürfen. Wir wollen in anderen Gefilden kapern und haben schon mit unseren Leuten darüber gesprochen. Gödeke hat vorgeschlagen, in den Süden zu segeln, um dort ein neues Leben zu beginnen. Dort wollen wir Likedeeler hin ...« Weiter kam Wigbold nicht. »Du bist nie ein Likedeeler gewesen, Wigbold«, schleuderte ihm Störtebeker entgegen, »du wolltest uns nur für deine Herrschaftspläne benutzen.« – »Genauso ist es«, fuhr Hannes Wichmann dazwischen, »und weil dir das nicht gelang, hast du uns verachtet.«

Da stand Gödeke Michels von seinem Stuhl auf. Er hatte sich gefangen. Ruhig und bestimmt sagte er: »Wigbold und ich werden Richtung Süden segeln, in den Golf von Biscaya, von dem mein alter Gefährte Kees van Steen oft erzählt hat. Komm mit uns, Klaus. Opfere dich nicht den Pfeffersäcken. Sie sind es nicht wert. Wo wir hinwollen, herrscht ewiger Frühling. Da brauchen wir im Winter keine Heimstatt an Land. Da sind wir unabhängig. Da können wir das ganze Jahr über auf See bleiben und kapern. Da sind wir frei. Dort wollen wir leben bis zu unserem Tod.« Als Gödeke sich wieder hinsetzte, schaute Störtebeker ihn lange an, dann sagte er: »Du willst mich auch verlassen, Gödeke, alter Freund?« Für eine Weile war Stille im Zelt. Jeder war für sich allein. Nikolaus Scheld räusperte sich. Leise, fast beschämt sagte er: »Meine Mannschaft ist die jüngste, so wie ich der jüngste Hauptmann bin. Wir wollen noch etwas leben. Die Hamburger Pfeffersäcke sind es nicht wert, dass wir ihretwegen draufgehen. Wir werden mit Gödeke in den Süden segeln. Das musst du verstehen, Klaus ...« Nikolaus Scheld stockte für einen Moment. »Ich habe dich immer verehrt, Klaus, und das wird immer so bleiben«, sagte er dann, und er wischte sich mit der rechten Hand über die Augen.

Klaus Störtebeker war in seinem Stuhl zusammengesunken. Diesen Treuebruch hatte er von Nikolaus Scheld, den er so sehr mochte, nicht erwartet. Einohr hatte also Recht gehabt, dachte er, es hatte sich etwas gegen ihn zusammengebraut, während er in seinem Zelt mit sich selbst gerungen hatte. Darin sah er Wigbolds Handschrift. Aber er fasste sich wieder und sagte: »Wir können nicht dauernd fliehen, Nikolaus. In Bergen und Stockholm waren uns die Norweger und Dänen an Mannschaftsstärke weit überlegen, und wir haben sie dennoch besiegt. Das können wir hier gegen die Hanseflotte wiederholen. Ich habe mit den Helgoländern gesprochen, sie stehen auf unserer Seite, sie wollen mit uns kämpfen.« Störtebeker blickte in die Runde. Wigbold, Gödeke und Nikolaus Scheld schwiegen und schauten ihn nicht an. Hannes Wichmann wischte sich die Schweißperlen von der Stirn. Da wusste Störtebeker, dass es keinen Zweck mehr hatte. »Das nennt ihr Likedeelertreue«, schrie er plötzlich, »ihr habt in Stockholm geschworen, immer füreinander da zu sein, euch niemals zu trennen, füreinander zu kämpfen bis in den Tod. Habt ihr kein Gewissen mehr, kein Gefühl für Brüderlichkeit?« Störtebeker nahm seinen Kopf in beide Hände. Er fühlte eine dumpfe Leere in sich. »Ihr habt mich alle verlassen«, sagte er leise.

Da konnte Hannes Wichmann nicht länger an sich halten. Er sprang von seinem Stuhl auf. »Niemals, Klaus, niemals«, schrie er erregt dazwischen, »ich werde dich niemals verlassen. Ich werde immer bei dir bleiben, bis zum Ende. Ich habe es in der Domkirche geschworen.« Wichmann ging auf Störtebeker zu und drückte ihm lange die Hand. Die anderen saßen schweigend da. »Dann haben wir hier nichts mehr verloren«, sagte Wigbold lakonisch. »Ganz richtig«, antwortete Wichmann,

»aber eins bleibt noch übrig. Die Likedeeler sollen selbst entscheiden, mit wem und wohin sie segeln wollen. Das ist der Brauch bei uns. Und nun geht.« Gödeke, Wigbold und Nikolaus Scheld verließen Störtebekers Zelt, ohne sich umzusehen.

Störtebeker und Wichmann setzten sich am Zelttisch gegenüber. Beide waren in Nachdenken versunken. Was eben passiert war, war für sie nur schwer fassbar. »Jetzt ist alles vorbei, Hannes«, sagte Störtebeker, »wir haben nichts erreicht. Alles war umsonst. Nichts wird bleiben.« Wichmann schüttelte energisch den Kopf. »Nichts ist umsonst gewesen, Klaus, du bist im Irrtum«, antwortete er. »Was einmal gut getan ist, bleibt für immer gut getan. Die Menschen werden sich an unsere Taten erinnern und sie weitererzählen.« – »Ja, ja«, sagte Störtebeker, »sie werden sich an Bergen erinnern.« – »Das auch«, entgegnete Wichmann, »aber auch an Stockholm, an Visby, an unsere Stiftung, an die Art, wie wir Gefangene behandelt und Armen geholfen haben, an unsere Ideen. Das wird immer bleiben, solange es Menschen geben wird, die sich für ein besseres Leben ihrer Mitmenschen einsetzen.« Störtebeker war Hannes Wichmann dankbar für diese Worte, es lag Wahrheit in ihnen, dachte er. Auf Hannes Wichmann konnte man sich verlassen, das hatte sich wieder erwiesen.

Am 18. August 1400, frühmorgens, verließen Gödeke Michels, Magister Wigbold und Nikolaus Scheld mit 320 Mann das gemeinsame Lager. Nur 102 Likedeeler hatten sich entschieden, bei Störtebeker und Wichmann zu bleiben. Die Likedeeler verabschiedeten sich am Strand voneinander, viele umarmten sich. Klaus Störtebeker war in seinem Zelt geblieben. Die Abtrünnigen fuhren mit Ruderbooten zu ihren in der Bucht liegenden Holks und Koggen. Sie hatten Wigbold wieder zum Hauptmann gewählt. Hannes Wichmann war zum Strand gegangen. Er schüttelte vielen die Hände und sagte ihnen, dass sie einander nicht vergessen und sich an das gemeinsam Erlebte erinnern sollten. Sie antworteten, das würden sie tun. Und sie sagten: »Grüß uns Hauptmann Störtebeker.« Dann ging Wichmann auf Gödeke Michels zu. »Nun sind die Würfel gefallen, Gödeke, alter Fahrensmann«, sagte er. »Wir werden uns wohl nicht mehr wieder sehen. Ich habe dich immer gemocht. Bleib mir lange am Leben im Süden. Und lass dich nicht von Wigbold unterkriegen. Ich bedauere unsere Trennung.« Gödeke Michels umarmte Wichmann. »Ach, Hannes«, sagte er, »ich werde dich vermissen. Wir haben so vieles zusammen durchgestanden. Aber es muss sein. Die See, Hannes, hat uns geprägt. Und auf der See will ich bleiben. Pass bloß auf Klaus auf. Lass ihn nicht aus den Augen. Er braucht dich. Sag ihm, dass ich oft an ihn denken werde. Er wird immer mein Freund bleiben, wie du. Leb wohl.« Die beiden Hauptleute reichten sich die Hände. Dann ließ sich Gödeke Michels zu seinem Holk rudern. Etwas später segelten die Abtrünnigen aus der Bucht heraus.

Einen Tag später, es war nach Mitternacht, dümpelte Störtebekers Holk vor der Bucht. Die Mannschaft war unter Deck und schlief. Störtebeker konnte nicht schlafen. Er teilte seine Kajüte mit Hannes Wichmann, der in seiner Koje lag und laut schnarchte. Sie waren aus ihrer Bucht herausgesegelt, um auf offener See das Kommen der Hanseflotte rechtzeitig zu bemerken. Sie hatten 80 Mann an Bord. Die anderen waren auf Helgoland geblieben, um ihr Proviantlager und die zurückgelassenen Schiffe instandzuhalten. Ein paar von ihnen waren verletzt.

Störtebeker trat aus seiner Kajüte heraus. Er hatte seine Stockholmer Wildlederjacke übergezogen. Trotzdem fröstelte ihn. Bei dem spärlichen Licht einer abgedeckten Positionslampe konnte er sehen, wie Einohr bewegungslos am Steuerrad stand und die Nachtwachen auf Deck patrouillierten. Er ging auf Einohr zu, gähnte. »Ich kann nicht einschlafen, Einohr«, sagte er. »Irgendetwas belastet mich. Aber ich weiß nicht, was es ist.« – »Hier ist alles in Ordnung, Hauptmann«, beruhigte ihn Einohr. »Du kannst getrost schlafen. Wir haben alles im Griff. Die See ist ruhig. Keine feindlichen Schiffe in Sicht.« Störtebeker blickte in die dunkle Nacht, auf die dunkle See. Es fröstelte ihn noch immer. Einohr sah, dass er wie gebannt in die dunkle Leere schaute. »Wir werden uns in der Frühe von der Flut raustragen lassen und dann vor dem Wind zur westholländischen Küste segeln«, sagte Störtebeker. »Mal sehen, was es da für uns zu kapern gibt.« Etwas später fügte er besorgt hinzu: »Passt auf Positionslampen und das Flackern irgendwelcher Lichter auf. Es könnte die Hanseflotte sein. Wir müssen dann sofort alle Segel setzen und von hier verschwinden. Auf hoher See kriegt uns keiner. Weckt mich, wenn irgendetwas passiert.« Ich glaube nicht, dass die Pfeffersäcke noch diesen Sommer kommen, dachte Einohr, dazu ist es schon zu spät. Aber er sagte: »Ich wecke dich sofort, Hauptmann.« Störtebeker schien beruhigt, er ging wieder in seine Kajüte zurück. Hannes Wichmann schnarchte noch immer. Störtebeker legte sich in seine Koje und fiel in einen tiefen, traumlosen Schlaf.

Draußen auf Deck band Einohr das Steuerrad für eine Weile fest. Die See war noch immer ruhig. Windstille herrschte. Es konnte ihnen nichts passieren. Der Holk dümpelte dahin. Mit auf dem Rücken gefalteten Händen ging Einohr auf Deck spazieren, von Backbord nach Steuerbord und wieder zurück, ein paar Mal. Er war plötzlich von einer seltsamen Nervosität befallen. Er schaute aufs Meer, aber da gab es nur das schwarze Nichts. Er sprach mit den Wachhabenden über die Trennung der Likedeeler und über ihre Zukunft in der Westsee. Und er sagte ihnen, dass sie ihm sofort jegliches Licht, jegliches Flackern, jegliche Bewegung auf See mitteilen sollten.

Er hatte das kaum gesagt, da flackerte plötzlich, ganz in der Nähe, steuerbords ein Licht. Die Wachhabenden und Einohr stürzten an die Reling. »Wer da?«, rief einer der Wachhabenden. Das flackernde Licht kam auf ihr Heck zu. Sie hielten die Positionslampen hoch und konnten von der Reling ausmachen, dass es ein Ruderboot war, auf dessen Deck ein Mann stand und ein Feuer unterhielt. »Ich komme von Wigbolds Holk«, rief der Mann zu ihnen rauf. »Ich bin ausgebüxt, ich will bei Klaus Störtebeker bleiben.« – »Warum hast du ein Blinkfeuer angemacht?«, rief Einohr zum Ruderboot runter. »Um euch zu finden in stockdunkler Nacht«, rief der Mann zurück. Das Boot war unten am Ruder angelangt, und sie konnten beim Schein der Positionslampen das Gesicht des Mannes erkennen. »Das ist einer von uns«, sagte ein Wachhabender, »ich erkenne sein Gesicht wieder.« Einohr war beruhigt. »Dann seil dein Boot oberhalb des Ruders an, mach dein Feuer aus und komm zu uns an Bord. Wir lassen dir eine Leiter runter.« Der Mann unten bedankte sich und seilte oberhalb des Ruders sein Boot an. Einohr ging an sein Steuerrad zurück. Es kam eine leichte Brise auf. Er hatte ein mulmiges Gefühl im Magen. Irgendetwas stimmte da nicht, dachte er. Aber die Wachhabenden patrouillierten an Deck. Sie würden ihm Bescheid sagen, wenn irgendetwas faul wäre.

Nach einer Weile merkte Einohr, dass sich das Steuerrad weder nach Backbord noch Steuerbord drehen ließ. Er versuchte, es mit aller Gewalt herumzureißen. Aber das Steuerrad versagte den Dienst. »Prüft das Ruder«, schrie er auf die Wachhabenden ein. Die Wachhabenden liefen zum Heck, rissen die Tücher von ihren Positionslampen ab, hielten die Lampen hoch und sahen, dass das Boot verschwunden und ihr Ruder mit einer geschmolzenen, stumpf-silbern glänzenden Masse an dem oberen Kielbalken des Hecks festgegossen war. »Verrat«, schrien sie, »Verrat. Wigbolds Mann hat Blei gekocht und unser Ruder verkleistert.« Da wusste Einohr, dass sie manövrierunfähig waren. Die Wachhabenden läuteten die Alarmglocken. Es ist alles meine Schuld, schoss es Einohr durch den Kopf, ich war zu gutmütig, ich wollte den Kerl noch an Bord lassen. Nun können wir nicht mehr fliehen. Likedeeler stürmten schlaftrunken an Deck. Störtebeker stand in seiner Wildlederjacke auf dem Befehlsturm, sein Schwert in der rechten Hand, Wichmann stand neben ihm. Dann tauchten plötzlich von allen Seiten, ganz nah, grelle Lichter auf. Am Bug, am Heck, backbords und steuerbords wurden sie von Orlogschiffen gerammt.

»Die Pfeffersackflotte, die Pfeffersackflotte«, schrien die Likedeeler. Auf dem Deck herrschte ein wildes Durcheinander. Störtebeker schrie dazwischen: »Alle Mann an Deck, bewaffnet euch. Ladet die Geschütze. Kämpft, Likedeeler, es geht um unser Leben.« Einohr gestikulierte vom Steuerrad zu Störtebeker rüber. »Hauptmann«, schrie er, »das Steuerruder ist mit Blei festgegossen. Wir können weder vor noch zurück.« Aber Einohrs Schreien ging schon im Kampfgetümmel unter. Noch ehe die Likedeeler ihre Geschütze laden konnten, enterten Wulflams Schwertkämpfer das Deck. Ihre ersten Reihen wurden von den Likedeelern abgestochen, durchbohrt, mit Enterhaken erschlagen oder ins Wasser geworfen. Fußbreit um Fußbreit wurde verbissen gekämpft, Mann gegen Mann. Die Likedeeler verteidigten sich wie wilde Tiere. Immer wieder erschallte Störtebekers Stimme vom Befehlsturm: »Kämpft, Likedeeler, kämpft!« Und die Likedeeler riefen zurück: »Gottes Freunde, aller Herren Feinde.«

Von allen Seiten sprangen Wulflams Schwertkämpfer jetzt aufs Deck, warfen sich mutig in das Getümmel hinein. Aber im Kampf Mann gegen Mann waren die Likedeeler ihnen überlegen. Sie waren dieses Kämpfen gewöhnt. Mit Äxten, Enterhaken und Dolchen hackten und stachen sie auf die Söldner ein. Und bald war das Deck übersät mit getöteten und verwundeten Hansesöldnern. Aber es waren zu viele von ihnen. Immer größere Haufen sprangen oder hangelten sich an Deck. Und jetzt fielen auch Likedeeler. Klaus Störtebeker stand noch immer oben auf dem Befehlsturm. »Kämpft, Likedeeler, kämpft«, feuerte er seine Kameraden an. Und sie schrien zurück: »Gottes Freunde, aller Herren Feinde.« Und dieser Schlachtruf schien ihnen übermenschliche Kräfte zu verleihen. Sie wichen nicht. Sie gaben nicht auf. Oben auf dem Befehlsturm kämpften Störtebeker und Hannes Wichmann mit ihren Schwertern gegen eine Horde von Söldnern. Um sie herum lagen die von ihnen Getroffenen und Durchbohrten und bildeten einen Schutzwall.

Da stand plötzlich innerhalb des menschlichen Schutzwalls der behelmte und gepanzerte Wulf von Wulflam vor Störtebeker. Hannes Wichmann schrie: »Klaus, da ist er wieder, der Aldermann, das Böse. Du musst ihn diesmal töten, du musst, tu es für uns alle. Wir leben nicht mehr lang. Es ist unser letztes Gefecht.« Störtebeker packte den Griff seines Schwertes noch fester. Er musste unwillkürlich daran denken, wie viel Gemeinsamkeiten Wulflam und Wigbold in ihrer Menschenfeindlichkeit besaßen. »Da staunst du, Bastard, dass ich vor dir stehe«, sagte Wulflam, »dachtest wohl, du hättest mich damals in Bergen erledigt, was? Das war nur ein Versehen. Ich habe lange auf dich gewartet. Viele Grüße von deinem Freund Wigbold.« Die haben sich also doch auf offener See getroffen, schoss es Störtebeker durch den Kopf. Ohne zu antworten ging er auf Wulflam los, schlug wie ein Berserker auf ihn ein, durchbohrte sein Panzerhemd an Brust und linkem Arm, sah in ihm nur noch ihren großen Feind, den Likedeelermörder, das Böse, wie Wichmann gesagt hatte. Wulflam taumelte, sein Panzerhemd färbte sich rot. Er nahm sein Schwert in beide Hände, stürzte nach vorn und versuchte, Störtebekers Brust zu durchbohren. Aber Störtebeker schlug ihm das Schwert aus den Händen. Es fiel auf einen verwundeten Söldner. Wulflam wollte es aufheben. »Diesmal nicht, Herr Ritter«, sagte Störtebeker. »Diesmal kommst du nicht davon.« Störtebeker schob mit seinem rechten Fuß Wulflams Schwert beiseite. »In Gottes Namen«, schrie er und rammte mit all seiner Kraft sein Schwert in Wulflams gepanzerte Brust. Er durchbohrte Wulflams Herz. Wulflam kippte hintenüber. Er war sofort tot. Störtebeker beugte sich über ihn, um sich zu vergewissern. Er blickte in Wulflams offene gebrochene Augen. »Er ist tot«, sagte er. »Der große Feind der Likedeeler ist tot.«

Hannes Wichmann stand neben Störtebeker. Er hatte alles mit angesehen. Er hat den Unhold für uns erledigt, dachte er. Dann schrie Wichmann plötzlich: »Vorsicht, Klaus, hinter dir.« Störtebeker drehte sich um und sah, wie ein Hansesöldner ihm das Schwert in den Rücken rammen wollte. Hannes Wichmann warf sich dazwischen und wurde vom Schwert des Söldners durchbohrt. Wichmann sank zu Boden, er röchelte, er lag mit dem Gesicht nach oben. Störtebeker streckte den Söldner mit einem einzigen Hieb nieder. Dann beugte er sich über Wichmann. Er sah, dass Wichmann noch lebte. »Hannes«, sagte er leise, »geh nicht von uns. Ich habe dich immer geliebt, Hannes.« Störtebeker sah, dass Hannes Wichmann lächelte, aber er sagte kein Wort mehr. Dann warfen Söldner aus der Hecktakelage ein schweres Eisennetz auf Störtebeker und den sterbenden Wichmann und begruben die beiden darunter. Andere Söldner stürzten sich sofort auf das Eisennetz und hielten ihre Schwerter auf die darunter Liegenden gerichtet. Als die Likedeeler Störtebeker und Wichmann fallen sahen, legten sie wie in Trance ihre Waffen nieder. Sie ließen sich widerstandslos gefangen nehmen, fesseln und treten.

Störtebeker und Wichmann wurden von Söldnern unter dem Eisennetz hervorgezogen. Wichmann war nicht mehr bei Bewusstsein. Sie ließen ihn liegen. Störtebeker wurde mit Eisenketten an Händen und Füßen gefesselt und musste sich hinsetzen. Kurz darauf stand ein hoch gewachsener Mann vor ihm. Er trug eine blaue Hanseuniform, und an seinem Gürtel hing ein Schwert. »Ich bin der Hamburger Großkaufmann und Bürgermeister Hermann Nyenkerken«, sagte der Mann. »Wir werden dich jetzt auf Simon von Utrechts Flaggschiff ›Bunte Kuh‹ bringen.«

Störtebeker und Nyenkerken wurden von fünf Söldnern zur Bunten Kuh gerudert. Auf dem kurzen Weg dahin sah der gefesselte Störtebeker, dass die Hansesöldner tote und verwundete Likedeeler ins Meer warfen, auch Hannes Wichmann war darunter. Hannes Wichmann verschwand augenblicklich in den Fluten, das konnte Störtebeker sehen. Ob Hannes noch gelebt hat, dachte er. Wie konnte ein solches Leben nur so beendet werden, dachte er weiter, Hannes Wichmann, der in seinem Leben so viel Gutes für andere Menschen getan hatte, Hannes Wichmann, der sein treuer Freund gewesen war. Dann hörte Störtebeker die Hilfeschreie der ertrinkenden Likedeeler. Er blickte auf Nyenkerken. Nyenkerken grinste. »Um Gottes willen, Nyenkerken«, wandte er sich an den Hamburger Bürgermeister. »Behandelt ihr so Menschen?« – »Menschen nicht«, antwortete Nyenkerken, »aber Gewürm.«

»Dieses Gewürm hat euren Anführer Wulf von Wulflam erledigt«, sagte Störtebeker. Hermann Nyenkerken lachte laut. »Das ist uns sehr recht, dass du Wulflam getötet hast. Er wurde uns zu mächtig«, entgegnete Nyenkerken. »Du hast uns nur Arbeit abgenommen. Früher oder später hätten wir ihn selbst erledigen müssen.« Für einen Moment überlegte Störtebeker, ob Hannes Wichmann Unrecht gehabt hatte, wenn er behauptete, dass Wulflam und Wigbold das Böse schlechthin wären. Vielleicht waren es diese Pfeffersäcke.

Dann legte das Ruderboot an der Steuerbordseite der Bunten Kuh an. Eine Leiter wurde heruntergelassen, Störtebekers Fußfesseln gelockert, und sie kletterten an Bord. An Deck wurden Störtebekers Fußfesseln wieder angezogen. Er musste sich hinsetzen. Hinten auf dem Befehlsturm stand der fettleibige Pfeffersack Simon von Utrecht in blauer Hanseuniform und gestikulierte zu den Ankömmlingen rüber. »Bringt ihn zu mir und legt ihn mir zu Füßen«, rief er. Die Söldner schleppten den gefesselten Störtebeker auf den Befehlsturm und warfen ihn Simon von Utrecht vor die Füße. »So ist es schön«, sagte Simon von Utrecht, betrachtete zufrieden seine wurstigen, beringten Finger und schaute spöttisch auf Störtebeker runter. Dann trat er Störtebeker kräftig mit dem linken Fuß, so daß der mit dem Gesicht nach oben vor ihm zu liegen kam, und spuckte ihm ins Gesicht. »Da siehst du mal, wie klein und hilflos du bist, du Halunke«, sagte Utrecht mit piepsiger Stimme. »Es war übrigens mein Flaggschiff ›Bunte Kuh‹, das deinen Holk zuerst auf die Hörner genommen hat. Ich bin hier der Sieger. Ich werde euch bestrafen, auf meine Art. Ist dir das klar?« Störtebeker antwortete nicht. Er konnte nicht begreifen, dass diese Krämerseele, die hier vor ihm stand, das Recht haben sollte, Likedeeler zu verurteilen. Er wusste, er hatte getötet. Und dafür würde Gott ihn bestrafen. Aber er konnte nicht verstehen, dass dieser Pfeffersack ihn und seine Kameraden bestrafen durfte. Das war einfach entwürdigend, dachte er.

Simon von Utrecht trat ihn wieder in die Seite und sagte: »Warum habt ihr Dreckskerle euch gegen uns aufgelehnt? Ihr wisst doch, gegen uns ist kein Kraut gewachsen.« Störtebeker starrte Utrecht von unten an. »In einigen von uns Dreckskerlen ist das Verlangen nach Gerechtigkeit tief verwurzelt«, sagte er. »Deinesgleichen wird das nie verstehen, euer Verlangen trachtet nur nach Gewinn.« Utrecht lächelte ihn von oben mitleidig an. »Schafft ihn mir vom Hals«, schrie er. »Werft das Schwein unter Deck.« Die Söldner schleppten Störtebeker unter Deck, öffneten eine Bodentür und warfen ihn in die Bilge.

Ein Söldner flüsterte: »Hauptmann Störtebeker, es tut mir Leid, dass wir dich so behandeln müssen.«

DAS GEFÄNGNIS UNTER DEM HAMBURGER RATHAUS

Am 21. August 1400, es war an einem Sonntag, wurden Klaus Störtebeker und 69 seiner Männer, an den Händen gefesselt, an den Füßen aneinandergekettet, vom Hamburger Hafen über den Großen Burstah zum Rathaus getrieben. Tausende Hamburger säumten den Weg. Hunderte von Söldnern bewachten den Zug der gefangenen Likedeeler. Was von den Ratsherren als Triumphzug und Demonstration der Stärke geplant war, verwandelte sich schnell zu einer Sympathiekundgebung. An den Bürgersteigen des Großen Burstah konnten die bewaffneten Söldner die Hamburger kaum in Schach halten. Immer wieder riefen sie: »Hoch leben die Likedeeler« und »Es lebe Klaus Störtebeker«. Und die Likedeeler antworteten: »Gottes Freunde, aller Herren Feinde«. Hamburger durchbrachen die Söldnerreihen, steckten den Likedeelern Essbares und Geschenke zu und umarmten sie. Die Hansesöldner schlugen mit Stöcken und Peitschen auf sie ein und trieben sie wieder auf die Bürgersteige zurück. Viele Frauen winkten den Likedeelern mit Taschentüchern zu und weinten. Viele Männer reckten die rechte Faust nach oben. Sie konnten es nicht fassen, dass die Pfeffersäcke Klaus Störtebeker und seine Likedeeler gefangen genommen hatten. Das durfte nicht wahr sein. Das konnte gar nicht angehen. Klaus Störtebeker und die Likedeeler waren doch unbesiegbar. Sie waren die große Hoffnung. Sie wollten doch mit ihnen zusammen ein besseres Leben schaffen. Die Söldner schlossen ihre Reihen. Sie ließen niemanden mehr zu den Likedeelern durch.

Dann erreichte der Gefangenenzug den Marktplatz vor dem Hamburger Rathaus. Auch hier hatte sich eine große Menschenmenge eingefunden. Sie riefen: »Likedeeler, wir danken euch« und »Wir werden euch nie vergessen«, und sie reckten die Fäuste zum Himmel empor. Und die Likedeeler riefen zurück: »Gottes Freunde, aller Herren Feinde«. Auf dem Balkon über dem Rathausportal standen Ratsherren und Pfeffersäcke, unter ihnen Bürgermeister Hermann Nyenkerken, Simon von Utrecht und Wilhelm Schoke. Angst und Entsetzen machte sich unter ihnen breit. Sie schauten kopfschüttelnd und fassungslos auf das Schauspiel, das sich unter ihnen auf dem Marktplatz abspielte. »Bloß schnell weg mit dem Gesocks ins Gefängnis«, sagte Nyenkerken, »sonst gibt es hier noch einen Aufstand.« Wieder skandierte das Volk auf dem Rathausmarkt: »Likedeeler, wir danken euch.« Und Wilhelm Schoke sagte: »Es wurde höchste Zeit, dass wir dieses Gesindel abgefangen haben, die hätten ihr Ziel ja fast erreicht.« – »Unglaublich«, piepste Simon von Utrecht. »Die Hamburger sympathisieren mit diesen Verbrechern. Ich verstehe die Welt nicht mehr.«

Das Hamburger Rathaus wurde von bewaffneten Hansesöldnern umstellt. Im Kellergewölbe unterhalb des Rathauses wurden die Likedeeler in spärlich beleuchtete, mit eisernen Gittern versehene Gefängniszellen gepfercht. Vor den Zellen standen Wachen. Störtebeker und Einohr wurden in die gleiche Zelle gesteckt. Sie erhielten keine Decken, und der Fußboden war aus Stein. Die Zellen waren klein, und sie standen und lagen darin wie die Heringe. Drei Tage lang erhielten sie keine Nahrung, nur abgestandenes warmes Regenwasser. Am vierten Tag und danach gab es verfaultes, madiges Fleisch und knochenhartes altes Brot. Vielen Likedeelern fielen die Zähne aus, und sie hatten Durchfall. Sie mussten ihre Notdurft in den Ecken der Zellen verrichten. Es gab noch nicht einmal Kübel. Der Gestank in den Zellen war unerträglich. Nachts, aber auch am Tage träumten die Likedeeler von der See, von ihrem freien Leben und von ihren Kaperfahrten. Wenn sie aufwachten, wollten sie die Wirklichkeit nicht wahrhaben. Verwirrt liefen sie in ihren Zellen auf und ab und stolperten über ihre Kameraden.

Ab und zu wurden die Zellentüren geöffnet und junge Likedeeler von den Wachen gewaltsam herausgeführt und nach oben in eine Folterkammer gezerrt. Die unten in den Zellen konnten die markerschütternden Schreie ihrer Kameraden hören. Häufig kamen humpelnde, mit verrenkten Gliedern gezeichnete Likedeeler aus der Folterkammer in die Zellen zurück. Sie hatten gebrochene und zerquetschte Finger, Hände, Arme und Füße. Ihre Gesichter waren entstellt und schmerzverzerrt. Die Likedeeler, die unten geblieben waren, kümmerten sich sofort um die Gefolterten, sprachen ihnen Trost zu, nahmen sie in die Arme. Einige ihrer Kameraden kamen nicht mehr zurück. Unter Folter hatten die Pfeffersäcke sie nach den versteckten Schätzen der Likedeeler befragt. Und sie hatten wieder und wieder geantwortet, es gäbe keine versteckten Likedeelerschätze. Sie hätten nur das behalten, was sie selbst zum Leben benötigten. Aber die Pfeffersäcke wollten das nicht glauben. Sie ließen sie solange foltern, bis sie ihnen vorlogen, es wären Schätze auf Rügen, Gotland und Helgoland versteckt.

Eines Tages sagte Einohr: »Hauptmann, sie stecken sie oben in die Knochenmühle. Es ist eine schreckliche Folter. Sie sind Unmenschen.« – »Nein, Einohr, es ist umgekehrt«, antwortete Störtebeker. »Wir sind für sie keine Menschen. Deshalb glauben sie, sie könnten mit uns alles machen, wie mit Vieh.« Nach einer Weile sagte Einohr: »Es ist alles meine Schuld. Ich hätte Wigbolds Mann zum Teufel jagen sollen. Dann hätte er unser Ruder nicht verbleien können. Dann wären wir noch frei.« Störtebeker schüttelte den Kopf. Er legte Einohr behutsam eine Hand auf den Arm. »Nein, Einohr, das konntest du nicht voraussehen. Das war Wigbolds Tat.«

Ein paar Tage später holten die Wachen Einohr aus der Zelle ab, fesselten ihn und schleppten ihn nach oben in die Folterkammer. Unten setzte sich Störtebeker an die steinerne Rückwand der Zelle. Er war verzweifelt. Er hielt sich die Ohren zu. Er sackte in sich zusammen. Warum konnte er Einohr nicht helfen, dachte er, wenn er doch bloß Waffen hätte. Er würde ausbrechen und Einohr von seinen Peinigern befreien. Er würde alle seine Männer befreien, phantasierte er. Er war doch ihr Hauptmann. Ja, sie würden ausbrechen, alle. Und sie würden wieder ihr freies Leben auf See führen, auf der See, die ihre einzige Heimstatt war. Und er sah Bilder in sich emporsteigen: Er stand vor seiner Kajütentür, sie kaperten an der westholländischen Küste, Einohr stand am Steuerrad, winkte ihm zu und rief, dass ein starker Nordwestwind aufkäme, und sie würden das Hauptsegel hissen und vor dem Wind gute Fahrt machen. Ja, sie waren eine verschworene Gemeinschaft. Sie waren alle füreinander da. Sie waren die Herren der See, die Likedeeler, die eine bessere Welt wollten, mit denen sich die Hanseseeleute, die Fischer und selbst die englischen Seeleute solidarisierten. Sie würden immer mehr werden. Er sah, wie die Likedeeler Einohr zum Hauptmann wählten, ihm zujubelten und ihn in die Luft warfen. Ja, so beliebt war sein Steuermann Einohr bei den Likedeelern. Und er freute sich für ihn. Dann kam Hannes Wichmann in seine Kajüte herein, sein alter Freund Hannes Wichmann, sie rauchten genüsslich ihren Knaster. Und Hannes sagte, er wolle sich später in Visby zur Ruhe setzen, und sie müssten ihn häufig besuchen kommen. Und dann erschien plötzlich Helga vor seinem inneren Auge, wie sie in einem weißen Kleid mit einem kleinen Kind an der Hand über eine Wiese lief, wie die beiden miteinander spielten. Dann verschwanden die Bilder in ihm. Und er fiel in einen erlösenden Schlaf.

Als sie Einohr zur Zelle zurückschleppten, hatte er das Bewusstsein verloren. Sie warfen ihn wie einen Sack Mehl auf den steinernen Boden der Zelle und schlossen die Tür von außen wieder. Der harte Fall brachte Einohr wieder zu Bewusstsein. Die Likedeeler legten ihn auf einen Haufen Klamotten und weckten sofort Störtebeker. Störtebeker kniete sich vor Einohr nieder und legte eine Hand auf seine Stirn. Einohr lächelte matt. Sein linker Arm hing schlaff auf den Boden, er war gebrochen. Und sein linker Fuß war völlig verdreht. Er war aus dem Gelenk herausgerissen worden. Störtebeker betrachtete Einohrs rechte Hand. »Sie haben mir die Finger in der Daumenschraube zermalmt, Hauptmann«, sagte Einohr, »sie sind zu nichts mehr zu gebrauchen, es ist kein Leben mehr in ihnen.«

Dann erzählte Einohr, dass Simon von Utrecht höchstpersönlich die Daumenschrauben und die Knochenmühle immer weiter angezogen hätte. Er sei doch der Steuermann und Vertraute Störtebekers, habe Utrecht gesagt, er wisse doch genau, wo Störtebeker seinen Goldschatz versteckt hätte. Und er hätte ein paar Mal geantwortet, einen solchen Schatz habe es nie gegeben. Und der Pfeffersack habe immer wieder gesagt, er würde lügen, sie wüssten genau, dass es Störtebekers Gold gäbe. Schließlich hätte er gesagt, der Goldschatz sei ein Märchen der Pfeffersäcke. Dann hätte er vor Schmerzen sein Bewusstsein verloren. Störtebeker drückte sein Gesicht an Einohrs. Er hatte Tränen in den Augen. »Wir sind bald erlöst, mein Junge«, sagte er. Einohr verlor wieder das Bewusstsein. Kurz darauf ließ sich Bürgermeister Hermann Nyenkerken mit einigen Söldnern an den Gitterstäben ihrer Zelle sehen.

»Wie lange wollt ihr das noch mit uns machen, Nyenkerken, kennt ihr kein Erbarmen?«, rief Störtebeker aus der Zelle raus. »Wir haben unseren Frieden mit Gott geschlossen, also macht ein Ende.« Nyenkerken rümpfte seine Nase wegen des fürchterlichen Gestanks in den Zellen. Dann sagte er: »Keine Sorge, mein Lieber, du wirst der Erste sein, dem wir den Kopf abschlagen.« Mit einem lauten Lachen verließ Nyenkerken das Kellergewölbe.

Mitte Oktober hörten die Folterungen auf. Viele Likedeeler litten unter den Folgen. Sie konnten nicht mehr allein aufstehen. Die Kameraden halfen ihnen, wenn sie sich in den Ecken entleeren mussten. Vor Schmerzen konnten sie nachts nicht schlafen. Am Tage träumten sie laut schreiend vor sich hin. Kameraden trösteten sie, wenn sie aus ihren Tagträumen erwachten. Sie stellten fest, dass sie noch 42 Mann waren. Die anderen hatten die Folter nicht überstanden. Sie wären beim Abdecker, hatten die Wachen ihnen erzählt. Störtebeker machte sich Vorwürfe. Vielleicht hätten sie doch mit Gödeke Michels in den Süden segeln sollen. Nun verreckten sie hier elendig im Gefängnis. Und er fühlte sich dafür verantwortlich. Seine Leute hatten ihm doch vertraut.

An einem Abend, sie hatten gerade Einohrs Wunden gepflegt, so gut sie konnten, und ihm Wasser und Brot gereicht, schob eine Wache ein Kassiber durch die Gitterstäbe von Störtebekers Zelle. »Für Hauptmann Störtebeker. Ich warte auf Antwort«, flüsterte die Wache. Ein Likedeeler nahm den Kassiber und reichte ihn an Klaus Störtebeker weiter. Alle schauten auf Störtebeker. Was hatte es mit dem Kassiber auf sich? Störtebeker las den Kassiber, er las ihn lange, er las ihn mehrere Male. Dann schüttelte er den Kopf. »Das ist Helgas Schrift«, sagte er mehr zu sich selbst. »Nein, ich kann es nicht tun.« »Was steht drin, Hauptmann?«, rief ein Likedeeler aufgeregt. Und sie drängten sich alle um ihren Hauptmann. »Es ist eine

Botschaft von Keno tom Brok«, antwortete Störtebeker, »sie wollen mich hier rausholen. Die Wache ist bestochen. Helga ist im achten Monat. Morgen Nacht kann ich durch einen Hinterausgang des Kellergewölbes entfliehen. Die Ostfriesen warten mit Pferden auf mich unter einer Kanalbrücke in der Nähe des Rathauses.«

Da starrten sie ihn alle an. »Was wirst du tun, Hauptmann?«, fragte ein Likedeeler zaghaft. Und ein zweiter sagte: »Hauptmann, flieh doch. Wir gönnen dir das Leben.« Störtebeker schaute seine Kameraden an, jeden Einzelnen blickte er eine Weile lang an. Dann sagte er: »Nein, ich werde euch niemals verlassen. Damit könnte ich nicht leben. Wir haben zusammen gelebt wie Brüder. Und so werden wir auch sterben. Wir wollten immer füreinander da sein, und das werden wir bis zum Ende tun. Ich bin Klaus Störtebeker. Meine Antwort ist Nein!« Da gaben sie ihm schweigend die Hand. Die auf dem Boden Liegenden reichten ihre Hände hoch, und Störtebeker bückte sich und ergriff sie. Auch Einohr hielt ihm von unten die linke Hand entgegen. Da wussten sie, dass sie eine verschworene Gemeinschaft waren, die niemand, keine Folter, kein Pfeffersack, kein Schicksal, brechen konnte. Da wussten sie, dass ihr Treueschwur hielt, bis ans Ende. Und aus ihrer Zelle ertönte ein Schrei: »Gottes Freunde, aller Herren Feinde«.

Dann winkte Störtebeker die Wache herbei. »Bring die Botschaft zurück und sage ihnen meinen Dank«, flüsterte er. »Sage ihnen, ich kann nicht annehmen, wenn nicht alle meine Kameraden befreit werden. Sage ihnen, ich werde die Likedeeler in ihrer letzten Stunde nicht verlassen. Gott möge Helga und Keno beschützen.« Der Wachtposten nickte, nahm den Kassiber und ging auf einen Hinterausgang des Kellergewölbes zu. Klaus Störtebeker wusste jetzt, dass er Vater werden würde. Etwas von ihm würde bleiben, dachte er. Und ein Gefühl von Ergebenheit bemächtigte sich seiner. Und er erinnerte sich an den Abschied von Helga und Keno. Er erinnerte sich daran, wie Keno ihn umarmt hatte, wie er gesagt hatte, es ginge nicht anders, sie müssten sich trennen, aber er wisse ja, sie würden sich wieder sehen. Und er hatte Keno für alles gedankt. Dann hatte er Helga lange umarmt, er hatte ihr Gesicht liebkost und geküsst, ihren Kopf lange in seinen Händen gehalten. Helga hatte leise in sich hinein geweint. Und er hatte ihr gesagt, dass ihr Abschied nicht das Ende sein würde. Und Helga hatte ihm gesagt, sie werde stark sein, sie würden für immer etwas Gemeinsames haben. Jetzt wusste er, was sie damals gemeint hatte. Dann hatte er sich von ihr losgerissen und war mit Einohr zum Marienhafener Hafen, zu ihrem Holk, geritten.

DIE ENTHAUPTUNG AUF DEM GRASBROOK ODER: ÜBER DEN TOD HINAUS

Als sie am 21. Oktober 1400 frühmorgens kamen, um sie abzuholen, waren sie noch 39 Mann. Die Stadt Hamburg schlief noch. Die Likedeeler halfen den Gefolterten aufzustehen. Sie gaben sich alle die Hand, sie umarmten sich, und Klaus Störtebeker rief: »Wir haben es bald geschafft, Männer, in ein paar Stunden sind wir frei.« Dann wurden sie von Söldnern an Armen und Beinen gefesselt auf den Rathausmarkt geführt. Das erste Mal seit dem 21. August sahen sie wieder Tageslicht, atmeten wieder frische Luft. Hier oben gab es nicht den fauligen Gestank ihrer Exkremente. Sie fühlten sich geblendet, sie taumelten. Vor dem Portal des Rathauses standen Pferde und Wagen. Sie humpelten darauf zu, die Söldner schlugen mit Knüppeln auf sie ein, sie bestiegen die Wagen und wurden über den Großen Burstah zum Hamburger Hafen kutschiert. Nur wenige Hamburger waren zu sehen. »Wir fahren zu einer großen Wiese unten am Hafen«, sagte ein Söldner. »Sie heißt der Grasbrook. Dort werden sie euch die Köpfe abschlagen.«

Auf dem Grasbrook hatten die Pfeffersäcke Tribünen in einem Kreis aufstellen lassen. Es sah aus wie eine Zirkusarena. Es war die Hinrichtungsstätte der Likedeeler. Auf den Tribünen saßen Pfeffersäcke, Bürgermeister und Ratsherren der Hansestädte Hamburg, Bremen, Lübeck, Rostock, Wismar, Stralsund; der Hochmeister des Deutschen Ritterordens, Konrad von Jungingen, mit einer Abteilung Schwertkämpfer; Kapitäne der Hanse; Abgeordnete westholländischer Städte und vom Londoner Stahlhof; Abgesandte der Königin Margarete von Dänemark, Norwegen und Schweden und vom englischen König Richard II. Pfarrer waren zugegen. Volk war geladen worden, um später, wie Simon von Utrecht gesagt hatte, den Leuten vom Geschehen auf dem Grasbrook zu berichten. Hunderte von Söldnern überwachten das Spektakel.

In der Mitte der Arena stand ein brusthoher hölzerner Block, davor und dahinter hatte man Sägespäne gestreut. Ein Wassertrog stand etwas abseits davon. Der breitschultrige, ganz in Schwarz gekleidete, mit einem eisernen Schwert bewaffnete Henker Rosenfeld inspizierte den Block. Er rüttelte ein paar Mal an ihm. Aber der Block stand fest. Rosenfeld ging zufrieden zur Tribüne rüber, wo die Hamburger Pfeffersäcke, unter ihnen Bürgermeister Hermann Nyenkerken und die Ratsherren Simon von Utrecht und Wilhelm Schoke, saßen. Er verbeugte sich ehrerbietig und sagte: »Ihr hohen Herren, wir können anfangen. Ich kann es kaum erwarten. Alles ist gerichtet. Ich bin bereit, Herr Bürgermeister Nyenkerken.« Nyenkerken lächelte. »Beruhige dich, Rosenfeld,« antwortete er, »sie werden gleich da sein. Dann walte deines Amtes.« Rosenfeld nickte höflich. Er zog sein riesiges eisernes Schwert aus der Scheide und fuchtelte ein paar Mal damit in der Luft herum. Auf den Tribünen lachten sie darüber.

Kurze Zeit darauf wurden die hinkenden, verkrüppelten, ausgemergelten Likedeeler von Söldnern in die Arena geführt. Klaus Störtebeker ging ihnen voran, erhobenen Hauptes, wie alle Likedeeler. Die Söldner nahmen den Likedeelern die Fußfesseln ab, nur ihre Hände blieben auf dem Rücken gefesselt. »Gottes Freunde, aller Herren Feinde«, schallte es aus der Arena zu den Tribünen hin. Furcht machte sich unter den Zuschauern breit. Nyenkerken und von Utrecht gestikulierten nervös zu Rosenfeld rüber und zeigten mit ihren rechten Daumen nach unten. Rosenfeld nickte und zog sein Schwert aus der Scheide. Da wandte sich Klaus Störtebeker plötzlich an die Hamburger Pfeffersäcke: »Ihr Herren, würdet Ihr erlauben, dass meine Männer in einer Reihe Aufstellung nehmen. Und dass jeder von ihnen, an dem ich nach meiner Enthauptung ohne Kopf vorbeilaufen werde, freigelassen wird?«

Gelächter schallte Störtebeker von der Tribüne entgegen. Viele der hohen Herren schüttelten ihre Köpfe. »Scharlatan«, rief ein Ratsherr. Nyenkerken, Schoke und Utrecht steckten ihre Köpfe zusammen. Nach einer Weile rief Nyenkerken von der Tribüne: »Dein Wunsch, Störtebeker, ist bewilligt.« Und an Rosenfeld gewandt: »Und nun los, Rosenfeld, fang endlich an.« Die Likedeeler stellten sich in einer Reihe vor dem Block auf. Rosenfeld zählte sie ab. »Es sind 39, Herr Bürgermeister«, rief er zur Tribüne. Dann ging Rosenfeld auf Störtebeker zu. »Los jetzt! Der Grasbrook wartet auf dein Blut«, schrie er, »knie nieder und leg deinen Kopf auf den Block, sonst ramm ich dir mein Schwert in den Rücken.«

Als Störtebeker mit auf dem Rücken gefesselten Händen vor dem Block auf seine Knie sank, trat Einohr einen Schritt aus der Reihe vor, in der er der Siebte war. »Meine Herren«, rief er, »dürfen wir niederknien und für das Seelenheil unseres Hauptmanns beten?« Da stand Simon von Utrecht von seinem Tribünensitz auf. Wutentbrannt schrie er: »Beten wollt ihr, ihr verfluchten Piraten? Niemals! Zur Hölle mit euch.« Dann schrie er Rosenfeld an: »Kopf ab, Rosenfeld, mach schon, weg mit dem Rattenpack.« Söldner stürzten sich auf Einohr, hieben mit Peitschen auf ihn ein und stießen ihn gewaltsam in die Reihe zurück. Aber sie konnten ihn nicht bändigen. »Hauptmann«, schrie Einohr, und alle konnten es hören, »wir gehen alle mit dir, du bist nicht allein. Wir werden zusammenbleiben, über den Tod hinaus. Gott segne dich, Klaus Störtebeker.« Dann schlugen die Söldner Einohr mit Knüppeln nieder.

Klaus Störtebeker legte seinen Kopf auf den Block. Das Letzte, was er gesehen hatte, war Einohrs Fall gewesen. Rosenfeld stand über ihm. Mit einem gewaltigen Schwerthieb trennte Rosenfeld Störtebekers Kopf vom Rumpf. Störtebekers Kopf rollte ein Stück über den Grasbrook und blieb dann in den stumpfen Sägespänen liegen. Plötzlich hallte ein Aufschrei durch die Tribünen. Störtebekers Rumpf, aus dem oben Blut herausschoss, erhob sich vom Block, streckte sich aufrecht und lief an seinen Kameraden vorüber. Entsetzen breitete sich aus unter den Söldnern. Sie standen da mit weit aufgerissenen Augen wie gelähmt. Nur einer fasste sich, erkannte die Situation, wollte sich seinen Tag nicht verderben lassen, der Henker Rosenfeld. Er lief Störtebekers Rumpf hinterher, stellte dem Enthaupteten ein Bein, als der am elften Likedeeler vorbeilief. Klaus Störtebeker stürzte. Likedeeler, obwohl an den Händen gefesselt, rannten und humpelten auf Rosenfeld zu, warfen ihn um. Söldner kamen ihm zu Hilfe, stellten sich vor ihn und prügelten die Likedeeler mit Peitschen und Knüppeln wieder in die Reihe zurück.

Dann herrschte eine große Stille. Nach einer Weile begab sich Bürgermeister Nyenkerken in die Arena. Er war erregt, er war wütend. »Das war eure letzte Tat«, brüllte er die Likedeeler an. »Keiner von euch wird freigelassen. Alle werden enthauptet.« Nyenkerken ging auf Rosenfeld zu. »Alle, sage ich, alle köpfen«, schrie er auf Rosenfeld ein. »Ich will, dass der ganze Grasbrook mit Blut getränkt wird.« Rosenfeld verbeugte sich. »Jawohl, Herr Bürgermeister, jawohl«, entgegnete er untertänig.

Am Nachmittag des 21. Oktober 1400 hatte der Henker Rosenfeld sein Handwerk vollbracht. Alle Likedeeler lagen enthauptet auf dem Grasbrook. Ihre Köpfe wurden von Söldnern eingesammelt und in Leinensäcke gesteckt. Rosenfeld stand vor dem Block bis zu seinen Knöcheln im Blut. Er war erschöpft. Er wischte sich den Schweiß von der Stirn. Dann ging er zum Wassertrog, zog sich seine blutüberströmte schwarze Kutte aus, wusch sich Hände und Gesicht und reinigte sein Schwert. Die Hamburger Pfeffersäcke und ihre Gäste verließen aufgeregt palavernd die Tribünen. Sie hatten ein großes Schauspiel erlebt, das sie so schnell nicht vergessen würden.

Am Tag darauf wurden die 39 in Leinensäcken verstauten Köpfe der Likedeeler auf dem Grasbrook auf hohe Pfähle aufgespießt und festgenagelt. Damit die Menschen sehen konnten, was den Feinden der Hamburger Hansekaufleute passierte, hatte Simon von Utrecht gesagt. Im Übrigen kostete die Hinrichtung auf dem Grasbrook die Hamburger Steuerzahler 15 lübische Mark, so hielt es die Buchführung der Hamburger Stadtkämmerei für die Ewigkeit fest. 12 Lübische gingen an den Henker Rosenfeld und drei an den Abdecker Knoker für das Verscharren der kopflosen Likedeeler.

HINKEFUSS' OFFENBARUNG

Knapp vier Wochen nach der Hinrichtung auf dem Grasbrook segelte ein älterer Likedeeler mit einem Helgoländer Fischer nach Hamburg. Seine Kameraden hatten ihn Hinkefuß genannt, weil er sein rechtes Bein nachzog und hinkte. Es war eine Verletzung aus der Schlacht um Visby, als ein Däne ihm mit einer Streitaxt sämtliche Sehnen am Knie durchtrennt hatte. Danach hatte er auf Störtebekers Holk als Smutje gearbeitet. Am letzten Gefecht hatte er nicht teilgenommen. Er war auf Helgoland geblieben, um gekaperte Koggen zu reparieren und Proviant zu verstauen. Der Helgoländer Fischer hatte ihn bei einem befreundeten Fischer in Övelgönne untergebracht. Von da war es nicht weit zum Grasbrook. Da wollte er hin, um die aufgespießten Köpfe seiner Kameraden zu sehen. Davon hatte man ihm erzählt, aber er wollte die Geschichte erst glauben, wenn er es selber gesehen hätte.

Als er am Grasbrook ankam, war er nicht der Einzige, der die Köpfe sehen wollte. Viele Schaulustige waren auf dem Grasbrook zugegen. Büttel überwachten den Platz. Er hörte, wie einige sagten: »Geschah ihnen ganz recht, sie haben die ehrbaren Kaufleute geschädigt.« Andere sagten, sie hätten Störtebeker nur durch Verrat besiegen können. Viele verfluchten die Pfeffersäcke wegen dieser Tat. Er sah, wie einige beteten und sich vor den Köpfen verbeugten. Sie waren gekommen, dachte er, um den toten Kameraden die letzte Ehre zu erweisen. Hinkefuß ging ganz nahe an die aufgespießten Köpfe heran. Bei vielen waren Haut und Fleisch schon verwest. Aber die Augen, die Augenbrauen und vor allem das Haar waren noch da. Und deshalb erkannte er viele Kameraden wieder. Störtebekers rotblondes Haar wehte im Wind, und er erkannte Einohrs Kopf an dem fehlenden Ohr. Gott im Himmel, sagte er zu sich, wenn sie doch bloß noch lebten, ich bin so verdammt allein. Dann hinkte er, so schnell er konnte, vom Grasbrook runter und machte sich zu einer Hafenkneipe auf, von der ihm der Övelgönner Fischer erzählt hatte. Er musste sich einen genehmigen, er musste die aufgespießten Köpfe seiner Kameraden für eine Weile vergessen können. Vielleicht würde er etwas menschliche Wärme spüren in der Kneipe, dachte er.

Als er in die Hafenkneipe trat, verstummten sofort die Gespräche. Die Gäste schauten ihn skeptisch an. Aber der Övelgönner Fischer war da und sagte, er sei in Ordnung und einer von ihnen. Hinkefuß bestellte sich an der Theke ein dunkles Hamburger Starkbier und beobachtete die Gäste an den Tischen. Es waren Fischer, Seeleute, Schiffsbauer, ausgediente Söldner, Tagelöhner. Alle tranken Bier. Einige hatten ein kleines Schnapsglas neben dem Bierkrug stehen. Viele rauchten Knaster aus langen Tonpfeifen. Die Gespräche waren wieder in vollem Gange. Sie sprachen darüber, ob Störtebeker ohne Kopf an all seinen Kameraden vorbeigerannt wäre, wenn Rosenfeld ihm nicht nach dem elften ein Bein gestellt hätte. Die meisten glaubten, er hätte es geschafft. Aber die Pfeffersäcke hätten sie doch nicht freigelassen, sagte ein ehemaliger Söldner.

An einem der vorderen Tische saß ein alter Fischer. Er erzählte, wie er mit seiner Frau Klaus Störtebeker in Marienhafe aufgesucht hatte. »Damals in Marienhafe, da war Störtebeker in meiner Kajüte«, sagte er. »Ich hatte ihn sofort erkannt. Ich werde ihn nie vergessen. Ich hatte ihm gemeldet, was die Pfeffersäcke gegen ihn vorhatten. Sie konnten ihn nur durch Verrat besiegen. Nun ist er dahin. Nun haben wir keinen mehr, der uns führt.« Hinkefuß fixierte den alten Fischer, nahm einen großen Schluck aus seinem Bierkrug und sagte: »Du warst also der Fischer, der uns damals warnte? Hättest du uns man vor Helgoland gewarnt. Dann wär vieles anders gekommen. Nun ist er von uns gegangen. Die Pfeffersäcke haben auf der ganzen Linie gesiegt. Alles ist vorbei.«

»Ja, ja«, sagte ein Seemann, der an einem Nebentisch saß, »die Pfeffersäcke haben gesiegt, und wie es aussieht, für immer. Nun werden wir und unsere Nachfahren in Abhängigkeit bleiben, noch mehr ausgebeutet werden und weiter am Hungertuch nagen müssen. Das Elend wird bleiben, denn das Elend dieser Welt ist Menschenwerk. Gott hat es so nicht gewollt.« An einem der hinteren Tische sagte ein Fischer, ein Mann wie Störtebeker käme nicht alle Tage. Vielleicht alle hundert Jahre einmal. Nun bliebe erst mal alles beim Alten. Die Pfeffersäcke beherrschten jetzt ihr ganzes Leben. Sie hätten sich alles untertan gemacht. Der Fischer am hinteren Tisch trank einen Schluck Bier, dann stand er auf und sprach lauter als zuvor: »Aber eines sage ich euch, solange es Menschen geben wird, wird es immer solche Ideen und Taten geben, wie Störtebeker sie vorgelebt hat. Manchmal häufen sie sich, manchmal lassen sie etwas länger auf sich warten.«

Da fiel es Hinkefuß wie Schuppen von den Augen. Der Fischer hatte Recht. Das hätte auch Störtebeker so gesagt, wenn er noch lebte, dachte er. Störtebeker hätte ihnen gesagt, dass es weitergehen würde, ob er nun lebte oder nicht. Andere würden kommen. Und plötzlich war Hinkefuß nicht mehr traurig, er war nicht mehr deprimiert, er stellte sich auf einen Stuhl und schrie: »Nein, die Geschichte geht weiter, sie ist noch nicht zu Ende. Was auf dem Grasbrook geschah, muss für uns ein Mahnmal sein. Die Ideen Störtebekers starben nicht mit seinem Tod. Sie leben in unseren Köpfen und Herzen, und wir tragen sie weiter. So einer wie er kommt nicht häufig, Fischer, da magst du Recht haben. Vielleicht wird es diesmal sogar etwas länger dauern. Aber er hat uns vieles gezeigt. Vielleicht müssen wir lernen, dass wir stark genug sind, dass wir zusammen etwas tun können, dass wir selbst denken können und dass wir miteinander besser umgehen sollten. Dann sind wir nicht mehr so schwach. Vielleicht lernen wir das eines Tages. Irgendwann. Dann wird uns alles offen stehen.«

Hinkefuß ging an die Theke zurück, zu seinem Bier. Stille herrschte in der Kneipe. Die Gäste schienen in sich hineinzuhorchen. Der Wirt schenkte ihm neues Bier nach. Hinkefuß trank es mit langen gierigen Zügen. Einige Fischer und Seeleute kamen zu ihm und schüttelten ihm die Hand. Der alte Fischer, der Störtebeker in Marienhafe besucht hatte, ging auf ihn zu und sagte: »Ich danke dir für deine Worte. In meinem Alter verliert man so leicht die Hoffnung. Jetzt habe ich sie wiedergewonnen.« Hinkefuß drückte die Hand des alten Fischers. »Wir dürfen die Hoffnung nie aufgeben«, sagte er. »Wenn wir das tun, wird sich nichts verändern. Dann sind wir verloren, dann sind wir wehrlos, dann werden die Pfeffersäcke uns ewig beherrschen.« Die beiden Männer umarmten sich. Hinkefuß spürte, wie ein Gefühl der Zusammengehörigkeit in ihm emporstieg. Er sah, wie dem alten Fischer die Tränen die Wangen runterliefen. Und er begriff, dass Störtebeker tatsächlich in ihnen lebte.

Hinkefuß war froh, dass er in diese Kneipe gegangen war. Er hatte also doch noch menschliche Wärme an diesem Tage erfahren. Und er wusste nun, dass die Köpfe seiner Kameraden nicht umsonst auf dem Grasbrook hingen.

GLOSSAR

ALDERMANN in der Hanse Bezeichnung u.a. für den Vorsteher von Gilden, Bruderschaften, auch für Stadträte

BACKBORD links

FREIBEUTER anderes Wort für Seeräuber

HANSE mächtige Vereinigung von Kaufleuten im Ost- und Nordseeraum. Zum Zeitpunkt ihrer größten Macht im 15. Jahrhundert reichte ihr Einflussgebiet von Nowgorod bis Antwerpen und London.

HOLK großes Segelschiff, verdrängte ab dem 14. Jahrhundert die langsamere Kogge

KAPERBRIEF von einem Staat ausgeschriebene Ermächtigung für eine Privatperson zur Kriegführung gegen feindliche Handelsschiffe

KOGGE bauchiges, schwerfälliges Schiff, besonders zum Transport geeignet. Typisches Schiff der Hanse

ORLOG Kriegsschiff, häufig als Begleitschutz für die schwerfälligen Koggen

PRIMOGENITUR v.a. in Fürstenhäusern und in Norddeutschland geltendes Erbschaftsrecht, wonach der Erstgeborene den gesamten Besitz erbte

SCHÄREN schwedische Inselgruppe vor Stockholm

SCHNIGGE leichter, schneller Segler

SCHUTE hochseegängiges Frachtschiff

STEUERBORD rechts

VITALIENBRÜDER Vitalien sind Lebensmittel. Die Vitalienbrüder erhielten ihren Namen, als sie die belagerte Stadt Stockholm mit Nahrungsmitteln versorgten.

WICLIF ca. 1320–1384, engl. Philosoph und Theologe. Radikaler Verfechter des frühchristlichen Armutsideals, rief eine Volksbewegung ins Leben, die 1381 mit einem – blutig niedergeschlagenen – Bauernaufstand endete